鬼相師

轻风乍起 著

文匯出版社

图书在版编目（CIP）数据

鬼相师 / 轻风乍起著. —上海：文汇出版社，2012.2

ISBN 978-7-5496-0456-2

Ⅰ. ①鬼… Ⅱ. ①轻… Ⅲ. ①长篇小说-中国-当代 Ⅳ. ①I247.5

中国版本图书馆CIP数据核字（2012）第033206号

鬼相师

作　　者 / 轻风乍起
责任编辑 / 若晨
特约编辑 / 何静妍　杨思宇
封面装帧 / 姚姚工作室
出版发行 / 文匯出版社
上海市威海路755号
（邮政编码200041）
经　　销 / 全国新华书店
印刷装订 / 北京凯达印务有限公司
版　　次 / 2012年2月第1版
印　　次 / 2012年2月第1次印刷
开　　本 / 710×1000 1/16
字　　数 / 385千字
印　　张 / 20

ISBN 978-7-5496-0456-2
定　价：32.80元

目 录

CONTENTS

鬼相師

GUIXIANGSHI

第1章 谁遭狰狞鬼上身

我是天津市某广告公司的一名普通职员，大学毕业几年以来一直过着朝九晚五的普通生活，像大多数青年人一样，刚毕业的时候对生活对工作充满了无限激情，到后来发现了生活的无聊工作的无味后，则开始不断抱怨着生活的平淡，人生的平凡。

年龄的增加令我激情渐退，就在我开始认为我的人生终将碌碌无为，波澜不惊的时候，朋友一次意外的“鬼上身”让我开始机缘巧合地接触到驱鬼捉妖的法术领域，而且从此在我身边开始发生千奇百怪的鬼怪灵异的各种事情，而且数次险些丢掉了性命，一次次的匪夷所思的危险重重，让我身不由己地踏上了修习道家法术、降妖捉鬼的奇特历程。

某日下午下班不久，老孙打电话说小路出事儿住院了，我忙问什么病，老孙说他也不太清楚。

我着急慌慌地赶去医院，老孙和小路父母还有小路家的几个邻居都在。病床上的小路直挺挺地躺在那儿，病床旁边的仪器上显示他的心脏跳动狂乱不稳。

小路双眼紧闭，脸上的肌肉扭曲着，透着奇怪的暗青色，从他露出被子的裸露的胳膊上的青色淤痕和脸上扭曲的肌肉来看，他一定经历了异乎寻常的痛苦和挣扎。只是现在被医生注射了镇定药物才得以暂时平静下来。

听老孙说他是被几个邻居用了大力气扭住才送到医院的。

这是怎么了？不像是喝多了撒酒风啊，小路酒量不错，而且酒德很好，虽然喝多了也吐，但却从来也不折腾不闹腾的啊。

望着小路轻轻的痉挛着，我冷汗直冒，有种说不出来的感觉，他像是被某种神秘力量操控着一样。

小路是独生子，跟父母住一起，在一家房地产公司上班，他和我还有老孙，我们

三人是高中同学，平时走动最多。

发生这样的事，小路母亲哭得泪人一般，他父亲在一旁小声安慰着，看见我来了，抓着我的手，半句话也说不出来，显然事出突然，这位经常和我们年轻人打成一片的慈祥的中年男人，此时早没了主意。

一会儿小路被护士推到化验室去进行各项检测，我们在病房等着，先让好心的邻居先回去，我和老孙这才详细问起事情的来由。

小路父亲仍有些哆嗦地说：今天小路下班回家还有说有笑的呢，快开饭的时候，就听见小路房间响声大作，动静吓人，我和他妈急忙跑过去，看见小路倒在地上翻滚着，脸色泛青，五官扭曲，一句话不说只是发出低沉的吼叫，还把头往墙上撞。就像被什么东西控制了一样，眼神太可怕了。我几次过去要抱住他，但都被他甩开。后来动静太大惊动了邻居，最后是闻声而来的几个邻居合力把小路按住才送医院来的。

老孙问："小路这不是羊癫疯吧？"

我横了他一眼，老孙立刻闭嘴，他就这点好处，知错就改，不过改了很可能还犯。

大家在一起胡思乱想也没有意义，现在医学这么发达等一会儿看检查结果就知道了。我看了下表，八点刚过。

由于是晚上，没多少病人，检查化验也比平时快了许多，该检查的都检查了，凡是医学上和小路的症状相似的病症所需的检查化验统统都做了一遍，但是一张张化验单和医生诊断书上表明，小路机体一切正常。

这下大家都有点害怕了，这是全市最好的医院了，这里查不出毛病来其他医院也没戏，没有病因就无从治疗。现在也只能看接下来小路的病情发展了。

经过刚才的折腾，小路父母也都累了，我让老孙把他们送回家去赶紧休息，我在这里陪小路，百般劝说下，老两口这才含着眼泪走了。

他们走了以后，我坐在病床边看着小路铁青的脸，那隐隐泛着青色的一张狰狞的脸，让我感觉绝对有事会发生。

医院晚上很安静，听外面风声渐紧，我不禁浑身一颤，总感觉有什么不对劲，寒毛都立起来好几回了，总感觉这个小小病房里面除了我和小路外还有另外一个人存在。

我回头看了眼病房的门，门紧闭着，能透过门上的玻璃看见门外走廊的灯泛着昏黄的灯光。旁边的病床上没有住人，白色的床单有些许泛黄，整个房间静得出奇，看着眼前的景象，我越发感觉阵阵寒意袭来，从皮肤一直渗到骨头里。

我安慰自己，在特别的环境下，人都会产生某种特别的感觉的。我把目光从别处移开，转到小路脸上。

我一下子从凳子上弹开，后背撞上旁边病床边输液用的铁架子上。只见小路眼睛已经睁开了，正死死盯着我。

那是一种恶毒的眼神，一边嘴角还微微向上翘起，一副讥笑的模样。恶毒的眼神，狰狞的讥笑，扭曲的五官，我毛骨悚然，想夺门而出。

突然感觉背后有什么东西一晃而过，我急忙回头，只见病房的门不知道什么时候打开了一道缝，又突然“咣当”一下死死关上了。我来不及多想更不敢再看小路一眼，转身去拉门把手，想出去叫一声。

但还没等我手碰到门，病房的门忽然打开了。

本来已经快窒息了的我，一下子血往上涌，向后倒退一步，手已经抄起输液架子，准备随时出手。

却见老孙推门而入，看到我手拿铁架子，吃了一惊，我连忙把手指向小路，老孙向小路看去，也被吓了一跳，急忙去喊医生。

值班医生来后，在小路脸上按摩几下，才把小路眼睛闭上，说是因为脸部肌肉严重扭曲造成眼睛张开，等明天各医院相关主任过来会诊，就能查出小路是什么病了。

医生虽这么说，但是我总感觉即使是因为肌肉扭曲收缩引起眼睛张开，但是眼神呢？那种恶毒的眼神让人永生难忘，这怎么解释？还有刚才诡异的气氛难道都是我紧张造成的？

此时老孙手机响起，是小路的父亲的，让我们过去他家，说有重要事情要跟我们说。我和老孙找来护士看护小路，两人开车赶到小路家里。

在小路家，他父母向我们讲起一些家族往事。让我们感觉这一切的事情，并非那么简单。

刚才小路的父亲回家后打电话给老家的人说了小路刚才发生的事情，让老家的人吃惊不小。老家的一位长者详细询问了小路的症状，听完后喃喃自语说：“终于又出来了，又该出大事了！”

小路父亲听他口气似乎知道病因，急忙询问。那老者沉思后说小路这是“鬼上身”了，而且是被厉鬼纠缠，眼下只能让他们村里唯一一位懂得驱鬼之术的老人来给小路驱鬼。

小路父亲听了急得不行，他老人家是在那个山村长大的，后来才来了城里工作，对于老家的一些鬼怪传说自然听得多了，而且也是深信不疑。

关于那长者说的厉鬼的传说更是印象深刻，他小的时候还经历过那段恐怖的年代，当时几乎半个村子的人都死光了，都是被厉鬼所害。据说那厉鬼积怨太深，道行也大，才害死了那么多人。村民请了许多驱鬼的道士、法师，都不管用，反倒都被那厉鬼给害死或吓跑了。

再后来来了个云游的道士，费了好大力气终于把那厉鬼给制服了，并埋在山上一处神秘的特殊地点，一方水土方得太平。

为此当地还特别修了一座道观，供奉道家的祖师爷。此事都过去好几十年了，而且那厉鬼明明已经被捉住了，怎么又出来害人？而且又是怎么偏偏找上小路的？这一切都无从解释。

小路父亲把我们喊来，是要让我们连夜赶回他老家把那位能驱鬼的老人接来给小路驱鬼。因为老家的长者说了，如果不及时驱鬼，小路恐怕过不了今晚。

我和老孙听了这事后，面面相觑。怎么说从小都是受的无神论教育，对这些鬼怪的事情还是持半信半疑的态度，但是医院那头又没有合理可行的治疗方案，是什么病都搞不清楚呢，更谈不上医治。而且看那小路的情况，恐怕真的拖不起了。

我和老孙决定立刻出发，去接驱鬼老人。

幸好小路老家不算远，走高速大约一个多小时车程，我们以前跟小路去那里玩过，认识路。而且晚上路上车少清静，走起来比较顺畅。饶是如此我们心里着急，油门都快踩到底了。

下了高速又走了半个多小时的山路，用了不到两个小时到了小路老家的村子。他老家的亲戚在我们来之前早把驱鬼老人请到了家里，我们一到接上人马上掉头回去。回去时候偏偏雾大高速都封闭了，只好走国道，这样浪费了好多时间，终于在半夜一点多回到城里。

想到在医院驱鬼，医院方面肯定不同意，而且影响也不好，我们只好把小路接回家里来。老人让我做他的助手，我就在家帮老人布置东西，老孙和小路父亲招呼了邻居去接小路回家 。

老人在随身的包里拿出一些纸片，上面画着各种符号，估计是传说中驱鬼用的符咒，另外还有几颗桃木钉。

老人让我把窗户关紧，窗帘全部拉上，把那些符咒分别贴在屋子里所有窗户和门上。我看着老人佝偻的身体，弱不禁风的样子，心想，就这大爷的身板，一会儿鬼来了能抵挡的住么？别一会儿还要让我来给这大爷撑腰吧。

想归想还是按照老人的意思认真布置起来，心里感觉这些玩意像极了一些影视剧里道士驱鬼的场面。

我刚布置好，突然见椅子上闭目养神的老人突然睁开了双眼，口中低声道：“来了！”

说着迅速站起身来，动作如此麻利，怎么看都不像刚才那个佝偻老人。

窗户虽然紧紧闭着，但是窗帘却忽地飘摆起来，贴在窗子和门上的符咒，竟然自已微微急速抖动。我被眼前的景象吓呆了。老人让我出去独自把小路接进来，其他人众一律楼下等候。

我出门果然大家正抬着小路上楼梯呢，那老者真能未卜先知？我接过小路进屋，刚一开门，就见眼前一团火光，骇我一跳，向旁边一闪，摔倒在地。

只听老人口中念念有词，我按老人刚才临时吩咐的连忙爬起来站到老人身边，不离他左右。

抬眼看，小路圆睁双眼，那眼神和我在医院里看见的眼神一样，充满了恶毒和冰冷。再看老人那佝偻的身体，此时已经笔直。他手一抬飞出一枚符咒，直奔小路而去，小路嘴一张，一股火焰喷了出来。那火焰鲜红至极，登时把那符咒烧着。

他一点点向我们这边走了过来，狰狞地笑着。老人又拿起一枚符咒，猛地掷向小路，但是还是被小路嘴里的红色火焰烧没了。

老人此时拿起第三张符咒，还没来得及掷，只见小路双手成爪，展开双臂从后向前一挥，屋子两侧摆放的东西生着风一齐向我们飞了过来。

我和老人急忙向两旁跃开，趁这机会小路合身向老人扑了过来。老人并没有闪躲，小路两只手顿时抓住老人两条胳膊，如钩的手指掐进老人肉里，看得我心头一紧，忙抄起一把椅子，向小路飞去，那椅子砸中了小路后背。

我担心老人瘦弱的身体和这么大的年纪禁不住厉鬼的攻击，刚想再找东西过去帮忙，老人突然出手如电，两手已经多了两枚桃木钉，双手一送，桃木钉插进小路上臂内侧，老人口中催动咒语，小路立刻向后跌出。

老人出手非常快，又飞出四枚桃木钉，扎在小路大腿和肩胛处，四枚桃木钉硬生生将小路钉到对面墙壁上。老者双手迅速捏了个指诀，口中又催动咒语，顿时六枚桃木钉同时燃烧，小路痛苦扭动身体，不能挣脱，如此强大的厉鬼竟也无法挣脱几枚小小桃木钉的法力，这桃木钉上一定被施了高深的咒语。

老人迅速扔给我一枚符咒喊道：“贴到他前额上！”

我忙接过符咒，顾不上害怕，迅速奔过去把符咒贴到小路前额上，只见老人直指小路，喊了一声“分”，小路顿时狂吼，张开的嘴里飞出一个火球，火球颜色鲜艳，猩红翠绿不停变换，在空中稍一盘旋，直扑老人而来。

老人左手又飞出一枚桃木钉，但被魔火瞬间化为乌有，那魔火迅速向前一窜，烧到老人手指上，这魔火显然非同一般，之间老人另一只手迅速从身上鹿皮袋里拿出一柄短刀，斩掉自己两颗被魔火烧着的手指，同时刀交左手，右手又飞快从鹿皮袋里掏出一件东西，看上去是一面铜牌。

老人高举铜牌对准魔火，那魔火被铜牌一照，掉头直奔窗户而去，显然是想逃遁，老人口中催动咒语，房间窗户和门上的符咒立刻精光暴起，射出无数亮线来彼此

呼应，霎时在房间内结成一张大网，将那魔火一下罩住。

老人高举手里铜牌照向魔火口中念念有词，一束光笼罩了魔火，魔火登时熄灭，化做一缕黑烟，慢慢委顿到地上，老人掏出一个碧绿的竹筒，筒身上满满刻着符咒。

他手指斩断两根，已经无法捏指诀，他向我摆了个指诀的样子，我连忙照老人的手势，两手结了个指诀，老人单掌抵在我后背上，催动咒语喊了一声"收"，那团黑烟迅速飘进竹筒内，老者把塞子给我，我急忙把塞子塞在绿竹筒上。

老人身体一歪撞到墙上，摔倒在地，显然是因劳累过度，手指斩掉来不及包扎又失血过多所致。刚才高度紧张，现在事情一结束，他马上支持不住了。

我忙过去扶起老人，搀扶到床上，扯碎床单包扎住他手指断处的伤口，开门招呼楼下的人进来。

此时天已经微亮，我和老孙还有邻居等人一起把受伤的老人和被铅笔粗细的桃木钉弄伤，流血昏迷的小路送到医院。其余人留下来帮小路父母收拾一片狼藉的屋子。

我在去医院的车上把刚才捉鬼的经过简单给老孙说了一遍，老孙听得目瞪口呆，差点撞电线杆子上。

我忙说："你小心点，没被鬼火烧死，倒差点让你小子给撞死了。"

老孙问："老李，你是说真是有鬼上了小路身了？"

我说："估计假不了，那东西可厉害的紧呢。"

老孙有点佩服地说："老李，真有你的，关键时刻还真能帮上忙。"

我正色道："那是，关键时刻不能掉链子，危急关头方显我英雄本色。"

忽然想起手里的绿竹筒，忙把手攥紧，放进口袋一动不敢动，生怕那魔火从里面跑出来，感觉像抱着炸药包一样。

老人此时已经昏迷不醒，我看那竹筒上的塞子，虽然塞着但是看起来也不是很严实的样子，万一不小心塞子掉了可就麻烦了。

在医院，中午时分，小路首先醒了过来，一睁眼就喊疼。我心想，前两天你肉都快拧成麻花了，昨晚又被桃木钉给钉58穿了几个窟窿，能不疼么？

小路发现自己躺在医院病床上，胳膊和腿上包扎着，忙问我怎么回事。我向小路简单地说了下事情的经过，为了防止他过度震惊再晕过去，好多惊险情节没敢提。

我和老孙问小路知不知道为什么会被鬼上身，小路一脸茫然地摇摇头，努力回忆也想不起来昨天发生的一切事情了，看来昨天在他身体里的一直就是那只鬼。

老孙说：你小子是不是最近碰见什么奇怪的东西了？大街上看人家美女漂亮搭讪了吧？被女鬼上身了？

小路呸了一口说：你以为我是你啊，没事就跟美女屁股后头转悠。

我问小路：那你也没碰见过什么奇怪的人或东西？

小路一听这话，扭头看见我手里的那个绿竹筒，突然一怔，想起了什么，这才揭开鬼上身之谜。

原来，前两天小路回老家去参加堂弟的婚礼，顺便在后山上游览了一番。他老家麒麟山的风景不错，据说有许多处风水宝地，以前还是高官贵人养老的地方。

老家的婚礼就是图个热闹，一家结婚，全村人都来贺喜吃饭，大人小孩流水席好不热闹。婚事办完后小路的老家叔叔让两个小侄子陪小路到处走走，看看山水。

那天三人来到远点的山上，累了坐下来休息。小路恍惚看见不远处有个土坡，那土坡的颜色黑黑的，和周围土地的黄土地颜色差别很大，坡上好像还立着几块长条石头。

小路问那边是什么，小堂弟说那里以前是个道观，据说是老早前为感谢道士为当地除妖所修，年久失修，后来被山洪冲走了，只剩下这么个土坡。偶尔会有老年人来这里上香。

小路站起身来走到土坡跟前，看那石头似乎是埋在地下很深，只露出一点在地面上，上面似乎刻着好多符号。小路想这大概是道教里面的咒文之类的东西。

转过土丘，是个斜坡，隐约能听见水声，透过郁郁葱葱的灌木花草，能看见下面是一条蜿蜒的溪水。三个人走下去到小溪旁洗个脸，顿觉神清气爽。周围流水叮咚，不时有鸟鸣传来，仿佛到了世外桃园一般。

忽然看见溪水里好多条鱼逆水而游，也不怕旁边有人。小路一时兴起脱了鞋，卷起裤腿下水摸鱼，哪成想那鱼非常灵活，一会儿左一会儿右把小路都绕晕了。

小路站起身来抹汗，看见清澈的水里有光闪了一下，凝神观瞧，是个白底兰花的瓷坛子，半截陷在泥里。

小路过去把坛子捞上来，坛子上刻满了咒文一样的东西，坛盖缝隙处用黑色的胶状的东西密封着，小路用带来的瑞士军刀把坛子盖撬开，由于密封严密，里面不见有水。只有个绿色竹筒，上面也刻着好多符号，上头有个塞子盖着，缝隙处也是被黑色的胶状东西密封严实了。

他说到这里，我和老孙互相看了一眼，之前我们从护士那里要了个空药瓶子，比那绿竹筒略大，然后把竹筒小心装进去，拧好盖子，这下有外面这个盖顶住，那个塞子就不会掉下来了。我们把竹筒放进老人的鹿皮口袋里，然后把鹿皮口袋放到老者病床的床头柜里面，又从外面买了把锁锁上，这才稍稍安心。

小路接着说他看这绿竹筒做得精巧，想必是古物，于是带了回来，想给懂得古董的朋友看看是做什么用的。回家后，小路就把这个事情给忘记了，过了两天，收拾脏

衣服，才从口袋里把这个东西翻了出来。没事干用小刀剜开塞子缝隙里的黑漆，拔开塞子，顿时一缕黑烟飘了出来，然后他就什么都不知道了。

我知道小路是把那个厉鬼给放了出来，这鬼上了小路的身了。鬼上身就这么简单？我又隐隐对放在柜子里的绿竹筒不放心起来。

第2章 谁纵赤焰现人间

老人醒来已是在两天后了，看起来神色不佳，比以前还要虚弱，真难想象病床上的萎靡老人就是两天前扬手飞出桃木钉钉住小路的矫健老者。我们按照老人的吩咐，从老人鹿皮口袋里拿出个小瓷葫芦，这个瓷葫芦上的花纹也是符咒样式。又从瓷葫芦里用火柴棒挑出些黑色的胶，封在绿竹筒的缝隙上，然后又放入一个刻着咒语的泥坛之中。

老人说这绿竹筒叫做“乾坤筒”，是专门收鬼用的，上面刻着道家咒语，能封住鬼怪。做完这些事情我和老孙的心总算放下来。我们问老人关于这厉鬼的事情，一个厉鬼的故事才展现在我们面前。

老人有个道号叫“观山”，他的师父“子玄”道长就是小路父亲提到的那个为他老家捉过鬼的云游道士，当年那个害死半村人的恶鬼就是被子玄道长收服的。这个恶鬼据说很有来头，死之前是当地大户人家的公子，因门户之争得罪了当地另一大户人家，被那大户人家偷偷绑架并迫害致死，据说死前受过种种酷刑，死后又被施了咒，因此怨念积得很深。后来被化成了灰烬，封在罐子里，埋在深潭底下，潭底被布了“八卦锁魂阵”，潭水四周也布了“天罡北斗阵”，意图让他魂魄永不超生，并永远受这两个阵法的折磨。

这个大户人家的公子埋骨的地方本在深山里很隐蔽的地方，到了抗日战争、内战、抗美援朝结束后，中国人口大量繁衍，此地人口也渐渐多了起来，一部分人开始向大山深处迁移，本来那荒芜人烟的深山老林也开始有人活动了。

若是普通人就算发现那埋骨的潭水也发现不了深埋在水底的东西，而且就算潭水干涸了，也不会知道潭底泥土里还埋着一个坛子的，更不会知道这潭水周围都是以道家阵法来布置的。

但是事有凑巧，有一位道士，云游至此。因麒麟山风水极好，所以总有道士、和尚、信风水之术的人来此游历。

其实知道那人的道士身份也是在后来了，因为当时正是破除四旧的时候，所以他不敢身着道袍，只是以普通百姓的衣服装束出现。至于他来自哪里人们无从得知，只知道此人来后就在此地落户生根了。

一般外来人口，当地政府不予接纳，而且村子也不允许他在本村里面居住，这道士只好在离村子远些的地方盖个草房安顿下来，因为他没有土地，也只能自己开垦一块山地勉强种些庄稼糊口。

这深山老林里当时还多极了野物，凶猛的野兽倒是很少，但野兔、野鸟等等比较多，这人也就经常布置点陷阱来捉些野味。

这一天，他来到深山里的那处潭水旁，看见这一汪碧水清得发黑，里面有大鱼游动，他想从潭水里捉几条鱼上来回家炖个鱼汤，但是仔细看下才惊奇地发现，这水里的鱼不同于附近其它的鱼，这里的鱼都长有锋利的牙齿，而且通身发黑，背鳍和尾鳍都像刀锋般锋利，就像变异的品种一样。

潭水浅处更能见到许多动物的白骨，想来都是老林中的动物来此饮水被这尖牙怪鱼咬住拖下水吃掉而留下的骨头，怪不得此鱼浑身发黑，想必是经常食肉所致，难道这就是传说中的食人鱼?

他异常纳罕，环顾周遭，这才注意到周围的环境有点似曾相识的感觉，隐隐暗合道教阵法之象。他从小入道观学道，再仔细一看立刻明白这周围所布的正是道家的“天罡北斗阵”。

道家的这“天罡北斗阵”布成后可以有多种用途，镇妖、作法、炼丹等都可用到此阵，只是形式稍有变化而已。

可能这道士学艺不精，或者并没对阵法涉及太深，再加上这潭水周围常年风吹日晒雨水冲刷，布阵的树木石头都已经不太容易辨认了，而且周围生出好多树木藤蔓，更是不容易瞧出这阵法是镇妖所用还是作法或炼丹所用。

他顿时心里狂喜，因为如果这个阵是用来炼丹的，那么就说明这里一定埋着仙丹或者各种稀有法器。他本属于炼丹一派，自然懂得仙丹的妙用，小则可以延阳寿，大则可以羽化成仙，又如果是法器，那说不定就是道教宝贝，不管什么宝贝，定有特殊用处。

道士大喜之余忙按照自幼学习的道家本领寻找埋宝点，最后断定埋点在潭底，这更增强了他的信心，把东西埋在潭底，而且潭水里都是牙齿锋利的变异之鱼，那这东西一定非同寻常，不然不会使潭水之鱼产生这么大变异。但是如果贸然下水也必被水里尖牙之鱼所害，如果想把鱼都捉干净，潭里怪鱼甚多，有的还潜在深水下，也是不现实的事情，用毒用电，当时也没那设备。

当下返回家中，用了一周时间，到老山深处遍寻草药，在自己房子里炼制 “驱兽丹”，这道士是道家炼丹一派的弟子，从小学习炼丹，自是不会忘记各种丹药的炼制方法。

道教分“文道”和“武道”。

“文道”就是道士参道且得道后广纳弟子宣扬道教，要么就是云游四方，传播道教，并在云游过程中不断参道，另外吸收一些其他门派优良文化为己所用以丰富提高道教水准。

“武道”分为“垂丹、除秽、御术”三大派。

“垂丹”就是炼丹，炼制的丹药主要是延寿、长生、成仙和一些独特功用，例如这道士炼制的“驱兽丹”，服用之后能在短时间内野兽不敢近身，诸如此类的丹药。

“除秽”派含驱鬼、镇怪、捉妖三类。

“驱鬼”就是使鬼不敢接近某人或某个地点，以起到保护人或保护地方安宁的作用。

“镇怪”就是用法术、符咒将鬼怪囚禁在某个地点或道家法器之中，以达到将鬼怪固定在某个位置不能出来害人的目的。

“降妖”就是利用法术将鬼怪捉住装进法器，埋在消煞之地让鬼慢慢消失，传送到另一个空间，也就是鬼该呆的空间。

这驱鬼、镇怪、捉妖三类都是通过符咒、布阵、咒语、指诀等达到相应目的的。此类道人以矛山道士比较出名。矛山道士也是这类道人里出类拔萃的一派，只是后来名气大了经常被人冒充，骗取钱财，结果被破坏了名声。

“御术”派在“武道”三大派里是最厉害的一派，这一派法术最为高强，普通的如“穿墙过屋”、“隔山打牛”，高超的如“御剑千里取人首级”、“呼风唤雨”、杯水之间千里来去等等。

此派道人人数甚少，一方面是因为高深道术不轻易外传，一旦传授给心术不正者，会给人间酿成大祸，所以一般都是师父对徒弟口口相传法术精要，不留下任何文字。

人数甚少的另一方面原因是，御术法术学习极其困难，要求学习的人悟性极高而且先天条件要非常优越才有可能学有所成。否则，强硬学习必会走火入魔，乃至一命呜呼!

只因天赋异禀的人少之又少，此类道人当今天下恐怕是已经没有传人了，那么多的奇妙法术也都尽数失传了。

"驱兽丹"进入人体后，会迅速崩解进入血液，透过皮肤，散发出奇怪的气味，这气味据传与上古巨兽身上气味相仿，任你何种野兽闻到也要远远避开。

于是这炼丹道士砍来老林深处百年古木做火，用了近两月时间炼制了驱兽丹两颗，因为白天不能起火炼丹，发现了肯定被当作纵火犯捉了去，所以只能晚上行动。

故此丹药一定不如连续炼够时辰天数的丹药效力好，但是只是潜入潭水片刻，而且这潭里的鱼虽怪异，毕竟不是大型凶猛野兽，所以虽然断断续续地炼制，只要时辰天数一定，也能有驱兽之效，只是效果要打个折扣。

丹药炼制完成后，在一个月光皎洁的晚上，他去了潭边。吃下丹药后，拿一根两头削尖的木棒，潜入水下。

虽然月光雪亮，但是水中深处还是漆黑一片的，所幸潭水不是很深，底部面积也不是很大，在里面上来下去几次摸索，终于用尖头木棒戳到地下有硬硬的东西，下手一摸是一块石板，想必此处就是埋宝所在。这时候驱兽丹药效开始减退，毕竟不是严格按照工序来炼制的，水里怪鱼有胆大的开始在他周围逡巡，并用嘴在他身上试探了。他赶忙游上岸服下另一颗丹药，既然已经找到埋宝所在了，第二颗丹药效力持续的时间足够他挖出宝贝的了。

他又潜入水中，扒开石板周围的淤泥，用力搬开石板，下面是一个大坛子，里面是满满的潭水。他浮出水面换了口气，再一次潜入水中，胳膊伸进坛子里摸索，摸到一个小一点的坛子，除此之外并没有其他东西，心想宝贝必在此小坛之中。当下抱了坛子浮上水面，返回住处。

事情就坏在炼丹道士没有分辨出潭水周围的"天罡北斗阵"本来是镇妖用的，那"八卦锁魂阵"布置在水底本就难以看清，加上晚上潭底黑，又是憋气在水下，本身就紧张，没有看见水下还有个"八卦锁魂阵"。

如果他知道水下是个"八卦锁魂阵"，打死他也不敢随便动埋着的东西。

待得回到家中，拿出坛子观瞧，本来坛身上刻有镇妖的咒语，但是常年泡在水里，那咒语的刻印早就泡得相当模糊了。咒语镇妖的时间本身并不能持续多久，但是如果配合周围的阵法，和阵法遥相呼应，那就能生生不息，咒语的法力也能一直持续下去。即使坛子上面的咒语被水泡模糊了，但是它的效力在阵法的配合下是丝毫不会减少的。

道士深信坛中是道家宝贝，并没仔细研究坛身上的符咒，就用刀小心剥开坛盖缝隙里的黑漆，心脏狂跳着掀开了坛盖。

坛中一缕黑烟飘出来，窗外突然风雨大作，道士只道是古代的宝物，在坛里天长地久都会产生仙气，此刻突然放将出来重见天日，定会引得风雨大作。待得再看坛子中空空如也，才知道放走的八成是厉鬼。

他琢磨良久才明白原来那潭水周围的“天罡北斗阵”是用来封鬼镇妖的。而这厉鬼出来后并不敢取道士性命，因为道士从小入道观学习，虽然学的是炼丹之术，但基本的道士本领还是有些的，厉鬼不敢轻易招惹这道士。

但是生前被人囚禁，受到仇人非人的折磨，求生不能求死不得，被杀害后又被仇人用重金请来的邪道士装入坛中施法，选择五阴之地以“天罡北斗阵”和“八卦锁魂阵”镇之，这些可以使人死后魂魄永久受种种痛苦煎熬，比肉体被不断凌迟还要痛苦。

可以想象此人一定是怨气冲天，变成了厉鬼。道士也明白用北斗阵和锁魂阵压制的鬼魂肯定是非同小可。

那厉鬼被放出后，欲寻当年害他之人报仇，但哪里知道时光流转，世上已过去了若干年，他的仇人早已不在人世。它找寻不见仇人，怨气无处发泄，才开始加害于仇人的后代及亲属。因其仇人清朝时期本是大户，村子有一半的人都和其仇人或沾亲或带故，因此几乎半村的人都被其所害，到得后来连与他仇人没关系的同村人也不放过。

这厉鬼名曰“赤焰鬼”，属于修炼鬼术达到很高水平的鬼，据说被这厉鬼害死的人都是全身血管暴烈，肌肉扭曲撕裂，双眼暴突，死状极其难看，可怕的是双眼之中还留着恐怖至极的眼神，还有的浑身被烧成焦炭一样，一碰之下，立刻化为灰烬。

村人惶惶不可终日，也不知道这个恶鬼是什么来历，看这阵势只道是这鬼要将全村人都给害了呢。当时是解放初期，上面知道村人接连暴毙的消息后派人下来，什么医疗队、刑侦队等都来了。但检查结果既不是瘟疫，也不是中毒，更没有凶手的踪迹，最后都无功而返。

当地人无奈之下请道士来驱鬼。虽然当时这个是被禁止的，而且如果有人告密说不定还会被拘留，但是村子里活着的人都面临死亡的危险，也就都赞同了这种做法。

可是一连请了三个道士都不管用，都是信心满满来，走的时候可是仓皇逃窜，其中还有一个假冒的道士被恶鬼害死了。

碰巧有位道士云游至此，道号“子玄”，听说这个事情后，不知道用什么方法，在半夜时分找到了赤焰鬼隐遁之所，开坛布阵作法，把厉鬼捉住装入乾坤筒之中，埋在大山深处的“消煞之地”，这种地方可以消除厉鬼心中怨念，怨念小了，鬼力也就小了，慢慢地会消失，通过乾坤筒进入它该存在的空间。并在周围布置了天罡北斗阵法，果然从此村中太平，不再有人暴毙。

当地人视此道士为神仙下凡，对他是顶礼膜拜，周围村寨的人也都跑来一观神仙风采。道士见大家这样，恐怕在当时的政治局面下会惹祸上身，就想告辞，当地人死

活不肯，一是想挽留道人，二是被厉鬼吓怕了，怕厉鬼有一天又跑出来害人。子玄道长叮嘱大家千万不要接近那个埋葬厉鬼的地方，待得几十年后，厉鬼慢慢消失了就没事了。

但是大家还是不放心，最后村人想出一个办法，子玄道长收了一个父母均被赤焰鬼害死的孩子为徒，说要带着他四处云游，等孩子长大学成本领后，让他回来，即使以后厉鬼真的逃了出来，有这个孩子在可以施法捉鬼保四方平安。众人一致同意，这才敲锣打鼓把子玄道长和那孩子送走了。

过了若干年后，当初的孩子果然回来了，他随师父云游中学了捉鬼的道术，而且云游中还凑巧碰见当年放厉鬼出来的那个炼丹道士，那道士道号“抚炉真人”，属于“武道”之中“垂丹派”的弟子。

他们这才知道恶鬼出来害人的前因后果。那“抚炉真人”当年见死了那么多人，自己又没能力捉鬼，无脸在当地再呆了，于是早逃到外地去了。

子玄道长在外云游中身染不治之症，已经仙逝，当地村民知道消息后无不慨叹，更多曾目睹道长仙容的老人们更是泪如雨下。众人为纪念子玄道长，修建了一座道观，由于怕惹出麻烦，道观建在深山里，离掩埋厉鬼的地方对面而立。后来随着老一辈人渐渐离世，这道观也就冷清了，后来山洪暴发，彻底冲毁了道观。

这回来的小道士道号“观山”，就是给小路驱鬼的老人了，他从师父那里学道，但是自己资质平庸，只学会了十之有二。

本来这种不适合学法术的人是不会被吸收到武道的，当初子玄道长也见他可怜才收他为徒弟，所以也就没按正统方式，一摸骨骼，二搭经脉，三试意志，四观人品的原则来收徒。

但是子玄道长对观山说，以观山现在所学法术，加上那赤焰鬼被消煞之地消磨掉大半怨念，即使再出了什么意外，也能凭其所学将其制服。

就这么一晃将近五十年过去了，当初经历过赤焰鬼害人事件的只剩下为数不多的几个老人了，小一辈的人对此事件多半都是知之不详。加上社会发展迅速，高科技的东西越来越多充斥在人们的生活之中，越来越少有人相信这些鬼怪传说了。

老人们和观山道长也认为这么多年过去了，赤焰鬼肯定也已经消失了，别说不会碰巧出来，就算出来也不难对付了。哪里知道那赤焰鬼竟然如此顽强。

道教认为鬼有善恶之分，人死后灵魂脱离肉体，肉体归于尘，魂魄游离于异界空间，魂魄出窍后一般都会在很短时间内慢慢化为无形。

如果属于正常死亡，人不会有什么怨念。如果是意外死亡，死者魂魄出窍后会对生前所受耿耿于怀，产生怨念。这怨念的强度是和死亡形式、死者生前的意志脾气有很大关系的。如果这个人生前意志坚定，是有仇必报的性格，若是死于非命，怀有大仇，一般魂魄出窍后，如果没能在一定时辰内化为无形，那就会变成厉鬼，会终日找人报仇，或了却心愿。但死后变鬼的这种是极少的情况。

还有一种就是死后立刻被法术封住，装进法器中，也能长时间存在于人类环境中。也就是说只要刚好魂魄出窍后没有消失在异界空间里，魂魄就会醒转，变成鬼存在世间。

鬼留在人间后，目的一般就是为了结前世恩怨，报仇或者报恩，还有就是纯粹害人，为了吸收人类阳气，达到修炼的目的。

现代人生活内容太多，容易被周围事物干扰自己的意志，面对的诱惑也太多。所以古代人的意志要较现代人坚强，这就造成现代人死后变成鬼的更是少之又少了。

令观山道士没想到的是，这个埋厉鬼的坛子竟然在罕见的山洪爆发中被泥石流卷了出来，埋到了山下的溪水里。随着成年累月溪水冲走泥沙，坛子终于露了出来，刚好被游山玩水的小路看见并把乾坤筒带了回来，机缘巧合才使这赤焰鬼重现人间。虽然埋在消煞之地很久，经过几十年的消煞，没想到这厉鬼还能这么厉害，可以想象它当初被抚炉道士放出来的时候有着何等强大的鬼术。

也正是赤焰鬼重现人间，才给了观山道长展示所学法术的机会，否则他自己所学有可能就将随自己埋到土里了，他也终于有机会能亲手为自己的父母报仇，也幸好这赤焰鬼法力被消去大半，才能被观山道人重新捉住，即便如此他还是付出了两根手指的代价。

我和老孙直听得是目瞪口呆，从小到大从来没听说过这些事情，一直受无神教育，听到这样的事情，而且亲眼见到鬼上身，不禁让人心生寒意，没想到这个世界上真有这些玄之又玄的东西存在呢。

一周后观山道长身体已经康复，手指伤口也无大碍，这天晚上已经都快午夜十分了，道长非要赶着回老家，要把那乾坤筒重新埋到老家深山的消煞之地去。子玄道长当年也不具备把鬼怪直接打成无形的法术，只能靠消煞之地和道家阵法来让鬼慢慢消失。

观山道长说不能长时间把厉鬼放在乾坤筒中，筒外面的符咒虽然能镇住这鬼一时，但是这赤焰鬼一旦恢复它的力量，这竹筒估计是挡不住它的。必须赶紧送到消煞之地去，并布置天罡北斗阵法才万无一失。

我们听了这些，也感觉事情紧急，心里巴不得赶紧把厉鬼给送回去，天天在身边放着，想想都让人害怕。

虽然这样，那也没必要非半夜回去吧。明天白天回去不一样么？最后架不住老人决意坚持，只好连夜赶往麒麟山。

消煞之地和风水宝地一样，都是可遇不可求的好地方。现成的是小路老家深山里就有那么一块，是子玄道长当年发现的，虽然经过了山洪爆发的冲击，但只是带走了一点泥土而已，基本格局是没变的，仍然是消煞之地。麒麟山离天津市区也不远，我们决定立刻送老人回去，把这烫手山芋给处理了。

我们驾车沿高速公路一路奔麒麟山而去，路上老人一直眉头紧锁，忧心忡忡的样子。

我问道："大爷，您是不是有什么心事啊？这人也救了，鬼也捉了，了却了您一桩心愿，还有什么不高兴的？"

老孙也说："对啊，看您一路闷闷不乐的，是不是因为没了两根手指啊？您别担心，以后您的生活由我和老李包了。"

道长一声叹息，摇了摇头，我突然意识到了什么忙问道："大爷，是不是您没跟您师父学会那寻找消煞之地的方法啊？找不到消煞之地，我们可就麻烦了，现在已经把这恶鬼彻底得罪了，它一出来，您有法力护身，捉不到它也不至于被它害，但我就不一样了，我可是捉它的直接参与者，估计它第一个要害的就是我。"

道长还是摇摇头，不发一言。

老孙接口说："那就是因为您不会布置那个什么北斗阵法吧？"

道长还是摇头。

我们有点着急了，看老人的神情，仿佛有些很棘手的事情发生。

沉默片刻道长开口说："刚才来之前我夜观天象，明天午夜十分正是大阴大破的时辰，七年才会出现一次，如果我们在明天午夜十分还没有把这个坛子埋进消煞之地并布好天罡北斗阵的话，说不定这坛中厉鬼会借着大阴大破的时辰鬼力大增摆脱乾坤筒上的咒语，破筒而出，后果不堪设想。"

老孙忙问："什么是大阴大破？"

道长说："是人间阳气最少阴气最重之时。"

我和老孙明白个大概，这大阴大破的日子肯定对鬼有利，并让他们增加法力，以挣脱束缚。怪不得道长非要连夜往回赶呢，幸好路途不遥远，应该还有时间干活。

我不再多问加大油门，车子像飞起来一样，直奔麒麟山而去，午夜两点多到达山村，进了道长家。道长父母当初都被厉鬼所害，并没有其他亲人，一生未娶，一直独居。

道长让我们先休息一下，说明天一早就去寻消煞之地。我们奇怪，既然这么紧急怎么不连夜去找啊？

道长去了厢房，我跟了出去，老孙倒是个没心没肺的，我后脚还没跨出门槛呢，他连呼噜都响起来了。

到了厢房，我帮他从床底下搬出个大木头箱子，那箱子一看就知道有年头了。道长说这是他师父子玄道长留给他的。

打开箱子里面有两本书和几张符咒，老人说这是子玄道长生前所制，分别是“驱、镇、封、分”几种道家符咒。上画道教三清圣人，中画风云雷电，也就是符咒的类型，下书“急急如律令”等指示文字。这样才是一张完整的符咒，配合相应咒语就能达到相应的效果。

但是符咒一阴一阳二十四小时就会失效，如果要长期保持效力就要配合道家阵法，阵法的法力因奇妙的组合能够生生不息，符咒再配合阵法就能长久保持和加大法力。

“驱”就是驱赶鬼怪之意。

“镇”就是给鬼怪以镇摄，受符咒所制。

“封”就是封住鬼怪的法力。

“分”就是分开人或动物体内的鬼怪。

这是道教除秽派最基本的四种符咒。

观山道长拿起木箱里面的一本线装书，上书“天道妙法”四字。他一双结满老茧的手抚摸着书皮，不禁潸然泪下，良久才开口说道：“这是我恩师子玄道长临终前留下来的，是我们除秽派各种法术的精要。可惜他老人家一生行善，斩妖除魔，阳寿却那么短。”

我忙安慰道长几句，道长擦掉眼泪对我说：“我们把这赤焰厉鬼掩埋后，这本书就送给你了。”

我吃了一惊，不知如何回答。道长接着说：“我的本事连师傅的三分之一都不到，只因资质差，没有天赋，师父后来也没有把更高深的法术传授给我，怕我身体经受不住，反受其害。师父临终前给我这本书，让我一定要物色一个天赋强，骨骼经络意志品质等都是一等一的人才，照着书里面的心得方法练习，必可练成一身降妖伏魔，通天彻地的本领。道教法术一向是口耳相传，本不会著书立作的，怕的是法术落在歹人手里，害人祸世。但是现代社会宣扬无神无鬼，加上鬼怪变少，道教的人才凋零，师父怕这法术失传，不得已才把它编纂成书，一再嘱咐我，一定要找一个好徒弟继承这门道教法术，”

我问道：“那您有徒弟么？”。

道长摇头。

我又问：“您怎么没收徒弟呢？”

道长说：“要找那样一等一的人才谈何容易，我这一生只发现有一个孩子天赋不

错，可是他家里人死活不肯让自己孩子学习这些，说这些都是骗人的。”

我说：“那当初子玄道长捉鬼的时候，大家很多人都看见的啊，怎么能说这是骗人的呢？”

老人说：“那家大人说当初半个村子人暴死是因为有瘟疫，并不是什么厉鬼做怪，后来瘟疫没了，自然也就不再死人了。”

我心想，也难怪大家不相信鬼怪的事情，自己若不是亲自经历捉鬼的场面，也不会相信这世界上有这些东西存在的，谁家大人也不会让自己孩子当什么捉鬼道士。

道长接着说：“我有时候也会外出云游，但从来没有碰到各方面素质都极佳的人才，也是因为现代社会人的天赋多被很多东西消磨没了。我又一心想给师父收一个各方面都是一等一的徒孙，所以就一选再选，一拖再拖到了现在，本来最近想趁着自己还能动弹，赶紧寻找一名愿意当道士的徒弟，即使不是一等一的人才，差不多也就完了，不要等我这老骨头入土了还没有人传承衣钵。前几天捉那厉鬼的时候，我元气大伤，要想完全恢复过来，以我这把年纪是不可能了，还是赶紧找个人来传承衣钵吧。那天捉鬼的时候，我发现竟然能通过你的身体来施展法术，说明你骨骼清奇，脉络通畅，加上这些天接触你，见你人品不错，所以我感觉你是个不可多得的人才，也是我们有缘分，师父他老人家在天有灵，让我碰见你，我怕我哪天突然就不行了，所以现在就要你答应我，做我的徒弟，来继承这道教先人耗费心血所创的捉鬼伏妖之术吧。”

听到这里我更是不知所措了，本来想帮道长把乾坤筒埋好后，回去城里赶紧好好休息一下，好回去上班呢，为这些事情我和老孙都请了好多天的假了。没成想现在又多出了这么个插曲，竟然要让我入道。

道长见我没说话，对我说：“你别担心，小李，道士也可以成家的，道士的俗家弟子，不必守一些戒律。而且现代社会了，道教人才凋零，更需要好的人才继承它的传统和法术，不要让这些好东西丢失了成为历史的遗憾吧。”

道长说这些的时候，可情绪有些激动，一时气血上涌，咳簌不止。

我见道长这样，再不答应说不定出什么事，急忙说：“您别着急，我答应您就是了。”

我想，反正做了道长的徒弟，生活上也还和从前一样，没什么区别，只是多了个道士的身份而已。也好，还成了宗教人士了呢，而且能学到各种捉鬼的本事，那天看到道长捉鬼时就已经那么厉害了，要是能把这本书的本领都学会，那岂不是帅呆了。

道长见我答应了很高兴，在厢房里举行了简单的拜师仪式，我给老人磕了几个头，喊了声师父，就算是拜师入了道教“除秽派”。

这时候门突然门被推开，老孙闯了进来。原来他让尿憋醒了去厕所，听这屋子有动静，才过来偷听，一听说拜师的事情，立刻跳出来也要拜师，说有好事不能把他拉下，这家伙就爱凑热闹。

道长微微一笑说："也好，哪里找那么多一等一的人才去，道教也不能专收资质好的人，那样道教岂非早就没人了？"

于是也同意老孙拜师，老孙非常高兴，跪地上就磕头，旋即琢磨着道长的话有点不对味说："这么说，我是那资质差的了？"

我和道长相视而笑。拜完师后，三人开始准备东西，天一亮就去山里找那消煞之地。

带上短镢头、铁铲，和降妖的符咒、桃木钉等工具，师父又拿出纸张，亲手画上不同功用的符咒若干，天刚一擦亮就进了山。

我们先寻到小路拣到乾坤筒的地方，然后顺着那条溪流溯源而上。小溪两旁，放眼望去，是一片少有人踪的原始森林。虽然天气转凉了，但是这里的草木依然郁郁葱葱连绵不绝。当初泥石流的痕迹后来被山上瀑布冲刷，形成了这条小溪流，说是小溪，也有五六米宽，向着森林深处蜿蜒而去，也就是说那消煞之地就在这一片原始密林之中，沿着小溪向上走就差不多能找到。

我们进入密林前，师父拿出个瓷瓶，倒出三粒丹药，要我们吃下，这原始森林里多的是凶猛的毒蛇猛兽，这驱兽丹可以让野兽离我们远远的，还能避免被森林里沼泽的毒气侵害。这驱兽丹的炼制方法是老人随师傅子玄道长云游时碰到的那位抚炉真人所传授的。

抚炉真人听说子玄道长收伏了那厉鬼，挽救了很多人的生命，让自己良心终于好过了点，这才主动要求把自己的炼丹本领传给子玄道长，还留下本《垂丹之术》给子玄道长。

我们吃的这驱兽丹是完全按照正常程序炼制的，不像先前抚炉真人为了进潭水摸宝匆忙所制的，现在这丹药的效力自然非同一般，吃了这丹药，果然管用，在这原始森林里走了好久也没一个半个的动物出现过，就连飞鸟见了我们都赶紧飞得远远的。

师父用道家的风水之术，查找消煞之地，但是一直找到下午三点左右也没找到，不免有些焦急。距离大阴大破还有不到半天时间了。

我看老孙已经累得不行了，师父本来身体就没完全恢复，此时也是头上冒汗，气喘吁吁，我建议休息一下，吃点东西再找。

大家在一棵参天古树底下铺了块垫子，吃些随身带的干粮。老孙是没心没肺吃饱就睡的主儿，竟然还趁机眯了一小觉，亏他还有这份心情，厉鬼出来估计他连尿都会被吓出来的。

继续向前，师父用罗盘和风水术来寻找地点，凭借山势来判断洪水流经地点，

一点点地摸索。抬眼看泥石流就是从前方一座山头上下来的，那山的侧面虽然长满树木，但是并没有参天古木，而且山侧面是齐刷刷的，显然是被洪水冲下一大片来，那里估计就是泥石流的源头，那神秘地点也许就在附近了。

好久没有走这么多路了，我累的不行，正埋头苦走呢，一抬头一个黑影从前面树间飞了过去，我只道是眼花，哪知道老孙也看见了，高声大喊："看，那是什么东西？"

我和师父抬眼看去，只见前方一颗大树上站着一个黑糊糊全身长毛的怪物，有点像大黑猩猩，但是它是直立站在树上的，双眼死死盯住我们，那邪恶的眼神就像小路被鬼上身时候的眼神，我不禁怀疑是不是坛子里的厉鬼跑出来了，附在这怪物身上了。

师父看了那怪物一眼，勃然变色，大喊："不好，快靠拢，背靠背站好。"

我和老孙急忙过来站在一起，师父迅速摸出包里的"驱"字符咒，手一扬贴到我们周围的四棵大树上，然后口中催动咒语。

那怪物从树上直冲下来，速度之快，令人咋舌。它身体飞到贴符的树跟前，立刻被符咒的法力挡了回去，它又蹿向侧面向我们攻击，但是无论怎么也进不得师父四个符咒之间结成的网。

它勃然大怒，双眼变得通红，吼声震天，一张嘴，一条火舌向我们卷来，但是同样被符咒挡在外面。这怪物围着我们转圈不停吐火，那火似乎也不是凡火，竟然能烧着符咒之间结成的无形的网，只见四棵树连同树之间的空隙都燃烧起来，形成四面火墙把我们包围在火海之中。这火异常灼热，烤得我们皮肤发紧，这样下去即使不被这怪物撕碎，一会儿也会给这魔火烤死了，怎么遇到的怪物都会喷火呀？

这时师父掏拿出"封"字符，向火圈外的怪物抛去，迅速贴到它身上，这"封"字符正是封住这怪物的妖法用的。一旦符咒贴上它身，老人催动咒语，那怪物口中的火立刻熄灭，怪物显然非常震惊，用手去撕身上的符咒，但是这符咒早就被施了咒语，一碰之下，立刻像被电到一样，它立刻缩手，又惊又怒。

怪物喷不出火来，于是更加疯狂地扑向我们，却一次次被树之间的符咒结成的网挡住，但是每次冲撞，都把四棵参天古木带得直晃，这怪物力气之大可想而知。

老孙吓得满头是汗，开口问："师父，这是他妈的什么东西，怎么还会喷火呢？"

师父说："这是黑山妖，力大无穷，还会妖术，尤其擅长用火，一般人遇见它早没命了。"

此时魔火渐渐熄灭，幸亏师父封住了黑山妖喷火的妖术，不然周围的四颗古树早就被烧断了。黑山妖见魔火熄灭更是焦躁异常，但一时又无计可施。

它却突然做出了一个惊人之举，只见它张开大嘴，把自己的手从嘴里探进喉咙里，我们看了感觉异常惊奇，这家伙竟然能把整条手臂伸到肚子里去，不知道它要干什么。

只见它把手用力往里塞，都快塞到胳膊的肘部了，然后猛地拔出一把宝剑来，这宝剑精光四射，锐气千条。

师父惊异地说："这不是冷月宝剑么，怎在这山妖手中？"。

我们还没明白怎么回事呢，黑山妖持剑冲了过来，用剑猛挥，这宝剑竟能斩断符咒的法力结界。山妖砍断符咒的结界，直冲进来，宝剑一挺直奔老孙刺来，老孙背靠大树，本能地往旁一闪，堪堪躲过了一刺，那剑整个没入树中。

山妖拔出剑来再刺，此时师父飞出一枚桃木钉，正中山妖小臂弯处的穴位，口中催动咒语，山妖整条胳膊登时脱力，宝剑落地。

那桃木钉钉在它的穴位上，山妖感觉自己一条胳膊不能动了，才知道师父才是最麻烦的人，怕师父再发桃木钉打它，也顾不上把宝剑拾起来，就合身向师父扑去，犹如一股黑色旋风。

师父向旁一闪，躲过山妖一扑，哪知道那山妖和师父擦身而过的一刹那胳膊突然暴涨，反手一掌拍在师父肩头，"咔嚓"一声，能听见骨头碎裂的声音。

我大惊，跑过去拾起地上的冷月宝剑，向山妖砍去，这宝剑拿在手里，却轻得像纸一般，寒光四射，握在手里感觉是如此得心应手。

那山妖知道宝剑厉害，往旁跳开，躲开宝剑一击，师父也趁机向后跃了出去。

师父毕竟跟随子玄道长多年，降妖除魔，经验丰富，在跃开的瞬间，忍着剧痛，飞出三枚桃木钉，钉在山妖下肢和另一条胳膊上，催动咒语，山妖登时轰然倒地，想挣扎着站起来，但是身体被符咒所封，四肢穴道被钉住，哪里还能起来。

师父体力已经耗损太多，而且肩部重伤，加上也不知道山妖还有没有其他的妖法，所以一时也不敢贸然过去对付山妖。

师父招呼我们快走，这桃木钉只能控制山妖一个小时左右。我们还要抓紧时间找消煞之地去。此时天已经黑了下来，今天正逢农历十五，月亮升起，皎洁的月光照得树林里的东西一览无余。离大破之时只剩三个多小时，大家赶紧向山上跑去。

我回头看那黑山妖倒在地上，狠毒的眼神盯着我们背后，让人看了不敢和它对视第二眼，它喉咙里发出奇怪的低沉的吼叫。

我们刚跑出十几分钟，只听得头顶和周围"沙沙"做响，抬头看，却原来是成群的各类飞鸟，再看周围树林里，有点点的绿光闪闪。

原来那黑山妖奇怪的低吼是用来召唤山里的飞禽猛兽的。幸亏我们吃了驱兽丹，这些野兽才不敢近身攻击我们，只是远远围在我们周围。

此时我手里的冷月宝剑在月光下寒光凛凛，这宝剑能藉着满月之光，光芒四射，不愧它“冷月宝剑”的名字，那群飞鸟野兽见我手里的宝剑精光四射，纷纷躲避。我们仗着有宝剑在手，又有驱兽丹的作用，一直向前冲去，那群野兽纷纷躲避。

师父身受重伤，整个肩膀被山妖拍碎，此时已经快要虚脱了。老孙搀扶着师父艰难赶路。跑出了约莫有二里地，突然听得后面忽忽风声，回头看，却是那黑山妖在高大的树枝间飞奔，身上的桃木钉早没了踪影，想必它身上的桃木钉被那些动物们给咬了出来。

此时那山妖三晃两晃就到了近前，从高高的树上斜刺里扑了下来，长满黑毛的手臂伸向师父的后背。

师父听得风声，头也没回，反手飞出两枚桃木钉，山妖知道这桃木钉的厉害，慌忙在半空打个盘旋，跃向旁边的大树，躲过桃木钉，又顺势在大树上一蹬，借势又扑了过来，我斜刺里跨出一步挡在师父身前，宝剑一挥，那宝剑借着冷月之光立刻划出一道寒光，山妖知道宝剑利害，忙又向旁跃开，如此几次攻击都被我用宝剑挡了回去。

黑山妖左突右奔，师父又飞出了几枚桃木钉也没能打中它，我也只得尽量用宝剑抵挡它的进攻，这样渐渐地和老孙拉开距离。

黑山妖突然掉头向距离稍远的老孙扑去，我此时距离较远，已经赶不过去救老孙了，老孙被吓坏了，一扬手把背包扔了出去，那黑山妖也是被我们吓怕了，以为又是什么法宝袭来，身体在半空稍微一顿，一把抓住背包，两手一分，结实的运动背包顿时被撕成两半，里面的东西洒落一地，包括装着乾坤筒的坛子。

坛子落地并没有摔破，山妖却停止进攻，死死盯着那个坛子，仿佛双眼能看透坛子里面的东西。它若有所思，像发现了什么一样，突然过去一掌拍碎了坛子。

坛子破碎，里面的乾坤筒露了出来，这时师父大喊：“别让它动那东西！”

我一看这形势自然知道黑山妖要放赤焰鬼出来。黑山妖属于妖类，识得这乾坤筒中的鬼气。

没别的办法，我用尽全身力量，用宝剑向山妖尽力刺去，这冷月宝剑在我手里精光暴长，山妖被这剑气逼退几步，周围的动物飞禽也被这宝剑力量所摄，跑了个精光。

黑山妖苦于被师父“封”字符封住了妖术，无法施展，一时也没有办法，一边躲闪我的宝剑，一边注意着师父，防着师父的桃木钉。它几次想抢夺乾坤筒，都被我紧紧逼退。

我伸脚把乾坤筒踢给老孙喊道：“我在这里能顶着，你和师傅赶紧去找消煞之地！”

本来乾坤筒在我脚下，我挥舞着宝剑，黑山妖也不敢有此动作，就在我把筒踢向老孙的时候，它却突然伸出舌头，那舌头瞬间长出三四米长，一下将乾坤筒卷了过去。

师父忙飞出一枚桃木钉，也被山妖躲过。我手里的宝剑舞成一团雪花，向山妖狂挥猛砍，山妖显然惧怕这宝剑，向后狂退，跃上一颗大树，狞笑着把乾坤筒用手指轻轻就捏碎了。

我和老孙还有师父三人只有眼睁睁看着的份了。

一缕黑烟飘了出来，眨眼间，黑烟“腾”地燃烧起来，鲜红的火焰在黑夜中甚是恐怖，山妖反而退到一旁，来个坐山观虎斗。

红色的火焰一烧起来就立刻向师父扑去，那赤焰鬼是想报当日被伏之仇。师父早将那面铜牌拿在手里，口中催动咒语想把赤焰鬼照回原形，赤焰鬼知道这铜牌的厉害，呼的转身，飞向了一旁洋洋得意的黑山妖，那赤焰一下子从山妖鼻子钻了进去。

这铜牌只能将赤焰鬼的原身照住，但是如果厉鬼找到寄生体，那铜镜就起不了作用了。厉鬼一附体，黑山妖顿时狂吼着向我们猛扑过来，口中和两个鼻孔中喷出三道火舌，向我们烧来。

师父把铜牌交给老孙，用没受伤的胳膊单掌抵住我后背，大喝一声，我手中的宝剑立刻光芒四射，在我们周围形成一道光墙，那火焰被光墙当住，竟然被推向山妖一方。但师父只支撑得片刻，一口鲜血喷了出来，体力不支，马上快撑不住了。

我一边抵挡着魔火，一边让老孙搀扶着师父，三人慢慢向后退到一棵大树后面，师父迅速掏出最后的三枚“驱”符，贴在周围三棵树上，催动咒语，符咒的结界暂时抵挡住火焰的冲击，但赤焰鬼的魔火瞬间把三棵大树也给烧了起来。

老孙和我恐惧到了极点，师父也是无能为力了，这树不消一分钟就会化为灰烬，到时候法术结界一破，赤焰鬼非活活把我们烧死不可。

老孙此时连吓带累已然筋疲力尽，刚才一直搀扶着师父，此时早就双腿颤抖，一屁股坐到地上，紧接着听得他大叫一声：“他妈的疼死我了！”

我以为他被魔火给烧到了呢，吓了一跳，却看老孙从地上猛弹起来，捂着屁股直跳，看他坐过的地方，有一个直径巴掌大小的石头，老孙刚才正好坐到了石头上，硌到尾巴骨，疼得他直跳脚。

师父一眼看到这石头，却是两眼放光，我们的铁铲在打斗中早就丢了，师父拿出我背包里的短镢头刨开石头旁边的土，那块石头却原来是个石柱子，下面埋在土里，不知道还有多长，师父拿出罗盘，对着月亮的光芒仔细地看着。

此时大树已经有一棵被烧没了，黑山妖从大树倒塌的地方喷出一串火焰，被我抡起宝剑档了回去，没想到这宝剑威力这么大。

但那火焰也差点烧到我的手上，烤得我的手皮肉发紧，灼热异常。黑山妖此时鼻口同时喷出三条火焰，分三路袭来，我没办法同时挡住三团火焰，挥剑砍掉其中一束火焰，另两束魔火蛇一样蹿向老孙和师父。

师父回头瞬间魔火已经到了，他疾运内力一掌推出，掌风拍灭了袭向老孙的火焰，另一条火焰烧上了师父受伤的胳膊，师父夺过我手里的宝剑从自己腋下向上一挥忍痛斩断了自己整条手臂。我和老孙长大嘴巴双眼圆瞪，完全被吓住了。

师父大喊："快跟我来！"

他转身奔向右侧，冷月宝剑向后一挥，一道强光挡住身后，我和老孙跟着他向前狂奔，奔出没有十步，黑山妖就已经飞身而到，借着树的反弹猛扑而下，同时喷出三道魔火烧向我们。

师父此时已经体力透支，刚才一提气，断臂处顿时血往外喷，倒在地上不省人事。我抬头扫了一眼三束极速飞来的火焰，感觉身心疲惫，万念俱灰，没想到这辈子竟是被活活烧死的，不觉闭上了眼睛。

突然听得黑山妖尖声狂叫，我忙睁眼观瞧，只见黑山妖摔倒在地，那三束火焰也消失无踪了，一团黑烟从山妖鼻子里缓缓飘出。

我大喊："老孙，快拿铜镜！"

老孙心领神会把手里的铜镜扔给我，我手拿铜镜照向黑烟，但是并没有光芒射住那黑烟，方才想起使用这铜镜子是要用咒语的。

我立刻又害怕起来，心想大势去也，这黑烟里的赤焰鬼马上就会变成血红色的火焰，沾上一点就得烧成灰烬。此时黑烟已经全部从山妖鼻子里飘了出来，奇怪的是它并没燃烧起来，只是委顿在地面漂浮着，黑山妖也倒在地上抽搐不已。

老孙此时不知道哪儿来的力气和胆量，从昏倒的师父手里拿过宝剑，一剑下去砍掉了山妖的脑袋，用脚把那脑袋踢出老远，口里骂道："他妈的老子斩了你！"

我问道："老孙你这是干吗？"

老孙说："弄死它呀。"

我说："你砍了它脑袋干吗？"

老孙说："电影里杀死吸血鬼就是要砍掉脑袋的。"

我靠，老孙简直太血腥了！

我忙过去给师父止血，用随身带的药给师父敷上，又喂了些水下去，掐住师父人中，一通忙碌，师父终于醒转过来，眼睛张开后立刻挣扎着起来，从鹿皮袋里掏出一个乾坤筒，拔掉盖子，扔向在地面缓缓漂浮的黑烟，口中催动咒语，那黑烟尽数被乾坤筒收了进去。我过去塞上盖子，用瓷葫芦里的黑胶封住盖口。这一下形势逆转太是突然，我一点没明白这是怎么回事。

师父转头看见黑山妖已经身首异处，虚弱地说道：“这里，这里就是消煞之地！”

我和老孙恍然大悟，怪不得赤焰鬼和山妖到这里都失去了法力，原来这里就是消煞之地，周围有子玄道长布置的天罡北斗阵。到了这个大阵里，这两个鬼怪的法术都没有用了，这天罡北斗阵着实厉害，威力果然非同凡响。

师父抬头望天口中喃喃道：“师父，多谢您老人家的阵法奇妙，不然弟子和这两个徒弟恐怕都要命丧于此了。”

我用冷月宝剑把旁边一颗古树砍断，截取其中一段，这宝剑当真锋利无比，砍树犹如切豆腐一般轻松。我把这截断木当中掏个窟窿，把那支乾坤筒放进去后再封好窟窿，埋在天罡北斗阵的中间位置，这样即使有洪水，也冲不走那一大截木头。

为了安全起见，老人让我把铜镜也一起放进树洞中，镜面对着乾坤筒的位置。自信看这块地的周围一共有十六颗石头柱子，柱子中间位置，半径五米左右的一块地方就是消煞之地。

我们把黑山妖的尸体和脑袋也埋在这消煞之地，师父又在山妖心脏部位钉了一棵桃木钉。我们稍事休息，喝了点水，相互搀扶着顺来路走出了这片原始森林。

师父因为受了重伤，又斩掉一条胳膊，肩膀受了黑山妖一掌不但骨头碎了，内脏也受了伤害，加上搏斗时候内力用尽，整个人全靠一口气支撑着，回到家后，一下子委顿下去，眼看不活了。

临终前师父把那本汇集了子玄道长心血的《天道妙法》和抚炉真人的《垂丹之术》一并传给了我。嘱咐我不要辜负子玄师爷的心愿，一定要凭着这两本当世奇书，学有所成，以发扬道家精神，降妖除魔，造福人间。

师父神智已然不清，嘴里含混不清地念叨着自己过去和子玄道长云游时候的往事，直到天亮。清晨时分师父故去，我和老孙含泪在后山山脚下安顿了师父，这些天在一起的日子，我们都对师父有种由衷的敬佩和感激，要是没有他相救，小路、老孙和我早就没命了，更不知道还有多少人将被那赤焰鬼害了性命。师父从小就被赤焰鬼害死了父母，现在终于亲手把厉鬼困入消煞之地，也算了却了心愿。

他老人家并无其他亲人，我们在他墓志铭上写了“恩师观山道长之墓”，然后跪在坟前，默然良久。村中老者闻讯也来悼念，只有他们相信那厉鬼的事情是真的。

给师父守坟三日，我和老孙辞别众人返回天津市区。

第3章 鬼楼魅影月满天

回到城市，看着熙熙攘攘的人流攒动，想起在原始森林那恐怖惊险的画面，想起赤焰鬼幻作的猩红翠绿的魔火，想起黑山妖狰狞恐怖的面孔，真有种恍如隔世的感觉。

我已经请了一周的事假，实在有点不好意思，幸亏主管领导大张是个老好人，一直跟我们做下属的关系很好。

我不在的时候同事们都辛苦帮我干了好几天的活儿，所以第二天晚上我请大张还有几个要好的同事一起吃饭，顺便叫上老孙，老孙属于自来熟，早跟我那帮同事混熟了。

我和老孙商量好只字不提这几天干什么去了。酒过三巡，大家天南地北，海阔天空的开始胡侃起来。

大张眯着小眼睛神神秘秘地说："最近你们听说了没？"

我们大家一起摇头。

大张说："王凡经理被调离了，从总部新调来个经理。"

大张面部的肯定表情表明着这事情的真实性。王凡经理是我们部门的总经理，人很不错。

赵勇喝了口啤酒说："他们上层变动跟我们没什么关系，爱怎么动怎么动呗，我们该干吗干吗好了，只是王凡经理人不错的。"

"那你知道王凡为什么被调离么？"大张又开始卖关子。

我们接着摇头。

大张又开始神秘地说："他患了精神病了！"

我吓了一跳说："大张，这可不能胡说，你以为精神病那么容易得的？"

大张神秘兮兮地说："千真万确啊！这我敢随便瞎说么？不管怎么着王凡一直对咱几个不错的，而且他和我认识这么多年了，我怎么可能编排他啊。"

众人见他所言似乎非虚，忙问到底怎么回事。

大张灌了杯啤酒说："王凡的夫人姚倩是一个房地产开发商的部门经理，她们公司在南郊开发了一个楼盘，叫流星花园。这大楼位置比较偏远，主要是配合旁边温泉度假村才建的，主要面对的是高收入人群，买了房子在这里休闲度假用。本来那大楼依山傍水景色宜人，前景也非常被看好。可是大楼主体工程刚刚建好，突然那里就开始闹鬼了。"

一听说闹鬼，大家的耳朵都支棱起来认真听着。

大张接着说："首先是工地上的工人莫名奇妙地死去，有的是上吊而死，有的是从楼上跳下来，还有的被发现自己把自己掐死了。奇怪的是工人们晚上都是在空地边上搭的工棚里睡觉的，但是死的时候却都在大楼里，谁也没看见他们晚上什么时候进了大楼。后来工人们都跑了，那些死了的民工的家属把开发商告了，从此那里就被称呼为'鬼楼'。眼看事情越闹越大，再这样下去这楼盘就没人敢买了，可就赔大了。姚倩很是着急，公司的智囊们商量了个办法，高价请来了电视台的记者，要一起去大楼住上几天，在此期间，直接在一楼大厅里搭野营帐篷。一行人连三名记者一起共十个人，姚倩是负责这大楼的项目经理，自然首当其冲。要知道请电视台的记者，还要搞追踪报道什么的，当然费用是很大的，但是为了楼盘销售顺利也只能咬牙大吐血了。一行人很快入住了鬼楼。"

大张说到这里又喝了口啤酒，大家以前只是大致听说有个楼盘闹鬼的事情，但是后来政府下令封锁了消息，以后发生的事情就不太清楚了，都催促大张快讲。

大张点了颗烟，吐了口烟雾，接着说："开始三天大家都是好好的，没发现什么异常，到了第四天一大早，饭店送饭的人开车过去，才发现，所有十个人都惨死在了大楼里，死状相当恐怖，而且每一层都有死人，每个人的死法都不尽相同。姚倩是把自己舌头咬断失血过多而死，脸上还挂着诡异的笑。三名记者一个用相机挂带勒死自己，一个把摄像机三脚架上整根架子插进自己的喉咙穿破肚皮而死，其他几人的死状也都极其恐怖！"

我们听到这里无不骇然，浑身直起鸡皮疙瘩。

大张接着道："王凡就是因为受不了这打击，每天晚上都能梦见姚倩满嘴鲜血冲他比画着，似乎要说出自己是怎么死的，但是舌头咬掉了说不出话来。于是王凡就开始精神有点恍惚了，有一天晚上他趁人不注意开车跑到鬼楼那里去，第二天被人发现躺在附近公路上，脖子上有一圈深深的淤痕，但是并没有死，只是精神失常了，莫名其妙地说他来救她老婆，还说自己看见鬼了。现在人被送进了安定医院，不知道还能

不能恢复正常，公司没办法只好找人代替了他的职务。现在这案子还是悬而未决，考虑到影响不好，相关部门禁止媒体对外公布，只是说开发商财务周转问题，大楼无法继续建设。”

大张也是非常忧郁，毕竟他和王凡是很好的同事。我们听了都没做声，脑子里可能都在想象那些晚上到底发生了什么。

大张接着说：“还有更玄的呢。”

我们忙把脑袋凑过去，竖起耳朵听。

大张说：“盖楼要挖很深的地基，这个大家都清楚，据说那个流星花园挖地基的时候，曾挖出一口棺材，正好妨碍打地基。一般工程队遇到这种事情都会放鞭炮烧香拜佛什么的。这次也不例外，他们没有动这棺材，怕有什么不吉利的事情发生，钢筋拐两个弯绕过了棺材，烧香拜佛后又把棺材重新埋在了地下。”

大家都听得一愣愣的，胆子最小的女同事王燕虽然被吓得够呛，还是忍不住听下去，小心地问：“大张你胡说，工程队看见棺材为什么不挖出来找个地方埋了？怎么还接着放在那里不动啊？那以后人们入住了，楼底下有个棺材，那多吓人呀。”

大张嘿嘿一笑说：“那是他们怕冲撞了不干净的东西，到时候倒霉的是自己。”

他接着说：“我说的这个可是千真万确的。自从鬼楼发生那么多人命后，就有人建议请道士来驱鬼，但请来的那几个江湖术士，到了鬼楼一看，扭头就走。据说他们看出来这里的鬼太厉害，比他们道行要大，所以赶紧溜了，免得惹来杀身之祸。”

本来想请大家吃顿饭表示感谢的，结果弄得人人心慌意乱，惊恐连连。

大家吃到快半夜了才散，我回到家刚要睡觉，老孙打来电话，他认为我们道士的身份虽然没公开，但是身为降妖除魔维护正义的道家弟子，降妖捉鬼是我们的职责，我们应该去那鬼楼看看，顺便把那鬼给捉了。

我冲他骂道：“前两天差点被鬼给害死，你小子都快吓得尿裤子了，现在就开始充好汉了？咱有师傅那捉鬼的本事么？”

老孙恼道：“谁尿裤子了？我当时何等威武，挥剑斩魔头。那气概是一般人能有的么？”

我呸了一声说：“你就吹吧你，不会捉鬼咱捉个屁呀？”

老孙说：“师父不是传给你两本书么？还夸你是什么合适的人才，你不会照着书学呀？”

我想也对，撂下电话一个人睡不着，想起师父传的那本《天道妙法》，拿出来翻了一遍先看个大概，全书大致分为几个部分：

第一部分是道教心法和内功修炼，都用现代白话文书写，还配有图解说明。

第二部分是剑术，主要是太极剑法。

第三部分是轻功，是道教特有的闪展腾挪的功夫。

第四部分是画符，有封、驱、镇、分四种，配合相应咒语达到相应效果，也都配有图形加以详细说明。

第五部分是指诀，是配合咒语使用的，就是说结一个指诀，念相应的咒语，才会起相应的作用。这指诀分为封、驱、镇、分和开、收、罩、散八种，指诀的封、驱、镇、分和符咒的封、驱、镇、分的区别在于，符咒的法力能持续一阴一阳二十四小时时间，而指诀法力就是瞬间起到相应作用。

第六部分就是咒语了，都是晦涩难懂的，有的篇幅还不短，多极了生僻的文字，还要查字典才能知道读音和意思。

还有一部分是关于鬼怪的介绍，书上说鬼有时会以水、火、气体等可见事物出现，用火、水、毒雾等来达到伤害人的目的，属于实体攻击。

还有一种鬼，人的肉眼是看不到的，它能幻化成各种形态，能控制人的意志，属于虚体攻击，是很可怕的，这种鬼叫做无影鬼，那流星花园里的鬼八成就是属于这种。

另外还有其他各式各样的鬼，根据它们的死因、形成原因，尸体埋葬地点不同而形成不同的鬼，不和它们正面交锋，永远不知道它们属于什么类型，会些什么妖法。

书上描写最厉害的一种鬼已经脱离了鬼的范畴了，因为它已经修炼成为有高强法术的鬼，这样的鬼不受符咒、指诀和咒语的约束，我们除秽派的道士是无法对付的，只有御术派的高手才可以应付得来。

我开始遵循师父的教导，苦心钻研这本奇书，先用了半个月时间把里面的内容背得滚瓜烂熟，我记忆力超好，小学的古文诗词到现在我都能倒背如流，不像老孙早就饭给吃了。

记熟之后，又费了很大工夫把那些符咒的图形、指诀和布阵的图谱记牢。再然后自己就开始刻苦练习，我一个人住没人打搅很方便练功。

幸亏子玄道长的文字语言还是比较接近现代语法的。两个月后，我的练习小有成果，只是基础的内功不成，这道家内功不是一时半会儿就能练成的，天赋再高也要费一番功夫。

没有内力或者内力不济的话，符咒和指诀还有咒语的威力就会大打折扣，同样地符咒和指诀由内功深厚的人使将起来，那效果是非常惊人的。

但也不能着急，我能用这么短时间修炼到这份儿上已经是奇迹了，按照书上的说明，要达到我现在的水平，至少需要两三年的时间，而我用短短两个月时间就已经达到这水平，看来我还真是很有天赋的。

以前不知道师父口口声声说我天赋高是怎么回事，现在理解了，天赋高就是能比

别人理解的快，理解的深，并能用很短时间达到很高的水平。这个真和努力无关，是天生的。

师父当日说学成“除秽派”的初级水平至少需要两三年时间，而我用短短两个月就达到了，着实让我兴奋了一把，也禁不住对自己刮目相看了。

老孙这个人自来就懒，但是他绝对不缺乏冒险精神，而且勇于大胆尝试，尤其爱在吃上尝试。为了吃，能什么都不顾，他现在是没钱，要是有钱，想吃羊肉串的话，他敢坐飞机去新疆，吃完再飞回来。

他在吃上面尤其讲究，不过他做饭的手艺确实非同一般，真的非同凡响！我们有饭局，除了人多时候去饭店，人少的话绝对让老孙在家里做饭吃，我们一到他家就打牌，别的一律不管，老孙也不计较，厨房的工作自己全包了，做出的饭菜那叫一个香啊。

他一家做饭，满楼道都能闻见香味，一闻见与众不同的香味，一准知道老孙家又开火了，谁打老孙家门口过都要停一下，闻够了香味再走，经常有家庭主妇过来请教做菜之道。

据传说老孙的曾祖父曾给前清某个王爷做过饭，是有名的掌勺大厨。那王爷是名武将，只要一出门执行任务准带上老孙的曾祖父。有一次军队出征，天黑了驻扎在山下，老孙曾祖父做饭太香，竟然引来了一群饿狼，这王爷差点没让狼给叼去，以后再出征打仗就不敢带老孙的曾祖父了。

后来老孙曾祖父写了本食谱，一家当宝贝似的留着，可惜老孙的爷爷和爸爸都不会做饭，那本食谱也在文化大革命破四旧时给烧了。不过老孙做菜的感觉绝对是遗传他曾祖父的，且天分极高，正是因为有这个手艺，老孙的女人缘一向很好，因为女孩子一般都比较馋。

老孙前两任女友都很漂亮，但都有个共同点，都爱吃。结果后来都跟老孙分手了，一个是因为自从跟了老孙，体重成几何倍数增长，只好忍痛离开了老孙。

另一个开始很苗条，不到一年，胖得跟猪一样，老孙不得不跟她分手。

总之老孙的厨艺绝对一流，而且他并不是照本宣科，照着食谱来做饭，而是喜欢钻研，各种调料、食材互相穿插互相搭配，能钻研出各种味道特殊鲜美的菜肴来，让人不得不佩服他这方面的特长，所以他一看到观山师父传给我的《垂丹之术》就立刻抢过去，拿回家研究去了。

这天，我下班在家按照书里的内功心法打坐练功，参悟心法。自从自己道术突飞猛进后，我每天都急于练好内功，好让各种法术使用起来威力更强大，没想到练功也可以这么上瘾。

一会儿老孙来我家，特别兴奋捧着个盒子，打开一看，是两块糕点一样的东西，他让我吃一块尝尝，我拿起一块咬了一口，味道还真是不错，忙问这是什么东西。

老孙神秘地问："有没有什么特别的地方？"

我摇头。

老孙又说："你仔细听听周围的声音。"

我心想吃糕点跟听声音有什么关系，不过还是侧头仔细凝听周围的声音，这一听吓了我一大跳，我在自己家里，屋子里很安静，这时候一仔细听，各种声音呼呼而至，远处街道上的汽车喇叭声，人说话声音，菜市场卖菜的吆喝声音，各种声音都能听得一清二楚。而且选择其中一种声音关注，其他声音就会自动减小或消失，不想听的时候就一切恢复正常状态。

我慌忙捂住自己的耳朵，看着老孙。老孙哈哈大笑，拍了下我肩膀说："老李，我成功了，这就是炼丹书上的'展耳丹'，让我研究成功了！"

我收回耳力说："丹药不是丸状的么，怎么成了绿豆糕样的了？还那么好吃？"

老孙说："改良，改良，这是我把炼丹术和中国美食结合后的产物，既能达到丹药的效果，又好吃，还能解饿，这就是我创新的结果。"

我听了哭笑不得，吃货终究是吃货，炼个丹丸，还非要弄那么好吃不可。我忽然想起什么问："那《垂丹之术》我大致看了一下，里面的材料很难找啊，都是些珍稀材料。而且炼制的时候我们普通的做饭的火可不行，要用上等的木材加上一些特殊燃料烧起的火才行的啊。"

老孙听到这里，立刻委屈起来说："还说呢，这炼制'展耳丹'所需的药材是我请教了无数老中医，好不容易弄清楚是什么东西，然后去山里自己采来的，有一味草药还是我托外地朋友给我邮寄过来的，咱们这里根本没有。而且我认识个开饭店做烤鸭的朋友，是那种吊炉烤鸭，烧果木的，我就在近郊租了个平房，周围少有人烟，让我这个做烤鸭的朋友给我搭了个炉子，然后我照书上说的找来各种木材和燃料，按照比例顺序来炼制，一次次实验，一次次失败啊，最终还是让我炼成了这展耳丹。书里各类丹药的配方倒是不少，而且都很神奇，但就是药材难找，我查过书，有的药材好像都绝种了呢。"

听到这里，我不得不由衷佩服老孙在这方面的钻研精神，竟然为了炼丹还在郊区租了个平房，这事儿我都一点不知道。可见老孙真是下了功夫了。

我问道："这丹丸作用能持续多长时间？"。

老孙说："我一共才炼制了三块我吃了一块，刚计算了一下，好像是能持续半个小时的时间，但是书上说药力可以持续四个时辰，也就是八个小时，可能有的地方还没研究透，以至于药效不够，还要回去接着研究。"

听到这里，我立刻毫不吝啬溢美之词，把很少用到老孙身上的优美词汇强加到他

身上，老孙自然是得意洋洋。

我趁他兴奋得飘飘然的时候说：“赶紧回去研究其他的丹药，研究不出来，没收你的书。”

老孙赶紧说：“这个展耳丹的材料都是千辛万苦找来的，其他的丹药的配方我都看了，材料太难找，而且炼制方法都有特殊要求，可不是一般地方、一般燃料、一般炉子能炼制出来的。”

我说：“你号称食神，这点难题能难倒你？”

老孙听了我这话显然很受用，对我拍胸脯打保票说：“放心，我一直在努力。”

我忽然问：“你小子怎么偏偏先炼制这个什么展耳丹呀？是不是想干什么坏事？”

老孙嘻嘻一笑说：“我楼上那个美女小月总不爱理我，我想听听她每天都干什么。”

我靠，这流氓。

三个月后，已经到了深冬时节，小路身上的伤也养得差不多了，大家商量着到老孙家吃红焖羊肉，好好补一下，老孙的红焖羊肉经过他自己的手法，再加上自己配置的作料、草药等，在锅里一煮那叫一鲜美。

我们一群人有吃有笑，好不热闹。有时候我就想，要是日子一天天都这样过，那也不错，什么烦恼也没有，天天开心，多好啊。可惜啊，人要奋斗，不奋斗就要落后，伟人说过落后就要挨打，放到现代社会来说就是，落后就要挨饿。

大张酒喝到深处，点了颗烟说：“你们听说了没？王凡今天上午出院了，以前那么胖，现在瘦得跟猴儿似的，据说在安定医院里，天天说自己看见鬼了，天天说那些人都是他杀的。”

我问：“那他现在怎么样了？”

大张说：“医生说这是精神受了强烈的刺激，看到了什么可怕的东西，导致精神失常。现在恢复差不多了，被姚倩的家人接回去了，他是我老同事，怎么也要去他家看看他去啊。”

王凡以前管我们这个部门，人不错，对我们也很照顾，跟下属从来都是和蔼可亲的，大家对他印象都不错，我们几个商量好明天下午下班后去他家看看。

听说王凡遇到过鬼，正好我对《天道妙法》研究了几个月了，借此机会可以用书里的方法对他观察一下。

转天下午一进王凡家我就感觉一股阴森的鬼气袭来。我用《天道妙法》中的“读鬼术”观察王凡，感觉他印堂发黑，身体还透着丝丝寒气，且双眼无神呆滞，虽然和我们简单地聊着，但是能感觉他精神不能集中，而且声音语调和嗓音飘忽不定。

我感觉有点不对劲，以前小路被鬼上身，后来病好后，和正常人一样，什么事情也没有了，可是王凡为什么身上还有鬼气存在呢？王凡发病的时候总说他看见鬼了。看见鬼不死也要扒层皮，鬼楼里的那鬼尤其凶恶，去过鬼楼的人都无一幸免，这王凡为什么就能活着回来呢？这些疑问反复困扰着我。

我正陷入思索中，被同事拽了一下衣服说：“我们走吧，王经理刚出院，不宜多打搅。”

王凡家的灯光调得比较暗，怕强光会刺激到王凡。我最后一个跨出屋子，跨出屋子的一刹那从侧面柜子上的镜子里，余光看见有股小旋风飘了过去，我浑身激灵一下，心说不好，忙对同事说：“你们先下楼，我和王经理说两句话。”

大家没在意，都下楼了，王凡的父母都在外地居住，是姚倩的家人把王凡接回自己家的，家里人给他请了个男保姆，好照顾王凡的生活起居，怕他再犯病能及时送医院去。男保姆姓罗，我忙让他取来纸和笔，在客厅迅速把纸张裁好，然后在上面画了符咒，让小罗把符咒贴到客厅里所有的门和窗户上，小罗没见过这阵仗，不明白什么意思，愣着没动。

我严厉地说：“这里有鬼！要活命赶紧把符贴好。”

小罗老家是乡下的，乡下本来就盛产鬼怪故事。他一看我画的符咒，再一听我说的话，早吓坏了，立刻迅速贴好了符咒，我催动咒语结下符咒结界。

刚贴好，就听屋子里响声大作，我一个箭步跨进王凡卧室，手上早结好了指诀，只见王凡坐在床上，自己的两手掐着自己的脖子，翻着白眼，舌头都快出来了。

我飞出一枚“分”字符咒贴到王凡身上，口中催动咒语，只见王凡立刻向后倒去，手松开，头碰到墙上，晕了过去。我的符咒已经把附在他身体里的鬼给“分”了出来。

这个鬼不像“赤焰鬼”有魔火实体，而是无形的，属于无影鬼的范畴。我双手食指和中指并拢口中念咒在自己双眼上一抹喝道“开”，这是天道妙法的“开”字诀，能开阴阳眼。阴阳眼一打开，我立刻看见无影鬼的行踪，虽然眼里看到的也只是空气中的气流异常流动形成的气流。

那气流呼啸着向我扑来，我知道无影鬼是想上我的身，一旦被它上身，就只有任它摆布的份儿了。

我又结个“罩”字咒在自己身上，并催动咒语，无影鬼扑到我身上立刻被弹了出去，那无影鬼此时已经明白我对它的行踪了如指掌，也知道我不是普通角色。它迅速从卧室逃到客厅，这下正合我意，客厅里都是符咒。

我刚从卧室跳出来，迎面一个亮闪闪的东西向我砸来，我忙闪身，只听“砰”的

一声，扭头一看，原来是王凡家的大鱼缸。抬眼望去，保姆小罗正头发倒竖，双眼突出地瞪着我，见鱼缸没砸到我，又拎起茶几向我砸来，一定是那无影鬼逃不出我在厅里布置的结界，就立刻上了小罗的身。刚才事出匆忙，没顾上吩咐小罗赶紧下楼。

我看小罗抓起那么沉的茶几，赶忙飞出“封”字符咒贴到他胸前，口中开始催动咒语，我本想把无影鬼封在小罗身体里，然后再用“收”字咒把它收进法器里，不过把鬼封在人身体里对人是极其不利的，身体弱的根本承受不了，而且收鬼的时候不成功人就完蛋了。

不过看小罗身体结实，想来能够支撑，但是我也不敢轻易决定，就在我犹豫的一瞬间，那无影鬼脱离了小罗身体，飞快地转了一圈，直奔地面而去，那小罗没了鬼在身体里哪还举得动那么大一个茶几，眼看茶就要砸到他自己头上，我顾不上无影鬼，一步奔到小罗面前帮他把茶几放到地上，小罗脸色苍白，脸上冷汗直冒，瘫倒在地，吓得不成样子了。

我回头寻找那无影鬼，刚一转头地上鱼缸里掉落的一条金鱼突然跳起来，张开嘴咬在我小腿上，那金鱼长着长长的极锋利的牙齿，我感觉它的牙齿已经咬穿了我的肌肉，正是那无影鬼上了金鱼的身了，才长出这么长的牙齿。

我一阵钻心的疼痛，心里又惊又怒，也不敢用手去抓，怕它再咬到我手，我看无影鬼此时在金鱼身体里，略一思量心中暗喜，心想把它封在这金鱼体内是再好不过了，忙飞出一枚“封”符咒盖在金鱼身上，催动咒语。

哪知道无影鬼也着实聪明，还没等我向他施法，就脱了金鱼的身体，那金鱼一旦身体里没有这无影鬼，牙齿立刻就缩了回去。但是我小腿上的血洞是真实存在的，血一下喷溅出来，钻心得疼。

我顾不上腿上的伤口，转身对着空气流动处，结了个指诀。想用“封”字诀把这鬼怪封在房间任意东西中，然后再用法器收了它。

无影鬼看我的样子，知道我要下杀手，不敢和我正面拼斗，但是也无处可去只得又一次进入了小罗的身体。我急忙收咒，不敢用符咒贴到小罗身体上了，看刚才小罗的样子，估计把鬼封在他身体里对他有性命之忧。

我忙用个“分”字符咒，先把鬼逼出来再说。还没等我动手，那鬼更快，只见小罗手指甲迅速长起有十公分长，我知道这是鬼气催的，和刚才的金鱼牙齿一样。

小罗胳膊抬起，把手上指甲，放到自己脖子上，作势欲割。我知道鬼气催起来的东西坚硬无比，这样一割下去，小罗还焉有命在？

我登时一顿，只听小罗开口喝道：“放我出去！”

声音虽然是小罗的但是口气口音让人听起来浑身寒战。我知道无影鬼是在威胁我，它在和我讨价还价，我不答应放它走，小罗就没命了，那么锋利的指甲割破喉咙，人哪里还有命在。

我头上冒汗，思索着是我的咒快还是那指甲快，但最终我还是不敢拿小罗的性命冒险，我妥协了。

我收回指咒，走到门前撕开上面的符，让开通路。无影鬼催着小罗慢慢走过去，打开房门走了出去，我跟着它也走出房门，这鬼实在狡猾，怕我在整个楼里都布置了符咒，非要到楼道口才肯离开小罗身体。

此时天已经大黑，这小区属于高档别墅，讲究环境，周围很空旷安静，看不见一个人，只有昏黄的路灯和树木的倒影在地上随风晃动。

到了楼道口，小罗突然一下摊倒在地，那无影鬼倏的不见了。这鬼不能带着小罗飞腾。书上说，鬼怪能附着在人身体上，但是不能带人一起飞腾，因为人是地球生物，受地球引力束缚，就是说人是“肉体凡胎”，鬼属于另一空间不受地球引力束缚，可以自由飞腾，它们进入人身体后，做一些其他动作还行，可是飞腾绝对是不能的，正是所谓的“携凡胎如背泰山”。

小罗倒在地上昏了过去，人被鬼进入身体后，身体各个器官组织的各种机能活动都被打乱，不能正常工作，长时间被鬼附身，即使鬼离开了，人也是没办法活了。小路那次就是差点没命的。

我把腿上伤口简单包扎了一下，打电话给老孙，让他开车过来，拉小罗和王凡去医院，顺便把刚才发生的事情给他讲了一下。

不久小罗就醒了，他身体素质还好，加上被鬼附身时间也不长，所以很快就苏醒过来，我嘱咐他不要把事情说出去，否则恐怕有性命之忧。小罗亲眼看见这些奇怪的东西，又亲自感受了一番，早就被吓怕了，一听说还有性命危险当然再也不敢声张。

从医院出来，老孙见我眉头紧锁，问我怎么回事。

我说：“我感觉有点奇怪。”

老孙说：“奇怪什么？”

我说：“那鬼为什么不放过王凡？又为什么早不在安定医院把王凡解决掉，非要等王凡出院才来索命？“

老孙听了也是一脸茫然说：“你要我推理么？我又不是侦探。”

我说：“恐怕是安定医院有什么问题。”

老孙问：“什么问题？”

我横了他一眼说：“你就不会动动脑么？”

老孙说：“我这聪明的大脑是随便能动的么？”

我无奈说：“明天去安定医院一趟。”

老孙问：“去哪里干什么？“

我说："给你看病！"

第二天我们驱车到了市安定医院，也就是精神病医院。医院背靠高山，前后各有一条河，我猛然想起这和《天道妙法》里的"风水术"的某一篇的某个图形很相似，细细回忆，突然豁然开朗，这里正是一处"消煞"之地！怪不得那无影鬼不敢进来这里害王凡呢。

这医院建设于解放前，本来是国民党特务机构的大本营，解放后改造成医院，后来因为这里离市区较远，就改为精神病医院了。这医院周围没有开发过什么项目，就这么孤零零一所医院，周边环境长时间以来没发生什么变化。

我和老孙围着医院转了一圈，在周围发现了八棵石头柱子，石头柱子大部分埋在地下，地面只露出一小部分，不仔细看绝对看不出来。

我猜测另外还有八棵柱子，肯定是被埋到土里了，我按照天罡北斗阵法，算出其余八棵柱子所在的位置，折了根粗树枝挖下去，果然在地下半米多深处发现了另外八棵柱子，柱子上都刻着道家的符咒，是"驱"字符，显然是防止有鬼怪来此作祟用的。看来这里以前有过道家除秽派的高手布置了这个阵法，跟我们同属一门。

我对老孙说："我分析出王凡几次侥幸脱险的原因了。"

老孙说："快说来听听，王凡怎么好几次都死不了？"

我说："听大张说王凡被发现的时候是早上六点多的时候，是郊区送菜的菜农在马路上发现了他。据调查，王凡家小区收垃圾的看见王凡凌晨四点左右驾车出去的，王凡后来也说他是梦见他老婆姚倩让他去鬼楼救她，才稀里糊涂去了鬼楼的。那么可以断定他是在五点左右进鬼楼遇见了无影鬼，然后无影鬼上了王凡的身，准备让他自己把自己掐死得时候，天突然亮了，天一亮鬼怪就要回去它们的世界，所以白天鬼是不存在的，因为鬼和人的空间在白天没有交集。这就是王凡恰巧捡回一条命的原因。后来王凡精神好转后跟警察说看见一口红红的棺材，然后感到有强大的力量控制自己扼住自己的脖子，在窒息得快要死掉的时候，那股力量却突然消失。王凡逃过一劫，爬出鬼楼到了公路上自己的车旁，想快点逃离那个地方，但是因为惊恐过度，加上体力不支，昏了过去。"

老孙问："这么说那鬼不害其他人，只是专害进去过鬼楼的人么？"

我说："大张说建筑队把挖出的棺材重新埋在地下，但是这棺材里的无影鬼显然是怨念很强的厉鬼，以前没听说这地方闹鬼，说明这棺材以前是被人镇在那里的，大楼一开工破坏了阵法，厉鬼就被放了出来。"

老孙说："这帮开发商真是一点好事不干，你盖楼请个懂风水的看一下啊，真是瞎整。"

我说："听大张说本来是请了风水先生了，可是风水先生说那里风水很好，可见请来的也是个骗钱的二把刀风水师，反正现代化的东西越来越多，鬼怪生存的空间也就越来越小了，一般不会出什么事情的，听说那个二把刀风水先生早就在大楼开工不久逃到外地去了。"

我和老孙决定到那鬼楼实地看一下，我们选择白天去，因为鬼白天不出没，只有晚上出来，在白天另一层空间无法和人类空间重叠，所以鬼在白天是根本不存在的。

我和老孙驱车来到鬼楼，这里离市区不算远，从市区开车也就三十分钟，这里风景的确不错，环境相当宜人。

我用《天道妙法》里的"风水术"观察这里，发现这里的确是块风水宝地！看来那个二把刀风水师说得没错啊。

这可就奇怪了，既然此人死后能成为鬼，死的时候肯定受了很大的痛苦有很大的怨气，那它一定是被仇人给害死的。这人死后被人布阵镇住，肯定不是自己的家人安葬的，那就肯定是害死它的人安葬的，那为什么害死它的人还给它找了个这么好的风水宝地呢？

那个二把刀风水师一定也发现这里是块风水宝地，但是估计他没学过道教的布阵之术，所以没有看出来，这里有镇鬼的阵法存在，这也不能怪他，能看出这里是风水宝地就已经不错了。

我在鬼楼周围绕了几圈，在鬼楼周围半公里的范围内看出道家阵法的定桩点，就是阵法摆放东西的地方，道教一般用石头柱子，上面刻上符咒，这些埋柱子的地方就是定桩点。

这里摆的是天罡北斗阵，我在大楼后面山上的定桩点位置发现了石头柱子，另外的柱子都已经被施工队给破坏了，怪不得把下面这厉鬼给放出来了呢。

而后我又根据定桩位置，推算出棺材的位置，因为布这个阵就是为了镇住那个棺材的。那棺材正在流星花园主楼正下面，偏向大楼右侧三分之一的位置。

我们在周围作了记号，然后钻过警方的封锁带进了那座闹鬼的楼的大厅，虽然主体刚刚完工，但是能想象出这大楼将来的豪华程度在我们当地可算是首屈一指的。

我们看见地上有警方画的死者死亡的体位图，光看图就已经感觉很恐怖了，我和老孙有过和赤焰鬼、黑山妖面对面搏斗的经历，现在来这种地方也不觉得特别恐怖了，看来人的心理素质确实是靠磨练的。

我们往楼上走，大楼是一梯两户的，到了二楼我们同样看到死者尸体的体位图，估计每一层都会有的，我们一直爬到了顶层十层，里面空洞洞没什么特别的，从十楼俯瞰下面，工地上一片狼藉，堆放着各种材料、工具、吊车，还有工棚。

我看了一会儿，仔细把这大楼的结构，以及每一层楼的结构、楼梯朝向等等都印

在脑子里，这才和老孙驱车回家。

我的房子是个两室，自己一人住，父母都在外地老家。老孙、小路还有其他朋友来我这里玩，太晚的话都可以住在我这里。

我和老孙商量着今天晚上就去鬼楼把这鬼给干掉，然后埋到安定医院的消煞之地去，让它一点点消失。

我跟这只无影鬼交手过，感觉对付起来还是很容易的，不像那赤焰鬼，对付起来可真是费力。无影鬼只要不让他上身，然后符咒和咒语指法配合迅速准确，拿住它肯定没问题。

老孙对我说："老李，你这腿上的伤昨天刚上完药，还没好利索，能行么？"

我说："放心吧，你用《垂丹之术》炼制的伤药很管用，现在差不多都痊愈了。再说了轻伤不下火线，不是我不想下，是人家不让下啊。恶鬼一天不除，还不知道又会出什么岔子，死多少人呢，早给它干掉了，早一天省心。"

老孙见我坚持也没法子，同意今天晚上就动手。我们本来想在那个鬼楼周围重新布置天罡北斗阵，继续把这厉鬼镇在里面，但是想到这大楼以后肯定还会建设下去，到时候又会把阵法破坏掉，所以还是把这恶鬼捉了才是万全之策。

我们准备好符咒，带了手电、乾坤筒和敛尸坛，并带上冷月宝剑。我总感觉这把宝剑绝对不一般，但是就是不知道它的来历和它真正的威力。师父看到这宝剑的时候曾经认出这是"冷月宝剑"，可是师父去世太突然，没来得及给我们说说这把宝剑的来龙去脉。

我带上它一为了防身，二是这宝剑黑暗中能发光，正好照亮用，并能驱赶各种野兽。

我们凌晨两点出发，天上月亮很大，照得地面一片雪亮，也许老孙开夜路不习惯，我们用了四十多分钟才到达鬼楼，比白天时候多用了十五分钟。

我和老孙钻过警方的封锁带穿过工地进入鬼楼，先把各个楼层重要位置都贴上符咒。然后回到一楼大厅，找到白天记录下的厉鬼棺材的位置，我双手结了个指咒，口中念动咒语，右手手掌在那地方用力一拍喝道"分"。

过了没有三秒钟，地下传来一阵轻微的抖动，我知道是无影鬼出来了，我提前把自己天眼打开，老孙没学任何法术和心法内功，天眼是不能开的。我看到一股气流窜出地面，逃向大厅门口，突然被符咒结界弹回，转而向二楼逃窜。

我们紧跟着跑上二楼，上面楼层也都被我们符咒封住了，看这恶鬼能跑到哪里去，只要跟我一照面，我就用符咒把它给收了。我已经在自己和老孙身上都用了"罩"字咒，那恶鬼上不了我们的身。

最终无影鬼被我们堵在了十层，那里已经被我贴满了符咒，它盘旋来去无处可逃了。我刚要用“收”字咒，把这厉鬼收了，那鬼却一头钻进角落里的一个房间，我们刚才贴符咒的时候没有看见那里有个房间啊。一般顶楼结构和其他楼层结构通常是不一样的，经常多出个露台赠给客户什么的。后悔刚才没注意这里还有个露台，不然早贴上符咒了。

我和老孙急忙跑过去，怕这厉鬼从露台跑掉，那样刚才的努力就全白费了，虽然这恶鬼天亮前必须回到棺材里去，明天还可以重新来捉，但是那时候厉鬼有了准备，捉鬼就要大费周折了。

我从门口探头向露台上张望，见无影鬼在露台上盘旋着，想是符咒贴得位置准确，这露台也被符咒之间连接成的结界给罩住了，它突破不了。

我心里一阵高兴，手里结了个指诀，抬脚就要跨上露台。

就在我要跨出步子的一刹那，突然浑身一机灵，似乎想起了什么，有些迟疑，老孙见我停住不前，向这大露台张望一下，一步跨了过去。我伸手用力一拉，硬生生把他给拉了回来。

老孙不明白怎么回事，大声说：“再不追鬼就跑了。“

我拉着他向后退回了楼内，略一思索，猛然惊醒。我手中掐诀口中念咒，大喝一声“开”，突然之间屋子里的符咒纷纷飘落下来，天光大亮，一轮明月照得地面一片雪白，一阵风吹来，身后哗哗作响，我和老孙扭头看去，只见身后是密密的树林，被风一吹，树叶响动。

我们再把头转回来一看，顿时毛骨悚然，眼前就是万丈悬崖，只要刚才跨出去一步我们就粉身碎骨了。

我头上冷汗直冒，望了一眼吓呆的老孙，说道：“他妈的，我们着了这鬼的道儿了。“

原来这刚才的所有一切都是无影鬼幻化的，只是为引诱我们来这悬崖，我们刚才只是在通往这悬崖的山道上盘旋了半天，幸亏我相信我白天时候的记忆，我记得这第十层和下面一样都是没有什么露台的，即使有露台，露台的方向也不对，应该是朝这山前开，刚才看见的露台是冲山后开的。

这处悬崖我们都认识，叫“九十度坡”。悬崖是直上直下的，经常有人或动物从那里失脚落下。

这鬼的幻境简直太真实了，幸亏我记忆力好，不然早就玩完了。我又惊又怒，没想到这无影鬼倒是真够狡诈的，看来跟它周旋一定要小心。

我扭头跟老孙说：“回去，赶紧去鬼楼。”

第4章 无影鬼再逞奸计

我们下了山坡，辨别了一下方向，车掉头向来时方向开回去，开了十几分钟才来到了那鬼楼。我说来的时候怎么比白天时间要长十几分钟呢，开始还以为是老孙不习惯夜路呢，原来都是这恶鬼的幻境。

我们下了车，带好装备小心地钻过警方的封锁带，进了一楼大厅。并没有发现鬼的踪迹，连上了几层都没发现异常，难道这鬼见幻境没杀死我们就跑掉了？

即使今天跑到别处，明天老子提前来，把这里都贴满符咒，看你跑哪里去。不知不觉到了第十层，果然真的大楼里第十层没有什么露台。

还是没有发现鬼的踪迹，看来这鬼是跑掉了，不过天亮之前它一定会回来它的老窝的，一到天亮鬼在地球上就不存在了。

我们估计鬼已经逃了，于是当即决定先在这里贴满“驱”符，明天晚上再来捉它，无论如何也要置这恶鬼于死地。

我们的“驱”字符不够多，我让老孙去车里拿纸和笔现场画些符。老孙刚要下楼，突然听到“咚咚”的响声，我们摒住呼吸，听那响动是从楼顶传来的，我们顺着通往楼顶的铁梯小心地爬上去，伸手推开楼顶的门，眼前的景象把我们吓了一跳！

一口红漆漆的棺材摆在楼顶中央，我们知道这楼下面埋的是无影鬼的棺材，但是那棺材无论如何也不可能从地下钻出来摆在楼顶啊。

我跟老孙说：“注意，这估计又是无影鬼设下的计。”

老孙点头，我们小心翼翼向棺材走去，我手上暗暗结了指诀，恶鬼一露头我就干掉他。我们一走近，棺材突然剧烈地颤动起来，棺材盖子不停抖动像是要打开的样子。我和老孙停住脚步，全神戒备，老孙手里也捏着符咒，有东西出来随时准备扔过去。

那口棺材本身就红漆漆的，在月光照耀下，更是红得发亮，寒气森森。突然间整个棺材忽然不动了，我给老孙使了个眼色，意思让他掷符过去，不管它里面是什么东西，先封住在说。

老孙手里的符刚要掷过去，那棺材盖子突然飞了起来，翻滚着向我们砸来，速度之快令人咋舌，我和老孙急忙向两旁一闪，那棺材盖子带着风擦着我的头皮“呼”地飞了出去，劲风擦得我头皮直发麻，力气之大，匪夷所思。

我们一动不动，死盯住棺材，等着那恶鬼窜出来，并没在意飞过去的棺材盖。哪知道那棺材盖背面还紧紧贴着一个人，光线暗淡，我和老孙一时没看见，棺材盖子躲了过去，但是棺材盖飞过我头顶的时候，紧贴在棺材盖后面的人从棺材盖上无声地落下，扑向我。

这人头戴斗笠，双手成爪状向我抓来，这人藏的隐蔽谁也没想到它贴在棺材盖背面了，加上速度又快，我猝不及防，此时想躲已经来不及了。

那斗笠人锋利的指甲，划过我的右上臂，我立刻感到钻心的疼痛，都已刺到我胳膊上的筋骨了，我右胳膊立刻抬不起来了。

这一下切得太深，我只感觉一股暖流立刻流过胳膊，我知道是血喷涌了出来。还没等我看清斗笠人的面目，那斗笠人另一只手又直向我胸口戳来，要是被他的长指甲戳一下，胸口立刻就五个洞。我扑倒在地，连滚带爬躲过这一下。

但是那斗笠人动作相当迅速，在失去重心的情况下手臂突然暴长，十公分长的锋利指甲在我倒地的时候，一下划在我左手手腕部位，手腕部位本来就没有多少肉，都是筋和骨头，虽然斗笠人失去重心，这一下并不太重，但是那指甲太锋利了，我感觉手腕鲜血也立刻喷溅了出来。

我手一撑地，向旁躲开，只听“咔嚓”一下，我知道是手腕被割破伤到筋骨，没了力气，这下一撑地，手腕登时折断。

但是我还是用尽全身力气一下闪在旁边，这下变故，只发生在瞬间，却让我瞬间两只手都不能动弹了。

那斗笠人此刻又从地上一跃而起，向我扑来，此时老孙眼急手快，立刻向斗笠人飞出一枚“分”符，不偏不倚正贴到那人斗笠上。我急忙念动咒语，那斗笠人扑向我的身子一下翻倒在地。

是这“分”字符散去附着在这斗笠人身上的妖法，斗笠掉到一边，露出脸来，是一张胡子拉碴的脸，能看见他长长的牙齿正一点点往回缩去，他手上那十公分的指甲也开始缩了回去，整个人倒在地上颤抖着。这人一定是被那无影鬼迷惑住，当作工具来攻击我们的，可那口棺材是从哪里来的呢?

老孙忙跑过来，用《垂丹之术》上配制的伤药给我简单包扎好伤口，我让老孙

先飞过去一个符，贴在棺材上，不管里面有什么先封住再说。然后我和老孙慢慢凑近那棺材，我让老孙时刻捏好符咒，有东西出来立刻就扔过去，此刻我双手已经不能动了，不能结指法，只能靠这符咒了。

我们此时想回去也是不能了，那无影鬼一定就躲在暗处，知道我双手不能动，无法结指咒，这么好的机会，它是绝对不会放我们回去的，我们只好硬着头皮硬撑着。

那棺材里黑乎乎的，老孙用手电向里一照，里面空空的，仔细看，在棺材上还有少许新鲜的泥土，一定是无影鬼把哪家新死人的棺材弄出来摆在这里，迷惑住我们，对我们实施突然袭击。这鬼好多的诡计。

棺材板后面藏人，搁谁也万万想不到的，现在我双手不能动，在局面上完全处于被动，这无影鬼如此阴险狡诈，弄不好今晚我们两条小命就交代这里了。

老孙说："老李，你现在伤势这么重，我看我们还是改天再来吧，吸取教训下次可以准备充分点，留得青山在，不怕没柴烧。"

我看了老孙一眼说："你这个想法组织可以考虑，不然我们赶紧撤吧。"

说完老孙搀扶着我走向顶楼的楼梯门，我暗中嘱咐老孙把手里的符准备好，时刻提防那恶鬼偷袭。

果然还没等我们拉开楼顶的门下去，就听见周围"劈啪"作响，抬头看，皎洁的月光下，成群的飞鸟向我们扑来，那月亮瞬间都被这一群飞鸟遮住了。我和老孙正错愕的当口，那群飞鸟已经飞扑直下，奔我们而来，我登时醒悟这些飞鸟都是受无影鬼操纵的。

我忙对老孙大喊："快撤！"

老孙急忙拉开门冲了进去，把门紧紧关好，我们下了楼梯来到十楼，这鬼楼刚把主体工程建设好，其他还什么也没有呢，只是通往楼顶的地方有个铁门，是怕下雨漏雨才先安上的，其余楼层没有窗户遮挡。那群飞鸟在楼顶上拼命撞击通往下面的那扇门，那铁门毕竟是金属的，那群飞鸟见无法突破，在空中盘旋一会儿，终于从十楼窗户飞了进来，像朵乌云般笼罩过来。

这群鸟被恶鬼控制，显然是玩了命了，往我们身上撞来，有的竟直直地撞在墙上死了，我和老孙急忙趴在地上，可是身上被那群飞鸟撞击得异常疼痛，虽然身上的衣服挺厚实，但是它们的尖嘴还是把我们身上划了无数伤口。

再这样下去可不行，老孙拉起我，挥舞着背包，向楼下冲去，那群飞鸟紧随我们，由于楼道有拐角，那飞鸟在楼道里撞来撞去的，又死了很多，待我们到了九楼，守在外面的飞鸟又从九楼的窗户飞了进来。

老孙拼命挥舞着手里的包，但是哪里抵挡得住这么多飞鸟，此刻我们身上都被这群恶鸟给抓伤啄伤了，这些鸟被无影鬼控制，身上自然有鬼气，因此嘴和爪子已经变得非常锋利，我有心用符咒驱鬼，无奈这么多鸟，有多少符咒也不够用的啊。

我双手不能结指诀，真是一点办法也没有了，这无影鬼也真够狡猾的，如果是其它动物，我们可以把顶楼的铁门一关，它们就进不来了，这飞鸟长着翅膀，想飞哪里飞哪里。

我趴在地上，身上被鸟嘴和爪子不停攻击，幸亏现在是冬天，我们穿着比较厚的衣服，不然早就血肉模糊了。饶是如此，那锋利的嘴和爪子还是抓破了身上的衣服，我把头埋在双臂中间，老孙仍然挥舞着背包，做最后的顽抗。

我头脑一片空白，仿佛看见无影鬼此时正在周围某个角落欣赏它自己导演的好戏，我只感觉鸟在身上撞击，撕扯正在加重，频率加大，想是老孙也抵挡不住了，真怀念那驱兽丹了，吃了驱兽丹有多少野兽也不敢近我们的身啊，可惜这驱兽丹是当初子玄道长炼制的，那日我们三人一人吃了一颗，还剩最后一颗，在家里放着呢，后来找不齐配制的药材，也配不出来了。

这时候老孙突然拼命拽着我往旁边卫生间里拉，那卫生间虽然没门，可是总比在大厅里好些，我们连滚带爬进了卫生间，卫生间就一扇门的通道，老孙把卫生间里一块长条木板挡在门口，身体靠在上面，飞鸟的攻势立刻减缓，但是仍然像敢死队一样，前仆后继地撞击。老孙不停扑打着从木板缝隙飞进来的鸟，总算躲过大规模的攻击，不过看这劲头，那些鸟是无穷无尽啊，一会儿我们坚持不住了怎么办？虽然说天一亮，那恶鬼就要回老窝去，这些飞鸟也就没有妖法控制了，但是离天亮还有一段时间呢，不知道我们能否坚持住。

正在这时候，更可怕的事情发生了。

我们突然听见一声凄厉的吼叫，划破夜空，我和老孙都是一怔，飞鸟们也顿时停止攻击。我们从缝隙向外望去，起码十几头恶狼站在大厅里，眼睛里冒着莹莹的绿光，显然它们也是被恶鬼控制了的。

那群飞鸟在楼里撞来撞去尸体满地都是，其余的都飞到外面去了，在窗户外盘旋着，这恶狼和刚才的飞鸟都是从后山来的，一会儿不知道还有什么凶恶的动物进来呢，我心里一沉，看来今天非要交代在这里不可。

外面的月亮还是很皎洁，月光洒下来透过九楼阳台照在屋子的地面上，我和老孙对视一眼，意思是接着拼命吧，只能争取拖到天亮了。

老孙苦笑说：“老李，哥们儿这条命今天算是没指望了，我们错误低估了敌人的能力啦。”

我无奈地说：“说得没错，太轻敌了，轻敌是会丧命的。”

正说着一头恶狼猛扑过来，一下撞开木板窜了进来，这恶狼獠牙寒光闪闪，爪子锋利异常，我手虽不能动，但用双腿利索地卡住狼的脖子，用力向旁一扭，那狼的爪

子一下扎破我的裤子和毛裤，锋利的爪子一点点扎进我的大腿。

我只感觉到钻心的疼痛，咬牙拼命用腿卡住狼的脖子，那狼受恶鬼控制，力气大得很，眼看我就要坚持不住了，又有两头狼扑了过来，张开大嘴直奔老孙扑来，老孙眼一闭，把手里的背包拼命砸了过去，一头狼扑倒了老孙，张嘴就咬老孙的咽喉。老孙双手拼命掐住狼的脖子，狼的爪子抓在老孙胸口，长长的爪子已经透过衣服扎进老孙肉里，疼得老孙鬼哭狼嚎地叫。

另一头恶狼被老孙扔出去的背包砸个正着，被鬼控制的动物，有个缺点，就是脑子发直，只会直来直去的，不会用脑，那恶狼怒吼一声，把背包用爪子按住，用嘴叼住包向上一扯，包登时被撕破，它又顺势把头一甩，背包被甩在阳台一侧的墙上，里面的东西掉了一地，散落在射进屋内的月光里，登时一束白光暴起，照耀了整个房间，那群恶狼突然哀号一声登时跑得无影无踪，外面盘旋的飞鸟也呼啦啦飞得不知去向，我和老孙来不及为这突然的变故吃惊，只感觉浑身酸软，剧痛。

此时两人身上都是鲜血，我右胳膊上的伤口重新崩裂，我们又迅速包扎一下，看那发光的东西原来就是那把放在包里的冷月宝剑。

冷月宝剑得自麒麟山的黑山妖的肚子里，并没有剑鞘，我们就用块大毛巾包好放在背包里，其实当日在麒麟山，就已经知道动物很怕这宝剑的光芒，只是方才情况危机没想起包里的宝剑来，要是早把宝剑拿出来，何至于遭这么大的凶险呢。

老孙把宝剑拾起来，捡起地上散落的符咒，以备无影鬼突然出现。我突然感觉头顶有什么东西晃动，抬头看时，一张惨白的脸孔悬在头顶，双眼流着血水，垂下的长发扫着我的头顶，我吓得浑身寒毛倒竖，一下跳开。

只见那东西轻飘飘下来，嘴里发出“吼吼”的声音，像是笑声，我知道正主终于来了，这长发女子身着现代服装，一定是楼顶那棺材里的死尸，此时无影鬼就附在这女尸身上。

那恶鬼显然不像上次那么惧怕我了，因为它知道我现在双手不能动，没办法结指诀。我在自己身上施了“罩”字咒，这恶鬼是上不了我的身的，虽然刚才的狼和飞鸟怕宝剑的光芒，但是这死尸是不怕的，无影鬼一样能借这女尸的手来杀我们。

我忙向老孙使了个眼色，让他赶紧扔符，这样我念动咒语就可把这恶鬼封在女尸体内了。老孙在恶鬼身后，刚要掷出符咒，那女尸突然转过头去盯住老孙，只见老孙双眼立刻睁大，目光变直，双眼呆滞，然后慢慢转身上了阳台，我一看糟了，老孙被这恶鬼给控制了。

来之前我也给老孙下了“罩”字咒，但是这咒语都是有一定时间效力的，加上老孙没有修炼过道家的内功心法，施在它身上的法力自然会慢慢变弱直至消失，刚才忘记给他重新再施一遍“罩”字咒了。

老孙慢慢向阳台走去，显然是这恶鬼要老孙自己从这阳台跳下去，这鬼似乎就喜欢这种害人方法。我心里那个后悔啊，早知道这样当初就不带老孙来了，送死就我一个够了，现在倒叫我眼睁睁看着好友坠楼而死。

这时那无影鬼捡起老孙掉在地上的宝剑，转过身来，对准我，口中含混地说着：“一起死吧！”

我此时精神极度崩溃，沮丧，看着老孙慢慢走上阳台，我的残存的意志轰然倒塌，不想再做任何反抗。那恶鬼举起宝剑狞笑着，向我脖子砍来，我望向老孙的背影，心想，哥们儿这辈子对不起你，下辈子一定还你，无奈闭上了眼睛。

就在我眼睛将要合上的一刹那，突然觑见老孙转过身来，迅速拣起地上的一枚符咒，我眼睛登时睁大看着他，那恶鬼见我突然瞪眼盯着它身后，猛地回头，老孙此时符咒已脱手，由于距离比较近，不偏不倚正贴在女鬼转过去的脑门上。

我来不及多想，口中急忙催动咒语。只见那女尸手中宝剑落地，一下翻到在地，浑身战栗着，用力挣扎，但是却不能挪动分毫，那无影鬼已经被我封在女尸体内了，它的鬼术也被封住了。

我忙让老孙把掉在地上的乾坤筒拔开盖子扔到女尸旁边，我口中催动“收”字咒，一股鬼气从女尸口中飘出，被收入乾坤筒中，老孙过去把盖子盖上，用胶封好。

办完这一切，我和老孙虚脱的身体倒在地上，什么也不去想，也没一点力气去想了，体力和意志极度崩溃，不觉昏昏睡去。

我们被一片嘈杂声吵醒，此时天光大亮，从阳台向外看，下面一群人，正吵吵嚷嚷的，像是在找什么东西，冲着鬼楼楼指指点点，但就是不敢进来，我们这才想起眼前这女尸，看那女尸因为天气冷，尸体还没腐烂，下面的人估计是这女尸的家属吧。

这时候，我们发现有个头戴斗笠的人正向我们这里比比划划的，跟大家说着什么，正是那个贴在棺材盖后面，把我两条手臂弄伤的斗笠人，他在顶楼，什么时候离开的我们都不知道，他下楼离开的时候一定看见我们和那女尸在九楼大厅躺着，还有遍地的鸟的尸体以及满屋子飞溅的鲜血，他一定以为我们都死呢，看他现在被人搀扶着，想是身体被鬼上身后还很虚弱。

这时候我们听见警车声响，我和老孙对望一眼，赶忙收拾起地上的东西，用那破背包包好，用书包袋子系上，偷偷下楼，从二楼楼梯背面的窗户跳出去，又从后山绕到前面停车的地方，开车返回。

回来后，用老孙炼制的疗伤药包扎了伤口，吃了点东西，又昏昏睡到下午。醒来后第一个就是问起老孙怎么会被鬼控制了还能掷出符咒的事。

老孙依然带着惊恐说：“我被无影鬼控制后，感到头痛欲裂，然后就开始迷迷糊糊向阳抬走，刚走了两步，忽然感觉腹内一股清气上升，立刻感觉神清气明，头脑又

恢复过来了，但是我怕鬼看出来，假装继续往前走，等它回头专心对付你的时候我才转身给她贴上符咒。”

听到这里我很纳闷，我的“罩”字咒那个时候在老孙身上显然已经失去作用了，不然那恶鬼也不会控制住他，怎么他突然又恢复过来了呢？

我问老孙，老孙也是莫名其妙。

我忽然想起什么对老孙说：“我们出发前你身上带什么东西没有？”

老孙一脸茫然地说：“没有啊。”

我问：“那怎么你会突然清醒过来了呢？”

老孙冥思苦想突然恍然大悟说：“我知道了。”

我急问：“怎么回事？”

老孙说：“一定是这样的，这几天我找齐了一种丹药的原料，配制出一种丹丸，但是还处在试验阶段，自己昨天吃了一颗，看看有没有什么效果，当时没感觉有什么特别之处，没想到竟能对付鬼上身。”

我忙问：“什么丹？”

老孙说：“那本《垂丹之术》里叫‘定心丸’，我以为吃了后，不管做什么不会紧张，遇到什么事情也不会害怕呢，结果吃了后，没有什么特别的感觉，觉得肯定是这丹药没炼制好，没想到这个丹药的作用在这里呢。”

我听了心里暗暗庆幸，要不是老孙对那本《垂丹之术》感兴趣，喜欢钻研，炼制出“定心丸”，今天我们非死在那鬼楼里不可。

我请了病假在家休养一周，三天左右我的外伤基本康复，用《垂丹之术》的配方配制的疗伤药果然非同凡响。

我和老孙商量着要把那无影鬼埋到安定医院的消煞之地去，我没办法直接把这鬼打为无形，永远消失，只能把它放在消煞之地让它慢慢消失。

子玄师爷的书上提到过有能直接把鬼打为无形的术，但是那是“御术派”才有的功夫，但是御术派不把捉鬼降妖看在眼里，他们追求的是“得道成仙，临风御术”，只有遇见了或者应人所求才偶尔做些斩妖除魔的事情，这斩妖除魔的事情对他们来说就是小菜一碟。

这乾坤筒在身边放着让人极不舒服，浑身别扭，总感觉无影鬼会突然跑出来害人，这都是着了那恶鬼两次陷阱后，心里落下了恐惧症。所以我在客厅里摆了个“八卦锁魂阵”，给这乾坤筒加了道保险。

我和老孙计划着如何把这乾坤筒埋到安定医院里去。为此我们想先去那医院内部走访一遍。安定医院到处是铁门、铁窗、铁栅栏，并不许外人随便进出，我们只说是来看望王凡的，才允许我们进去。

我们先去看望了王凡，他因为再次被鬼上身，精神又一次受了打击，不过现在大有好转，见我们来了，还和我们说了许多家常，聊了下工作上的事情，看得出他对姚倩的死已经很释然了，这让我们很高兴。

我们告辞后并没有出医院，而是偷偷在医院里溜达起来，用《天道妙法》里的方法终于找到消煞之地的具体地点，原来是在医院的锅炉房后面，幸好那里是土地，没有砌砖或者铺柏油路面，我们只需要带个铲子来就可以了。

就当我们看好地形转身要走的时候，突然感觉背后有一双眼睛盯着我们，猛转身，发现是个老头，他看了我们一眼，扭头进了锅炉房，我走过去向锅炉房里看了一眼，发现那老头正拿个铲子往大炉子里添煤，才知道他是烧锅炉的工人师傅。但我总感觉隐隐有些不对劲，但是也没太在意。

第二天我们用同样的方法混进安定医院，来到锅炉房后面的墙根下，我特意向锅炉房里看了一下，里面没有人，昨天的老头这会儿不在，我心里稍安。

消煞之地中心点是光秃秃的一块，周围连个杂草都没有，将近五米开外，才有杂草生长，中心点上的土是打着旋的，就像一个直径一米的漩涡一样，不仔细看看不出来。我们拿出藏在怀里的铲，开始挖掘，这活儿比较简单，只要挖两三米深就差不多了，宽度只要能装下一个“敛尸坛”就好。

这地方属于早期建筑，到现在也算是古迹了，属于文物保护之类的，政府是不会把这里扒了重新盖楼的，即使有需要重新建设，起码也要很久以后了，过不了几年这乾坤筒里的无影鬼就会消失了，所以不用挖太深，只要不被找食吃的鸡啊鸭的刨出来就好了。

我们刚挖到一半，听到背后有人低声吼道：“你们是什么人？”

我和老孙吓了一跳，回头看正是昨天碰见的老头，看来昨天我的感觉还挺准确，预感到这老头会从中阻挠，我和老孙一时不知道回答什么好。

老孙先开口道：“大爷，我们挖点野菜，给病人吃，病人想吃这口儿。”

老头横了老孙一眼，嘴里说道：“你们跟我来。”

我和老孙怕老头声张，万一暴露了，这玩意就只能埋到小路老家的麒麟山里去了，那地方那么远的，而且还要穿过原始森林，目前驱兽丹只剩一颗了，穿越原始森林还是比较危险的。

我们只好乖乖跟在老头身后进了旁边的一间屋子，那里显然是老头的居所。我偷偷拿出几百块钱，准备一会儿贿赂下老头，说不定能成。进了屋子，老人反手关上门，目光炯炯地看着我们。这老头身体佝偻着，但是一双眼睛却很亮，我能看出来，这老头，绝对练过些内功的。

老孙刚想开口辩解，好教老头相信我们确实是来挖野菜的，老人冲他一摆手，开

口道："你们来这消煞之地想干什么？"

我们听了这话吃惊不小，想不到眼前这老头竟然知道消煞之地，看来老头是内行啊，深藏不露。不由得对他另眼相看。

我问道："您怎么知道这消煞之地的？"

老人说道："先回答我的问题，你们是来挖东西还是来埋东西？"

我一不做二不休干脆直说了："我们是来埋东西的。"

老人道："哦？这么说你们是捉鬼的法师，捉到了鬼怪了？"

我说："称不上法师，只是略会一二。"

不等他是说话，我反问道："敢问您是？"

老头说："贫道道号'观月'。"

我一听，这名字和我师父"观山"的名字属于一个辈分的啊，忙说道："我师父道号'观山'，不知道您认识否？"

老头也吃惊不小说："那么说来你是二师伯子玄道长的徒孙了？"

我一阵惊喜说："正是，正是。"

老人说："怪不得年纪轻轻就能捉鬼了。"

我不好意思地说道："哪里，这是我头一次捉鬼，弄了一身伤，还差点送了性命。"

说着给老人看我手腕的伤口。

老人看了点头说："还是后生可畏啊。"

我说："请问您老和我师爷是什么关系？"

老人说："'遥知仙山路，游子观苍生'，这是我们除秽派的一句家谱，其中子玄师伯和我的师父子悠道长是除秽派第七代传人，他们拜游丘道长为师，也就是我的师爷。我师父子悠道长共收徒两名，我大师兄观海道长聪明好学，尽得师傅真传，我天生愚钝，只学了些道教的基本内功法术，和一些风水之术，降妖捉鬼的法术却是学得不精，大师兄当年和我们分开后失去联系，杳无音讯，不知道是否还在这世上。师父后来也死在乱世硝烟中，剩我一人直倒今天。我只见过子玄师伯一面，子玄师伯天分奇高，学艺精熟，但是平生只喜云游四方，斩妖除怪，对收徒却是马马虎虎，后来听说他老人家仅收了一名弟子，道号观山，但是我和观山师弟却是从未谋面的。"

我听了恍然大悟，这些来历，师父观山道长离世突然，没来得及告诉我们。

观月道长问起我师父观山道长的情况，我将前面麒麟山的事情大致说了一遍。观月道长听后唏嘘不已，又问我们乾坤筒里的鬼是在哪里所捉，我们都对他一一道来。

观月道长先让我们把这乾坤筒埋到消煞之地去，埋好后，我又在周围十米地方布了个天罡北斗阵。

观月道长见我能迅速施法布阵，甚是惊喜说：“你现在的本事够普通人学习好几年的了，你却用三个多月时间就学得如此精进，看来老天有眼，让我除秽派人才兴旺啊，只是你内功还需慢慢修炼，等内力深厚了，咒语催动就会加快，法术力量也会加强了。”

我点头称是，遥想当年师爷等前辈叱咤江湖，凭一身本领降妖伏魔的时代，不禁神往。回到屋里，观月道长兴奋之余接着说道：“你们可知这无影鬼的来历？”

我和老孙差点死在这恶鬼手里，对于这鬼的来历我们当然很感兴趣，忙问老人这鬼的来历是怎样的，观月道长这才道出了几十年前的往事。

第5章 切腹吞肠白山妖

观月道长缓缓说道：“刚解放那会儿，此地有个姓姜的地主，打土豪分田地的时候成天挨整，最后因年老体衰，禁不住折腾，死得很惨。他有个女儿叫姜萍，如花似玉，百里挑一，在城里念过女子学校，气质高雅，很有富家大小姐的风范。那时当地有一支驻军部队，军长叫王栋，我师父子悠道长曾跟随他南征北战，凭借自己一身好功夫，屡建奇功，曾为王军长立下汗马功劳。师父临死前要我从老家过来，在王军长身边做他的贴身保镖，后来我就成了王军长的警卫员。”

他喝了口水接着说道：“这王军长有个儿子叫王国庆，他看上了姜萍，仗着父亲的权势，非要娶姜萍做老婆，可是姜萍爱上的是同镇的穷小子冯建国，死活也不肯嫁给王国庆，最后王国庆找了个借口把本是贫农成份的冯建国扣上地主富农的帽子，并纠结了一群人把冯建国一顿毒打，没过多久就死了。

冯建国和老娘两个相依为命，他老娘受不了这打击，一病不起，不久也过世了。姜萍知道缘由后去找王国庆理论，却被酒后的王国庆给强暴了，姜萍一气之下，服毒自尽。一时间闹出三条人命，惊动了王栋军长，王军长是大风大浪里过来的人，参加战斗无数，枪林弹雨血雨腥风立下过赫赫战功，又很是体贴下属，是个好军人。他让人把王国庆拉到跟前用皮带抽个半死，军长夫人跪地求饶，死死抱着军长不放，这才算没枪毙了王国庆。

军长命令给姜萍厚葬，当时我做他的警卫员，他知道我是子悠道长的徒弟，善风水之术，让我找个风水好的地方葬了姜萍，在风水宝地埋葬人一般不会变成厉鬼的。

王军长和我师父子悠道长在一起时间长了，见过听过很多离奇的事情，所以很是相信道教的法术，也很信风水，他知道姜萍死得冤枉，积怨深，怨气重，很可能死后会变成鬼来报仇，那到时候恐怕就会伤及无辜，还会引起恐慌。

于是我就选中了一块地方安葬姜平，为了防止万一，我在周围摆了个天罡北斗阵，即使有鬼生成也会被这阵法镇住。可没想到那姜萍怨气太重，她生前性格就刚强，死后变成厉鬼自然也就理所当然了。

再后来我就来这安定医院负责后勤的事宜了，因自己没什么一技之长，年纪大了后就主动要求来烧锅炉，直到现在一直也没有离开过这里，外面的事情我一概不大清楚，那块风水宝地要建造大楼的事情开始我也不知道，后来因为闹鬼害死了许多人，我才听说，知道那正是姜萍死后变的鬼所为，料想我那天罡北斗阵一定被破坏了，可是为时已晚，加上我捉鬼的法术不强，自然没办法去捉了那无影鬼，这就是埋下了孽根，终归要结孽果啊。”

我们没想到无影鬼是身世这么凄惨的女子，不禁唏嘘不已，原来不管多恶的鬼生前也不一定是坏人的。

中午吃饭时间到了，老孙用观月道长的炉子，青菜和肉做了几个菜，菜做的那叫一个香，吃得观月道长不亦乐乎，连说要我们经常来他这里坐坐，我看是他想经常吃老孙做的饭。

我说道：“师叔，您老要是喜欢吃老孙的菜，我看干脆您搬到我那里住得了，我一个人住，您是我的师叔，孝敬你老人家是应该的。”

师叔听了摇摇头说：“我是不能离开这里的。”

我和老孙料想师叔在这里生活了半辈子已经习惯这里的生活了呢，也就没多说客气话，师叔酒足饭饱后，突然想起来什么问道：“你们是怎么进来的？这安定医院可不许外人随便进啊。”

我说了王凡被鬼上了两次身，在这里住院的事情。

师叔听了沉思半天说：“你们知道这王凡是谁么？”

我们摇头。

师叔说：“他就是王国庆的儿子。”

我和老孙不禁骇然，方才知道为什么无影鬼非要置他于死地的原因了。那王凡父母，也就是王国庆夫妇住在外地，那鬼找不去，而且就算知道住处，路程太远，也是不行，因为鬼一到白天必须回到老窝去，否则天一亮就会被阳气蒸发了。

师叔说王栋军长就王国庆这么一个儿子，当初终究没舍得杀，就把事情瞒了下来，后来王国庆也改过自新，从新做人了。他结婚后，生下了王凡，那时候师叔是王军长的警卫员，还抱过婴儿时期的王凡呢。

老孙问：“师叔，我说句话您别介意，您当初是军长的警卫员，起码也能混个一官半职的，怎么会在这烧锅炉呢？”

师叔长叹一声道：“王栋军长不懂人情世故，也因为王国庆的事情，被上面抓了小辫子，所以在文革时候被批斗，他宁死不弯，最后被活活整死了。”

说到这里师叔不免一番叹息，双眼出神地看着外面，想是回忆起了从前，接着说道：“我因为一桩突然的事情，不得不来这里一呆就是几十年，进来后半步也没离开过这里。”

我和老孙听了都很惊奇，师叔竟然几十年没离开过这医院半步，忙问师叔为什么。

师叔缓缓说：“那是我在给王军长当警卫员的时候，有一次陪王军长上山打猎，军长喜欢打猎，这个地方山里野猪比较多。”

听到这里我心里一惊，心说，幸亏那无影鬼没把野猪招来，那野猪可比狼的力气大多了，不然不知道现在我们还有没有命在。

师叔接着说：“那天我们一行六人进了青坪山，那天运气不好，没见到像样的野物，就打了三只野兔和两只山鸡，要知道以前每次来打猎都是满载而归的。军长显然对这点战果不满意，但苦于那天野兽稀少，没有办法。这时候军长就提议到青坪山葫芦沟后面的黑树林去打猎，那黑树林里山高林密，方圆几十里没有人烟，里面多是凶猛的野兽，大家考虑到军长的安全，不同意进黑树林，但是架不住军长的一再要求，军长说，老子枪林弹雨、大风大浪都闯过来了，这小小一片林子就把你们怕成这样了，一个个都是孬种。我们也都是血气方刚的小伙子，禁不住被人这么奚落，就同意去那黑树林。我们手里都有武器，警卫连的战士武器都是最先进的，轻便冲锋枪，小刘腰上还缠了几颗手雷子，而且我们五个人个个都是擒拿格斗的好手，更没什么怕的了，于是我们六人跨过葫芦沟，一起进了黑树林。

到了那边还真是古木参天，根深林密，大白天的树林里也是很黑很暗，地上的落叶又多又厚，但是走了老远，还是没发现什么野物，这下军长有点急了，我们也很纳闷，往常在黑树林外围都有很多野兽出没，怎么进了老林内部，还是看不到野兽了啊。

我们一直走向老林深处，不觉到了中午十分，大家都有点累了，想找个地方休息一下，吃点干粮，这时听见有流水声传来，我们寻声而去，发现一条大溪流，真是好清的水，一行人奔过去喝水洗脸，把水壶都打满水，准备就在溪水边休息下吃点东西。

这个时候我们听见溪水上游有尖啸声传来，我们还没来得及找到声音从哪里发出来的，就看见一只全身白毛的野兽闪电般向我们扑了过来，眨眼间就到了近前，锋利的爪子一下豁开战士小张的肚子，那怪物爪子向小张肚子里一探，扯下小张的肠子和内脏，一边往嘴里塞，一边快速地跃上大树，蹲在树上大嚼小张的内脏，阴毒的双眼盯着我们，那眼神是那么恶毒，我知道。那是一只白山妖。”

我和老孙听道“山妖”这词都神色一变，上次我们遇见的是黑山妖，而观月师叔他们碰见的这山妖是白山妖，不知道白山妖和黑山妖有什么区别，这白山妖有什么厉害的妖法。

师叔接着说：“小张的鲜血和内脏撒了一地，整个人倒在水里，溪水被染成血红一片。我们都是经过严格训练的，有的还参加过真枪实弹的战争，所以一群人迅速做出了反应，就在那白山妖蹲在树上的一刹那，小刘在瞬间已经抬起冲锋枪，扬手就是一梭子，这冲锋枪可不是用来打猎的，是用来应付意外事情的，威力很大，那白山妖根本没动，子弹分明射进山妖身体里，但是山妖却一点事情也没有，还冲我们狞笑着，胸前的白毛都被小张的鲜血染红了。

他把手里的内脏揉进嘴里，眼睛盯着我们几个，我们都已经毛骨悚然了。军长打了个手势，让我们躲到树后，此时那山妖闪电般飞了下来，直扑小刘，小刘抬枪便射，那山妖不怕子弹打，躲也不躲直接扑向小刘。小刘往旁一闪，那山妖一张嘴，一股白水向小刘射过来，小刘功夫也是相当了得，一个旱地拔葱，闪到一旁，那白水竟然把旁边的树击得木屑横飞。这下大家都心生怯意了，我让小王、小赵保护军长赶紧撤，那山妖又一口水向军长和小王、小赵喷去，他们两个猛地扑倒军长，躲过那股白水，但是有些水溅到小王手上，他手登时开始沸腾，只一瞬间，手上就露出了白骨。他不禁惨叫连连。我听师兄说过这山妖的事情，山妖是森林里的死神，掌控着山里所有动物和植物的生命，它们经常出现在森林里，没有人知道它们藏身何处，但是如果它们出现的时候，森林里的动物都会纷纷避开，如果山妖召唤它们，它们也必须要听从山妖调遣，而人遇见山妖将是必死无疑的。

山妖有的喷火有的喷水，那火和水也都是带剧毒的，烧到身上必须迅速割掉皮肉，否则很快就会把人腐蚀掉。我向小赵大喊，要他斩断小王的手臂。小赵吓坏了，听不到我说什么，那水迅速腐蚀到小王上臂了，一到胸口必死无疑。

我奔过去，拔出军用短刀，把小王胳膊连根砍了下来，鲜血立刻喷红了我半边衣服，小王大叫一声疼晕过去，我扯下衣服迅速给他简单地勒紧伤口，防止血流过多。

大家都吓坏了，军长不愧是久经沙场，临危不惧，迅速向山妖扔过去两颗手雷，山妖不知道手雷是什么东西，伸手接住，我们一看大喜，同时一起卧倒在地，两颗手雷同时爆炸，那山妖被冲击波推了出去。我们睁眼一看，山妖被推出老远，但是身上依然没有受伤，只是被手雷的震动和冲击惊住了，胸口的白毛也被熏成了黑色，站在那里发愣。

小刘手快，又扔了一颗手雷过去，那山妖显然害怕手雷的声音和震动，扭头跃进了溪水中，那溪水有三米多宽，但是很浅，深的地方不到半米，水也很清冽，能一眼看到水底的杂草，可是那山妖接近两米的大块头到了水里，却踪影皆无。

我们巴不得它离我们远点呢，迅速背了小王，连小张的尸体都顾不上掩埋，把军长保护在中间，向来路撤离。我们拿出警卫员最大的素质体能，在密林间跑步如飞，那山妖估计是被我们手雷吓怕了，一直没跟上来。山妖一般是在晚上出没，因为怕阳光照射，但是在秘密的老林里，阳光无法直射，阴郁的气氛下，山妖在白天也能活动，出了这片密林，到了阳光地，山妖就不敢追出来了。

我们很快到了葫芦沟，小刘把手雷握在手里随时准备投掷，小赵背着小王，我在军长身边保护，一跨过葫芦沟，在往前走一点就离开黑树林了，我们拿出平时最大本事奔跑着，刚要趟水过沟的时候，只见水中“嗖”地窜出个东西，正是那白山妖，我这才想起白山妖属于水性，能溶于水，相当于在水中隐身，并能在水中迅速前进，刚才的溪水和这葫芦沟的水本是连着的同一条溪流，白山妖是沿水追来的。

小刘在山妖出水的一瞬间，扔过去一颗手雷，山妖张开大口，一股强大的水流射向半空中的手雷，竟然将手雷给顶了回来，我们急忙卧倒，一群人滚落在水中。山妖被手雷剧烈的爆炸声吓得躲到远远的树上，我们慌忙从水里趟上岸边，回头看小王还在水里，我过去拉住小王往岸上拖，白山妖此时从树上闪电般向我扑来，小王本来是昏过去的。刚才被爆炸声震醒，睁眼一看明白了目前形势，他伸手把我推开，用仅存的一条胳膊一下抱住山妖的腿，那山妖一跃之下笔直将小王带出水面，山妖虽然力大无穷，但被小王紧紧抱住腿的山妖还是无法追击我们的。

小王大喊，让我们快走，我们保护着军长向外奔去，我忍不住回头看去，只见山妖大怒，伸爪子抓住小王的一条腿，反方向一掰，把他的腿硬生生折断，小王痛苦的叫声传进我们耳朵，山妖又一只脚踩在小王脚脖子上，两只爪子抓着小王另一条腿就要把小王撕成两半，小王松开山妖的腿，伸手拉开腰间的手雷，只听一声巨响，登时血沫横飞，溪水里漂着炸碎的内脏和骨头碎肉，山妖浑身白毛都被染红了，但是它仍然未损分毫，只是双爪捂着耳朵，哇哇直叫，想来是被震得难受。

我们顾不上悲伤，拼命往外跑去，十米、五米、一米……已经看见树林外面明亮的阳光了，白山妖扭头见我们就要冲出黑树林了，立刻箭一样冲了过来，速度之快令人咋舌，我们四人到了密林边，合身猛地向前一扑，摔到了密林外的阳光里，那山妖随后跟到，一股毒水向我们喷来，同时它的身体也由于惯性飞出了黑树林。那股水飞向我们，后面的山妖也紧随而至，我们哪里还来得及闪躲，眼睛都不禁一闭，耳边只听‘哧哧’连响，四人睁眼一看，那股毒水在阳光下被蒸发得无影无踪，白山妖冲进阳光里，身体一经太阳照射，也登时‘嗤嗤’作响，身体多处被阳光灼烧起来，白毛都被烧着了。山妖‘嗷嗷’怪叫，身体在空中打个旋，极其迅速折回密林。

山妖吃了大亏，在阳光照不到的密林里愤怒的盯着我们，我们挣扎着起来，相互搀扶着往外走，山妖拿我们没办法，又气又急，在树林里蹿来蹿去，眼睁睁看着我们离去。

突然山妖嘴里‘吼吼’叫着，只过的一会儿工夫，几只恶狼和野猪从四面奔了过来，它们都是被山妖召唤来的，我们手里端着枪，开始射击，大家都是射击好手，基本上弹无虚发，狼和野猪立刻被打死好几头，但是其余的还是拼命往上冲，一会儿工夫，遍地都是动物尸体，但是我们的子弹是有限的，对付不了如此之多的野兽。

刚才打猎时候却见不到一只大野兽，想是今天山妖出来，动物都回避了，现在被召唤出来对付我们。刚刚脱离山妖的魔爪，又被这些猛兽包围，子弹打没了，我们只好扔掉枪，拔出短刀，与野兽肉搏。

军长比我们年纪大很多，但是身手比我们毫不逊色，在战场上真刀真枪拼过来的与我们这些年轻战士果然不一样，只见他处处是杀招，顷刻间割断了两匹恶狼的喉咙，这时候周围的动物越来越多，都在我们周围逡巡着，随时等着扑上来，天空中还黑压压盘旋着猛禽。

我们四个身上都被野兽抓破了，虽然看不到那白山妖，但是能感觉出来白山妖就在黑树林里操纵着这一切，盯着我们怎样被野兽撕碎。 开始的时候野兽还是三三两两上来撕咬，后来就一起围了上来。

我只懂得一些风水和布阵之术，并不会驱妖的法术，难以对付山妖。只一会儿的工夫我们四人就已经渐渐体力不支，想爬上树去，奈何这些野兽挡住去路，根本没有机会爬上树，就算是爬上树，天空中的猛禽我们也没法对付。

这时一头野狼窜起向小赵扑去，小赵正在对付一头野猪，那狼张嘴咬向小赵咽喉，我一看来不及多想，扔出手里的匕首，插进野狼眼睛。

我手里没了武器，摸到了腰间师父传下来的宝剑，这宝剑据师父说是道教的宝贝，我平时怕它丢了，总是带在身边，根本舍不得使用，现在没办法了，性命要紧，情急之下抽出宝剑，宝剑一出鞘，登时精光爆射，那群野兽忽然掉头跑了个精光。”

听到这里我想到我那柄冷月宝剑。

师叔接着说：“这宝剑名曰‘清辉’，传说非凡铁所制，宝剑里散发的特殊能量能震慑野兽，野兽见之立刻遁形。我们四人顾不上惊奇，赶忙仓皇逃下山去。

没想到宝剑一出鞘，立刻被白山妖盯上了，山妖能吞各种珍奇物品，尤其是有灵性的东西，比如它把宝剑吞进肚子里，能借宝剑的剑气修炼，增加内力和妖法。于是那白山妖盯上了我趁着晚上来了军营几次，我差点被他给害了，只是军队里人多，又都是大小伙子，阳气盛，它又惧怕爆炸的声音，所以也不敢明目张胆闯进来，只是不停找机会加害于我，想夺走宝剑。

后来王军长被冤枉致死，我也受牵连被扫地出门，由于脱离了军队，更没办法对付山妖了，没办法只好来到这医院，因为这医院建在消煞之地上，山妖是不敢进来

的。白天时候山妖虽然不敢现身，但是它能控制凶猛的野兽对我进行袭击，有一次白天我差点被几只恶狼给咬死，所以为了以防万一，我就再没有踏出过这医院半步，在这里一呆就是几十年。”

我和老孙听到这里都感慨不已。我也把我们在麒麟山从黑山妖那里夺回冷月宝剑的事情跟师叔说了，并回去取了宝剑给老人看。

这两把宝剑一曰“冷月”，一曰“清辉”，是道教的传家宝贝，它们的由来已经说不清楚了，不知道从什么时候起就已经传了下来。其中冷月宝剑早在解放前在“遥知现山路，游子观苍生”的“路”字辈道长手中丢失了，以“路”字辈道长的法力应该不会被山妖所害的，至于这宝剑怎么到了麒麟山黑山妖的肚子里就不得而知了。而这清辉宝剑却一直传到如今，一直传到师叔手里。

我和老孙现在又来活儿干了，我们没别的想法，只想把白山妖除掉，让师叔不必天天囚禁在安定医院里，而且上次被黑山妖害得那么惨，现在学了本事，说什么也要从白山妖身上报一回仇。

说干就干，我们瞒了师叔当夜就上了青坪山，带着冷月宝剑翻过葫芦沟，进入了黑树林，这山妖不是天天都出没在密林里，平时谁也不知道它躲在哪里，我们带着宝剑来，就是想让剑气把它吸引出来。

果然我们打着强力手电寻到密林深处那个小溪旁的时候，白山妖出现了，比我们在麒麟山见到的黑山妖个头要小些。眼睛紧盯着我手中的那把冷月宝剑。

我不等它发难，先投掷出“封”字符咒，那山妖迅速躲开，我和老孙一起投掷符咒，投掷符咒也有特殊的技巧，能让那纸张迅速飞出命中目标的。

那山妖再快也没有我们符咒快，一下同时两枚符咒贴在山妖身上，我催动咒语，山妖伸手要撕掉符咒，这符咒被我施了法术，山妖爪子被烫得冒烟，大怒的山妖张嘴要吐毒水，奈何它的妖法已经被我封住，哪里还能吐得出。

山妖大惊，知道遇到高手，转身跃进水中，法术尽失的它，再也没有了在水中隐身的本事，狂怒之下只好转头又扑向我们。

老孙已经在周围的几棵树上贴上了符咒，结成法术结界，把山妖围在当中，白山妖左突右闯怎么也逃不出符咒的结界。

我又结了个“收”字指咒，把乾坤筒扔进结界内，山妖登时失去力气，鼻子里冒出一缕青烟，被收进乾坤筒，那是山妖的恶灵。

老孙又过去砍掉白山妖的头，把它的身体和头分开挖坑埋了，否则山妖并非普通野兽，恐怕它会复活也说不定。

我和老孙连夜赶到观月师叔那里，先把乾坤筒放进敛尸坛然后埋到安定医院的消煞之地。

观月师叔闻听我们收了白山妖，激动得双手发颤，半天才说道：“都是我学艺不精，师父和师兄去世早也没来得及教我捉鬼的法术，才会受这么多年的罪。现在我们道家人才凋零，传人太少了，虽然现在属于和平年代，也少了冤屈的恶鬼。鬼的数量虽然少了，但总还是有的，终究还是要有人来捉鬼，你们两个年轻人可要努力练功，不要让我们道教除秽派的法术失传啊。”

我和老孙点头，师叔接着感慨道：“真是英雄出少年啊，要不是遇见你们，我这把老骨头恐怕到死也离不开这安定医院了。”

在我们的劝说下，转天我们陪师叔辞了安定医院的工作，把师叔接回我家，临走时候师叔在埋无影鬼和白山妖的地方围了个花坛，又从别的地方弄了几株花种上，防止以后被谁胡乱挖开，出什么意外。

这几天师叔心情极好，除了摆脱了那白山妖的原因，还有就是能经常品尝到老孙的手艺，师叔把清辉宝剑传给我，让我好好把除秽派降妖捉鬼的法术发扬光大。

这短时间我天天钻研《天道妙法》，老孙天天钻研《垂丹之术》，我们都想着完全继承这些法术，振兴道教，不能让这道家神奇之法，中华文明的奇术被历史的洪流埋没。

转眼又过了两个多月，我和老孙的研究都有了很大成果，老孙竟然找到一些奇缺的草药，配制出了“驱兽丹”和“失眠丹”。这失眠丹就是能让人连续一周不睡觉，连续工作，而且精力充沛，对身体也没有任何不好的影响。

截止到现在，老孙一共配置出了四种丹药：“驱兽丹”、“展耳丹”、“定心丸”、“失眠丹”，另外还有一些奇效的伤药。只是那“展耳丹”后来找不齐原料，无法配制了。不过照老孙这样研究，相信以后会有更多丹药能配制出来的。

偶尔和同事们吃饭，听大张说那鬼楼再也没闹过鬼，也终于被建成了，但是开始没人敢买，开放商只好把那里建成个度假村，取名“鬼楼魅影”，还以那里曾经闹过鬼、死过人做噱头来宣传。让人没想到的是，各地游客纷纷慕名而来，每天人来人往的，生意着实红火了起来。

我心想，人家商人就是有脑子，能想出这么高的点子，出奇制胜，真不愧奸商的称号啊。但是与其说现代的人胆子大，不如说是他们什么都不了解，不知道当初那里何等凶险，若是那里还有个无影鬼，这些游客都要死于惨死。所以不管到什么陌生的地方，还是不要盲目冒险为好，不知道那些地方都隐藏着何等的凶险呢。

我和老孙听说那鬼楼现在很火爆，不禁相视一笑，不管怎么说这一切都要归功于我们，做了这么大的好事总是会感到自豪的。

第6章 画里香魂古宅深

不觉又到了春天，过去一年中我似乎请了无数次假，但是公司老板还是比较不错的，念在我平时工作不错，态度端正，业绩也还算不错的面子上，总算没有辞退我，我也因此加倍努力来回报公司。

老孙的公司是做药品生意的，需要和很多客户打交道，工作强度比较大，这段时间又经常跟着我捉鬼伏妖，也经常要请假，还要完成任务，确实也很辛苦。

眼看“五一”长假快到了，我们两个决定出去旅游，好好放松一下，这段时间研习《天道妙法》和《垂丹之术》真是非常累。虽然旅游也耗费体力，但是意思不一样，起码心情是放松的。

我们邀小路一起去，小路欣然同意，都是喜欢玩的人，三人一拍即合。我把师叔送到老人院去住几天，否则没人照顾他，我不放心。

买了机票，直奔向往已久的丽城而去，山水游我们很早就玩腻了，大多数著名的地方也都去过了，我们现在更喜欢的是城市深度游，进行城市的深度探索。

丽城是云南一个著名的城市，有山有水，生活富足安逸，人民温和好客，是个非常适合生活的地方。

我们下了飞机已经是傍晚时分了，在网上联系好的旅馆住下。一路奔波，身体疲惫，早早睡去一夜无话，准备明天按行程好好游览。

第二天，我们三个游了当地的各处著名人文景观，然后来到市中心最繁华的地区，看看这个美丽的南方都市的人们是怎样一种生活方式，和我们北方有什么不同。

这里果然是城市的中心地带，高楼大厦鳞次栉比，穿插着现代、古代、欧式等等各种建筑风格。我们在一家商场的三楼咖啡厅坐下喝点饮料。坐在靠近落地玻璃窗的位置，向外望着外面车水马龙的大街和高大建筑带来的视觉冲击，体会着这繁荣城市的文化底蕴。

我注意到在一片办公大楼聚集的区域的中间位置，也几乎是最好的一片位置，却有一处低矮的平房院落。陈旧的房子，灰暗的颜色，外表似乎是前清的风格，房顶雕梁画栋，房子前后三排，每排之间都是个不小的院子，每排起码有七八间房子，房子最后面还保留着一个小花园，院子里有石阶铺地，甚至还有个小小的凉亭，不过都已经破败不堪了。

一看那里就是古代大户人家的宅院。难道那里是古代什么重要的文化遗迹，需要重点保护？看那样子那地方应该是晚清的建筑风格，年代不够久远，不会有什么特别高的历史价值，何以在这寸土寸金的地方占据着这么大一片地方呢？

我们很是奇怪，从商场出来，步行来到那院落的地方，发现那房子四周圈着一片片的铁丝网，上面贴着封条，有块木牌子斜挂在上面写着“闲人免进”。我们看了不明所以，难道这里也跟那鬼楼一样，里面闹鬼，不让人进？

晚上回到宾馆，我们上网搜索这个城市里关于这所院落的信息，果然在一个论坛上有人详细介绍了这所院落的来历和保存至今的原因。

那里是晚清时代的建筑，据说里面曾经住着一大户人家，只因他家在朝廷里有根基，在这地方是家财万贯，富甲一方。后来不知道什么原因，这宅子里的人开始接二连三莫名其妙地死去。而且在一个月的时间里，一家人连上带下都相继离奇地死亡，有上吊的，有投井的，有割腕的，死法各不相同。只有几名家丁跑掉了，问他们发生了什么，他们也说不上个所以然来。

这件案子一时轰动，惊动四方，官府认定是有人谋杀，但是凶手没有留下任何证据线索，查来查去，一无所获，案子最后也就不了了之了。

这院子后来被一外地客商买下，因为是凶宅，价钱相当便宜，这客商就是看重这宅子的位置优越，对做生意的人来说是最适合不过了。官府见有人买也乐得赶紧脱手，可没想到怪事就此发生，这客商当日连同伙计一共五人一起住进宅子。转天一早，这五个人都疯了，不记得任何事情，见了什么都害怕，不久就都自杀而死了。

以后又有几批人住进这个宅子，但都自杀而死，这下所有人一致认为那里有恶鬼或者妖怪。而那个地方再也没有人住进去了，也没人敢靠近。

到了现代经济繁荣，地皮值钱了，那院子地处繁华之地，几年前周围开始拆迁改造，施工人员也开始在这里实施拆迁计划，但是凡是进去这宅子的人，出来后就都莫名其妙地精神失常了。

有的人知道关于这个宅子的可怕传说，怕这些工人自杀，就成天不离人地看护这些精神失常的施工人员，但是后来这些人还是想尽各种办法相继自杀了。自此就再没人敢去那里了，直到周围都建起高楼大厦，这个凶宅也没人敢动一铲。

开发商很是着急，花高价买下这块地皮，却没办法建设，这寸土寸金的地方白白浪费着，实在是可惜。于是想尽各种办法，现代的古代的、仪器检查、请神驱鬼都用过了，却没什么结果。至今网上还有该开发商发布的请人捉鬼的信息呢，谁能捉住鬼，奖金三十万，可就是没有人敢接这活儿，因为那凶宅实在太凶！

毕竟三十万和性命比起来，太轻了。已经有两个驱鬼的人进去后不久就自杀而死了。这引起当地政府的重视，下文不允许任何人进入那个地方，只说正在调查情况。

我和老孙、小路商量了一下，反正没什么事情，我们何不试一下，这宅子里面无非就是一只恶鬼或者一群恶鬼，我们有正宗除秽派的符咒、指诀和阵法，以我们现在的功力，没什么可怕的。

小路和老孙举手赞成，尤其是老孙兴趣很大，因为还有那三十万奖金呢。我们已经把这几次捉鬼的事情都跟小路说了，小路对捉鬼也很是向往，一直想跟我们一起见识一下。

说干就干，我们在网上联系了那家开发商的联系人刘强经理，刘经理很是积极，约我们转天上午见面。

反复确认我们的身份和捉鬼经历，而且立下“生死状”后，刘强才和我们签署了协议。老孙着重问了好几遍三十万的事情，又要求在合同里特别注明了一下，仔细阅读协议后我们双方签了字。

刘强说：“听你们这么多捉鬼的事迹不像是假的，我们以前请来的两个道士都是骗人的，最后他们也付出了生命的代价，还差点牵连我们公司，孙老弟说的这三十万，只要你们把鬼捉住，钱我立刻就付给你们。对我们开发商来说，买下这么好的地点、这么大的面积是花了巨资的，哪里知道不能开工，政府又不退给我们钱，公司都快支撑不住了，你们要是能把鬼捉住就是挽救了公司，区区三十万一定会一分不少打进你们账户的。”

我听后点点头，刘强问可不可以早点去捉鬼，我说我们明天晚上就去。刘强疑惑地看着我们说，晚上进去不是更危险么？何不白天去呢？

我一笑说：“越危险越刺激，我们捉鬼道士就喜欢刺激的。”

刘强不禁对我们非常钦佩，一个劲说遇到真老道了，其实他不知道，白天鬼是不存在的，要捉只能晚上去捉。

我们定好时间明天晚上在鬼宅门口见面，到时候刘强会把宅子的钥匙给我们。

第二天上午，我们出去买了各种工具，还有纸和笔及特殊的画符的颜料，画了符咒，老孙包里放着几个瓶子，分别装着“定心丸”、“驱兽丹”、“失眠丹”。

我们三人在天黑的时候赶到那凶宅，刘强一会儿也驾车赶到，拿了钥匙给我们，叮嘱我们要小心，慌忙驾车离去，他看我们那眼神，就跟我们是来送死的一样，我心里不禁好笑。

我过去打开围在周围的铁栅栏的锁，来到院门前，这宅子的大门着实气派，即使都已经掉色破败了，但仍给人一种威严气派的感觉，不愧是大户人家的豪宅。

我用另一把钥匙打开大门，里面太黑，我们打开强力手电筒，以前这里通过电，但现在这宅子周围都盖了摩天大楼了，这里早就断了电了。

进去前我在三人身上施了“罩”字咒，防止鬼上身和被鬼控制了大脑。我们把宅子前后都走了个遍，这里虽然破败了，但是亭台楼阁，花园小桥还依然存在，可以想象当初这里是怎样一番深宅大院，富贵人家的景象。

我用“读鬼术”把这宅子里里外外查了个遍，却并没发现鬼的藏身之处，这可就奇怪了，既然这里没有鬼，怎么会出那么多人命呢？这里没有鬼起码也该有妖啊，怎么一点也察觉不出来了？

我们不死心，挨个房间检查，都没有什么可疑之处。最后我们停留在主人的书房里，我唯一感觉有些许阴寒之气的就是这个书房了，其余房间绝对不可能有鬼存在的。

这间书房里桌椅板凳一应俱全，靠墙而立一个大书架，上面还有几本残书。奇怪的是这里的一切都没有尘土，什么都是一干二净的，家具都是上好的红木家具，之所以没被当年的红卫兵抄走，就是因为这里闹鬼闹得很凶，谁都不敢进来的缘故，也正是因此，这里的东西依然保持完整。

我环顾了一下这书房，并没什么特别之处，只墙上挂着很大的一副画，引起我的注意。这幅画约有两米半高，一米半宽，挂在那里显得很突兀。画的左上角写着一行字：“颖城三百六十户”，画的内容是一个古镇的景象。

这书房的其他地方并没有鬼气传出，只有这幅画隐隐有阴冷之气扑面而来，老孙和小路两人用手电筒照着这幅画，我结了个指咒，打开阴阳眼，望向这幅画。

古画画的虽然是古镇的一部分，可是我打开阴阳眼看时，却奇怪地发现我能看到整个古镇的景象，连镇外的河流、河流上的石桥、河旁垂钓的老翁、桥里侧的高大的牌坊、镇子里宅院内的芭蕉树、石阶上往来的人群都看得很清楚，很逼真，仿佛都要动起来一样。

我一惊，忙收住眼神，扭头看老孙和小路，只见他们也正凝神看着这幅画，这幅画似乎有种魔力，让你忍不住想盯着它看。我转过脸来再看这画，盯着画里那条小河旁边的高大的牌坊发愣。

突然间这画从中间裂了开来，一道刺眼的白光从破裂处射出，照得我忙用手背挡住了眼睛。

恍惚中有人叫我的名字，我睁开眼睛，刺眼的阳光从窗户照进来，照得我忙用手背挡住了眼睛。

只听丫环小翠在我床边说：“公子，快起床吧，你忘了今天要陪夫人去街上了？”

我打了个哈欠说：“知道了。”

起身更衣洗漱完毕，去父母房间请安，父亲老早就去店里了，他是个干活不要命的人，就知道拼命赚钱。他老人家是白手起家，这么大家业都是他一人打拼下来的，这也着实是我佩服他的地方。但是我读书这么多年，知道的事情越多反而越不肯努力了，加上一直也没考中过一官半职，只好回家帮父亲打理生意。

用过早饭，陪母亲上街，小翠和春花在两旁伺候着，到了绸缎庄，我趁她们挑选绸缎的当口，偷偷溜了出来，直奔城东而去。

过了烟柳河就到了这里最有名的烟花巷，柳巷最大的妓院就是春香楼，但是我来这里可不是来嫖的。

春香楼的头牌“香草”是我的意中人，她只卖艺不卖身。三个月前我考功名没中，郁闷之余被朋友拉来这里喝酒消愁。因家教极严的缘故，我以前可是从来没来过这种地方。那次朋友喊来头牌香草弹奏古筝祝酒，我第一眼看见香草就喜欢上了她，那弯弯的眉毛、樱桃小口、优美的身段、绰约的风姿都是那么高贵雅致，让我对她从此痴迷沉醉。

自此我就经常来这里捧她的场，听她唱上几曲，香草姑娘也对我很是有意，一来二去我们就私定了终身，但是苦于她赎身的价码太高，我付不起，再说父亲也不会让我娶一个青楼女子的，所以思念之下也只能经常过去见香草一面，但即便如此，也因她的价钱太高，弄得我很快就没钱了。

父亲后来知道我的钱都花在了青楼，干脆断了我的财路，让我在家帮忙打点生意，但是我每天魂不守舍，母亲知道香草是卖艺不卖身的好女子，见我这样子，答应帮我和父亲说说，后来父亲总算通达了一点，跟我说等我接手了他的生意，能赚钱了，他就不管我如何了。

从此我就非常刻苦地学习生意经，我的聪明加上勤奋，让我几个月时间下来终于能把父亲的生意完全接了过来，而且生意做的有声有色的。眼看赎香草出青楼的日子也为期不远了。

前天刚从北方采办回来，好不容易放假两天，今天和母亲出来，软磨硬泡从母亲那里套了点银子，这才赶紧偷跑到春香楼来会香草，我可是有整整两个多月没见到香草了。

我进了春香楼大门，老鸨见了我笑逐颜开说：“李公子啊，好久没来了，也不照顾我们的生意了。”

我说：“这些日子忙，没时间过来，香草呢？”

老鸨立刻支吾着说：“李公子啊，我们这新来了两位姑娘，都是一等一的货色，都是十六七岁，不然我带过来给你看看？”

我说：“其他的就算了，香草是不是现在有客人啊？”

老鸨忙招呼旁边的兰花说：“兰花，你过来招呼下李公子，我楼上客人有事情要说。”

兰花是香草的好姐妹，我问兰花是不是香草屋里有客人，兰花把我拉到她房里哭着说：“香草姐已经不在人世了。”

我听了这个消息只感觉五雷轰顶一般，脑袋一下子炸开了，抓住兰花胳膊急问由来。

原来这两个月里，以前一直垂涎香草的本地朗知县的二公子郎乔，非逼香草委身于他，香草不从，这郎乔就给足了老板娘银子，强行把香草带出去侮辱了。

这郎乔是有名的恶少，仗着家里有权有势，欺男霸女无恶不作。香草被放回来后，大病一场，高烧不退，几天不进水米，最后命丧黄泉。她临死时候还念着我的名字，怪我为什么这么长时间不来看他，怪我为什么不早点赎她出去。

听到这里我是肝肠寸断，痛不欲生，兰花后面的话我已经听不清了，都不知道自己是怎么走出春香楼的。一路上想起我和香草在一起时候的情景就感觉心在流血，香草的音容笑貌，在我眼前一遍遍浮现，我不知道这辈子还有什么值得留恋的了，都没有心思活下去了。想起香草临死时候说的那些话，一句句直扎我的心，我仿佛看到香草临死前那瘦消的容颜和哀怨的眼神，我下决心一定要杀了郎乔为香草报仇！不报此仇我誓不为人！

回到家后我立刻找来两位朋友，商量如何干这件大事。我这两个朋友都吃过郎乔的亏，所以早就恨之入骨，打算除之而后快了。

但是郎乔出门总是前呼后拥的，身边都是家奴打手，郎家又有重兵把手，宅大院深，不好下手。

孙平说：“下个月是郎家二公子郎青娶二房的日子，郎知县早就下了请帖了，又可借机搜刮好多银子。咱们的父亲早被邀请到时候去喝喜酒了，其实就是要我们上厚礼，到时候我们跟随父亲参加婚宴，宴席的时候，我们在他宅子里找个地方藏好，到了夜深人静的时候再下手。那郎乔是好酒之徒到时候肯定会喝多，趁他喝多后我们便下手。”

我一听主意确实可行，就这么定了。孙平的父亲是药材商，每年都要被这郎知县诈去很多的钱财，而且孙平前些天还被郎乔在天波楼饭庄羞辱了一番。

路伟的父亲是开绸缎庄的，经常被郎乔强行拿走上好绸缎去送给妓院里的相好，说是先赊账以后再给钱，实际上肯定是要不回来了，谁让人家有权呢，要是给他惹了，今后就别想在这城里立足了，所以他们两人对郎乔可以说是恨之入骨。

商量好后我们三人分头去准备，只等下月动手。送走了孙平和路伟，我去街上买了烧纸去香草坟上祭拜，傍晚的黄昏夕阳似血，此时已值春天来临，香草的坟上竟长出了许多青青的小草，风吹时，左右摇摆，像极了香草的一生飘摇，任人摆布，那么悲哀，那么凄凉。

想到这里我趴在香草那方矮矮的坟头上痛哭流涕，生前是那么鲜活的女子，死后就是这么一个坟头，想起香草的温柔我更是心如刀绞，真想扒开坟，跟香草躺在一起。我拿出纸钱烧了，又用带来的铁铲在香草坟上培了些土，可还是感到无边的悲痛，趴在坟上又痛哭起来。

突然听见身后有人说话："这不是李公子么？"

我扭回头，说话的人原来是郎知县的千金，也就是郎乔的妹妹郎宁。记得好久以前在新年灯会上见过她，只记得那次她前呼后拥的，像位公主，她人长得好看，打扮得也着实漂亮，成了多少富家公子追求的对象，可据说她都看不上眼。

听说她是位知书达理的好姑娘，心地善良，一点不像她的两位哥哥，但此时一想起他哥哥郎乔，我立刻气不打一处来，狠狠瞪了她一眼，收拾东西起身要走。

郎宁看我情绪如此激动，开口说："李公子，都怪我那不成器的哥哥，害死了你的意中人，但是那是 乔做的事情，你不能对我这么冷淡啊。"

我冷冷地说："我们这小门小户的哪敢对知县的千金冷淡啊，不知道郎小姐这么晚了在此地有何贵干啊？"

郎宁说："看今天天气不错，我和丫环来这里踏青的。"

我抬眼望去，只见郎府的两个丫环远远站着，旁边停着辆大篷马车。

我说："天色不早了，小姐没什么事情的话，容我告辞了。"

郎宁说："难道你就这么恨我么？那都是我哥哥的错啊。"

我看她有点着急的样子，心里纳闷，郎府的小姐本不会轻易在外面抛头露面的，所以我和这郎宁平时根本没什么来往，她怎么平白无故跟我说这奇怪的话呢？

我开口问道："郎小姐这话从何说起，我跟你无冤无仇，何故恨你呢？"

郎宁说："我知道你和香草姑娘情投意合，只怪我哥哥从中作梗，害死了香草姑娘，但是人死不能复生，不知道要怎样才能让李公子不再伤心呢？"

我抬头看着郎宁，她和我上次见到的时候已经大不一样了，上次见她是位娇滴滴的富家小姐，现在虽然人更加漂亮，风姿更胜当初，更显成熟妩媚，但眉宇间却多了些许忧愁，尤其现在两眼之中一片朦胧，隐隐有泪光浮现，让人不禁心生怜惜，只不知她何故如此。

我想起屈死的香草心一冷说道：“我的事情不劳小姐费心了，我还有事情要办，这就告辞了。”

说完扭头便走，边走边想，你现在不用安慰我，下个月我就让你哥哥给香草抵命！刚走出不远，后面有人喊：“李公子留步。”

我回头看是郎家的丫环，丫环递给我一封信，说是她家小姐给我的，说完转身跑了回去。我心里纳罕，向那边望去，只见郎宁正向我这边望来，见我看她，转身拉开马车门进去，马车缓缓起动。我看着手里的信，不知道这位郎小姐是什么意思，看着郎府的马车渐渐跑远。

回到家我一副无精打采的样子，被父亲看见数落了一番，让我明天去店里照应，我满口答应，晚饭也没吃，回房间倒头合衣而睡，直到第二天早上被小翠叫起来吃早饭。

吃了饭偷跑出去找孙平和路伟商量刺杀郎乔的具体方案，中午就在天波酒楼借酒消愁，午后醉醺醺地回了家。如果不睡觉或者不喝醉，我满脑子都是香草，心一会儿空空的，一会儿又开始绞痛，只有借酒麻醉自己。

到家后我又昏昏沉沉地睡去，一直到天亮，早上起来换长衫的时候，郎宁那封信掉了出来，我拆开信看了之后立刻陷入一片迷茫和错愕之中。

信中满是郎宁对我的爱慕之情，如何从见我第一面就爱上我，如何每夜想象着我在做些什么才能入睡，如何盼着在街上能遇见我，又如何听说我喜欢上香草后痛不欲生。

合上信我只感觉如在梦里一般，郎宁的面容在我眼前浮现，难道那天她眉宇间淡淡的忧愁是因我而起么？那天她难过的神情难道也是因我而起么？我心里不禁思绪起伏，呆坐良久。

没有什么能阻止我们三个的复仇计划，这些天我们一直商量着如何刺杀郎乔，如何计划得更周密。但是每当想起郎宁那天的神情和她竟然对我这么长时间的爱恋，不禁心烦意乱。她是郎府千金，我可从来没想过能得到她的青睐，但是无论朗宁对我有多痴情，那郎乔我是非杀不可。

路伟一次去给郎府送绸缎料子，借故在宅院里遛了一圈，暗中观察了一下，发现他家后花园的假山可以藏人，是个隐蔽的好场所，而且那里看守比较松，我们可以躲在那里面，等郎乔喝多了送回房间的空当趁乱摸进他房间杀了他，即使藏匿的时候被人发现，我们也可以谎称走错地方，然后全身而退，再图他法。

计划就这么定下来了。

时光飞逝，我对香草的思念之痛也慢慢全部化作强烈的复仇之念。偶尔想起郎宁，心里不免另有一番滋味，想到她对自己的一往情深，我不免有些疼惜，毕竟她和她哥哥是截然不同的两类人，如果真能报了仇，我能和郎宁走到一起么?

转眼一个月时间过去了，这天到了郎家二公子郎青的大喜日子，郎府上下一片欢腾，我们三个随着自己的父亲进了郎府。酒宴上，郎乔还特意来我们这一桌敬酒，想是对香草的事情也觉得过意不去，和我多喝了几杯酒，套了几句近乎。

我在这小城的年轻人中很有些威信，诗词歌赋，能写善画，仗义慷慨，受到大家的推崇，结交我的不光有像我一样小生意人家的公子，也不乏大户人家的公子们，所以郎乔平时是不敢对我怎么样的，因为得罪我就是得罪了一大批人。他见我对他态度冷淡，找了个借口悻悻走掉了。我心里恨恨想，今晚就要你的狗命!

郎乔不胜酒力，一会儿就被人灌多了，我们三人见他喝多了，先后起身假装告辞，偷偷跑到后花园的假山里面躲了起来，一会儿就看见郎乔被两个丫环搀扶着回了房间。过了一会儿我们看周围没人，偷偷摸到了郎乔房间，先敲了敲门，见里面没反应，轻轻推门进去。房间里很黑，弥漫着熏香的味道，我们顺着鼾声摸到床边，借着外面的灯光，看清床上躺的正是郎乔!

我摸出藏在腰间的匕首，刚要刺下去，忽然听得响起敲门声，我们大惊，屏住呼吸不敢做声。

门被推开，有人进来，端着灯火。路伟和孙平早埋伏在门旁，迅速把来人拿住，捂住嘴巴。我上去接住灯火，“噗”地吹灭。孙平和路伟把来人扭到窗户跟前借着外面灯光一看却是郎宁。

郎宁拼命挣扎，我小声对她说不要喊叫就放开她，她点头，我示意孙平和路伟放开她，郎宁被放开后急急地说：“不要杀我哥哥。”

我哼了一声说：“你哥哥作恶多端，欺男霸女，不该杀么?”

郎宁说：“我知道你恨他，可他毕竟是我哥哥啊。”

我一看没办法，如果现在杀郎乔，郎宁肯定会阻止，即使强行杀了他，也要把郎宁一起杀掉，否则我们三人也会没命的。

可是杀郎宁并不在我们的计划中，我们也不会滥杀无辜的，一时不知如何办才好，过了今天就没有这么好的机会了。此地不能久留，我摆手示意孙平和路伟，让他们先撤，他们看看我，转身出门而去。

我回头盯着朗宁。郎宁说：“今天看你提前离席，我就在大门口的院子里等你，想跟你说句话，可是见你们三个并没有出来，我就猜你们会有什么预谋，一定是对郎乔不利的，我就急忙赶来这里，果然你们要杀我哥哥。”

我说：“郎乔该杀!今天无论如何我也要杀了他。”

郎宁说："那你连我一起杀了吧，省得我天天想你而失眠，你心里只有香草，半点看不上我。"

说话间她竟然落下泪来，轻轻啜泣着。

我听了心里一紧，有一股莫名的感伤，是为了朗宁的。我不知如何是好，心想看来今天是刺杀不成了，君子报仇十年不晚，以后再找机会吧。

想到这里我对朗宁说："好，看在他是你哥哥的份上，今天就放他一次。"

说完，狠狠盯了一眼床上的郎乔，转身要走。

就在我往床上看的这一下，吓得我激灵一下，我看见郎乔正坐在床边，眼睛瞪着我们。我大惊，今天必须除掉这厮，否则日后必受其害，我转身一个箭步来到床前，匕首一下刺进郎乔胸口，拔出刀来又一抹，割断了他的喉咙。

这一下变故太快，朗宁还没明白怎么回事我已经杀了郎乔。朗宁顿时放声大哭，我赶紧过去堵住她嘴巴。朗宁抓住我胳膊，指甲陷进我的肉里，我紧紧抱着她，好一会儿她才安静下来。

我慢慢放开她，朗宁一下瘫倒在椅子上，口中喃喃说："哥哥，都是我害了你。"

我只道是她受了刺激胡言乱语呢。朗宁却转过脸来对我说："李公子，这下你报仇了，你是我家的仇人了，以后你会娶我么？以后我还能嫁给你么？"

我登时无语，想安慰一下她，但是又不知说什么好。

朗宁接着说："李公子，你也把我一起杀了吧，都是我害了哥哥，你杀了我，我就不会让爹爹去抓你们了，我能死在你手里，也值了。"

我说："郎乔是罪有应得，一命抵一命，你不要太伤心了。"

朗宁抬头望着我，我明明看到她满眼泪光里的柔情，她开口悠悠地说："李公子，这些都是我的错，是我看你喜欢香草，我心里每天煎熬着，我想都是因为我没能及时向你表白，以致你喜欢上了香草。但是我不甘心，我知道三哥也喜欢香草，就让三哥去纳香草为妾，可是香草只喜欢你，死活不从，我哥哥为了帮我才把香草强行带到外面，这些我都是后来才知道的 我也没想到我哥会用那种方法，做出那样的事情来。哪知道香草那么刚烈，她死后我心里很是不安，知道你一定很痛苦，那天才一路跟你到香草坟前，向你表白，希望能让你减轻痛苦，可是没想到事情发展到现在这个地步，李公子，你杀了我吧，无论如何我也不能活下去了。"

我听了朗宁这番话顿觉天旋地转，手里的匕首跌落，踉跄着差点摔倒。事情太出乎意料了，我只感觉自己心里空空的，慢慢一步步向门口走去，只想离开这个地方。突然听得身后一身闷哼，回头看去，朗宁用我掉落地上的匕首刺穿了自己的胸膛，我一下惊醒过来，跑过去抱住朗宁。

朗宁嘴里喃喃道："李公子，你为什么只爱香草，不爱我呢？去年那次灯会上见到你，我就喜欢你了，其实你心里也是爱我的吧？"

我眼含热泪点点头。朗宁道："都是我不好，害得大家都伤心，都是我不好，你能原谅我么？李公子，要知道我是爱你的，我是多么爱你的啊。李公子，我冷，抱紧我好么？能死在你怀里，我也不后悔了。"

她说话声音渐渐微弱下去，直到停止了呼吸。我感到莫大的痛苦，泪水流了满面，却发不出任何声音。无边的刺痛袭击着我，一切变故让人无法接受。我紧紧抱着朗宁，恍惚中，我仿佛看见香草翩跹地向我走来，轻声呼唤我的名字，又仿佛看见朗宁在那次灯会上美丽的身影，转过头向我嫣然一笑，还看到她死前饱含柔情、幽怨和泪水的眼睛。

我只感觉呼吸困难，心力交瘁，突然失去了知觉。

郎知府是很受朝廷重用的人，他当过政的地方都是秩序最好的，因为他对待犯人和异己的手段极其残忍，所以能镇住一方百姓。他对待敌人向来残暴，何况我们三个是杀害他儿子的凶手。

孙平和路伟转天被抓，我们三人被关进死牢，我们宁愿立刻死掉，也不愿意受郎知县的酷刑。之后一个月时间里，我们三个受着非人的折磨，浑身的肉被一片片割开后，又被敷上一层草药，防止我们死掉，然后继续受折磨。

这一个月的时间，感觉比一辈子还要漫长，我被折磨得浑身伤痕累累，气若游丝，我的双腿都被打断，身上多处骨头被敲碎，手指也都被切掉，郎知府给我们吃一种特制的草药，使我们不会昏迷过去，这样保证我们不错过任何一种痛苦。

大约又过了半个月后，我们被拖出阴暗的牢房，掀开牢门口挂着的厚重的幕帘的一刹那，强烈的阳光直射我双眼，一个多月没见过阳光的眼睛，受不了突然强烈的刺激，只感觉天旋地转，眼前浮现了香草温柔的脸庞，还有朗宁流泪的双眼。

我们三个被拖上马车，拉到后山的一处地方，那里就是乱坟岗，是抛掷犯人尸体的地方，我们三个被扔在那里，跟死狗一样。我们受伤如此之重，他们早把我们当成了死人。浑身一阵疼痛我又一次晕了过去。

半夜醒来，发觉身边都是累累的白骨，巨大的疼痛让我痛不欲生，浑身骨头几乎都被打断，疼痛从每个折断的骨头缝里传来，我看了一眼昏在旁边的孙平和路伟，挣扎着动了一下，月光下周围飞起几只大鸟，大概它们是要等我们死后抢食我们尸体的。

我无法忍受浑身的痛楚，拼命向左面爬去，我的手和腿都被打断，竟然还能爬动，我的左面是个深不见底的山谷，我宁可跳下去立刻摔死也不愿意再受片刻这刺人心肺的疼痛。

终于爬到了谷边，我喉咙里呼喊着香草的名字，泪水模糊了我的双眼，我此刻竟然还有泪水可流。向深谷望去，我仿佛看见香草在向我招手，我身体努力向前一挺，半个身子悬空了，我继续努力向前探着身体，朦胧间我又看见朗宁的脸流着泪，对我说："你就是死了也还是想着香草，都不看我一眼么？"

我悲从中来，用力拼命向前挪动，我的身体开始向谷中跌去，就在这一瞬间突然身后有人拉住了我，我艰难地扭过头去，只感觉一丝刺眼的光线照来，我急忙用手背挡住了眼睛。

我醒来的时候是在医院的病房里，看见旁边的病床上躺着老孙，小路坐在我旁边的椅子上，见我醒过来，异常惊喜。我略一琢磨，回想起发生的一切，心里一怔，顿时明白了所有一切。

我们原来是掉进了那幅古画的陷阱了！

小路说我刚才半个身子已经爬出窗外了，多亏他醒来的及时，从床上跳起来，把我拉了回来，然后又翻开老孙的包，给我和老孙各吃了一粒"定心丸"。

我心里惊异未定，心想这古画还真他妈的邪性，竟然害我们成这样。我和小路彼此说了在古画中的遭遇，竟然都是刺杀郎乔的那一段，只不过他就是画里面绸缎庄老板的儿子路公子，他还能给我详细地讲他家绸缎庄里发生的各种事情。

我更是惊奇，看来每个看过这古画的人的思想都会被摄进古画里，并找到自己相应的角色，这一切都太真实了，在画里的几个月之中发生的一切都是那么真实，每一分每一秒都是真实的，真实到每天吃什么，穿什么，连上厕所都是真实的，都能回忆起来。我看了一下手表的日期，其实就只过了一夜的时间，现在才刚是我们进鬼宅后的第二天的晚上，而在那画里已经过了好几个月了。

我这个时候突然想起来，本来被古画迷惑住后，精神一直陷在古画的情景里，没人能醒过来的，怎么小路会自己醒过来而且还把要跳窗的我给救了呢？我奇怪地看着小路问他是怎么回事。

小路说："我被这古画控制的感觉和被那'赤焰鬼'上身的感觉差不多，所以我在潜意识里就立刻生出抵触心理，在我要跳楼的那一刻，终于努力使自己醒了过来，一睁眼就看见你正要爬出窗子，赶紧给你拉了回来，想起你和老孙说过'定心丸'的用处，就从包里翻出来给你们各吃了一粒。"

我骂道，真是他妈的可恶，要不是你有曾经被鬼上身的经历，对这玩意多少有些免疫了，我们三个今天都要交代了。

这时候老孙也醒了过来，诧异地望着我们，说："李公子，路公子，我们没死？”

我们冲他摇了摇头。

躲过在楼道里正给男朋友打电话的护士，我们连夜从医院逃出来，省得被有关部门询问。出来医院后，我们给刘强打了个电话，刘强明显很是惊异，忙问我们怎么醒过来的，我说见面再谈。

见了面，我们才知道今天一早刘强见我们还没按约定出现在鬼宅外面，赶紧打电话叫来公司的一群员工，进入鬼宅迅速把躺倒在地的我们带离那里，大家谁也不敢在里面久呆，也不敢胡乱多看，怕鬼出来害人。

我们被送到医院后，刘强关照护士好好看住我们，别让我们自杀。到了晚上估计那护士看我们三个没什么动静就抽空跑到外面跟男朋友打电话去了。

我们简单地给刘强讲述了所发生的事情，听得刘强头发都快立起来了，直起鸡皮疙瘩，说幸亏你们有那个“定心丸”，不然你们恐怕就醒不过来了，他听说我们还要进去，连忙劝我们不要了，要是让警察知道了，非给他抓起来不可。

我说：“你放心，我们以前的合同还作数，这次我们有了上次的经验，一定会准备更充分的，不会发生上次的事情了。”

刘强还是不放心的样子，我对他说：“以前进去的不论普通人还是捉鬼的人，出来都精神失常并自杀了，我们三个能醒过来，没有死，就说明我们有的是手段，所以你不用怕。既然我们还敢回去捉鬼，就说明我们已经有了捉鬼的方法了，即使捉不到鬼，我们有那定心丸也不会再让古画给迷惑住了，起码能保住性命回来。”

刘强听了我这番话，想了想说：“那你们白天去那里，把那古画拿出来烧掉不就可以了？为什么非要晚上去捉鬼？”

我说：“这古画太古怪，即使古画烧掉了，里面的鬼依然存在这宅子里，只要晚上进去的人依然还会被其所害，所以必须进去把古画里面的鬼除掉才行。”

刘强想想也有道理，而且他见我们确实有些本事，这才相信我们，但还是千叮咛万嘱咐的，怕我们再出事牵连到他和公司。

第7章 亲手灭杀心上人

我们回到酒店商量了一下，那鬼宅里严格来说是没鬼的，鬼实际上藏在那古画里，怪不得上次用“读鬼术”没发现有鬼呢。

那古画本身就是个邪物，那鬼藏在里面用迷幻的手法害人，只是这迷幻手法实在太高明了。

我们先洗了个澡，睡了个好觉，那幻境中的一个多月里受的酷刑，浑身的疼痛感是那么真实，真实得到现在我一想起来还感觉浑身疼痛呢，又想起香草和朗宁来，那种恋爱和心疼感觉更是让我感慨万千，简直太神奇了。

转天中午我们好好吃了一顿，开始制定捉鬼的计划，我认真做了下分析，从我在古画里的整个经历来看，开始的时候就只有一个死人，那就是香草，朗宁和郎乔的死都是在后来了，郎乔罪有应得酒后糊里糊涂被杀，不会变成厉鬼。

而朗宁是自杀，心甘情愿赎罪，并没有什么怨念，也不会生成鬼。只有香草是一开始就死了的，而且香草是含恨而死，怨气无边，她绝对就是那画里面的鬼！

明白了这些我们决定及早不及晚，今晚就再入那鬼宅捉鬼。我带好各种装备来到鬼宅门前，打开锁，进了后院直接来到那间书房。我让老孙和小路提前吃了定心丸，在鬼宅外面按照计划接应我，我怕除了那副画能让人昏迷、丧失意志外，这鬼宅里还有什么其他的东西能让人昏睡过去，所以我让他们在鬼宅大门口等候我。

我则提前吞下经过老孙把剂量调到最小，并在外面裹上一层特殊的“蜡”的“定心丸”，这样做是为了让我的意志能在适当的时候突然觉醒。

我来到画前，抬头望向那画里的牌坊，猛然间一道白光射来，那白光太刺眼，我立刻伸手挡住了眼睛。

恍惚中有人叫我的名字，我睁开眼睛，刺眼的阳光从窗户照进来，照得我忙用手

背挡住了眼睛，只听丫环小翠在我床边说：“公子，快起床吧，你忘了今天要陪夫人去街上了？”

我打了个哈欠说：“知道了。”

起来洗漱更衣，趁母亲去绸缎庄看料子的功夫，我拿着母亲给的银两溜过烟柳河，来到春香楼，去找香草，等我能把父亲的生意接过来，当了大掌柜的就可以把香草赎出来了。

老鸨支吾着不告诉我香草去哪里了，香草的好姐妹兰花过来把我拉到房间告诉我香草死了，是被郎知县的公子郎乔侮辱后，羞愤难当，不进水米而死，死前口中还念着我的名字，怪我不早点来把她赎出去。

我五雷轰顶，万念俱灰，发誓要杀了郎乔给香草报仇，回去就找来孙平和路伟商量，决定借郎家二公子郎青纳妾酒宴的机会，埋伏在郎家，找机会杀了郎乔。

送走了孙平和路伟，我去街上买了烧纸去香草坟上祭拜，傍晚的黄昏夕阳似血，此时已值春天来临，新坟头上竟长出许多青青的小草，风吹时，左右摇摆，像极了香草的一生飘摇，任人摆布，那么悲哀，那么凄凉。

想到这里我是痛哭流涕，生前是那么鲜活的女子，死后就是这么一个小小的坟冢，想起香草往日的温柔我是心如刀绞，真想扒开坟，跟香草躺在一起。

拿出纸钱烧了，又用带来的铁铲在香草坟上培了些土，可还是感到无边的悲痛，趴在坟上痛哭起来。

就在此时我忽然感觉头脑变得疼痛起来！

我仿佛处于半昏迷状态，隐约想起来自己是来捉鬼的，想是胃里的蜡丸刚好融化开了，里面的定心丸开始发生作用了。

这时候突然听见有人和我说话：“这不是李公子么？”

我知道这一定是郎家的千金小姐朗宁，我来不及向她解释什么，因为这定心丸的剂量已经调到了最小，效力坚持不了一个小时的，如果定心丸失去作用，我还要继续在这幻境中扮演我的角色，老孙和小路在外面，说好了过两个小时后才进来接应我的，如果这段时间我随着剧情大发展在这鬼画面前自杀了，那可就太冤枉了。

想到这里我忙转头对朗宁说：“快把你给我写的信拿来。”

朗宁显然吃了一惊问：“你怎么知道我给你写了信？”

我说：“别问了，快给我！没时间了。”

朗宁诧异地看了我一眼，还是急忙回头招呼丫环过来，把那封信递给我。我接过信拆开信封，把里面的几页纸用手撕成符咒大小。

朗宁见我撕了她的信，很是气愤，问我何故撕了她的信。

我说：“你的心意我知道，我知道你喜欢我，现在能请你帮个忙么？”

朗宁被我的话说愣了，看着我的眼睛点了点头。我把铲子递给他，让她帮忙把香草的坟挖开。

朗宁看着我，呆住了，怔怔地说不出话来，我握着她的手说：“你相信我，我没有发疯。”

朗宁见我握着她的手，脸顿时通红，我赶忙松开手，忘记了古代男女是授受不亲的。朗宁显然完全信任了我，忙招呼丫环过来挖香草的坟冢。

我想等坟墓挖开后，我直接把符咒贴在棺材上，等天一黑，我把鬼赶出来，然后催动咒语封住鬼的法术，再收了它。

我咬破自己的手指，在朗宁给我的信的背面画上“封”字和“镇”字符咒，因为幻境中没办法带进来任何工具，只能用朗宁的信纸和自己的血来写这些符咒了，这些都是我提前考虑到的。而且我只有两个小时的时间，也来不及回幻境中的家里去拿纸和笔了。

夕阳马上就要落山了，一落山，鬼就会出现，那个时候我没有太多时间保持现在的“半梦半醒”状态了，只能在我镇住鬼的极短时间里，老孙和小路按计划进来，用我早就施好咒语的乾坤筒直接对准鬼画，就能把这鬼给收了去。

可是这时间是极其难把握的。虽然我们进行了细致的计算了，也只能是个大概，只能凭运气了。如果时辰过了，我服用的定心丸失效，我重新被幻境控制了，那就危险了。

看看她们已经把坟挖开，露出了红色的棺材，这春香楼老板娘还真是奸诈，生前香草为他们赚了那么多钱，死后连个好棺材也不给买，弄了个特薄的棺材在这里，我过去用铲子去撬棺材，这棺材质量很差，没费劲就撬开了。

我向棺材里面望去，香草的面目还是栩栩如生的，仿佛睡着一般，是那么美丽，嘴唇和两腮红红的还有血色，整个人上半身躺在披散的长发上，是那么楚楚动人。我头脑中浮现出和香草花前月下耳鬓厮磨的种种情景，一时心酸，铲子掉到地上。

这时候只听朗宁叫我的名字，我一惊，忙摄住心神，才知道差点出错。我回头看朗宁和两个丫环惊异地看着我，她们肯定以为我想念香草太深，要刨出来看一下呢。

我抬头看天空最后一抹余晖要落下去了，让朗宁赶紧回家去，朗宁像是有话要说的样子，显然不明白我在干什么，但是看我一脸坚毅，没说什么转身和两个丫环向马车走去，我忙把符咒贴在棺材周围又在香草前额贴上一个“封”字符。

太阳落下山去，我催动咒语，在小小坟墓里结成一张法术结界，然后催动“分”字咒语，不到三秒钟，香草的尸体开始颤动，眼看着指甲慢慢向外长了出来，可是她被我的符咒镇住，无法动弹，也无法脱身。

我现在只希望老孙和小路赶紧进来用乾坤筒收了这鬼。可是他们迟迟不来，想

是我们计算的时间有误差，我心中暗自着急，因为我的思想已经开始又渐渐陷入幻境了，那定心丸开始失效了。

定心丸开始失去作用，随着我又渐渐陷入幻境中，那罩住棺材的符咒的效力也开始变弱。

我拼命摄住心神，又催动一遍咒语，焦急盼着老孙和小路赶紧进来。在这鬼画里好几个月，在现实世界里才将近一天，他们在外面耽搁一分钟，我这里可就是几个小时过去了。如果让鬼出来，后果不堪设想，我性命堪忧。

我头脑已经开始混乱，只能手指结成指诀拼命摄住心神。躺在棺材里的香草此时浑身起了白毛，指甲和头发长出好长，她不住挣扎，马上就有可能挣脱符咒的法力，一旦挣脱，她的鬼术也就能够施展出来。而我陷入幻境中后，会忘记了所有捉鬼的法术，无论如何是斗不过她的。

眼看香草就要挣脱束缚，这时我看见朗宁跑了过来，把手里的一枚东西扔进了棺材里，口中还念叨着什么。我一看那是一块铜镜，再看铜镜落到香草尸体上，香草的尸体立刻停止了挣扎。我望着棺材里的香草，眼前一片混乱，突然伸手一掌打在朗宁脸上，气愤地说：“你想干什么？为什么挖开香草的坟？你哥哥害死她还不够，你还要挖开她的坟墓折磨她么？”

朗宁显然吃了一惊，捂着被打的脸，眼泪流了下来说：“我知道你在捉鬼，刚才香草的尸体已经开始尸变了，我把家传的镇邪宝物‘八卦镜’放到香草尸体上，那样是能够镇住鬼的。”

我被朗宁的话说糊涂了，顿时大怒，神智开始失控说：“是你哥哥害死香草的，我就算豁出命去也要为香草报仇，即使死了也在所不惜，谁害死了香草我变成厉鬼也不会放过他。”

朗宁听了我的话，顿时怔怔地看着我，泪流满面说：“李公子，这些都是我的错，不要杀我哥哥，你杀了我吧，我才是凶手。”

顿了顿，郎宁接着说：“自从去年灯会上看见你，我就开始喜欢你了，是我看你喜欢香草，我心里每天受着煎熬，我想都是因为我没能及时向你表白，以致你喜欢上了香草，但是我不甘心，我知道三哥也喜欢香草，就让三哥去纳香草为妾，可是香草只喜欢你，死活不从，我哥哥为了帮我才把香草强行带到外面，这些我都是后来才知道的 我也没想到我哥哥会用这么卑鄙的手段。哪知道香草那么刚烈，她死后我心里很是不安，知道你一定很痛苦，才一路跟着你来这里，想向你表白我对你的爱，希望能让你减轻痛苦，可是没想到事情发展到这个地步，李公子，你杀了我吧，无论如何我也是不能活下去了。”

我听了朗宁这话，如遭雷击，只感觉天旋地转，原来朗宁一开始就喜欢我了，这是我万万没有料到的，而香草的死竟和她有关系。我颓然坐在地上，头脑一片混乱，突然听得一声闷哼，回头看去，朗宁已经用簪子刺穿了自己的胸膛，我一下惊醒过来，跑过去抱起朗宁，两个丫环也跑了过来，看见朗宁自杀，惊恐万状。

朗宁抓着我的胳膊，嘴里喃喃道："李公子，你为什么只爱香草，不爱我呢？我是那么喜欢你，公子你心里其实也是爱我的吧？"

我眼含热泪点头。

朗宁道："都是我不好，害得大家这样，都是我不好，你能原谅我么？李公子，要知道我是爱你的，我是多么爱你的啊，李公子，我冷，抱紧我好么？能死在你怀里，我也不后悔了。"

她说话声音渐渐微弱下去，直到停止呼吸。无边的痛苦袭击着我，我只感到天旋地转，抬头望天，泪水飞溅。

突然间，我看见天空中裂开一条口子，一道白光射了过来，射到香草尸体上，一缕黑烟从香草额头飞出，被天空中的裂口吸了过去，我突然感觉自己腾空而起，抱着朗宁的尸体，也被那天空的裂口吸了进去。

醒来的时候已经是天亮了，老孙和小路正在床边吸烟，呛得我直咳。

我骂道："你们两个蠢货，怎么这么慢才进去？"

老孙和小路一脸无辜地说："我们两个可是严格按照你制定的时间进去的。"

我把幻境中的情景给他们讲了一遍，他们听了唏嘘不已。他们两个已经把那副画揭下来烧掉了，那幅画设计得非常精巧，竟然有好几层之多，每一层都有图案，很多层叠在一起才组成这幅鬼画，怪不得看上去那么逼真，烧画的时候冒着黄烟，想是其中加入了能迷惑人心智的药材之类的东西。

总算把鬼宅里的鬼给除掉了。经过好几天的折腾，眼看黄金周也快结束了，本来是出来放松的，没想到不但没放松，还差点送了性命。我们准备回去后把装着画中鬼的乾坤筒也埋到安定医院的消煞之地去。

刘强知道我们要走，急忙跑过来，先给了我们十万现金，说是等鬼宅顺利拆除了，再没发生闹鬼的事情，再把那剩下的二十万如数打到我账户里去。

我点头答应，心想果然是无奸不商啊，做生意的就是会算计。看着手里这十万块，心想，这可是差点牺牲才换来的。转天我们三人就登上了回家的飞机。

我和老孙、小路说起朗宁把一块"八卦镜"放在尸体上就可以镇住尸变的情景，说那八卦镜很像师父镇住赤焰鬼的那块，这宝贝真是不可多得，要是有了它，捉鬼可就简单多了。

我心里想到朗宁最后还是死在我的怀里，心中不禁感慨万千，这件事情可以说是我捉鬼以来遇到的最让人惊奇的一次了，但却不知这画中的鬼属于哪个类型。

回到家后，休整一番，我们又开始正常上班了。过了一个月的时间，刘强果然把那剩余的二十万打了过来。我们给那鬼宅除了鬼，他们的大楼盖起来，那钱可就赚大了，我们拿这点钱，简直太心安理得了。

我们商量一下，钱交给老孙管理，最主要用在购买草药，炼丹之用，想那“定心丸”着实救了我们好几回。国内灭绝的药材，就必须要通过各种网络到国外购买，以便炼制出更多更好的丹药，那样就需要很多钱，正好这三十万可以做这个用途。

但是在这之前，我们先用这钱好好吃了几顿，又请大张、赵勇等一群同事去好地方狠撮了几次，他们看我们出手如此大方，都怀疑我们中了彩票了。

我们把这次捉鬼的经历告诉了师叔，师叔也只知道那鬼叫做“画中鬼”，是一类很特别的鬼，是被人封在画中的，而制作这种古画的手艺早已经失传，也早没了会“封鬼入画”的人，这画中鬼就更是少见了。

我们三个听说那古画制作手艺已经失传，后悔把它烧掉了，要是带回来卖掉，肯定能卖个好价钱。

距离师父去世已经快一年了，这段时间我每天勤学苦练，内功已经有了突飞猛进，符咒的“封、镇、分、驱”使用起来已经颇为得心应手了，指诀里的“开、罩、收、散”也是随心所欲施展了。

就连指诀里难练的“封、镇、分、驱”四项，因为对内力要求比较高，所以很难使用，但是随着我的内功精进，这四种指诀我也能使用了。

指诀里的“封、镇、分、驱”和符咒里的“封、镇、分、驱”虽然意思一样，但是效果是不一样的。符咒使用后在一阴一阳二十四小时内起作用，而指诀里的只是在瞬间不需要借助符咒而起到作用，危急情况下对鬼施术，以达到捉鬼的目的。

第8章 夜寂校园闻鬼声

暑假又至，虽然我早已经不是学生了，但是直到如今还是很怀念我的校园生活，加上我就住在一所大学的附近，从家里阳台上就都能看到马路对面大半个校园。每当到了寒暑假或者黄金周，平时热闹的校园就变得很冷清了。

现在又到了暑假，冷清的校园，只有寥寥学生出入，都是些家在外地或者参加实习的人，又或者为了赚点零花钱利用暑期打工的学生，让我想起了我的大学时代。

我没有假期只能天天去上班，晚上经常会上上网，玩玩游戏，网络游戏我不爱玩，太费时间，老孙和小路爱玩网游，没事就在网络里打啊杀的，我只玩些简单的游戏。

这一天上网，进了好久没有上的邮箱，发现一封邮件，是这样写的：李大哥，您好，在论坛上看了对您和您朋友们的介绍，对您特别崇拜，尤其佩服您捉鬼的本领，我和我们宿舍的几个姐妹也都喜欢玄幻的东西，喜欢看鬼电影听鬼故事，论坛里关于您的介绍让我们对您产生很大的兴趣，正是因为如此，我们才鼓起勇气请求您帮我们一个忙。我的学校女生宿舍三号楼的四楼，自从我们来到这学校就一直封闭着，不允许任何人进去。听说这里在四年前就已经这样了，学校里盛传这层楼闹鬼，听说是在这层楼的405房间。但学校给出的理由是这四楼装修不合格，不能住人。我们住在五楼，每当路过四楼都忍不住透过楼道铁门的缝隙向里面张望，可是里面黑黑的，什么都看不到。

大约就在这个学期初的时候，因为快到期中考试了，晚上大家都会去上晚自习，我们宿舍的小米发烧了，只好一个人留在宿舍，考试前是大学生晚自习教室人最多的时候，整个宿舍楼就都冷冷清清的了，小米在宿舍本来也看了一会儿书的，后来因为吃了发烧药，有点困，就打起盹来，但是她刚要睡着的时候，突然听见楼下有阵阵笑

声传来，小米以为是三楼有同学没去上晚自习呢，但后来笑声越来越大，都有点离谱了，实在让人无法休息，也不见管理员上来，这么大的声音管理员难道听不到么？

小米一边嘟囔一边打开门出去查看，楼道里很静，看不到一个人。她下了楼梯，想去三楼看看是谁在瞎折腾，就在她走到四楼楼道口的时候，她猛然发现四楼楼道那些用来封锁楼道的铁栅栏和硬木板都不见了，而且整个四楼每间宿舍都灯火通明的，小米特别害怕，一阵寒气袭来，浑身直起鸡皮疙瘩。她刚想跑下楼，突然看见一个穿红睡衣的女孩子正从一间宿舍走出来，小米惊呆了，那红睡衣女孩经过楼道口的时候突然转过头来向站在楼道口吓得发呆的小米发出咯咯的笑声，那笑声正是刚才小米听到的笑声。

小米被我们发现的时候倒在楼梯上，是被吓晕的，醒来后她跟我们讲了她看到的一切，从此她就一病不起，人迅速消瘦下去，发烧不退，连考试都没法参加，都过了快一个月了，打针输液，还有各种检查都做了，就是找不到原因，仍是昏迷不醒。

眼看着小米一天天地快不行了，辅导员向校领导汇报了情况，校领导嘱咐指导员让我们不要声张出去，以免影响同学们的学习和生活秩序。后来我们听大四的学姐说，他们刚来学校的时候也是在三号楼，她们班有个女孩也遇到过类似的情况，最后那女孩子一病不起死掉了，大家都说这是见鬼了，见鬼不死也要扒层皮的。

我们为了小米，想尽了办法，最后网友介绍我们进了一个论坛，看见有对你们的介绍，还发现您就在天津市。我找高中同学帮忙，我高中同学可是黑客级选手，很快通过你们在论坛的照片查到了您，查到了您的单位，然后查到了您的邮箱，对此我们感到十分抱歉，请您原谅我们侵犯了您的隐私，我们只想请您帮我们这个忙，救小米一命。小米现在还在医院昏迷呢，我们不忍心我们的好姐妹就这样走了，您一定要帮我们，帮小米，您一定要给我们回信啊。

落款是：小白。

我看了这封信感觉奇怪，网上怎么会有我们的介绍呢，按照小白的邮件打开那个论坛才知道，那论坛就是我们搜索丽城鬼宅的时候找到的那个论坛，那个关于我们的帖子原来是刘强发的，介绍了我们来自哪个城市，又是如何捉住那画中鬼的，把我们的本领吹嘘得天花乱坠的。旁边还配了我和老孙、小路的照片。这照片还是比较清晰，不知道什么时候刘强用手机给我们偷拍的。没想到的是，刘强这篇帖子，跟帖的人相当多，说什么的都有，有关注我们的，又质疑我们的，有抨击我们的，有想向我们拜师学艺的，各种各样，无奇不有。

我感觉好笑，马上给小白回了个邮件，内容是：“OK！”

转天小白在我邮箱里留了QQ号，我们转移到QQ里聊了起来，我大致了解了基本情况后，和她约了见面。

她们来了两个女孩子，一个是本市人，叫小白，一个是山东人，叫小雨，我们约在了一家咖啡厅见面。

两个小姑娘很是活泼可爱，我更详尽地向她们了解了一下情况，她们先是对我表达了一番崇拜之情，向我问了好多丽城鬼宅里的事情，只听得她们惊叹连连，然后她们拉我去医院看小米。

病床上的小米脸色苍白，隐隐透着乌青，没有一点血色，一看便知她身上的鬼气很重，向来是长时间无法排出，在体内滋生所致。

我立刻双手结了个“散”字指诀，右手食指中指并拢点在小米额头，催动咒语，一会儿工夫，一股黑气从小米身体渗出，聚集在小米印堂处，然后慢慢消散。

鬼气被驱出她体内后，小米脸色迅速恢复红润，只过得片刻功夫就苏醒过来，抬眼看见小白和小雨，高兴地笑了起来，精神也迅速好转，显然是没什么问题了，只消休息数日，加强营养，一周之内就可康复了。

小白和小雨包括病房里的护士对我是敬佩有加、崇拜至极，小米知道事情的经过后，对我再三感谢。小白和小雨见我很轻松就救小米一命，震惊之余，非要请我吃饭，最后我请她们吃了顿涮羊肉。

吃饭的时候我们商量着进女生宿舍捉鬼的方案，我们觉得还是暂时不和校方接触为好，那样的话，学校一定不会允许我们进宿舍捉鬼的，我们决定先偷偷把鬼捉了，如果有必要再告诉校方，以免引起不必要的麻烦。

现在正是暑假期间，学生基本都回家了，正方便我捉鬼，但是她们学校女生宿舍管理很严格，不允许男生进入，且有两个看门的阿姨一天到晚轮流值班，我必须要躲过她们才可以进入女生宿舍。

最后我让小白、小雨回去商量如何才能让我顺利进入女生宿舍，只要能进入宿舍楼，捉鬼的事情就交给我了。

小白她们学校在市区边上，是一处高校聚集区。学校有快二十几年历史了，这所学校以前我也去过，那还是我在上大学的时候去那里找同学玩呢。

这个学校面积很大，学生比较多，男生和女生宿舍楼都分好几处分布着，这女生三号宿舍楼就在学校的最后面，一共五层楼，比起一号和二号宿舍楼来面积要小很多，且和其他宿舍楼都相距较远，显得孤零零的样子。

在小白和小雨她们商量出混进女生宿舍的好办法之前，我拉老孙一起来这里观察了一下，老孙听说我和大学的小女生联系上了，直说我不够意思，背着他偷偷行动。

我说：“你小子这么多年怎么总改不了这毛病呢，让你去见人家，你一准儿又说话不利索了。而且色迷迷的，再把人家吓到。”

老孙有个毛病，一见到漂亮女生说话就结巴。老孙不服气地说：“我现在不比从

前了，怎么着我也捉了好几回鬼了，恶鬼我都不怕，何况漂亮女生啊？”

我说：“你小子别吹牛了，到时候你那舌头就转筋。”

虽然嘴上这么说，但这次来学校观察地形，还是带了他来，免得他又说我不够意思。结果把他带来才知道是个错误，虽然学校放暑假了，但是也有留在学校的学生们，进了学校，老孙两只眼睛就没闲着过，来往的漂亮女生都被他品评个遍。

我们来到三号女生宿舍楼前，我用《天道妙法》里的“读鬼术”发现三号楼果然是个阴气淤积，容易聚结鬼气的地方，冤魂之气在这里不挥不散。

抬头看整个四楼的宿舍，每个窗户都是拉着窗帘的。转到宿舍的背面去看，背面的宿舍窗户也是一律拉着窗帘的。宿舍楼后面是个自行车棚，自行车棚紧靠围墙而建，围墙外面是挺大一片野地，没有建筑也没有开垦，就这么荒着，长满了半人高的杂草。

我们转回正面来，见整个宿舍楼只有一个楼道口，楼口那里有个房间，里面是管理员阿姨。

我琢磨，既然这四楼闹鬼，说明这鬼是不愿意离开四楼的，也就是说这鬼以前就是住在四楼的，但是为什么没有听说这四楼曾经死过人呢？这让我百思不得其解。

我们鬼鬼祟祟的样子很快引起了看门阿姨的注意，以为我们是来约会女生的呢，趴在窗口对我们喊道：“你们两个小子干吗的？学校都放假了你们还在这里瞎转悠嘛呀？”

这时候五楼一间宿舍的窗户推开了，小白露出头来，向我们做了个噤声的手势，又指了指下面楼梯口，我们明白她这是让我们别招惹看门阿姨。

于是我对阿姨说：“都放假了啊？我那几个女朋友也不告诉我一声。”

说着和老孙转身离开，老孙一路上就一句话：“那个小白还真漂亮！”

晚上小白打来电话，说是想了个办法能进女生宿舍，我问是什么办法。

小白说：那个看门的阿姨，就是我们今天见到的那个阿姨会在明天晚上值班，明天我们多买点水果饮料，就说阿姨太辛苦了，放假了还要给我们看门站岗，给阿姨买点饮料表示感谢。这样她很快就会上厕所，厕所在一楼最里面，你们先埋伏在学校里，我去和阿姨聊天，等她去了厕所我给你们打电话，你们就立刻溜进来。

我听了暗暗好笑，这些丫头还挺能琢磨，但是没有其他更好的方法，也只好用这个方法了。

第二天吃了晚饭我们进了学校，然后埋伏在了学校的小花园里，没过半个小时，小白的电话就到了，我们急忙跑过去，轻手轻脚进了宿舍楼。一口气上了五楼，小雨已经在她们宿舍门口接应我们了，她把我们领进了宿舍。

宿舍里还有一个学生，估计是她们一个宿舍的，她们宿舍一共四个人住，两个上下铺，与我们当初上大学一个宿舍八个人住比起来条件好多了。

两个上下铺在同一侧，床铺对面是书桌和柜子，书桌上摆着四台电脑，其中两个是笔记本，现在的学生真是幸福，笔记本、手机、随身听一样都不能少。

一会儿小白也上来了，一进门就叽叽喳喳地讲述那看门阿姨怎么喝多了凉饮料，竟然拉肚子了。

我提出现在就去四楼看看，回头望着老孙。

老孙见我望着他，说："你说怎么办，就、就、就怎么办。"

我说："老孙，你怎么结巴了？"

老孙脸一下子红了，推着我赶紧出了宿舍。

我们下了楼梯来到四楼，才发现四楼的楼道口用铁栅栏拦着，上面用一个大铁链锁住，铁栅栏内侧还绑着木板，看不见四楼的情况。

我们事先没想到这里还有锁头呢，一时不知道怎么办。我从包里掏出冷月宝剑，小白和小雨被吓了一跳，直直看着那宝剑莹莹的光芒，如同冷月的光辉。

我抬手用宝剑在那铁链上轻轻一挑，把其中一个铁环切下一小节来，然后从这里打开锁链。那宝剑切这个铁环就跟切豆腐一样，真不愧是除秽派的传家之宝。

我推开铁门，里面一片漆黑，老孙打开手电，我们闪身进了四楼楼道，摆手让小白和小雨先回去。我们从里面轻轻关上门，发现在门后的木板上竟然贴着两枚符咒，看起来却不像是道家的符咒，想必是学校请过什么捉鬼的法师下的符咒。

但是符咒在一阴一阳二十四小时内就会失效，除非配合阵法才能保持长久的法力，这里并没有布什么阵法，眼前这两枚符咒显然已经失效了。

我用手电向楼道里面照了照，悠长漆黑的楼道，弥漫着一股霉气，我打开"阴阳眼"用读鬼术，刺探有没有鬼的信息。没有和鬼接触，永远无法知道鬼属于什么类型，会什么鬼术。

就在我刚要探寻鬼的藏身之处的时候，楼道里的灯突然全都亮了，宿舍的灯光也一间一间亮了起来。老孙手里紧握符咒，眼睛打量着四周全身戒备。我警惕着，知道这是鬼制造的幻觉，叮嘱老孙小心。

因这里是宿舍楼，我们提前也了解过宿舍的格局，不会像上次陷入那无影鬼在山崖边制造的大楼的幻觉里。在这里一切物体都是真实的，不用担心会有什么危险，所以我没有立刻解除这幻境，我倒要看看这鬼想干什么。

我用"读鬼术"继续探寻鬼的所在，但是并没有发现鬼的踪迹，这可奇怪了，难道这鬼知道我们要来躲到别处去了？眼前的一切是它此时躲在宿舍楼其他地方施的幻境？

我轻轻推开旁边一间宿舍的门，往里看去，房间收拾得很整洁，我们又一间一间

走过去，每间宿舍都是一样。我突然发现一个问题，这里和刚才在小白宿舍看到的有所区别，无论是被子的颜色还是宿舍的格局都和小白的宿舍有点不一样，显然这里呈现的是很久以前宿舍的景象。

我们进去一间宿舍，看到桌子上的台历显示是1997年的时间，原来这里是1997年宿舍的模样，而且看到床铺上椅子上还盖着报纸，估计这里是假期时候宿舍的情景，这鬼现在不在这楼里，却弄出这幻境来，是想做什么？难道是想要告诉我们什么？

我们看了几间宿舍，没发现什么特别的，我和老孙一商量，准备先解除了这个幻境，好让那鬼知道我们可不是吃素的，然后再回去商量除鬼的方法。

就在我们从那间宿舍出来的时候，一扭头发现旁边一间宿舍门“吱”的一声打开了，走出一个身穿红睡衣的女孩子，那女孩子扭头看了我们一眼，然后又直接进了对门的宿舍，我和老孙看了这女孩一眼，顿时大惊失色，转身向楼梯口飞奔而去。

这女孩子竟然就是我们刚才在小白、小雨宿舍里见到的那个女孩子！

这个时候楼道里的灯光和宿舍的灯光突然熄灭了。我们飞奔到五楼小白小雨她们的宿舍门前，门是虚掩着的，我们只盼望推开门能看见小白和小雨好好在里面呆着。

推开门宿舍里面却是空空如也，桌子上是半瓶打开的饮料。这鬼已经开始害人了，而且选择在我们来之后才开始害人，难道它是在向我们示威？

我和老孙刚进来这宿舍的时候就看见那红睡衣女孩坐在电脑旁，见我们来了还给我们让座呢，可哪里知道她就是那鬼，她用了鬼术，只让我和老孙看见她，而小白、小雨是看不见她的，怪不得我们在她们宿舍逗留的短暂时间里，并没看见小白、小雨和这个女孩进行过任何交流呢。

我当时并没有打开阴阳眼，而且刚溜进女生宿舍，心情比较紧张，也没在意屋子里的鬼气，然后就匆匆去了四楼，才让这鬼有机可乘。

我立刻拨打小白的电话，心里盼望着能接通，在一阵周董的彩铃声后手机终于接通了，电话里传来银铃般“咯咯”的笑声，笑声里阴气逼人。

我说：“我是老李，你们在哪？”

那笑声突然停止，然后阴冷地说：“她们在宿舍楼后面的围墙外休息呢。”

我一听这声音就知道是那鬼发出来的，透着阴冷的气息，让人不寒而栗。虽然是夏天，但是听了这声音，却如坠冰窟。我和老孙立刻下楼去找她们，下楼梯的时候碰见两个没回家的女学生，用疑惑的眼光看我们，我们也顾不上解释什么了，救人要紧。

在四楼楼道口迅速把铁栅栏的门关好，把铁链缠上，又按照缝隙把铁环连接上，摆好，表面上看不出来有人动过，然后飞身下楼，在看门阿姨诧异的目光中，我们窜出宿舍楼，出了校门，绕到三号宿舍楼后的围墙外。

这学校建在郊外，地处大学城，但是是最靠外的一个，校外是没开垦的荒地，杂草丛生，我们顶着蚊子的狂轰滥炸，趟出一条路来向前探索着前进，用手电筒四处照着。

自从我们干上了这个行当，甭管有事没事晚上出来都带着强力手电筒，因为经常要在晚上作业。

没费太大力气，我们找到了小白，她躺在草丛里，我们过去，围在我们身边的蚊子也不知疲倦地跟着我们飞了过来，阴魂不散一样。我们把小白扶起来，感觉刚才在耳边嗡嗡叫的那些蚊子却突然消失了，我一琢磨，知道是因为小白身上有很重的鬼气，那些蚊子是不敢接近的。

我结了个“散”字指法，点在小白额头，催动咒语，先驱了鬼气，小白醒转过来，但是显然是被吓坏了，扑到我怀里哭着。

这时老孙在附近把小雨也找到了，我用同样的方法把小雨救醒，搀扶着她们沿原路返回，那蚊子又一拥而上把我们给包围了。

我们把她们两个送到附近医院，就是小米住的那家医院。小米病好后，被父母接回家去修养了，回家时候比较匆忙没来得及当面感谢我，给我写了封感谢信，说放假回来再当面谢我，还让小白和小雨代她好好对我表示感谢。

护士给小白小雨打了镇静剂，她们这才完全舒缓过来，我问她们怎么跑到那里去了。小白说：“我们一回宿舍，又兴奋又紧张，猜测你们在四楼怎么样捉鬼，我突然看见小雨身后有个穿红睡衣的女孩子，小雨见我直勾勾盯着她身后，也扭头看了一下，然后我们就什么都不知道了。”

我把我们刚进她们宿舍就看见这个红睡衣女孩的事情告诉她们，说以为是她们宿舍的同学呢。小白和小雨惊讶不已，说除了小米外宿舍还有一个广西的同学，一放假就回家了。

我思索着，为什么这个女鬼偏偏要等我们来了之后才下手呢？要是她想害人的话，随时都能害啊，即使四楼封上了，我看那贴在铁门背后的符咒也已经失去效力了，已经不能锁住这鬼了啊。

我们百思不得其解，突然小白咦了一声，看着自己的手腕。我们看去，只见一只男士手表戴在小白的手腕上，刚才没仔细看，还以为是小白自己的呢。

我把表取下来，看了看，是只机械表，上面沾了好多泥土，有的地方都生锈褪色了，时针指向九点的位置，我看着这只手表，琢磨着遇到的这一连串奇怪的事情，似乎明白了点什么。

我猜测这女鬼把小白她们弄到学校后的荒草地，是为了引我们过去，然后又有一只手表在小白手上，还是只男表，说明这只表是被某个男人丢在荒草地里的，那鬼是

想让我们知道，在学校后面荒草地里曾经发生过什么？

也许就是跟这鬼生前有关，或许这个鬼生前是被人给害死的，而害死她的凶手有可能就是这只表的主人，但是如果她是被人害死，怎么不找害死她的人报仇呢？如果已经报仇了，那还留在这里干什么？这些疑团在我脑子里翻来覆去，让人想不通。

看这表上有泥土的痕迹，虽然是块好表，但是表链也有锈迹了，这么说这表在那荒郊野外呆的时间应该很久了。这表是机械表，一般机械表不佩戴的话几天时间就会自动停止的，现在看这表仍在走动，说明从我们把小白救起，经过震动这表才又开始走动的，由此判断这表停止的时间就是表被丢在草地里的几天后的时间，那表上的日期显示的是JULY、25号、周五，就是说这表是在某年7月25号，周五这天停止的。

我感觉事情有蹊跷，仿佛那鬼不像是想害人的恶鬼，它给我们这些信息是想让我们知道些什么，之所以没有选择正面告诉我们更详细的信息，可能是怕和我们正面接触后，我们会不问青红皂白立刻把她收了去，那么它就再没办法让我们知道她想让我们知道的事情了。

我看了下时间都快晚上十一点了，看看小白和小雨也没事了，于是决定回家再研究这块男表的事情。我提议送她们两个回学校，她们两个听了很是惊恐，死活也不肯再回去了，说什么也要等到我们把这鬼捉了才回去。

小白家在市内，但是这么晚了回家，免不了要引起家长的怀疑和担心，本来说留在学校和同学暑期勤工俭学的，这么晚和女同学跑回家去住，家长肯定以为出什么事情了呢，逼问之下会弄出不必要的麻烦来。

我若有所思地看看老孙，老孙立刻眼睛一亮，马上脱口而出："要不老李家住吧，他家有、有、有两个卧室，你们可以住其中一间。"

我就知道这小子会这么说，他是有多久没见过女人了。

小白和小雨看着我，我想让她们回校住似乎有点不妥，于是说道："好吧，那就先住我家吧。"

自从上次我们去旅游把观月师叔送到附近老人院后，他就不愿意回来了，说天天跟一群老头老太太一起很有意思。我们也没办法，但想到师叔在老人院能开心就好。

老孙主动提出今晚不回家了要和我住，说是要看着我，怕我一个人出什么事，其实他那点出息我还不知道，一见到漂亮女孩就挪不动步。果然一晚上，老孙那个殷勤劲啊，又端茶又倒水的，就差给人家端洗脚水了。

大家商量了一下，既然这只鬼并没有害人的心思，那我们就决定暂时先不去捉这个鬼，先调查一下情况再说。

第二天上班我特意查了下万年历，发现7月25号，而且是周五的年份分别是今年、1997年、1986年、1980年，由于小白的学校建校是在1978年，而且小白说，封闭四楼是在几年前的事情，所以我推断，这个7月25号应该就是1997年的7月25号。

于是我又上网查看了1997年本市的新闻，可惜那一年，这个城市没有什么特别的新闻，有凶杀案也不是发生在学校的。而且即使学校有凶杀案发生，一般也不会上新闻的，引起恐慌就不好了。

下班后我和老孙、小白、小雨一起吃红焖羊肉，把小路也喊了来。小白和小雨终于见到丽城捉鬼的三人组了。真佩服她的黑客同学怎么通过那张照片找到我们的。

我们吃饭的时候又谈到校园女鬼的事情，小路说她表姐也是那个学校毕业的，而且好像1997年的时候正好是在校的学生，也许能知道点什么情况。我让小路回去打听仔细了，如果他表姐确实是那个时间段在校的话，就约她出来了解下情况。

转天小路就把她表姐请了过来，我们几个找了个茶座，彼此寒暄了一下，转入正题。

小路表姐叫侯丽，她说那年确实发生了很多稀奇古怪的事情，她努力回忆着说："1997年的时候我还是大二的学生，那个时候学校里的确发生了几件大事情。第一件就是有个男学生跳楼自杀了，第二件就是有个老师出了车祸，第三件就是失踪了一个外地女学生，还有一件就是保卫科的刘科长双腿突然瘫痪了。这是发生在我们学校的几件事情，还有就是那年发生在学校外的事情了，一个常年在学校门口拦截学生收保护费的小流氓，外号叫秃头的，被一辆离奇冲到学校门口的汽车撞死在了校门口，而且死得很惨，脑浆都涂在了学校大门上，后来学校还特意换了个新大门呢。"

我心想这所大学1997年还真是不平静。排除了大学的老师和自杀的男生，我对那个失踪的女生很感兴趣。

侯丽接着说："那女孩当时就是住在现在的三号女生宿舍楼的，因为那时候这个宿舍是研究生宿舍，住的都是研究生，而且那女生是个非常漂亮的女孩子，性格开朗，尤其爱笑，追求她的人很多，很是有名。她家在外地的一个小城镇，1997年暑假结束后，这女生迟迟没归校，学校联系了家长，家长说她暑假并没回家，说找了份工作留在学校打工了。这才发现人失踪了，报警后，查了一段时间，没有线索也就不了了之了。后来过了半年多，那个宿舍楼的四楼就因为闹鬼被学校封了，说总是半夜的时候听见有人咯咯地笑，很多人都说那笑声很像失踪了的那个女孩子的笑声。但是学校开会禁止学生互相传这些东西，怕引起恐慌。"

侯丽又补充道："记得在楼道被封后，有个女生一天下楼的时候经过四楼楼道口，突然看见四楼里灯火通明，还看见有个穿红睡衣的女孩子在楼道里走动，然后她就一病不起，最后死在了医院。"

我知道这就是小白一开始在邮件里提到的死去的女孩子。我们送走了侯丽，回家商量下一步该怎么办。看来那个失踪的女孩就是现在的女鬼无疑，她根本没失踪，而

很可能是被人害死在了学校里。

这次我们决定再进三号宿舍楼，以期了解更多的信息，希望那个女鬼能理解我们现在其实并不想捉她，盼望她能给我们当面讲述她的死因。而我想趁着放假期间赶紧把这个事情解决了，不然开学了就不方便动手了。

又转天天一擦黑我们就来到学校，但是却发现楼道门口又多了一个值班的阿姨。两个人轮流值班，一个上厕所，还会有另一个看着大门。肯定是前几天我和老孙冲出宿舍楼的时候被宿舍的两个女生还有那个值班的阿姨看见了，报告了校方，学校这才加强了人手。

这下可不好办了，上次的法子行不通了，我们只得退回来，重新商量进去的办法。最后还是老孙比较狠，他天天琢磨着配制那本《垂丹之术》上的各种神奇药丸，他本身又是医药行的，药店里的中草药他都耳熟能详了，现在立刻想起了一味中药“巴豆”，而且凭他的关系弄点巴豆很简单，但是那玩意千万不能用多了。

转天小白和小雨买了好多水果和速溶咖啡，给看门的两位阿姨送去，说是最近有男生在宿舍出现，怕有坏人趁放假混进来，特意给值班的阿姨晚上提神用，然后假装晚上没事情做跟阿姨聊天，冲咖啡的时候放进去一点点巴豆，只一会儿工夫那两个阿姨就都捂着肚子哎哟起来。小白和小雨装作很关心的样子，说替她们看着大门，让她们去厕所方便。我们就又趁机溜了进来。

为了避免鬼上身我提前在老孙和我的身上施了“罩”字咒。然后我们直接上了四楼，铁门的锁链上次被我们砍掉一小截，这次本想直接打开就可以了，哪知道铁链被换成了新的，锁头也加了大号的了！

我们很是奇怪，是谁发现了门被打开过，又重新加了锁？估计是学校听说有男生在宿舍出没，进来检查的时候发现的，但是也不会仔细到特意检查下这个四楼的锁头啊。

我们来不及多想，用同样方法把铁链切开一个缺口，拿掉铁链，推门进去，然后从里面把门重新关好。楼道里漆黑一片，因为每间宿舍都挂着窗帘，所以整个楼道没一丝光线。

我们打开手电来到那天我和老孙看见红睡衣女孩出来的宿舍，一看门上的号码正是405房间。门是锁着的，我用宝剑把锁头切开，推门进了宿舍，宿舍里简单干净，两个上下铺的床，除了桌子柜子什么都没有了。桌子上有个相框，里面的照片早就蒙尘了，是宿舍的四个女孩子照的，其中一个正是我们看见的穿红睡衣的女孩，长相很是漂亮，纯洁的脸庞，花样的年纪，一脸灿烂的笑容。

这个时候我们突然听见四楼铁栅栏的门被打开的声音，我们急忙关掉手电，屏住呼吸。只听见外面有脚步声传来，我们知道这进来的是人，鬼走路是没有声音的。

那脚步声来到405门前就停住了，只见手电光芒从门缝射了进来，那人是在查看锁头，我们屏住呼吸一动不动。

过了一会儿，那脚步声渐渐远去，又听见铁门关上的声音。

我们来到窗口，轻轻撩开窗帘向外望去，这405房间在入口一侧，透过窗口能看见宿舍楼的入口处。一会儿工夫出来个人，虽然戴着帽子，但是根据他走路姿势和身形判断是个男人。那人走出宿舍楼没多远，突然扭头向我们这宿舍望来，由于距离较远，晚上光线又暗，我们只看见他帽檐底下一张模糊的脸。我急忙放下窗帘，过了一会儿再拉开看时，那人已经没了踪影。

这个人能轻松进来女生宿舍，说明他肯定是这学校里的，而且是个小头目，不然看门阿姨不会放他进来的，还有他知道这四楼闹鬼为什么还敢进来查看？难道这个人不怕鬼，或者压根就不相信有鬼存在？不管怎么说这人胆子是比较大的，看来那铁栅栏的锁头一定也是被他换的。

而且他刚才一定知道宿舍里有人进来了，但为什么他不推门而入？是怕我们攻击他？一系列疑问来不及多想，我们忙从宿舍出来，拉开铁门想出去的时候，手电照射下竟然发现门背后木板上的符咒已经换了个新的，因为我能感觉到这个符咒隐隐传来的镇鬼之力。

这是谁换的？难道是刚才的那个男人？

我们在校门口等着小白和小雨出来，一行人回了我的住处。我问小白和小雨在值班室看没看见有个戴帽子的男人进了女生宿舍然后又走了。

小白说：“那个人是保卫科的张科长，来检查宿舍安全的。”

我“哦”了一下，把刚才这个张科长进了四楼，明知道405房间有人却没进去的事情说了一下，小白她们也很纳闷，明明宿舍楼闹鬼，张科长怎么可能敢进去呢？

我和老孙决定跟踪这个姓张的，因为我预感他跟这件事绝对有关，否则他不敢进鬼楼，而且那门后的符咒也一定和他有关，希望从他身上找到某些线索。

经过几天的调查我们知道了那个张科长名叫张文山，以前当过兵。六年前，也就是1996年分配到这个学校保卫科，当时是名科员。后来因工作成绩突出被提升为科长。

这个人工作认真努力，踏实能干，尤其是当了科长后更是勤勤恳恳，节假日也几乎从来不休息，每天必到学校一趟进行安全检查，为学校的良好安全的秩序立下汗马功劳。据说以前校外的那群总来学校捣乱，勒索学生钱财的混混们就是被他给赶跑的，另外闹鬼后封锁三号宿舍楼的四楼就是他的主意。

第9章 伤人害命草人术

我和老孙决定跟踪他，看看他究竟有什么秘密。这天我和老孙提前下班在学校保卫处对面的操场上一边玩篮球一边等，一会儿工夫就见一个戴黑棒球帽的人从保卫科出来，一看那身形就是张文山。他开车出了学校，我和老孙开车偷偷地跟在他后面。

只感觉开了好长时间，车子都快开到郊区了。没想到他家住那么远，最后终于在一片老平房的地方停了下来。这一片是这里有名的平房区，都是老房子，据说很快也要拆迁了，也很少有人住在这里了，只等着拿拆迁费了。

我们远远停好车尾随他进了胡同，看他进了最靠边上的一所院子。为了不被发现，我们暂时退了出来。

接下来又观察了两天，我们确定那院子就是他的住址，而且就他一个人住。于是一天下午他去了学校后，我和老孙偷偷去了他家，看看四周没人，翻墙进了院子。

这种老式房子，有一个大院子，两侧是厢房，正面是一排三间的平房。房门并没锁，我刚要推门进去，抬头发现门框上一边贴着一个符咒，符咒的画法和我们道教的有所不同，但是好像在哪里见过，略一思索才知道和学校四楼的符咒出自同一人之手。看来那学校的符咒果然是张文山贴的。

进门后观察了一下，房子外面虽然破旧，可是这里面的东西倒是很现代化，各种电器都齐全，中间的房子装修成客厅，左面是卧室，右面是书房，摆了桌子和电脑书籍之类的东西。

我们进得书房，四下观察了一下，发现桌子上有个相框，是张文山当兵时候和战友的照片，那背景是巍峨的群山，不知道是在哪里拍摄的。

这时候老孙惊呼一声，我扭头看去，只见四个小草人摆在右侧一个桌子上，只见草人身上不同部位都扎着钢针，头上、嘴上、膝盖上、胳膊上都有。

我心里一动，这不是给人下降头的一套么？难道张文山会使巫术？怪不得他的符咒画法和内地道教符咒画法不一样，却原来是巫术的驱鬼符咒。

我拿起一个草人仔细观察，草人扎得很仔细，头上用白布套头，布上画着人的五官，身上也都穿着布制的衣服，画着纽扣衣领什么的，反过来看背面都贴着纸条，上面写着人的名字。

待得我仔细一看草人背面的名字，顿时冒了一身冷汗，大夏天的我竟然感觉彻骨的寒冷！

草人上面竟然是老孙的大名！

我赶忙拿起另外三个草人看背面，是我还有小白小雨的名字，另外上面竟然还有我们的出生日期。

我大吃一惊，和老孙两人都惊呆了，头上冷汗直冒。

老孙脸色铁青怯怯地说：“老李，这他妈的看起来不是什么好兆头啊，他怎么知道我们的名字？连生日都知道？”

我没说话，拉开桌子的抽屉，吃惊地发现里面还有好多这种小草人，背后都写着人名字。我正要拉开其他抽屉看还有什么古怪东西的时候，门突然被推开了。

我们回头，只见张文山站在门口，冲我们低吼道：“找死！”

此时他口中念念有词，只见老孙立刻翻倒在地，痛苦地扭曲着，张嘴嚎叫，但是却叫不出声来，我吓了一跳，略一思索转身去拿那写着老孙名字的小人。

张文山这个时候又紧念咒语，我只觉双膝内部针扎一般疼痛。不由得双腿跪倒在地，一点力气也使不出来，我知道这是张文山利用草人巫术对我们下了降头。

我急忙双手结指咒，要用“开”字指咒解了这巫术，哪知道刚一动手，就感觉两条胳膊异常疼痛，竟然无力地垂在身体两侧，腿部和胳膊传来的巨大痛苦让我浑身战栗。再看老孙已经口吐白沫不醒人事了，浑身不停抽搐着。

我心想完了，过不了一时半刻，老孙的命就没了，小白和小雨现在不知道有没有事情发生。

张文山突然停止了咒语，背着双手面带讥笑向我走来，老孙依旧昏迷不醒，我身上的疼痛虽然减轻了些，但是胳膊和腿就像废了一样根本没有知觉。

张文山开口对我说：“你们调查我干什么？”

我想拖延片刻，也许胳膊能缓过劲来，就能用法术破他巫术了。

我笑了下说：“看你是个科长，以为你家好多钱呢，想捞点。”

张文山骂道：“别他妈跟我瞎扯淡，再不说实话我立刻要你们的命！你们进四楼查什么？”

我心想现在只能说点真的了，半真半假糊弄他，让他先相信我。于是我说道：

"我们是去捉鬼的。"

张文山"哦"了一声说："捉鬼？谁让你们去捉的？"

我心想，他已经知道小白和小雨的名字了，说明他也已经开始怀疑她们两个了。于是我说道："是白晓青和乔雨。"

张文山听了她俩的名字，点点头说："那你们发现什么了？"

我说："什么也没发现，只是在四楼楼道里转了一下。"

张文山听了点点头。

我反问道："你怎么知道我们的？"

张文山冷笑道："四楼的铁链被割开我就开始盯住那里，上次去了四楼，在405门前，我没进去，想必当时你们就在里面，我一个人不知道你们底细可不敢轻易进去。还有帮宿舍管理员值班的那两个女学生，我一猜就是和你们一伙的，她们宿舍的同学前段时间不是见到鬼了么，我猜一定是她们请你们来的。"

我点头承认。

张文山接着说："既然你们什么也没发现，为什么要跟踪我呢？"

我忙道："我们认为宿舍楼里根本没有鬼，见你能随便出入四楼，以为是你装的鬼呢，我们想弄明白，所以就开始跟踪你了。"

张文山嘿嘿冷笑。

我又问道："那你是怎么知道我们的名字的？"

张文山略带得意说："我当兵的时候是特种兵，这种跟踪反跟踪的本事我可是专业的，你们哪里能瞒过我的眼睛。你们跟踪我，我也可以反过来跟踪你们，首先知道你们两个的住址，利用我战友在本市户籍科的关系，你们的名字一查便知了。"

我恍然大悟，接着说："既然大家是一场误会，我觉得还是解释清楚的好，大家各走各的，你放了我们吧，本来也没有鬼，我们也不去捉什么鬼了。"

张文山冷哼一声说："想走？"

他拿起一个小草人把玩着说："既然你们好不容易来了，还看见了我的东西，发现我的秘密，我怎么可能让你们活着离开呢？"

我吃了一惊说："你放心，我们绝对不会说出去的。"

张文山没理我，自顾自地说："你们看到的草人后面的那些名字就是学校这几年曾经失踪、死亡或者患上奇特病症的人的名字。那是在1996年我分来这个学校的第二年，为了证明自己的能力，我先用草人术，制伏了校外的那群小流氓，让他们的头目，那个秃头被车撞死在校门口，另两个主力，一个失踪另一个成了精神病。我又使手段，让剩下的那群小混混在学校门口集体给我磕头求饶，从次我名声大振，并得到校长的表扬。可是我的付出换来的却是当时保卫科刘科长的嫉妒，他拼命想挤兑我，压制我，于是我用巫术让他双腿残疾回家修养去了，过没多久我就被学校破格提拔为科长。”

听了这些，我心里终于明白了，张文山绝对是那种为了自己的目的而不择手段的人，他连人命都不放在眼里。

张文山接着说：“又一次有一名学生因为违反纪律被我打了个耳光，他仗着自己家后台硬，有门路，竟然将我告到了教育局，差点让我吃了官司，最后我只好跟他赔礼道歉，于是没过多久我就让他自己跳了楼。”

我心里暗骂张文山简直拿人不当人，草菅人命啊。但是他现在跟我说这些，说着些他的秘密，那是明摆着不想让我们活着出去了。知道得越多死得就越快，我只盼着身上中的巫术快点消失。

张文山把玩着草人，看也不看我一眼悠悠地接着说：“关于宿舍女鬼的事情，你一定很想知道吧？那我今天就让你死个明白，那是在1997年暑假的时候，我值班检查宿舍安全，那时候基本上学生都放假了，我到了四楼的时候发现405还亮着灯，我过去敲门，是个女生，说自己假期找了一份工作，不回家了。我知道这个女孩子是学校的校花，漂亮得不行，我当时喝多了酒，看她漂亮忍不住伸手摸了一下她的脸，她竟然给了我一耳光。我当时一怒之下，就把她给强暴了。酒醒后我怕事情泄露就杀了她，我付出这么多努力才得到今天的位置，我不能让任何一件事毁了自己。我支开宿舍看门的，把尸体搬到楼后，从围墙扔了过去，然后我翻过墙头，把她的尸体埋在了后面的荒草地里。可哪里知道，这个女子那么大的怨气，竟然变成了鬼，这是我所始料未及的。我学过巫术，会驱鬼之术，她拿我也没办法，害不了我，只是每天晚上在四楼折腾。学校曾一度恐慌，我是保卫科的，这闹鬼事件弄大了绝对会影响我的仕途，但是我学的是黑巫术，只能对付活人，对鬼却没有好的方法，于是我只好提议封了四楼，然后在四楼贴了镇鬼的符咒，把鬼封在里面。可是这符咒的特点就是一阴一阳二十四小时内就要失效。所以我每天白天都要来这里一趟贴次符咒，连放假也不例外。学校领导还认为我工作相当努力呢，哪里知道我是不得不来啊，我不会道教的布阵之法，只能每天来贴符，否则这楼就又要闹鬼了，会出很多人命的。我也偷偷找过捉鬼法师，想把鬼捉了，那样就不必每天都要来学校了，但是找来的法师都没有什么真本事的。”

我一边听张文山讲一边暗运内力，想尽快恢复四肢。

我搭话说：“那鬼怎么最近又跑出来了呢？”

张文山说：“前段时间，我父亲过世，我回了次老家，没办法去换符咒，但我想这时候是放假，没什么学生，应该不会出什么事情的。可是她又开始闹了，还被五楼宿舍的一个女同学给看见了。等我回来，已经是一周之后了，听说了这个消息就知道

是那女鬼又在作怪了，就急忙进去换了符咒，却发现锁链被割开过，于是我知道有人进来过。后来我打听到有人竟然把那个女学生的病给治好了，知道可能有高人想进来捉鬼，我怕那女鬼泄露了我的秘密，所以就故意在你们第二次进楼的时候，也跟着进去，然后故意让你们看见我，你们看见我后一定会跟踪我，到时候我就能查出你们到底是谁了。”

我听完叹了口气说：“那你准备杀死我们两个，那白晓青和乔雨呢？”

张文山说：“她们也知道你们在跟踪我，如果你们两个莫名奇妙消失了，她们会想到是我搞的，说不定会报警，那样就麻烦了。所以她们两个也要死，只是她们是学校学生，死在学校里终究会给我添麻烦，我会让她们失踪的。”

说完他放肆地大笑起来。

我心里暗骂这个畜生，问道：“我都要死了，你跟我说这么多干什么啊？就为了显摆你的本事？”

张文山哈哈大笑说：“我干的这么多杰作，从来不敢跟别人说，今天好不容易有个听众，当然要一吐为快了。”

我听了心里迅速盘算着，刚才试了一下手还是不能动，心中暗暗着急，于是想继续拖时间，问道：“我很奇怪，你的这些巫术从哪里学来的？”

张文山只道我是必死之人，也不隐瞒什么说道：“是我当兵的时候，在老山跟越南人打仗，我负重伤，又脱离了队伍，后被当地人所救。本来我伤太重没的救的，但是被那人用巫药救了过来，后来我就向他拜师学艺，他就把巫术传给了我。”

说完他突然想起了什么问道：“对了，你会捉鬼？你是怎么把那中了鬼气的女同学给救过来的？”

我不想让他知道我会法术，说道：“可能是碰巧吧，本来她在医院已经好得差不多了，我又给她服了点祖传的中药，这才好了过来。”

张文山“哦”了一声，然后撇嘴说：“你们什么也不会就敢去捉鬼？没让鬼上了你们身算你们运气，真是不自量力。”

他突然一摆手说：“好了，时间不早了，该送你们上路了。”

我心里那个急啊，目前手脚还是不能动。只见张文山拿起我和老孙的草人，把两根钢针分别插进草人的心脏部位，我一看吓了一跳，心脏被插了根针，他这要是一念咒我们两个立刻就得玩完。

我忙说：“等等，我有样东西给你看。”

张文山说：“别耍什么花样，你的手脚几个小时内是恢复不了力气的。”

我说：“真的有东西给你看，就在我口袋里。”

张文山疑惑地看着我，可还是把手伸进我口袋，掏出了那块手表。

我说："怎么样，熟悉吧？"

张文山看了一眼那块表疑惑地说："什么意思？我从来不戴表。"

我一愣说："这表不是你的么？"

张文山说："拖延时间也没用，中了我的巫术，今天你们必死无疑。"

我听了有点万念俱灰，恨恨地说："你这个禽兽，杀那么多人，你也不怕得报应？"

张文山"哼"一声说："别他妈废话，你不用讽刺我，老子当年在老山前线枪林弹雨，受那么重的伤，差点死了，还不是为了你们这群人。什么样的死人我没见过？没有什么我怕的。"

我说："你为什么这么挖空心思往上爬呢？当个官就那么美？而且只是个学校里的小科长而已。"

张文山轻轻一笑说："区区科长可不是我的志向，当官的那种感觉你不懂，下辈子再体验吧。"

说着他口中开始念动咒语，他这种巫术属于黑巫术，手段残忍，说白了就是害人的巫术。他现在使用的这个巫术是草人术，就是在草人身上扎上钢针，然后念动咒语，钢针扎在哪里，人就痛在哪里，虽然在人身上不会产生外伤，但是能让人因疼痛而崩溃，或者因重要器官无法承受这疼痛而死亡。

我此时感觉心脏针扎般的疼痛，心脏因无法负荷这疼痛，开始迅速收缩，我人开始痉挛，我想用不了几分钟我就得完蛋。

看旁边的老孙因为一直昏迷，对这疼痛反而没什么太大反应，暂时好像没有性命之忧。而我一直清醒着，再也承受不了来自心脏的疼痛了。

就在我心肌收缩感觉呼吸困难的时候，突然感觉一股暖流从丹田慢慢凝聚，又迅速在任督二脉间游走，瞬间完成了一个小周天。

我拼命想移动四肢，但还是动弹不得，我集中意念暗诵道教内功口诀，引导丹田那股暖流缓缓流向我的四肢百骸，四肢的疼痛立刻消失，也能活动了。

我狂喜，知道是我危急时刻打通了任督二脉，跟我心脏突然受这么大刺激有关系，身体自然产生了一种应激反应。通俗点讲就是心脏受损，那丹田的内力怎么会袖手旁观呢，一下就冲开了任督二脉。

我动了动胳膊，舒了口气。张文山见我本来快坚持不住了，现在竟然双手能动了，不知道怎么回事，愣了一愣。

我双手迅速结了个"开"咒，念动咒语，登时破了他的巫术。我迅速从地上一跃而起，老孙此时也苏醒了，一骨碌坐了起来。

张文山见巫术失灵，飞起一脚向我踢来，我侧身避开，他一脚踢在桌子上，竟然

把桌面踢得碎裂。

我吃了一惊，他这一脚脚法凌厉，力道又狠又猛，他说他做过特种兵，当兵时候一定受过特殊训练的，看来用武力对付他还真是不容易。

但我自然也不比从前，在《天道妙法》里学会了很多擒拿格斗之术，我和他在小小房间里斗在一起。我虽然每天练习格斗擒拿等道教功夫，但是和人打斗还是头一次，开始时候吃了他两拳，但是到后来我就渐渐占了上风，因为他招式太普通了，都是狠辣至极的招式。而我的一招一式都得自《天道妙法》里的擒拿搏击之术，和他的当然不可相提并论。

而我打通任督二脉后，内力游走也开始变快，最初我还要驱动内力在身体相应位置游走，没过多久，这内力竟然能随着我的动作自行运行到需要的地方，令我又惊又喜。

张文山见占不到我半点便宜，卖了个破绽突然向站在门口的老孙扑来，飞起一脚踢向老孙咽喉，他这一脚要是踢中了，老孙非死不可。

老孙吓得忘记躲闪，我忙舍身扑过去，慌乱中用我的胳膊一挡，他的腿结结实实踢在我的胳膊上，他受过专业训练，我想这下我胳膊肯定断了。

只听“咔嚓”一声，张文山一声闷哼摔在地上，捂着腿吼吼叫，脸上冷汗直冒，却原来是他的腿断了，而我的胳膊却一点事没有，看来我的内力在这短短的时间内提升了不止几倍了，而且能随心所欲在身体内各处游走。

我并没有乘胜追击，稳住身形，看着张文山。

张文山捂着腿，忍着痛开口道：“你们到底是什么人？能破了我的黑巫之术？还有这般厉害功夫？”

老孙这时候也缓过神来，没等我开口，抢着骂道：“你个王八羔子，害得老子好苦啊，你那巫术和我们道家的法术比起来简直就是狗屁不是，根本不在一个档次。”

张文山听了叹了口气对我说：“没想到今天遇见高人了，这就是报应啊。不论是巫术还是道术，到现在都已经很少见了，差不多都已经失传了，没想到你年纪轻轻竟然能学成如此厉害的道术，死在你手里也没什么后悔的。”

我说：“我们的道家法术是用来驱鬼捉妖的，不是用来害人性命的，我们会把你交给警察的。”

张文山苦笑一声说：“警察会用什么名义判罚我呢？”

老孙说：“当然是杀人、强奸了。”

张文山哈哈大笑说道：“有证据么？难道在现代社会，你们能让警察相信用一个破草人就能杀人？”

我和老孙对视一眼，觉得他说的也是，肯定不会有人相信这种只有在影视作品中看见过的巫术真的能害人的。这个我们倒是没想过。

先不想那么多了，我找了根绳子把张文山绑起来，他知道负隅顽抗也没有用，也就乖乖束手就擒了。我把他的腿骨接好，让老孙从包里拿了疗伤药给他服用，这伤药效果奇佳，能迅速止痛疗伤。

看着张文山渐渐平静下来，我把他嘴堵上，一掌打在他侧颈部，令他晕过去，又在他屋子里搜查一番，没有发现他害人的证据，和老孙悻悻离开。

回家后和小白小雨讲了张文山的事情，她们听了都张大嘴巴说不出话来，因为事情真的太不可思议了。事情已经真相大白，罪魁祸首就是张文山，但是大家却想不出该怎么处理张文山。交到警察局，没有他杀人的证据，他若是反咬一口我们非法囚禁他，反而会给自己找麻烦的。这个问题我们暂时懒得去想，先关张文山两天再说。

终于找到了杀人凶手，并且知道了很多事情的内幕，虽然那个女鬼生前也是受害者，而且没主动害过人，但是如果人见到它，还是会被它染上鬼气而死的，所以还是找个时间把她收了为好，反正她的仇人也抓住了，等我们找到证据就可以把张文山交给警察判刑了，她的仇报了就没什么好遗憾了，所以她也可以安心消失了。

我们很是兴奋，老孙虽然浑身还有点疼痛，但是还是开车拉小白小雨出去买菜，晚上亲自下厨房，做了一桌子好吃的庆祝胜利，这几天小白小雨吃老孙做的饭都上瘾了，赞不绝口，两人明显胖了一圈。

我们也把观月师叔从养老院接来，一起吃饭，说起我们这次的经历，又问起巫术的事情。师叔说中国的巫术在西域和湘西、云南一代比较盛行，而巫术里的降术和蛊术最是有名，在古代那些有名的巫术师都为当地的当权者所用。

巫术分为黑巫术和白巫术，黑巫术一般说来都是些害人的法术，是侵害异己时施用的巫术；白巫术则是祝吉祈福时施用的巫术，又叫吉巫术。巫术一般是祈求帮助、招魂、驱鬼、诅咒用的，虽然可以驱鬼但是却不能捉鬼，这就是张文山不能把宿舍女鬼除去的原因。

师叔接着说："蛊术是一种以毒虫作祟害人的法术，是一种古老、神秘、恐怖的法术，主要流行于我国南方各地和一些少数民族中。蛊，从字形上看，就是将许多虫子放在一个容器里的意思，用蛊者多为妇女，而蛊术正是妇女的专长，因为养蛊的密室是禁止男人进入的，因为男人进入蛊术必败。她们用各种特殊方法喂养各种毒虫，放入饭菜中或通过各种奇怪的方法种到人体里来达到害人的目的。"

我们这才知道那张文山为什么不懂下蛊害人了。我们也才从师叔这里窥见巫术这一门法术的神奇一面。

转天一早我们去了张文山家里，他被我和老孙结结实实绑在床上了，他腿有伤，是绝对跑不掉的。

但哪里知道我们打开门却发现张文山倒在地上，手上的绳索已经被割开，脚旁边有一把刀子，想来是他用脚夹住这刀子割开了自己手上的绳子的。他可真是够厉害。腿骨都断了还能夹住刀子割断绳子。

但是再看张文山双眼圆瞪，七窍流血，已经死了，手里还攥着写着我和老孙名字的草人，钢针直接扎进草人的脑子和心脏部位，这分明是想置我们于死地啊，想想都可怕，估计他没来得及施展巫术就死了，否则我和老孙焉有命在，想到这些我后背一层冷汗。

可是他怎么突然死了呢？他除了和我打斗的时候腿断了之外，浑身没有其他地方有伤口，怎么会突然暴毙了呢？

我过去近距离查看他突出的眼睛，因为听说人在被害死瞬间，瞳孔里会留下凶手的影像。我仔细看他的瞳孔，发现里面一个一身红衣的影子。

我猛然惊醒，知道张文山一定是那宿舍的红睡衣女鬼杀的！因为张文山被我们绑起来后，没能去更换学校宿舍的符咒，那符咒经过一阴一阳失效后，那女鬼才从楼里出来，来到张文山家，而张文山家的符咒也已经失效，彼时张文山正专心准备用巫术害我和老孙呢，结果被突然到来的女鬼所害。

看来这女鬼来得还挺及时，不然我和老孙就没命了。我抹了一把额头的冷汗，这恶人已经死了，倒是省得我们还要考虑拿他怎么办，要交给警察还要费力找证据，现在死了，正好一了百了了，让警察自己找凶手去吧。

临走时候我把草人后面写着我们四人名字和生日的布条揭走，老孙拾起掉在地上的那块手表交给我，又把我们的脚印指纹仔细消灭掉，然后离开。回到市区，买了张IC卡用公用电话报了个警，剩下的就交给警察处理了。

回到家跟小白小雨说了所发生的事情，她们两个唏嘘不已，真是报应循环，不是不报时辰未到。然后大家商量着要去看看那那个红睡衣女鬼到底怎么样了。

晚上我们用第一次的办法进了宿舍，小白小雨也非要见见那个身世可怜的女鬼。我用“罩”字咒罩住四人全身，一行人上了四楼。我们进去的一刹那，四楼楼道和宿舍里的灯光像第一次一样都亮了起来，我们第二次来的时候灯并没有亮起，是因为张文山回来后贴了新符咒的原因，女鬼被封不敢现身，但今晚显然女鬼正在等着我们呢。

小白奇怪地说：“她自己已经报了仇了，怎么还赖在这里不走啊？”

正说着，只见从405宿舍飘出来一个红睡衣女孩，向我们招了招手。我们有法术护体，自然不怕她生事，跟着进了宿舍。

那女鬼背对我们开口说道：“谢谢你们给我报了仇。”

这声音说的虽然是感激的话，但是因为是鬼说出来的，透着阴森，深入骨髓，让人不寒而栗，小白和小雨都吓得呆了。

我说：“不用谢，你也救了我们一命。你的仇报了而且是亲手报的，怎么还不离开呢？难道非要我把你收了不成？”

我话语里透着严厉，因为对方毕竟是鬼，流连人间就是危险的，即使对没害人之心的鬼也不能心软，因为即使鬼不主动害人，但是人见了鬼，自会鬼气上身，不死也要脱层皮。

那女鬼说：“我还有个心愿未了，希望你们帮我，等了却心愿，我会主动让你们收了我的。”

我说：“你说吧，什么心愿？”

女鬼说：“你见到那块手表了吧？”

我猛然想起那块表，当时以为是张文山的，可听张文山说不是他的，正纳闷不知道怎么回事呢。

我说：“这表并不是张文山的，那是谁的呢？”

女鬼肩头耸动，显是想起往事伤心落泪，她幽幽道：“那是我男朋友的表。”

我纳闷地问：“他的手表怎么会在你这里呢？又怎么会在校外的草丛中？”

女鬼道：“我也不知道这块表怎么在那片荒草丛中，我被害那天本来已经和男朋友约好晚上去市区玩的，却没想到我被那流氓给害了，我发现自己变鬼后，自己已经在荒草地了，同时也发现这表也在那荒草丛里了。我也不知道我男朋友怎么会去了那里，并把表都丢在那里了，既然他去了那里就说明他应该发现我被害了，但是为什么他没报警呢？这个问题一直困扰着我，我想让你们帮我找到我男朋友，然后把这表给他，问问他怎会把表丢在那里，并问问他为什么见到我被害却没有报警？”

我说：“那你怎么不自己告诉他你被人害了呢？”

女鬼说：“普通人见到我就会鬼气上身的，而且我碰过的东西也会有鬼气，我还不会控制鬼气外泄，所以会让接触到我的人鬼气上身，那样就会有性命之忧，我不能害了他啊。开始时候我曾经想找个人告诉我的一切的，但是那个女同学见了我就被吓晕了，后来死掉了，我才知道普通人不能见到我，否则就会死掉的。我在四楼被张文山的符封了五年，怨念难消，痛苦不堪。后来张文山有一周时间没来，好不容易没了符咒压制，我就又现身，没想到被五楼的师妹看见了，让她鬼气上身，她后来被你们给救了，我才知道你们会些法术，能驱鬼气。”

我说：“那张文山还没回来的时候，你也能现身的时候，也就是我们第一次来的时候，你为什么出面不直接告诉我们是谁害了你呢？”

女鬼说：“我怕你们见了我会立刻把我收了去，那样就没机会告诉你们真相，也没有机会报仇了。”

她的说法和我想的果然一点不差。我说：“你放心吧，我们会找到你男朋友并把他带到这里，让你见他最后一面的，并问清楚他为什么发现你被害了却没报警。”

女鬼很是感激。

我说：“那你一定要在我们找到你男朋友之前不许出来，更不许害人，否则我立刻收了你！”

女鬼点头答应，然后告诉我们她男朋友姓名和一些情况后隐去了。

我们一行四人离开四楼，虽然有法力护体，但是和鬼面对面这么半天，还是感觉浑身冰冷，小白和小雨女孩子身体瘦弱，抵抗力不强，此时脸上隐隐有了寒气，嘴唇都开始有点发抖了。

那女鬼叫宋丽，是94级的学生，她男朋友叫金伟，她们是高中同学，高中时候就互相爱慕，又一起考进同一个城市的同一所大学，郎才女貌，理所当然处了对象，是一对人人羡慕的恋人。本来约好那个暑假一起留在学校打工的，可是女朋友突然失踪了，他发疯地寻找也是没有结果，毕业后，他也只好自己回老家了。

我们很快联系到了金伟，他毕业后去了离这里很近的另一个城市，并且已经结婚生子。我和老孙驱车去了那个城市，把金伟约了出来，找了个茶楼，寒暄过后，我问起他女朋友宋丽的事情，金伟连声叹息，一直念叨着宋丽的名字，说她是那么漂亮那么温柔那么爱笑的女孩子，竟然不明不白失踪了。说到痛处，双眼泪水　　，伤感之情尽显。

我们委婉地把事情经过告诉了金伟，他显然惊骇不已，疑惑地看着我们，不肯相信我们的话，这个世界上哪里来的鬼啊。我说了一些宋丽告诉我的她和金伟之间谁也不知道的一些秘密，金伟立时呆若木鸡，方才相信我们的话。

转天他跟单位请了一天假，和我们去天津见宋丽一面。

在车上我拿出那块表问：“这表是你的吧。”

金伟接过表仔细看了一下确认是他的，连问怎么会在我手里。

我说：“你的这块表丢在学校后的荒草丛里，你一定是到过那里的吧？那么你发现了宋丽的尸体却为什么不报案呢？”

金伟疑惑地看着我说：“你说什么我不明白，我根本没去过那里啊。”

这下轮到我和老孙疑惑了。

金伟忙又说：“这块表那天不在我这里的。”

我“哦”了一声，金伟接着说：“在放假前几天，我宿舍一位同学要和从外地来看他的女友见面，把这块表跟我借走了。后来宋丽失踪，我把这个事情就给忘记了，临毕业时他也没有把表还我，说是弄丢了，他家里穷，是拿补助才上完学的，我也不好意思让他赔。”

我点头，望着车窗外，心想，怎么这事情越来越复杂啊。

我们晚上带金伟来到女生宿舍楼前，这次我们还想用上次的方法进入女生宿舍，但是怕看门阿姨的肠胃再也受不了折磨，不敢再给阿姨吃巴豆了，金伟看了看宿舍看门的阿姨，走过去，说了几句话。阿姨显然认识金伟，金伟以前总是来这里等宋丽，阿姨都认识他了。阿姨也是性情中人，听金伟说来是为了回来看看宋丽的宿舍的，阿姨破例允许我们进去，但是若有所思地看着我和老孙，也许她想起来那天从宿舍冲出去的两个人了。

我们进了女生宿舍，来到四楼，我提前给大家都施了“罩”字咒，宋丽知道是金伟来了，但是怕伤害金伟，离金伟远远的。

金伟看着宋丽远远地站着，容颜还是几年前的容颜，只是面色青白，鬼气弥漫，想起人鬼殊途不禁泪流满面。我和老孙站到楼道里，不忍心打扰他们，想着两个曾经相爱的人，本来有着美好的未来，现如今却阴阳两隔，不禁慨叹不已。老孙跟我说这更增强了他惩治坏人的决心，这让我不可思议，他觉悟提升还真够快。

我们上去的时候，两人还在互诉着离别之苦，我也不忍心这样，看金伟嘴唇已经冷得发抖，浑身寒气直冒，宋丽见我们过来，匆匆结束了话题。

我告诉他那表的事情，说那表是金伟借给别人了。宋丽非常高兴，对金伟怀疑尽释。即将永别，宋丽哽咽地对金伟说：“你要好好生活，不要再想我了，我也该到另一个世界去了，不会在这里停留了。”

而金伟早已泣不成声，泪如雨下。

我让老孙送金伟下楼，然后拿出乾坤筒，催动“收”字咒，宋丽环顾四周，最后看一眼这美好的人间，化作一缕轻烟被吸进乾坤筒内。

蝶恋花 叹

墙内轻语笑容颜，墙外草深，森森白骨寒。青丝丽影终不见，孤魂荒野又一年。

阴阳两隔叹殊途，人鬼难聚，幽幽黄泉路。愿君犹记今世情，来世再诉相思苦。

第10章 夜半豪宅妖祟生

转天金伟在学校后面的荒草地把宋丽尸骨挖出来，放在包里，应宋丽要求带回她老家埋葬了。我们送金伟上了远去的火车，然后驱车把乾坤筒埋到安定医院锅炉房后面的消煞之地去。

因为王凡已经出院，所以我们以探病为由进去已经行不通了，只好请来师叔，他和医院的看门人很熟悉，帮我们进去把乾坤筒埋掉了。

本来这个事情可以告一段落了，但是想到那块手表的事情，还是有点不甘心，总觉得有点不完美的样子，因为总有个疑团无法解释。当时戴这块手表的那人肯定去过校园后的荒草地，也肯定见过宋丽的尸体，但使他为什么不报案呢？里面有什么隐情？

我和老孙还有小白小雨研究了半天，也没有个满意的答案，实在受不了这份煎熬，最后我们一致决定继续调查下去，去找当初向金伟借手表的那个同学，刘国栋！

人就是因为好奇心才会惹来无尽的烦恼，而这次我们因为我们的好奇心，差点丢了性命。

刘国栋的公司和我们公司是同行，提到他的名字，在天津市广告界可是无人不知的，这人几年前还默默无闻呢，短时间内竟然做到了公司的总经理。

他大学毕业后进不去事业单位，先后应聘了两家私人广告公司，做业务员，后来又应聘去了“天逸广告公司”，从最低级的职务干起，现在已经是这家公司的总经理了，只短短几年时间就达到如此成就，可以说是飞黄腾达了。

说来刘国栋运气是非常好，做职员的时候，主管推荐他，做主管的时候经理赏识他，做经理的时候董事长青睐他，现在做到了总经理，还成了董事长的准女婿。

刘国栋在本市广告界是赫赫有名的人物，我们找他很容易。大张以前一直和我们吹嘘，他和刘国栋以前曾经在同一家公司做过，那时候他和刘国栋还有王凡关系都不错，他和刘国栋都是从最基层的业务员做起的，大张说那时候刘国栋能力远不如他呢。

我们找大张帮忙联系上刘国栋，以谈生意为名约他出来，在一家五星酒店的高级茶座见到了他。此人其貌不扬，比在电视新闻中看起来还要猥琐的样子，一双眼睛贼溜溜的，让人看着不舒服，而且态度很傲慢。

我看他那 样，很是憋气，没心思跟他客气绕弯子了，直接拿出那块手表放桌子上，开门见山地说：“刘经理，这块手表您一定认识吧？”

刘国栋把手表拿过去看了一眼，摇头道：“不认识啊，你们这是什么意思？”

我“哼”了一声，冷笑道：“这块表是你同学金伟借给你见女朋友时用的，后来让你给弄丢了，不是么？”

刘国栋脸色一沉说：“对不起，我不知道你在说什么，你们找我究竟要谈什么生意？”

他脸上虽然不动声色，但是他的眼神泄露了他的一切，慌乱躲闪。

我说：“不用跟我们绕弯子，这块手表掉在了宋丽尸体埋葬的地方。宋丽她死得冤枉啊。而你知道她是被谁害死的，但却不报警，你会得报应的。”

刘国栋脸色一变，神情更慌张了。我接着说：“前两天报纸上报道了张文山死的消息，你也看见了吧，那死因你知道么？”

刘国栋一惊，反问：“是被鬼害死的？”

我点头。

刘国栋急道：“可是张文山会驱鬼之术啊，怎么会？”

说到这里，他知道自己情急之下说漏了嘴，立刻住嘴。

我说：“你怎么知道张文山会驱鬼？”

刘国栋稳了下神色说：“什么会驱鬼？我是说张文山不是找人在宿舍里驱过鬼么？”

他停顿了下定了下神，恢复了他那 神态说：“这块表我确实不认识，如果你们没有生意方面的事情，恕不奉陪了。”

说完，他站起身来，快步离开了茶室。

我和老孙一致认为，刘国栋绝对有问题！刚才他说的话明显表明他知道张文山会巫术的事情，而且我们暗示刘国栋，张文山是被鬼害死的，那鬼也会来加害于他的时候，并没有看到他害怕的样子，难道他不怕鬼么？

一系列疑问困扰着我们，我和老孙商量着是否还有必要接着查下去，如果就此打住，我们就只能认为刘国栋害怕被张文山迫害，而没敢报案。但是根据今天和刘国栋

接触的情况来看，似乎事情并没有那么简单，所以我们决定接着往下查。

回到家后，正和小白小雨聊刚才的事情，我手机响起，一看是大张的号码，大张在电话里说：“老李，刘国栋刚给我打电话了，说刚和你们见了一面，非常欣赏你们两个，说是要挖你们去他公司当个部门主管什么的，还问了你们的一些情况，出生年月，说是给你们在人事部先做个登记，改天再邀请你们面谈，还让我暂时不要告诉你们两个呢。他跟我是老朋友了，却从来没说让我过去他公司做主管，你们可要好好请我吃饭啊。”

我听了这话之后却是大吃一惊，忙问：“他什么时候给你打的电话？”

大张说：“我们刚通完话，刚撂下电话我就给你们打了，他让我先别告诉你们，咱俩什么关系啊，我肯定要跟你说的呀，呵呵。”

我略微一思索，就明白了这是怎么回事。我断定，刘国栋肯定会使巫术，他要我和老孙的生日，是想用草人术来害我们性命！

我急忙催动“罩”字咒在我和老孙身上，因为这“罩”字咒只能坚持几个小时的工夫，所以我又在家里贴上“驱”字符。

老孙明白是怎么回事后，更是气愤难当。我心里恨恨地想，刘国栋太歹毒了！他的巫术一定是从张文山那里学来的，但是张文山为什么会传授给刘国栋巫术呢？就是因为他杀人的事情被刘国栋发现了？受了刘国栋的威胁？那他完全可以用巫术神不知鬼不觉地杀了刘国栋的啊，为什么还留着他？

现在知道刘国栋会使巫术，那他竟然能迅速做到天逸公司总经理的位置也就不奇怪了，他有巫术，这点小问题还不好解决么？就像张文山能在短时间内做到了科长位置一样的。

我们转天一早把手机都关掉了，没去上班，不向外面泄露一点我们的消息，让刘国栋打听不到我们的消息。到了晚上我们约上大张一起去刘国栋的家里，大张问我们为什么没去上班还一直关机，还说刘国栋今天给他打电话聊了几句闲天，又问了我们两个的情况，听说我们关机了，还让大张一有我们消息立刻给他打电话，说他现在求贤若渴。

我和老孙心里冷笑，这小子真是够阴险的。

刘国栋的家在本市著名的富人生活区，他一个人在那里买了两套大别墅，大张开始就以为我们是被刘国栋约去他家面试的，也乐得一起去。

进了这高档别墅区，环境果然非同一般，小桥流水，亭台楼阁应有尽有，每座别墅之间距离很大，空间充裕。我们到了刘国栋别墅门口，按了下带视频的对讲系统，我让大张告诉刘国栋说有重要事情要当面告诉他，不要说我和老孙也一起来了，我和老孙闪在一边，躲开摄像头。

刘国栋打开了大门，大张第一个进去，里面还有一道铁门，大张按了门铃，我和老孙躲在后面。在刘国栋打开门的刹那冲了进去，上来我就直扑刘国栋，刘国栋不像张文山是特种兵受过特殊训练，他没有一点功夫，我只一招就用擒拿手制住了他，用带来的绳索给他绑住，扔到地板上。这一切变化太大，惊得大张目瞪口呆，一个劲问我们怎么回事。

刘国栋异常狼狈地说："你们想干什么？"

我说："我们命大，没死成。"

刘国栋立刻明白我们已经识破了他要加害我们的阴谋，不禁一脸骇然。

我说："不用想着用巫术害我们了，我来之前已经有准备了。"

刘国栋说："你们是怎样破解了我的法术的？"

我说："这个你不用管，总之你的巫术在我们这里不管用。"

我和老孙坐在沙发上，大张不知所措地站在那里迷惑地看着我们，又不敢多问。

我对刘国栋说："快说，为什么要害我们？"

刘国栋说："我怕你们报警，我确实知道是张文山害死了宋丽。"

我问："那你怎么会使巫术？

刘国栋见瞒不过去，沉默了一下说："1997年放暑假我没有回家，而是找了份工作打工，晚上回来的晚，正看见张文山鬼鬼祟祟地从三号宿舍楼出来，闪身去了宿舍楼后面。我很奇怪就埋伏在暗处，等他从宿舍后面出来离开后，我就去了宿舍楼后面查看，但是没发现什么异常，忽然我看见围墙上有泥土的痕迹，就大着胆子爬过墙去，顺着被踩踏的荒草一路寻去，发现有一处地方是新土，显然埋着东西。我当时以为张文山一定埋了什么见不得人的东西，也许是赃款也说不定，于是就用手刨开了那地方，才发现是宋丽的尸体。宋丽是我宿舍金伟的女朋友，所以我们也都比较熟悉，我一下就认出是她。大晚上的荒郊野外，见到死尸，把我吓坏了，慌忙又把她尸体埋好，匆匆跑掉了。那块金伟借给我的手表也许就是在那个时候掉在荒草地里的。过了几天我跟踪张文山，然后偷偷去了他家里，他家从来不锁门的，我在他家里看到很多巫术使用的器具，才知道了他会使用巫术，我知道巫术这玩意如果学会了，可是作用很大的。于是我约张文山出来告诉他我知道他害死宋丽的事情，威胁他教给我巫术。"

我冷哼一声说："你威胁张文山？开什么玩笑？他肯定会用巫术杀了你的，怎么还会让你活着，还教你巫术？"

刘国栋说："我约他前早就做好了准备的，我跟他说，如果我死了或者失踪了，我邮箱里的邮件就会在一周后自动发送给我的朋友，我朋友就会立刻报警，并把我发现的证据都交给警察。"

我恍然大悟，心想："这个刘国栋还真不是一般的阴险，简直是阴险至极！"

我说："那你就不惜杀了我们来保护你的隐私，你的地位？"

这时候大张渐渐听出了点门道，恨恨地对刘国栋说："刘国栋，亏你会做出这样的事情来。我跟你认识这么长时间，没想到你他妈的这么歹毒！"

老孙过去踢了一脚刘国栋说："你说说你得到今天的地位是不是和你乱用巫术有关系？"

刘国栋贼溜溜的眼睛左右扫着，老孙过去又是一脚，踢得刘国栋直咧嘴，他哪里受过这些，怕老孙再打他，忙说："别打我，我说。我和大张以前在一家公司的，可是我的业绩就是不好，因为我不懂人情世故，我的性格又不适合做业务，所以业绩非常差。后来看着其他人都一步步往上升，我心里不平衡，后来跳了几家公司也还是不行，大张那个时候没少帮助我，可是我就是做不出成绩来。后来我心一横就想到了用巫术，我之所以学巫术，也是为了今后有朝一日能用它使我的生活变得好点。于是我用迷惑、威胁、恐吓包括杀人的方法，让自己一点点往上爬，在天逸公司，我用巫术威胁董事长要杀他的女儿，让他见识了我巫术的厉害后，他才答应给我总经理的位置，同时答应把女儿嫁给我，又不敢去报警的。"

我们三个听到这里，恨得说不出话来。没想到这小子犯下这么多坏事，一定要把他交到警察局去。

刘国栋眼睛又朝门口扫去，我感觉奇怪，他那贼溜溜的眼睛一直就门口扫来扫去的。我心思一动，感觉有什么不对劲，慌忙一提气，丹田竟然空空如也，没有一丝力气，而且手脚也开始软绵绵的了。

我大惊，对老孙和大张说："不好，快走！"

说着向门口冲去，才跑出两步，就一头栽到地板上。大张和老孙也都软绵绵地躺在沙发上起不来了。我盯着刘国栋，只见刘国栋被绑着躺在地板上哈哈大笑，眼泪都快笑出来了。

这时候门开了，进来一个女人，手里托着一个银色小香炉一样的东西，冒着淡淡的烟。她把小香炉的盖子盖上，从香炉里冒出的烟就被盖在里面了，我们吸进去的毒气恐怕就是这小香炉里发出的烟，而这个女人很可能使用的就是毒蛊。

那女人看了一眼大张，吃了一惊，显然她是认识大张的，然后她扭过头去对刘国栋说："就是他们几个？"

刘国栋点点头，那女人给刘国栋解开绳索，也许她不好意思面对大张，转身进了卧室。

刘国栋动手搜出我们的手机关掉，然后把我们拖到最里面的储藏室，有钱人的家里就是不一样，储藏室都那么大堆着一干杂物。我浑身一点力气也没有，老孙和大张更是软绵绵地躺在那里，委顿不堪。

我看了他们一眼，发现他们脸上隐隐有青紫色浮现，鲜红的血丝越来越明显，皮肤也开始出现青紫色，手臂上的血管明显突起，一点点膨胀。用不了多长时间，恐怕就会血管爆裂，这明显是中了蛊毒了！我只感觉浑身撕裂般疼痛，五脏六腑都像被什么撕扯着，又涨又痛。

刘国栋转身要出储藏室，我说："别走，让我们死也死个明白，这是怎么回事？"

刘国栋嘿嘿一笑说："也好，死人生前的愿望是要满足一下的，否则太不人道了。"

他点了一颗烟，坐在椅子上说："其实昨天你们没中我的巫术，也没有死掉，我都知道的。"

我和老孙都是一惊。

刘国栋接着说："因为巫术没有完成，施术的人是会有感应的，我知道你们会来找我算账，就假装什么也不知道，让你们进来绑了我。不过刚才我说的话都是真的，你们自始至终在我眼里就是将死之人，所以也没必要跟你们隐瞒什么了。"

我说："那我们身上这毒是怎么回事？"

刘国栋一笑说："我看你们能躲过我的巫术，想来你们也是有些本事的，所以我不得不谨慎小心了。你们听说过'蛊'吧，你们中的就是蛊毒。"

我立刻说："不对，男人不能炼蛊的，你怎么会蛊术呢？"

刘国栋哈哈一笑说："果然是行家，我是不能炼蛊，但是孟非会啊。"

说着指了指外面，我们明白他是在说刚才进来的那个女人。

他接着说："我知道男人不能炼蛊，所以张文山给我那本炼蛊术的书我就把她交给了孟非，让她练习，刚才你们进来的时候，孟非其实就在门外下了毒蛊，这些都是我事先安排好的。这蛊毒无色无味，你们是发现不了的，但我们自己有抵御的药物，当然就不怕了。"

我长叹一声说："我们还能活多久？"

刘国栋说："放心，我不会立刻解决你们的，再过两个小时估计你们就该全身血管爆裂而死了，亲手杀你们会让我晚上做噩梦的，还是让你们自己慢慢死掉吧，不过就是要多受点罪，哈哈哈。"

正说到这里，门铃响，刘国栋转身出去，关上储藏室的门。我心想，这下真是完蛋啦，简直就是回天乏术。老孙和大张已经被身上传来的痛苦折磨得不行，眼神里透露着痛不欲生，只是脸部肌肉都已经不能动了，连喊叫的力气都没有了，只喉咙里含混地低吼着，过不了多久恐怕连呼吸的力气都没了，看来我这次真要去见师父他老人家了。

这次虽然不比张文山那次直接，但是却比那个恐怖。蛊术和巫术，短短几天让我们尝了个遍！

虽然身上痛苦难忍，我还是侧耳仔细听着房间里的动静，进来的是个男人，正和刘国栋激烈地争吵着什么，声音如此耳熟。我看了一眼老孙和大张，他们两个因痛苦早没心思听什么动静了，痛苦得冷汗直冒。

我仔细辨别那声音，原来进来这个人是王凡！王凡怎么会来这里呢？王凡和大张、刘国栋本是多年前的同事，三个人那个时候还称兄道弟的，后来王凡业绩突出，做上了我们公司的部门经理，刘国栋去了其他公司，大张人虽然聪明，但就是太懒，也不想做领导，被王凡提拔为主管后，就乐得在这个位置呆着，自由又有钱赚，成天和我们几个玩乐。

虽然和刘国栋的天逸公司是竞争对手关系，但是王凡和刘国栋也曾经合作过一些项目，他们两人也是经常来往的。

王凡从安定医院出院后，基本没什么大碍，就又回到我们公司继续原来的职务，为了感谢我救他一命还特意要给我报答，被我谢绝了。听说这几天他在外地出差，不知道现在大半夜的来刘国栋这里干什么。

外面还在激烈地争吵，我不知道怎么回事，只听见什么“流星花园”，还有姚倩的名字，一会儿工夫声音停止，就听见扑通倒地的声音，想是王凡激烈争吵，血管喷张，也中了那蛊毒。

果然一会儿刘国栋拖着王凡进来，扔在我们旁边，嘴里恨恨地说：“来的正好，今天让你们就凑个伴儿一起死吧！”说着重重关上了门。

王凡浑身发软已经不能动弹了，看见我们，很是惊讶，他显然还不知道自己怎么会突然倒地的呢。我们简单给他讲了下经过，王凡激动异常，不停骂着刘国栋，只是声音越来越虚弱。

我对他说：“不要妄动气力，否则一会儿你中毒会更深的。”

我问大张那使蛊的女人是谁，大张脸上都是冷汗，忍着痛苦说：“她是刘国栋高中时候的女朋友，叫孟非。后来刘国栋考上大学，她没有考上。刘国栋大学期间，她曾经去学校看过刘国栋几次，到后来也就彼此失去了联系。再后来她跟朋友一起来这里打工，就又和刘国栋联系上了，在刘国栋穷困潦倒的时候曾经支持他好长时间，她和我还有王凡也都认识，其实孟非性格挺温和的，只是对刘国栋是言听计从。”

我点头，转头问王凡怎么来的这里，王凡跟我们说了一个惊天的秘密！

王凡的老婆姚倩是房地产公司的部门经理，由于房地产经常要打各种广告，所以经常会和广告公司联系。她那时候和王凡、刘国栋、大张三人经常打交道。由于姚倩很是能干，性格爽快，人又漂亮，三个人不觉间都喜欢上了她，而最后的结局是王凡凭借自己潇洒的外表，优秀的工作能力，家庭背景等各个方面的优势，把姚倩娶回了家。

本来爱情这东西谁得到了就是谁的，其他没得到的就要祝福人家，大张就是这样的人。但是刘国栋是那种天生嫉妒心特别强的人，属于那种自己得不到的东西宁可毁掉也不要别人得到的人，他暗暗怀恨在心，一直认为自己是因为一名不文才没被姚倩喜欢的。

爱情上受挫，加上自己的事业的惨淡，刘国栋辞职，没想到换了几家公司后竟然一鸣惊人，步步高升，很快做了天逸公司的老总了。

而后王凡当上我们公司的经理，姚倩也成为了她们房地产公司的开发部的部门经理，可谓是夫妻共同进步。后来姚倩公司开发流星花园的项目，由姚倩负责。

姚倩事先找了风水先生看了风水，说那里风水很好，所以很快就破土动工，可哪里知道后来竟闹起鬼来，还死了很多人，最后姚倩也惨遭不测，而那风水先生也早远逃他乡了。

王凡两次被鬼上身，病好后又回到我们公司重新任业务部经理，一次偶然的机会，他出差去参加一家合作伙伴，也是一家房地产公司某项目的奠基典礼，碰巧在现场遇见了当初那个风水先生，当年在流行花园的典礼上，王凡曾经见过那个二把刀风水先生。

这位先生姓骆，要说这个骆先生也并不是蒙事儿的人，确实在风水方面很有些本事的，但是上次流星花园的工程为什么没看出来里面镇着厉鬼，就让人感觉很奇怪了。

王凡痛失爱妻，本来一直很萎靡，在这里偶然看见这位骆先生当然不肯放过，势必要问个究竟。于是王凡找了这个房地产公司的老总，让他出面找骆先生坐一坐，跟骆先生提及了流星花园闹鬼的事情，风水骆听说流星花园死了那么多人，也感到万分难过。后来架不住王凡的祈求加威胁，又见王凡对妻子一片思念之情，就说出了真相，惊人的真相!

当初姚倩公司请来风水骆看了风水，风水骆实际看出此处虽然是风水宝地但是周围却布着道家的天罡北斗阵，风水骆受过高师指点，对于道教的阵法之术也有些研究的。他看到这里有此阵法，想到这里可能会镇着厉鬼，但是有了这阵法支撑，而且这阵法是在流星花园周围方圆两里的范围内布桩，桩布置的很隐蔽，施工过程中不会遭到破坏的，所以那厉鬼也是不会出来害人的。当时他也没有点破，只说这里是风水宝地，适合建筑。

哪里知道转天风水骆被刘国栋请到天逸公司，架不住刘国栋的一番夸奖，把那块地方的真实情况都告诉了刘国栋。

在流星花园的开工典礼上，风水骆也被请了去，但是当他再一看这地方的时候，显然隐隐有鬼气浮现，于是急忙查看了一番，见那道家的阵法已经被人破坏了。风水骆虽然能识阵，但是对于布阵一窍不通，而且布阵需要道家的咒语，他可是一点不懂的。

当他想把这个情况告诉姚倩的时候，却接到刘国栋的电话，让他不要多管闲事，否则小心性命。风水骆知道刘国栋的实力，和心狠手辣，所以无奈之下没敢声张，早早离开那里，去了外地。

刘国栋的目的明显不过，要让姚倩出丑，但他本来想让姚倩和王凡吃点苦头而已，可却没想到那无影鬼那么厉害，弄出这么多人命来，连姚倩也搭上了性命。

知道了事情真相后，王凡怒火中烧，推掉了那家公司的其他活动连夜赶回来质问刘国栋，没想到这下要陪我们一起死了。

不知道我们四个死后有没有福分变成鬼，即使变成了鬼，估计也伤不了刘国栋，因为他会驱鬼的巫术。

如果我们变鬼之后到处害人，我们会不会被其他捉鬼道士捉了去呢？也不知道被人捉是什么滋味。我胡思乱想着，眼看着自己胳膊上的血管一点点暴涨，毛细血管涨起来布满了皮肤，像一张血红的蜘蛛网。老孙他们三个脸上都遍布红色的血丝，看起来异常吓人，我们的血液都从心脏被挤压到了血管里。

此时我感到呼吸困难，眼睛里的血管暴涨，外凸严重，眼前开始出现一片血色的朦胧，连眨眼都相当困难了，由于毒蛊的作用我们也都没了说话的力气，身体素质不好的大张，思想开始模糊，嘴里胡言乱语，却发不出一点声音。

这个时候我听见有人开门出去的声音，想是刘国栋和孟非出门去了。我静静等待死亡的来临，头脑里也开始渐渐模糊，能感觉到自己的心跳一点点变弱，浑身撕裂的疼痛已经感觉不到了，这也许就是死亡快要来临了。

第11章 巫毒难敌父女情

就在我马上支撑不下去的时候，我隐约听见有门铃的声音，不知道又是谁来了。门铃响了几遍之后没了动静。过了片刻，我听见有人进了屋子，储物间的门被推开，我头部已经不能动弹了，斜眼一看，惊喜交加，来人正是师叔、小白和小雨！

他们进来后迅速掰开我们的嘴把药丸塞进我们嘴里，用水给我们送下去，一会儿，我们身上暴起的血管迅速消退，身体也渐渐可以活动了。

老孙此时带着哭腔虚弱地说道："可他妈的吓死我了，我以为这下完蛋了呢，幸亏老天有眼，送来贵人啊。"

说着竟流出了激动的眼泪，在小白小雨面前也不顾形象了。

我大口喘气说道："老孙注意点形象，小妹妹们都看着呢。"

老孙忙擦干眼泪说："我这不是吓的，我这是幸福的泪花，自古英雄救美人，现在是美人救英雄啊，我能不激动么？"

我忙问师叔怎么会来到这里。原来师叔今天回家取点东西，看我和老孙都不在，问小白和小雨，她们说刘国栋要用巫术害我们，因我们提前准备，没被害成，然后去刘国栋家找他算账去了。

师叔一听大叫不好，这巫术如果没起作用，害人不成，施巫术的人是会知道的，所以刘国栋肯定已经准备好了等着我们去呢，巫术和蛊术一般都是一起使用的，如果刘国栋身边有人会施毒蛊，我们去了恐怕凶多吉少，那蛊术千奇百怪，弄不好我们就会中招的。给我们打电话，我们手机那个时候早被刘国栋搜去关掉了。

老人问小白小雨知道不知道刘国栋家地址，她们也不知道，于是立刻给她们的黑客同学打电话，很快查到刘国栋家地址，老人带着冷月宝剑和老孙新炼制的"九转克毒丹"，连忙打车赶来这里。

本来想等刘国栋开门，突然袭击他，可是没想到他刚刚出去了。于是绕着别墅走了一圈，发现别墅另一面是落地的大玻璃窗，这才用手里的宝剑把玻璃割下一块钻了进来。

我们听后都感万幸，大张和王凡更是激动地说不出话来。我们稍微休息一下，也差不多活动自如了，我一提气，感觉丹田有了丝丝的暖流，开始有了内力，但是身上的皮肤都已经呈紫青色，严重淤血，这个至少要修养个几天才能下去。

我们大家商量办法，决定就在这里等他们回来，这房子门没被破坏，只是割开了玻璃，用窗帘挡住就可以了，等他们进来，突然制住他们就可以了。

我们刚准备好，就听见钥匙开门的声音。我们躲在储物间里，幸亏储物间比较大，我们七个藏在里面绰绰有余。刘国栋和孟非进了屋子，刚关上门，我一个箭步冲出去，用擒拿手，一下把刘国栋制住，双手抓住他两个手腕，一推一拉，登时把他胳膊卸掉。

刘国栋疼得大叫起来，然后我以迅雷不及掩耳之势，过去把孟非也给制住了，这时候我也顾不上什么绅士风度了，只是没有卸她的胳膊，然后叫老孙和大张过去把他们捆了起来。

刘国栋吓傻了，瞬间也明白过来怎么回事了，他倒是能屈能伸，苦苦地哀求我们道："几位饶命啊，我这也是没办法啊，不要杀我，我今后再不干这害人的事情了，这毒蛊都是孟非下的，跟我没关系啊。"

王凡冲他脸吐了口唾沫说："亏你还是个男人，有事情就往女人身上推。"

我看孟非此刻流出了眼泪，但是并没有争辩，只是静静坐在地板上，低头一声不吭。我心想，这女人怎么对刘国栋这么死心塌地的，刘国栋都要娶他们董事长女儿了，她还和刘国栋在一起，真是让人费解，天下还有这样的女人。

大张跳过去抽了刘国栋一个耳光说："你这王八蛋，你穷困潦倒的时候，都是我和王凡接济你，现在你却想要我们的命，孟非对你那么任劳任怨，你却反咬她一口，你还是他妈人么？"

他转过头对孟非说："孟非，怎么说我们也是多年的朋友了，你今天竟然要对我下毒，为了刘国栋，你都鬼迷心窍了。"

孟非低头一言不发，这个瘦弱的女人，可以看出她有着一颗坚强的心。

老孙问我："老李，现在怎么办？"

我说："让警察来收拾这小子。"

老孙说："可是我们也没有什么证据啊，这小子用巫术害人，怎么会留下证据呢？"

王凡说："是啊，没证据就没办法处置这小子，不然我们把他干掉算了。"

刘国栋听了大吃一惊，吓得浑身哆嗦连叫饶命。

大张踹了他一脚说：“看你那怂样。”

这时候孟非开口说：“我有他贪污还有犯罪的证据。”

此话一出，我们都愣了一下，刘国栋更是瞪着孟非。

孟非接着说：“那些证据就在旁边另一座别墅里呢。”

我们押着他们两个，出了门，找了件衣服披在他们身上，怕遇见人就不好办了。另一座别墅虽然就在旁边，但是距离还是很远的，走了很长时间才到。

这个别墅和刚才的别墅在装修上完全是两种风格，刚才的是现代简约的，这个是欧式田园的，装修都很细致考究。

进了屋子，房间灯还亮着，看来刚才他们两个出门就是来了这里一趟。孟非指点我们保险柜在哪里，又把密码告诉了我们，我们打开保险柜，看见里面有大量现金，还有几张光盘，公司账本等等东西，一看之下都是刘国栋犯罪贪污的记录，就这些就够他判二十年的了。

在里面还发现一本书，名叫《黑巫术》，一看之下里面都是黑巫派的巫术和蛊术的练习方法。

刘国栋此时已是面如死灰，他显然没想到孟非会出卖他。

孟非说：“我以前并不知道他曾经用巫术害死过那么多人，我一直被蒙在鼓里，但是后来我渐渐发现他贪污的事情，提醒他也不听，我见他心术不正，早就想离开他了，后来他要娶董事长的女儿，我对他更是彻底灰了心，准备一走了之，只因为我心里一直爱着他才没下决心离开。他一直让我学习毒蛊之术，我也听了他的，今天他跟我说有勒索他的坏人要来跟他谈判，让我在外面下蛊，把坏人毒倒后，绑起来，然后送警察局去。可是我进来才发现毒倒的是你们，他解释说勒索他的人就是你们几个，我才半信半疑地相信了他。刚才他又骗我说已经给你们解毒了，明天就送派出所去，我相信了他，也就没过去储物间看你们，直到刚才我才发现他又骗了我，他瞒着我想要你们的命。现在他又把一切责任推到我身上，我对他算是彻底失望了。我一定要揭发这个人面兽心的小人！”

我们听了，都觉得刘国栋活该，走到这步都是他自找的。我们商量了一下，先报警，然后把证据放在这里，等警察自己来看，必要的时候我们都可以做证人。

王凡抄起电话就拨110，刘国栋见状紧张地说：“先别打电话，你们放过我，我给你们钱，要多少都行。”

小白轻蔑地说：“谁稀罕你的臭钱，脏了我们的手。”

刘国栋突然恶狠狠地说：“如果非要报警，那我也就豁出去了。”

老孙听了过去踹了他脸一脚说：“你他妈的都死到临头还说硬话，看是你嘴硬还

是老子鞋底硬。”

说完又踹了他一脚，王凡又要拨110，还没等拨号，就见刘国栋突然大喊一声，咬破自己的舌头喷了一口鲜血出来，然后嘴里念念有词。

我一看不好，他是在施展什么巫术，忙过去捏他嘴，但为时已晚，顷刻间，一股黑色饿旋风从地板上升起，瞬间涨满整个屋子，房间里顿时电闪雷鸣，灯一下灭掉了，我忙让大家靠拢过来，只听见刘国栋哈哈大笑，几近疯狂。

孟非大喊：“你竟然用这个禁忌巫术？”

刘国栋狂笑说：“反正我活不了了，要死大家一起死吧！”

正说间，突然电闪雷鸣中隐隐有个黑影闪了出来，身着黑衣，整个人都隐藏在宽大的黑袍子里，只露出小臂和小腿在外面，它面色苍白，牙齿外凸，胳膊上和腿上可见鱼鳞一样的皮肤，两只眼睛像极了山妖的眼睛，恶毒而冰冷。

它落到地板上，环视我们一眼，二话没说，张嘴咬住了刘国栋的咽喉，用力一吸，刘国栋立刻干瘪得缩成一团瘫倒在地，死掉了。整个人都让这怪物吸掉了血液和体内精气骨髓，我们大家都惊得说不出话来。

那怪物扭头扫了我们一眼，扑向老孙，可能它觉得老孙身体壮实点。还没等我看清他的动作，就已经扑到老孙面前，两手握住老孙肩膀，张开满是獠牙的大嘴朝他咽喉咬来。

师叔就站在老孙旁边，此时迅速用冷月剑刺向怪物咽喉，那冷月宝剑遇到污秽的东西就会精光暴射，那妖怪被这宝剑的光芒吓一跳，闪电般退开。

它这一进一退就是眨眼间的事情，速度之快令人咋舌，我赶紧接过宝剑，让大家马上都躲到卧室去。

那怪物扭头看我一眼，向我合身扑了过来，我这段时间打通了任督二脉，内力大长，内力飞长以后，我在道教的轻功上也有了突飞猛进。

我展开《天道妙法》里的轻功八卦履，丹田提气，左脚踏乾位，身体向左，右脚挂离位，一下躲过了怪物袭击，那怪物显然有点吃惊，恐怕以它的速度没想到我能躲过它的攻击。

它略一停顿接着向我扑来，我同样灵巧躲开，几次三番怪物都没有捞着我半根汗毛，它显然被激怒了，突然张开嘴，血红的舌头暴涨，上面还挂着刘国栋的骨髓和鲜血，飞速向我卷来，我脚踩八卦，向旁一闪，那舌头抽到了桌子上，登时把桌子打得稀巴烂，那桌子可是上好的木头，竟然被它的舌头一击而碎。

那怪物身体异常灵活，又迅速转向我这边，舌头蛇一样向我卷来，我左右都去不得，只能向上一蹿，身体擦着房顶躲过一击。可是那舌头还在疯长着，整个房间都是它鲜红的舌头。

我刚要捏个指诀，解开它这妖术，突然一下没注意，被它舌头卷住我的脚腕，我只感觉一阵生疼，忙用手里的宝剑砍去。那舌头并不躲闪，宝剑把舌头砍下一断来，但那舌头犹自在我脚腕上缠绕着，而且力道不减。

狭小的房间我也没处躲藏了，那舌头瞬间又缠住我持宝剑的手腕，只一紧，宝剑落地，我心道不好，来不及躲闪，那怪物的舌头又立刻把我双臂和身体缠个结结实实。

我只感觉呼吸困难，骨头都快碎了，只能勉强运气支撑着，就在我快被勒昏过去的时候，老孙从卧室冲出来，手里是刚画好的符咒，手一扬贴在我身上，我口中催动咒语，那舌头登时迅速在我身上松开，回到怪物口中，我在地上一个翻滚，抄起宝剑闪到一旁。

怪物见法术被封，忽地转身，身体迅速旋转起来化作一股黑色旋风，并且渐渐变大，一会儿就涨满整个房间，夹杂着电闪雷鸣。难道我的符咒只能封住他的舌头，他竟然还能用其他妖术?

旋风把我裹在其中，那风刮在脸上，甚是疼痛，旋风中那怪物吓人的头颅，时隐时现，想是要趁我不注意一口咬断我的咽喉，只是忌惮我手中宝剑才不敢贸然出击。

老孙又扔出三枚符咒，都被这旋风吹了回去，这怪物好生厉害，能想到用这个方法让符咒近不得身。我当即放下宝剑，双手结了个“开”指咒，催动咒语，大喝一声“开”！那旋风旋即停顿，房间灯亮，瞬时一片通明。

那怪物，站在沙发前，一动不动，恶狠狠的眼睛盯着我，老孙在旁边手拿符咒准备着。我拾起宝剑，手掐指诀。

那怪物见奈何不得我们，转身向窗户走去，看那意思是想逃开，要是让他到了外面，不知道多少人被其所害呢。我给老孙使了个眼色，老孙扔出符咒，那怪物的黑袍突然鼓动起来，不知道哪里来的风，一下吹散了符咒。

我和老孙都吃一惊，可不能眼睁着让他跑了啊。师叔不知道什么时候出来了，对我们说：“这是刘国栋用巫术召唤来的巫妖，不能让他出去，否则祸害无穷。”

我连忙纵身挡在妖怪面前，手持宝剑拦住他去路，老孙又朝它后背扔出两枚符咒，还是被巫妖鼓动的衣服一吹，立刻就飘散了，那怪物仿佛背后长了眼睛一样。

我心中焦急，如果不能把“封”符咒贴到它身上，就不能用乾坤筒收它，用“封”字指诀只能封住它正在使用的妖术，但是不能封住它所有妖术，也不能配合乾坤筒收了它。

我不知道这怪物究竟还有什么妖法，巫妖忌惮我的宝剑也不敢往前走，双方僵持着。我忽然看见它衣服里面激荡起来，似有水在里面流动一样，他大嘴一张，一股浓烟喷了出来。

师叔大叫：”快闪，巫妖要用毒！”

我急忙屏住呼吸，跳了开去，那巫妖一口浓烟喷了出来，霎时间满屋都被毒烟笼罩。

师叔跳到我身前，拉我回来，夺过我手里的宝剑，挡在巫妖面前，这巫妖的前两个妖术，被我封住，已经不能再使用了，但是这毒烟却是比前两个还要厉害的妖术，真不知道这个怪物怎么会这么多妖术。

我不能丢下师叔，要拉他回去，但是师叔冲我大喝：“快进屋去！”

说着把我和老孙推进房间。

刘国栋的这个房间密封性相当好，选用高级的密封材料，俨然就是一间密室，不知道是干什么用的。

孟非开口对我说：“你放开了我，我有办法对付巫妖。”

我冲老孙点点头，老孙过去把孟非手上的绳索解开，孟非先把屋子里的地毯掀起，原来地毯下还有个铁门，拉开铁门，让我们进去，显然地下还有个密室，能阻挡毒气进入，我拒绝进入，非要出去帮师叔。

孟非说：“巫妖的毒气很是厉害，只有我能对付，你们还是在下面等我，我会把你师叔救回来的。”

我听了这话，又见时间紧迫，只得和大家一起下到地下，这地下密室空间非常的大，各种物品一应俱全，不知刘国栋弄这么个地下密室干什么用，我们焦急不安在里面来回踱步。

时间一分一秒过去，我们不知道孟非能不能击退这巫妖。

小白和小雨害怕得靠在一起，王凡和大张焦急地踱着步子，老孙和我盯着头顶的铁门。大约过了五分钟，我见上面没有动静，非要出去，被大张拉住说：“不能出去，也许现在外面全是毒烟了，你一开门，这里所有人都要遭殃的。”

我听了只得忍耐，又过了十分钟左右，铁门终于被拉开，是孟非，招呼我们上去。

回到上面，毒气已散，也没了巫妖的踪影，只见师叔躺在地上，双眼紧闭，牙关紧咬，脸色青紫，一看就是身中了剧毒。

老孙过去，给师叔喂了最后一粒九转克毒丹，一会儿工夫师叔脸色略有好转，可仍是昏迷不醒。

我问孟非：“巫妖呢？”

孟非指指师叔手里紧攥的乾坤筒。

后来才知道，她一出去就见师叔正手拿宝剑冲那巫妖猛砍，那巫妖最厉害的一招就是喷巫毒，但是它有个缺点，就是当他释放巫毒的时候，在巫毒释放完之前，是没有任何活动能力的，但是因为这巫毒极其厉害，不论人或动物即使是植物被它接触到也会很快没了生命，所以怪物也不怕自己往外喷毒的时候会有人过来袭击他，因为还没到它身边，早被毒气给毒死了。

师叔提前服用了一颗九转克毒丹，但即便如此，接近巫妖的时候还是差一点就被巫毒毒倒在地，师叔强撑着趁巫妖不能动的时机，一剑刺穿巫妖的咽喉。

那巫妖立刻停止喷毒，愤怒之下，动作更快，劈手夺过师叔的宝剑，反手朝师叔刺来。师叔此刻离巫妖太近，毒气攻心，神智也不清了，加上巫妖动作太快，根本来不及躲闪，只能引颈待屠，但冷月宝剑仿佛是有灵性的，此时立刻精光四射，那妖怪害怕宝剑的强光，一抖手扔掉宝剑，朝师叔合身扑来。

孟非此时飞身向前，巫妖扭头一口毒气向孟非喷去，孟非咬破舌头，喷出一口血雾，口中念念有词，那巫妖的巫毒立刻被破。

其实孟非口中已经含了另一种巫毒，咬破自己舌头将鲜血和巫毒一起喷出，虽然破解了巫妖的毒，但是孟非的这种以毒攻毒的方法也使自己深受毒害。

巫妖被孟非喷出的鲜血喷个全身，立刻身体灼烧起来，喉咙里吼吼怪叫。师叔这个时候，从地上爬起来，拿出乾坤筒，口中催动咒语，师叔虽然不会捉鬼的本领，但是收鬼的基本咒语还是会使用的。

巫妖头顶一股黑烟冒出，瞬间被吸进乾坤筒，这乾坤筒乃是道教除秽派的祖师爷钻研十数载所制，上面既有符咒的内容，又暗合天罡八卦阵法和八卦锁魂阵法，在鬼怪失去抵抗的时候，念动咒语即可将其收伏。再看巫妖的身体，倒在地上，顷刻间被孟非的巫毒烧成污水。

而师叔此时已经中毒太深，不省人事了。

我忙问孟非师叔中的毒能不能解。

孟非说：“这巫毒之毒不比其他的毒，即使服用了你们的解毒丹药，也只能暂时拖延巫毒深入五脏，必须要有特殊配方的解药才能够完全解除。”

我们听了一时不知所措。

孟非接着说：“巫妖是几百年前云南巫师所制，在死人口中填入剧毒之物，用各种药材让他尸体不腐不烂，然后在它身上画上符，埋在阴气极重的地方，如果这个尸体最后变成了鬼，就要听巫师的召唤。但是巫师不到万不得已不会使用召唤它的，因为召唤的代价是巫师自己也要成为巫妖的牺牲品。而且直到现在还有很多远古的巫妖，没被召唤出来过呢。刘国栋功力尚浅，召唤的巫妖还不是最厉害的，如果真正厉害的巫妖出来，我们几个恐怕很难对付的。

我们听了后怕连连，大家商量了一下，决定离开这里再说。孟非让老孙把刘国栋的尸体拖到卫生间的浴缸里，然后拿出一个玻璃小瓶，叹了一口气，把瓶里的粉末倒

了一点在他尸体上，这粉末一沾人的皮肤，立刻剧烈灼烧，片刻功夫，刘国栋的尸体便化得无影无踪，只有一滩血水。这化尸粉如此厉害，竟然能使尸体融化成那么一点污水，而且一点异味也没有，孟非拧开水龙头把那摊污水冲掉后，刘国栋在这个世界上就永远消失了。孟非盯着那污水被冲掉，不禁神色黯然，想来她想起了和刘国栋的从前。

我们关好门窗，擦掉可能留下的指纹、脚印，孟非把可视系统里的录像全部删除，一行人搀扶着师叔，出了门，在路上用公用电话报了警，说刘国栋携款潜逃，然后一行人去了我家。

师叔依然不省人事，老孙把炼制的伤药一一拿出来，但是解毒的药品就是只有九转克毒丹一种。

我们问孟非："师叔的毒会怎样？"

孟非叹口气说："如果这样下去，不出七天，就会有性命危险。"

我们听了异常焦急，忙问怎么办，去医院是否能治疗？

孟非说："这个毒里面不但有蛊毒还有巫术的成分，去医院也没办法的。"

大张开口说："孟非，老人家为了救大家才只身赴死的，不然我们都要死在那别墅里了，你不要见死不救啊。"

孟非面容暗淡说："我比你们更想治好他的毒。"

小白奇怪地问："为什么？"

孟非说："因为我有话要问他。"

我们都感觉很奇怪，疑惑的看着她。

孟非有些伤心地说："我想问问他为什么一去不回？抛下我和母亲。"

我们更加吃惊。

孟非抬头看着我说："他是我失散多年的父亲孟占波！"

我们几个彻底呆住了，个个都感觉很突然，我们知道师叔本姓孟，可是我们只知道他道号"观月"，却不知道他的大名，我们看着孟非，孟非向我们说起了往事。

师叔很小就跟随师父子悠道长学习道教法术，那时候局势动荡，兵荒马乱，子悠道长遂停止了到处云游，落户到了孟非老家的一座道观里，行医看病，相看风水。

没过多久，子悠道长参加了抗日军队，成了王栋军长的左膀右臂，留下观海师叔和观月师叔在道观，后来观海师叔接到师父来信，匆匆离去，从此竟然失去联络，不知所踪。

观月师叔当时二十几岁年纪，过了几年后在当地和一同龄女子相恋成家，成家两年的时候被子悠道长来信叫到王栋军长身边去了，子悠道长那个时候已经在弥留之际，叫观月师叔过去主要是在王栋军长身边做警卫工作。

后来若干年之中师叔终能找机会回家看望妻子，而妻子终于在近四十高龄时生下一女起名孟非，因此师叔七十多高龄还会有个三十多岁的女儿。后来随着王栋军长南征北站执行各类剿匪任务和越战，回家的机会极少了。

再后来孟非和母亲随着亲属迁到外地，从此失去了和师叔的联系，母亲告诉女儿，父亲两个手臂上各有一个青色的胎记，而且是对称的。师叔后来在安定医院不能出来，也没办法去寻找她们母女二人，至此一家人始终无缘得见，天各一方。

孟非刚见到师叔的时候就觉得眼熟，和父亲的照片很是相似，待看见他两个手臂上对称的青色胎记后便确信无疑他就是自己的亲生父亲。

听到这里我们无不慨叹世间的事情竟然如此巧合，真是造化弄人，不得不信服上天的安排。孟非知道师叔是她父亲后，这才舍身出去救自己的父亲，要知道那可是相当危险的，如果不成功，会丢了性命的。

虽然除掉了巫妖，孟非也被巫妖的巫毒浸入身体，虽然自己研习毒蛊之术，但是毕竟没有太深的研究，这巫妖的毒是巫教前辈所创，毒性自然强了很多。她咬破舌头喷出的血蛊破了巫妖的巫毒，但同时自己也中了毒，所幸不太重，没有侵入五脏六腑，而且幸亏有我们的九转克毒丹，她才得以化险为夷，并无大碍。

孟非说刘国栋从张文山那里得到的《黑巫术》一书，并没有破解巫毒的部分，只有黑巫教的教主才知道各种巫毒解药配方，这么说来张文山的师父肯定知道解药的配方，我们必须要到云南去找寻张文山的师傅，才能得到那解毒的方法，救师叔性命。

可是要在如今的年代找到已经被历史淹没的巫教的教主，谈何容易，而且说不定巫教早已经不复存在了呢。大家合计半天，还是决定一试，总之先找到传授张文山巫术的那人再说，他既然持有此牌，说不定认识教主，也说不定他本人就是教主。

事不宜迟，师叔岁数大了，没有多长时间能坚持的，我们决定明天就启程，去云南张文山说的那个小镇，找寻张文山的师父。

孟非把随身带来的书包打开，里面是那本《黑巫术》，还有一个木牌和一封书信，说这些东西都是刘国栋从张文山那里得来的，那封信是张文山和他师父往来的唯一一封书信，上面有邮戳，按照邮戳地址应该能找到大致的范围。

孟非读过《黑巫术》那本书，从里面知道那块木牌是黑巫教的教主圣牌，是教主才有资格持有的，不知道怎么会到了张文山手中。

我们计划按照邮戳地址找到那个地方，然后拿出教主圣牌，当地如果还有黑巫教的教众，我们只要能用黑巫圣牌找到一个，他就能带我们去见他们的教主。

看来眼下也只有这个办法了，我和老孙还有孟非三人决定到云南走一趟，赶在七天之内找到张文山的师父，把解药弄来，七天一过，师叔的性命难保。

大张和王凡负责把乾坤筒埋到安定医院的消煞之地去，小白和小雨在这里照顾师叔。

王凡和大张紧握住我的手说：“兄弟，一定要把解药弄回来，没有观月道长我们小命早就没了。”

第12章 夜闯鬼村觅毒虫

看邮戳的地址，那个地方正好是我们旅游去过的丽城下面的一个小镇，叫乌鼓镇，第二天我们三人先做飞机到了丽城，下飞机后租了辆车直奔乌鼓镇。

这个小镇和丽城一样是著名的旅游城市，现在正是夏天，沿途景色甚是迷人，但是我们却没有心思观赏美景，孟非是为了救自己的父亲，我们是为了救同门师叔，三人脸上都透着焦急，不知道能否找到黑巫教主，找到后也不知道有没有那种解药，还有就算找到解药，我们还来不来得及赶回去救师叔，这些都是问题。大家心事重重，一言不发，老孙拼命踩着油门。

连夜赶到了乌鼓镇，在一家旅馆住下，我们向店老板打听这里是否有巫师或者蛊师。店主是个精瘦的男人，听完我们的话，看看我们笑着说："你们是电影看多了吧？现在哪里还有什么巫术、蛊术啊？我从没听说过。"

转天一大早我们就出了门，到处打听，但是打听了好多店铺和各色人等，竟没有人知道一点线索，还都用怪怪的眼神看我们，仿佛我们是神经病一样。

这样转了一天也没有任何线索，第二天又遍寻了一上午，都快找遍整个镇子了，仍然没有消息。

临近中午十分，我们也都疲惫不堪了，进了一家饭馆吃点东西。饭菜上来，我却一点胃口没有，照这样找下去什么时候能有线索啊？张文山的师父如今在不在这里还不一定呢，而且我们的时间有限，超过了七天，即使找到了黑巫教主也是白搭。

我呆呆望着门口出神，老孙是一顿不吃就饿得慌的主，风卷残云狼吞虎咽着，孟非也是吃不下，好不容易找到父亲，能不能父女相认还未知呢。

这时候门外进来个小乞丐，十来岁年纪，站在我们桌前不肯离去，孟非弄了点饭菜端给他，可是那小孩子愣是不要，眼睛一眨不眨地盯着我们桌子上的挎包，我扭头朝桌

子上一看，老孙的钱包露在外面呢，看来这乞丐不要饭想要钱。 孟非好心肠，拿过自己的包掏钱给他，可是没有零钱，在包里翻了又翻，那块黑巫圣牌一下掉了出来。

这小叫花一看这圣牌，脸色一变，扭头撒腿就跑，我们愣了一下，旋即追了出去，看来这小叫花一定识得此牌。

转过几个街角，看到小叫花正在一个男人面前激动地连说带比划着什么，我们躲在墙角，看见那个人朝这边张望了一下，转身拉着小叫花匆匆就走，我们三个急忙奔过去挡在那人面前。

那人看见我们一愣，那小乞丐小声对他说：“就是他们三个。”

那男人打量了我们一下说：“三位是哪里来的？怎么会有黑巫圣牌？”

我心里狂喜说：“你识得这牌？”

那人点头。

我说：“那可否带我们去找牌的主人呢？”

那人犹豫了一下，显得有些迟疑，可能不知道我们是好人还是坏人。

老孙掏出一沓钱来说：“带我们去，这钱归你了。”

那人又看了一眼我们，见我们不像坏人，说道：“给我看看那牌。”

孟非拿出圣牌递到他眼前，这人竟然不敢用手去接，只看了一眼，脸上露出惊喜的神色，抬头问道：“你们找这圣牌主人干什么？”

我说：“中了巫毒，找他救人。”

这人盯着我们，看我们神色焦急，确实像是求药，不像是找麻烦的人，遂拿出手机，到一边拨了个电话，通话后冲我们一招手，转身领着小叫花就走，我们紧紧跟在他后面，转过几条胡同，在一家宅子门口停了下来。

这里的建筑多是明清建筑，四合院，天井，转角楼，高大的围墙。铁门大锁，那人扣动门环，一会儿工夫有人开门，是个约三十岁的女子，看穿着打扮和内地人无异。

她看了那男人一眼，那男人竟不敢抬头看这个女人，只是冲她点点头，用当地话告诉了这女子我们的情况，女子冲我们微笑着说：“欢迎贵客，请进吧。”

说着闪身让我们进去，那一脸的笑容很是灿烂，让人过目难忘，那个带我们来的男人则领着小孩走了。

我们进了宅院，走过两道院子，进了正房，落座后，那女子给我们沏了茶，我们知道她可能会蛊术，虽然我们来前吃了九转克毒丹但是也不敢大意，没人动那茶水。

那女人显然看出了我们的心思，微微一笑说：“你们的牌牌可以给我看看么？”

我看了孟非一眼，孟非拿出圣牌，那女子一瞥之下，伸手接了过去，仔细看了一眼开口问道：“你们和张文山什么关系？”

我们一愣，不知道怎么回答，来之前还真是没来得及想清楚，如何解释我们和张文山的关系。

我转移了话题说："这牌子据说是张文山的师父的。"

我伸手一指孟非说："她也会蛊术，她的蛊术是从张文山那里学来的。"

我这样说，并没有直接说孟非是张文山的徒弟，是为了让对方不明白我们到底和张文山什么关系，到底是敌是友，否则不知道这女子和张文山是敌是友，透露了底细，不知道会有什么后果。

那女子微微一笑说："我们苗族人呢，不像你们汉人，弯弯肠子那么多，你们也不用套我和张文山什么关系，实话跟你们说了吧，我叫苗青青，是黑巫教现任教主，也是张文山的师父。"

我们三个听了很是诧异，没想到这年轻女子竟然就是张文山的师父，而且正是黑巫教的教主！着实让人刮目想看，更奇怪的是张文山起码快五十岁了，可是眼前的女子，年轻貌美，皮肤白皙，也就三十岁的样子，怎么会是张文山的师父呢?

不管这些疑问，得知眼前的貌美女子就是黑巫教的教主，我们心里升起无边的希望。

见我们诧异，那女子说："张文山是参加越战的战士，被敌人所俘，后来找机会逃了出来，逃跑中被越南人开枪打成重伤，又从山上摔了下来。我那时十五六岁，正好在老山深处采集珍稀药草，寻找毒虫等炼蛊，碰巧发现了他，把他背了回来，用我们巫教疗伤药给他精心治疗，他醒来后非常感谢我的救命之恩。"

我们才知道救张文山的正是眼前的女子。

她接着说："那个时候我在偏远山区炼蛊，蛊炼到一半不能离人，也就没办法联系他的部队，想等我的蛊炼完了，再出去帮他寻找部队。有一天他发现我使用巫术，惊讶之下非要和我学，要拜我为师，那个时候我每天寻找毒虫，毒草，练功炼蛊，百般无聊就答应教他巫术。我们所学的黑巫术，多数是针对人所用的巫术，也就是外人所说的害人之术，但是我们并不是去害好人，我们害的都是坏人，但是即使是坏人我们也没有随便害过的，只是传下来的巫术不能没有继承。蛊术只适合女人学习，我就随便教了他一点巫术，由于他天分不高，所以只学会了'降头术'的其中一种，也就是草人之术，还有一些驱鬼的方法，并嘱咐他不可出去害人，他也满口答应，我看他是军人，也就对他很是放心。

后来我们离开那里到了附近的城镇，联系上了他的部队，部队的人就把他接走了。同时我发现他把那本师父传下来的《黑巫术》的书给偷走了，还有这块圣牌。我气愤之极但也无计可施，我是黑巫术的继承人，黑巫教的教主，凡是本教中人，都要听我的号令，那圣牌就代表着黑巫教主的权力，只是到了现代，黑巫教人才凋零，教

众又少，也没有人愿意入教了，那圣牌实际已经失去了意义，只是教内的圣物，丢失有点可惜。

后来我办完事情回到乌鼓镇，收到过张文山一封信，说是看过我的身份证才知道我的住址的，信中说他抱歉拿走了我的书，他只是对巫术太着迷，想多多学习一下，但是部队来人接他，他不得不走，怕跟我索要那书，我不会给他，只好偷了我的书。我想这书里的巫术我早已学会，自己再写一本也就好了，再说那书就算他看了也不一定能学会其中的巫术，因为书上的文字都是我们苗族的古老文字，而且学习的时候最好是有师傅传授，否则很难学成的。我只给他回过一封信，要他把那圣牌给我寄回来，毕竟是前辈传下来的东西，但是他只说弄丢了，我想反正这牌子也没什么实际意义，也就算了，他的为人如此，我也不想和他有太多瓜葛，就此断了联系，却不知道他现在如何了。”

我们听到这里，才了解了事情的经过，知道张文山并不算是这女子的朋友。我也把张文山如何用巫术害人以求升官，如何强奸害死女学生，后来如何被我们除掉的事情说了一遍。

苗青青说：“这人心术不正，也是罪有应得。”

我们赶紧把圣牌还有《黑巫术》一书还给苗青青，并说明我们的来意。

苗青青听了奇怪地说：“你们说那个刘国栋会用召唤术？他自己竟然能研究出召唤巫术并能练成，确实不易，他很有悟性呢。”

她扭头对孟非说：“你的蛊术也是全靠研究书本得来，说明你的悟性也很好，而且你也会些巫术，还能用毒蛊术破巫妖术，真是学习巫术的人才。”

她接着说道：“刘国栋召唤出来的巫妖在巫教的召唤术中排名在第五位，这巫妖是按照其毒性和妖术的高低来排名的，其中第二位和第四位已经被召唤出来了，它们都是由我师父的师父创造的。在当年，黑巫两位长老一下召唤出这两只巫妖来，是为了保卫我们黑巫教不受敌人灭顶之灾，才舍身如此的。现在第五位的巫妖被刘国栋召唤出来，那就还剩下第一位和第三位了，这第三位巫妖是由更上几辈的黑巫长老创造的，但是那第一位的巫妖却不知道是谁所创，在我们黑巫教里也没有记载。在古代的巫教纷争年代巫妖很多，但由于这个召唤巫术太歹毒，召唤出来的巫妖如果不能被人所灭的话，会在人间生存数年，贻害百姓，所以到了近代，制造巫妖的方法早已失传，我师父的师父没来得及把制巫妖的方法传给我师父就在危急中身殉了巫妖。”

苗青青娓娓道来黑巫教的事情，看似轻描淡写，但是我们听了却连声称奇。

苗青青又说：“你师叔中的这巫妖的毒，毒性是非常强的，虽然那巫妖排名在第五位。也幸亏有你道教的神奇丹药才能把这巫毒拖延一些时日，但是估计不过七天也就会不治身亡了。”

我急道："那请您救救我师叔吧，我们除秽派道人本身和你们巫教一样早已经人才凋零，面临消失的处境，我就这么一个师叔了，请您说什么也要救他老人家一命。"

苗青青一笑说："治病救人本是我们黑巫教的传统，只是因为我们有很歹毒的巫术才被定为黑巫的。我也想救你师傅，配方我这里也有，但是解药里面需要的一种主要的毒虫却已经绝迹了，没办法配制解药。"

我们听了心里咯噔一下。

巫教的解药，就像老孙研制道家丹药一样，有好多丹药都是因为没有配齐原料才没办法制成的，这是人力所无能为力的，确实是没有办法的事情，我们大家顿时神色黯然下来。

孟非更是眼泪在眼里打转了，她好不容易才见到自己的父亲，却恐怕不能活着相认了。

我看苗青青欲言又止的样子像是还有其他办法，忙问道："请问是否还有其他的方法呢？"

苗青青叹了口气说："那毒虫名叫'十六脚百毒虫'，当年捉到这虫的黑巫教主，把这虫和近百种剧毒虫放入一只容器中，三天之后，唯一剩下的就是这'十六脚百毒虫'，可见这毒虫何等之毒。它也成了黑巫教的镇教之宝。刘国栋召唤出的巫妖就是被从这毒虫身上提炼的毒喂过的，所以要想解毒必须要提炼这毒虫身上与之相克的毒才行。百毒虫身上有多种毒并存，毒性都是相生相克的。那虫生存的环境很苛刻，要在阴气极重的地方才能生存，历代教主都要选择阴气重，尤其是鬼气重的乱坟岗的地方来繁殖它，现代社会这种地方已经很少了，这虫也就差不多灭绝了。但是只有鬼镇那里，相传有人曾经看见过这虫的踪迹。"

老孙忙说："鬼镇在哪里？我们要尽快赶过去，应该还来得及。"

苗青青说："鬼镇倒是不远，就在乌鼓镇的东南方，那个镇子本也是个大镇，在上世纪70年代的时候全村人突然暴毙，传说是死于巫术，曾经有人把这件事栽赃在我们黑巫教头上，后来凡是去过这个村的人，没有一个能活过一个月的，据说村里的人都已经变成了厉鬼。前段时间我们黑巫教的一个教众，进山采药，天晚返回，大雾弥漫，走错路误进了鬼镇，逃出来后不久就毒发而死，我发现这毒正是那十六脚百毒虫的毒，所以我判断，那鬼镇里一定有这虫的踪迹。"

我听了说道："那就白天去好了，白天是没有鬼的，赶在天黑前找到这虫不就可以了么？"

苗青青说："这虫性极阴，白天躲在很深的地下，谁也找不到，只有晚上才会出来。我们巫教虽然很想进去捉这虫，但是巫教只会简单的驱鬼之术，不会捉鬼之法，

终究斗不过那些恶鬼，所以没人敢进那鬼镇。”

她缓了缓对我说：“不过我看你是道教捉鬼教派的传人，如果你够本事进去捉得这虫出来那是再好不过了，但是哪里确实是极其凶险的。”

我没有犹豫立刻说：“我们去！告诉我们地址，还有虫子的样子，事不宜迟，我们立刻启程。”

苗青青见我们态度坚决，思索再三，起身去里屋拿出两个小瓷瓶，并给我们画了‘十六脚百毒虫’的样子，说只要见到那虫，打开瓷瓶的盖子，放在地上，它自己就会爬进去。

我们点头答应，我们耽误不起时间，决定当晚就进鬼镇。

我们想赶在天黑之前先去那村子里面转一下，踩踩点，看看那里的环境和街道的情况，于是三人驾车前往。那镇子比较好找，我们很快到了镇子入口的树林外，这镇子周围都是秘密的树林，树林有一条小路直通镇子，构成了奇特的周边环境，景色之美之奇令人咋舌。

要不是这里闹鬼，很可能会被开发成著名景点的，我们没兴趣欣赏这里的风景，我用风水之术查看这里，发现这里有山无水，阴气极重，风水极差，怪不得里面的死人都会变鬼。

我们进了镇子，在镇子里转了一圈，这镇子面积不大，也都是以明清时代的建筑为多，夹杂着当地建筑的特点。尤其是镇子竟然有三座庙宇，可见这里以前也是经常闹鬼的，所以需要祭拜祈福。我们按照镇子的街道和每所宅院的位置画了地图，防止晚上迷路。

做好了相应的准备，把车子放在镇外的小路上，天一擦黑我们就进入了鬼镇。因为不知道这毒虫在什么地方出没，只好把苗青青给我们的另一个瓷瓶子里的黄色粉末状的“五毒香”每隔十几米撒一点在地上，苗青青说这粉末可以引那毒虫出来。

我们刚撒了几处，突然听见身后有口哨声飘来，稚嫩的口哨声似在远处，但又清晰入耳，黑夜听来感觉毛骨悚然。

我仔细听了一下说：“不用怕，这是哨声鬼，是小孩子死后变的，因为这里是极阴之地，死人即使没有怨念也有可能变成鬼，不要理它，小孩子玩心重，它感觉没趣，自然就走了。”

我们接着干我们的事情，果然那哨声一会儿就消失了。我们接着往前，老孙突然指着前面的地上声音发颤说：“老李你看这个！”

月亮此时在我们身后，我们的影子投在前面的街道上，但是明明是三个人的影子，却有四个影子出现。

我忙说：“别怕，千万别回头！”

说完，我让老孙脱下鞋子，老孙看看我不知道我要干什么，但是还是脱下鞋子给我，我把鞋向天空抛去，然后双脚往前跳了两步，回头大喝一声“快滚”！

那影子倏地消失了。

老孙和孟非惊奇地看看我，我笑说：“这个是影子鬼，《天道妙法》的‘百鬼篇’里有记载，我们今天是来找毒虫不是捉鬼的，所以把鬼吓走就可以了。”

但只一会儿工夫，又听见背后有脚步的声音，还传来狗的叫声。

孟非害怕地说：“这里有野狗跑进来了么？”

我说：“不是，脚步声是回音鬼的，狗叫声是长舌鬼的，都不要怕，不要回头就可以了。”

老孙低声骂道：“这里的鬼真他妈多，真不愧鬼镇的名头。”

如此仅一会儿工夫我们就遇到好多种鬼，都被我用‘百鬼篇’中简单的应对之法赶走了。看来这里果然名不虚传，只不知道这全镇的人怎么突然全部暴毙然后变成各种各样的鬼的。

很快我们在这里的街道全部洒上了五毒香。就在我们准备回头沿原路回去看看有没有把毒虫引来的时候，我突然感觉一阵寒冷，不觉打了个寒战，我知道厉鬼到了！

这是个怨气极深的鬼，这下不能不理了，用简单的办法是行不通的。进鬼镇前我用“罩”字咒罩住了我们三个，鬼是上不了我们身的，但是现在来的这鬼必须捉了，不然它是不会放过我们的。

我当即扣了一枚符咒在手，只觉一股阴气从头顶压了下来，我推开老孙和孟非，抽出冷月宝剑向头顶卷起一圈剑花，那鬼被我的剑锋逼得横着飞过我头顶落在前面的围墙上。

我们三人看那鬼，衣服破烂，手脚都已经开始腐烂，面目狰狞恐怖。那恶鬼知我是厉害的角色，飞身向我扑来，我展开身形和他斗在一起。这恶鬼也当真厉害，和我斗了几个回合竟然毫不落下风。老孙在旁边飞出两道符都被他迅捷地躲过。

我看这鬼行动迅捷，也展开了八卦履的功夫，按照八卦方位几下就把那鬼给转晕了，摸不到我的方向来去，我趁着和它擦身的一瞬，把一枚“封”咒贴到它后背，口中催动咒语。

那鬼顿时停住身形，头冒白烟，我拿出乾坤筒，手里结个指咒，催动咒语，喊了声“收”，那鬼立刻被吸进乾坤筒中。

就在我低头把乾坤筒放进腰包里的刹那，只听见孟非惊叫一声：“小心！”

我只感到后脑一阵恶风袭来，知道这又是个厉害的角色。此时向旁边躲闪已经来不及了，我丹田一提气，顺着恶风袭来的方向一起向前跃去，这一跃使出了我最大的

力气，身形快速无比，前面一颗大树横在眼前，我身在半空，脚一踩树干，忽然转身用宝剑刺向后面的恶鬼，等我回头看到这个鬼的时候，着实被它吓了一跳。

这恶鬼异常吓人，身体残缺不全，脑袋都掉了半个，一条腿也断了。我心想这个鬼为什么要找个这样的尸体附着啊，旋即明白，这就是那著名的“夜叉鬼”，是伤残之人含冤死去所变，它找残疾的尸体附着更能发挥它的威力。

我的剑还没刺到它身上，它却一把抓住了剑刃，一下夺了过去。我吃了一惊，这夜叉鬼迅捷无比，且力大无穷，竟然轻松夺过我的宝剑，速度之快令人震惊。

就在我一顿之间，那夜叉鬼的一只手掌突然暴长拍上我的胸口，我因身在半空，受这一掌，就像一只断线风筝被拍得飞了出去，重重撞在街旁的围墙上，直觉喉咙一甜，“哇”的喷出一口鲜血。

我有内功护身，如果是普通人，受这一掌早被拍死了。那鬼速度当真是快，瞬间又冲我扑了过来，我勉强挣扎着躲闪。老孙见我危险异常，跳脚大叫，情急之下捡起块石头扔了过去，正中那鬼后背，那鬼听见老孙的喊声竟然停住身形，转身向老孙扑去，我心里暗骂老孙，这不是找死么，被它打上一掌必死无疑。

那鬼迅雷不及掩耳来到了老孙面前，我突见老孙胸前贴满了“驱”咒，想是他刚才给自己贴上的，这厮还真是聪明。我忙催动咒语，那鬼的手掌按到老孙身上后突然一身闷哼，那只手掌登时燃烧起来。

夜叉鬼一惊，就在这当口，老孙又飞出一枚符咒不偏不倚贴到那鬼的半个脑袋上，我口中念动咒语，那鬼法力顿时被封住，落下来倒在地上，由于它一条腿是断的，挣扎着竟然一时站不起来，我急忙掏出另一个乾坤筒，口中念动“收”字咒，那鬼瞬间被收入其中。

孟非和老孙忙跑过来把我扶起，我摸了下胸口，幸好有内力支撑没被打断骨头，老孙给我喂了一粒伤药，我又一口鲜血喷了出来，这才觉得气息顺畅，一口闷气吐了出来。

看来此地不能久留，否则这里更厉害的鬼出来我们就别想活着出去了。

三人急忙沿来路找寻十六脚百毒虫，那五毒香果然厉害，我们见到各种毒虫汇集到黄色粉末周围，有毒蛇、蝎子、蜘蛛等等一应俱全，颜色都极其艳丽，且体型个头长相与平时所见的迥异，而且还有各种叫不上名字的毒物。

我们按照苗青青画的十六脚百毒虫的体型图找寻，果然见到一个虫子与画像相似，它个头不大，遍体通红，像是一团燃烧的火，独自在那五毒香附近游动，它周围没有其他的毒物，想是因它毒性太烈别的毒虫不敢靠近它。

我们确定就是这虫无疑，孟非忙把苗青青给的瓷瓶子拔掉塞子，放到那虫子附近，那虫子发现了我们，突然一怔，从口中喷出一股毒烟，我们赶紧跳出老远，饶是如此，三人还是感觉头晕目眩，老孙赶忙拿出九转克毒丹三个人各服了一颗。

再看那毒虫果然已经爬到了瓷罐里，想是这瓷罐里有特制的药材吸引它，我过去小心地盖上盖子，放到包里，招呼老孙和孟非赶紧撤出去。

三人匆匆而返，就在奔出镇口的时候我忽然看见镇口有白影一闪而过，我以为又是这镇里的鬼，也没在意，赶紧和老孙、孟非三人冲出镇子。

这时候我们忽然听见一阵奇怪的声音传来，很像是葫芦丝的声音，这声音一起不要紧，鬼镇里顿时传出鬼哭狼嚎的连连惨叫。三人回头一看，无数的恶鬼从镇子的各个地方，聚拢在一起，奔我们而来，我才猛然明白这乐声就是传说中的“唤鬼之音”，是专门召唤恶鬼的。

我心里一沉，即使我们能跑出这周围的密林，这些鬼趁天黑之时也能追出我们很远，我们万万躲不过这么多恶鬼追击的，要是再遇见夜叉鬼那样的厉鬼，我们只有送命的份儿了。

我让老孙和孟非先回车上去，也幸亏我早有准备，白天在鬼镇里查看的时候在镇里的多处地方已经按照“天罡索魂阵”的阵法，贴上了几枚符咒，只要在这镇口两侧再贴上两枚“镇”字符，就能阻住鬼镇里恶鬼。

但刚才光顾撤退，出来的时候竟然忘了在镇口两侧贴上符咒，此时距那镇口已经甚远，若返回镇口贴咒已经是来不及了，那些厉鬼眼看就要蜂拥而出，我一咬牙，丹田提气，内力经胸口运到右手，胸口立刻一阵绞痛，刚才的伤被牵动。但已经顾不了许多，我运内力抛出两枚“镇”字咒，符咒在我内力的催动下，直直飞了出去，钉在镇口两边的大树上，然后我口中催动“镇”字咒语，并启动天罡锁魂阵。然后拉开车门闪了进去，老孙猛踩油门，车子尖叫着飞驰而去。

我从车里向后望去，鬼镇里面隐约可见鬼气冲天，鬼的叫声凄厉异常，都盖过了发动机的声音，孟非禁不住捂住了耳朵。

我们连夜回到苗青青家里，刚才强运内力掷那符咒出去，被夜叉鬼一掌拍到的胸口处再受重创，现在冷汗直冒，只感觉浑身竟要虚脱一般。而且在回来的路上我总感觉有点不对劲，仿佛有什么东西一直跟着我们，但是鬼都被我们镇在鬼镇里面，不可能跑出来跟着我们啊。

苗青青见我们捉得毒虫，甚喜，立刻拿出一个铜盆，往里面放了些特殊的药草水，然后在铜盆周围洒上一圈褐色粉末，最后把装毒虫的瓷瓶子打开盖子，放在褐色粉末的圈里，再把瓶口放上一点吸引毒虫的黄色粉末。

一会儿工夫，那毒虫贪恋黄色粉末的气味，探出头爬了出来，这个时候撒在周围的褐色粉末顿时燃烧起来，气味很怪。那毒虫显然受不了这气味，又不敢越过火焰爬

出圈外，只能拼命爬到了那铜盆里，潜入水底。这盆的水里有特制的药品，只一会儿工夫，那虫子就拼命挣扎起来，可是它已经爬不出来了，只能在里头折腾，拼命扭动身躯。

那虫子身体由通红变成了灰色，从嘴里不停冒出毒液，毒液遇这盆中药水就变成了固体颗粒，沉在水底。

此时盆里的药水开始沸腾，毒虫的毒液不再吐出，想是已经吐干净了，水面也渐渐归于平静，那毒虫肚皮朝上飘在水面，如同死了一般。

苗青青把这毒虫用一把银质细签挑起放在一个黑漆漆的大铜盒子里，盒子里尽是各种颜色极其艳丽的毒物，在盒子里翻滚着互相撕咬，让人看着恶心异常。

她说这十六脚百毒虫其实并没有死掉，只是毒液吐尽而已。放到这盒子里，等它吃掉这盒子里的各种毒虫，吸收它们身体里的毒，在自己体内聚集，就可自行变成它身体里特有的毒液。

老孙心惊肉跳地问："那这毒虫一动不动，放进盒子里不被里面的毒物吃掉么？"

苗青青一笑说："这虫不能动但是毒性依然，其他毒虫奈何它不得。"

十六足百毒虫一入铜盒，纠缠打斗的众毒虫立时让出一块空地，离这毒虫甚远，半步不敢接近。

苗青青把铜盒盖好盖子，然后用小漏勺子把刚才那铜盆里水底的固体毒液颗粒捞出，用瓷罐盛了，小心包好，说要和我们一起回去救师叔。我们听了很是高兴，这才跟她说起刚才我们进入鬼镇的危险遭遇，苗青青听得是惊骇不已。

我们决定先休息一会儿，等天亮后奔赴丽城，然后转飞机回家。我的胸口还隐隐作痛，老孙又拿出伤药，给我一半外敷一半内服。折腾了半夜，我们三人都饿了，苗青青拿出食物，大家也再不怕食物里有蛊毒了，狼吞虎咽一番，然后各自休息。

天一放亮，我们收拾好东西，苗青青给那个带我们来这里的男人打了个电话，让他一会儿过来看护宅院。那男人和那小叫花是父子，都是黑巫教内的人。

孟非问为什么要让小孩子做乞丐，苗青青笑着说："自古黑巫教的乞丐就是黑巫教一项重要的经济来源，尤其是旅游城市更是这样，很有点像古代中原的丐帮。但是这些孩子的学业都是有专人负责的，不会让孩子没知识，等到他们上了初中，自然就不用再要饭了。我们黑巫教传到现在，教众只剩下几十人，基本都集中在丽城和下面的几个镇。大家平时都有工作，但也还都遵守着黑巫教历来的教规，所有收入都由教主支配，大家会定期开会，基本也都是商量如何能更多地赚钱，如何更好地发展黑巫教。我的巫术和蛊术也基本都用在治病救人和制药上面，不会用来害人。但现代社会几乎已经没人愿意加入传说中邪恶的巫教了，所以至今为止巫教已人才凋零。"

老孙笑说："你们开会时候小心点，这几十人经常聚在一起开会，小心当传销的给你们抓了去。"

打开大门，发现有个老者站在大门口，一身中式的白衣白裤，脚上穿一双白色皮鞋，领口袖口绣着鲜艳的花朵，看着还挺时尚。

苗青青看了一眼这老者问："不知您是？"

老者一笑开口道："你不认识我么？可是我认识你的师父吴芳。"

苗青青一怔，脸色突变说："你是方明骏？"

老者笑着点头。

苗青青俏脸一沉说："你是怎么找到这里的？"

方明骏一指我们三个说："多亏了这几位把我带来这里的。"

我猛然惊醒，在鬼镇外面看见的白影一闪就是这个老者了，那把鬼镇里的鬼全部唤醒来追我们的也是这老头！

果然方明骏笑着说："你们从鬼镇出来时候为什么鬼会全部出来呢？都是因为这个。"

说着拿出一个乐器，就像葫芦丝一样的，接着说道："这是鬼葫芦丝，吹鬼葫芦丝，可以施展唤鬼之术把鬼招出来哦。"

说完他笑嘻嘻地看着我们，一副让人讨厌的嘴脸。

我狠狠瞪了这老头一眼。方明骏接着说："我看你们几个能进鬼镇，并能全身而退，也是颇有些本事的，又注意到你们竟然捉了十六脚百毒虫，这才怀疑你们和黑巫教有关，所以我一路跟踪你们来这里，果然让我找到了黑巫的老窝。"

苗青青一只手悄悄放到背后，我从她后面清楚看到一个瓷瓶从她袖子里掉到手里，她用大拇指把瓶盖子推开。

我看苗青青开始做准备，心想这人一定是敌人了，手也伸到腰包里，握住冷月宝剑。

方明骏冷笑一声，突然上前一步，一把抓住孟非拉到身前，我们都是一愣，这老贼的动作还真够快的，有孟非做挡箭牌，这下苗青青没办法对他用毒了。

方明骏对苗青青说："你师父一定对你说过我的事情，我也不瞒你，我就是为了解药而来，给了我解药我们相安无事，各走各的，如果不给我，那就别怪我不客气了。"

苗青青却是一脸微笑说："你有本事自己来拿啊。"

方明骏双手反方向一掰孟非胳膊，孟非顿时疼得直叫。

方明骏说道："不给我解药，这就先杀一个给你看看！"

说着他右手成爪掐住孟非咽喉。此时周围的宅院开始有人的声音，想是清晨邻居

都起床了。方明骏一使眼色，要我们退回院中，关上大门，怕被邻居看见。

我趁方明骏进得院子还没站稳的当口，施展八卦履，丹田提气，踩住八卦步伐，瞬间欺到方明骏身边，手中宝剑刺向他左肋。方明骏也不含糊，把孟非往我剑上一送，顺势右移，把孟非挡在我身前。

我右脚踩艮位，迅速转身，左脚踏震位，一下欺到他右侧，短剑从下往上一挑，方明骏没想到我的轻功步伐如此迅速奇特，怕胳膊给斩断，慌忙松开孟非，我顺势右脚踏离位，一把拉住孟非带离当场。

大家都看呆了，老孙佩服地说："老李，功夫啥时候学得这么精进了？太厉害了，不要太帅好不好？"

方明骏又惊又怒，双手迅速合十，口中念念有词，眼神死死盯着我们，我和他一对眼神，立刻感觉头晕目眩。但是我能用内力摄住心神，还无大碍，再看老孙她们三人，怔怔站在当场，已然开始迷离。

我明白他们都着了他的道了，急忙捏了个"开"字指诀，催动咒语，三人立刻清醒。

苗青青迅速拿出那个瓷瓶，把瓶口放在嘴边，轻吹一下，一丝红线朝方明骏飞去，到了他跟前，又化成一片红雾。同时给我们三个各服下一粒解毒药丸。

那毒雾瞬时罩住方明骏，方明骏立刻双掌掌心向天，指尖对指尖，又突然掌心翻过来向下，迅速下压，登时一股黑云，遮住了他整个身体，那红雾被黑云挡住，黑云中又忽然吹出狂风，那红雾被吹得向我们飞来，我们急忙闪在一旁。

忽然从那黑云中伸出一只大手，直向苗青青抓来，老孙手持清辉宝剑砍向那手，那手倏地一翻，抓向老孙手腕，老孙吓得急忙跳开，顺势飞过去两枚符咒，但都被黑云里的风吹散。

那手抓老孙不到，重又伸向苗青青，我也将冷月宝剑朝那手砍将下去，那手方向一变抓向我手腕，我顺势将一道符咒贴在那只手上，那手抓住我的腕子往回就拽。我口中催动咒语，登时这黑云和大手瞬间消失。此时我和那方明骏已经面对面了，我抬起一脚把他踢飞撞在大门上。

方明骏从地上爬起来，更是惊怒，问我道："你是何人？怎有如此本事？"

我说："我属道教，会点法术而已。"

方明骏"哦"了一声说："那我再来领教一下你的道教法术。"

说着掐诀念咒，双手猛地把衣服扯开，里面登时飞出无数黄蜂，那黄蜂个头奇大，足有十厘米长短，能清晰看见屁股上的毒刺。

苗青青大叫不好，带头冲回屋里，把门关上。那黄蜂顿时撞在木门和窗户上，木门被撞得快要散掉了。

我们一直向后面跑去，穿过两道院子，猛听得一声响，回头看时，那木门被方明骏一掌拍开，一群毒蜂轰叫着扑了过来。

苗青青拿出一个白色瓷瓶，打开盖子，用嘴一吹，登时一股白雾冒了出来，她口中念咒，这一缕白雾瞬间扩大变浓，瞬间周围全是白茫茫的雾气，虽然近在眼前但是我们谁也看不见谁了，都被笼罩在茫茫的雾气之中。

方明骏和一群黄蜂也失去了方向，在宅子里东冲西撞，我感到有人塞给我一根带子，我抓着带子被拉着向左侧跑去，冲出后门一路狂奔。

等冲出了迷雾，我才发现我们此时又转到了前门外，我们三人个人手里都攥着同一条绳子，被苗青青带了出来。

苗青青说道："我们快走！"

四个人迅速上了停在门口的车，老孙猛踩油门，汽车像箭一样飞了出去，幸亏早晨的街道没有多少行人，车子一路狂奔。

车子朝丽城奔去，等我们开出老远，开进夹在大山里的公路上的时候，这才定下心来，刚才的经历，真是匪夷所思。

我问苗青青："你刚才用的是巫术么？"

苗青青说："这个术是我师父传给我的，我师父说是跟一个道家法师学的。"

我"哦"了一声说："我说怎么看着有点像道教的法术呢。"

老孙问苗青青那方明骏是谁？

苗青青说："他和我师父吴芳是同一个苗寨的邻居，从小一起长起来的，当时寨子里黑巫教和白巫教权力斗争很激烈，都在拉拢寨子的人，我师父和方明骏的父母分别被拉入了黑巫教和白巫教，两个孩子也被迫分开。后来因两人天赋高，练功刻苦，都学有所成，成为各自教派巫术的代表。两人感情很好一直保持着往来，并互相深爱着对方。但是后来黑巫白巫大战，死伤无数，因两人法术都已经超过了上任教主，分别被任命为新的教主。后来寨子遭到破坏，黑白两教分别迁出寨子，从此战争才算终止。但是黑白两教的仇怨却结了下来，那时我师父和方明骏只能偷偷来往。后来我师父对方明骏以身相许，并把黑巫的法术传给方明骏，方明骏从我师父那里学会了很多黑巫的高级法术。

再后来方明骏为了壮大他白巫教的势力，扩大地盘，满足他对权力的欲望，投靠了当地的军阀，对周围的宅子进行疯狂屠戮，抢钱抢粮，无恶不作。那鬼镇的人就是被方明骏联合军队一夜间杀干净的。白巫教还妄图铲除黑巫教，以确立自己在云南的地位，于是不断挑起战争。

我师父虽然百般阻止但是无济于事，只好组织黑巫教众抵抗白巫教和军阀，方明骏彼时已经利欲熏心了，他翻脸不认人，竟然要致我师父于死地，还口口声声说为了

白巫教的荣辱不得不如此。因他对黑巫法术和蛊术已知之甚多，我师父也已不是他的对手，被他打成重伤，可是方明骏也中了我师傅的蛊毒。

那蛊毒是师父的师父秘制的，中毒者每到下雨阴天就会浑身疼痛，五脏六腑如蚂蚁嗜噬咬一般，简直生不如死，痛不欲生。因蛊毒只能女子炼制，所以方明骏才没有学得，更不知道如何破解，后来他一直在寻找我师父，想得到解毒秘方。

师父逃过他的魔爪后，手脚俱残，再也不能用巫术和蛊术了。后来在一次黑巫白巫的著名大战中，在黑巫教完全处于劣势的情况下，黑巫两位长老不得已召唤出第二和第四位的巫妖，舍身救教，这才转败为胜，而白巫教被一举消灭，方明骏也就此不知下落。

我师父带着残余的黑巫教众落脚到乌鼓镇，隐姓埋名几十年，后来见我天资聪颖把我收为徒弟，临终前把我立为教主，那年我才14岁。

这乌鼓镇本名‘巫蛊镇’因这里以前是黑巫和白巫的聚集地而得名，解放后才因‘巫蛊镇’不雅而改成了‘乌鼓镇’。

真没想到这方明骏竟然还活着，仍然来寻找那解药，这也说明他体内仍有蛊毒，想来这么多年他是受尽了痛苦和折磨，真不知道他是怎么挺过来的，他受这么多年煎熬，也算是为我师父报仇了！”

我们听了都唏嘘不已，老孙说：“看来这黑巫不黑，白巫不白啊。”

我笑说：“你小子什么时候成哲学家了，好好开你的车。”

此时我们出来已经四天了，要尽快赶回去给师叔解毒。

穿过山间公路，中午十分我们终于上了开往丽城的高速公路，在高速服务区加满油，然后一路向丽城驶去，因去机场必须经过丽城。

到了丽城城里，天已经擦黑，我们找了个饭店好好吃了一顿，然后找个售票处，买了晚上的机票，又把租的汽车还了回去。苗青青又找来一名在这城市里的黑巫教的教众，让他找了辆商务车，拉着我们直奔机场。

第13章 颖城孤魂痴情泪

连日来都没怎么睡觉，胸口被夜叉鬼拍的一掌本来就没好利索，和方明骏打斗的时候动了真气，又让伤处严重了一点，所以一上车我就开始打盹，老孙和孟非、苗青青也是异常疲惫早就睡去，我也不知不觉迷迷糊糊睡着了。

从丽城到机场的车程两个小时左右，我这一觉睡得很沉，睁开眼睛的时候外面已经漆黑一片。我揉揉眼睛，感觉车子停着没动，扭头看旁边的司机，只见司机趴在了方向盘上一动不动，竟睡着了。

我猛然惊醒，发现车确实是停住了的。我急忙打开车门下去，发现自己竟站在一条乡村公路之上。

这是哪里？怎么车开到这里来了？我急忙推醒司机和老孙他们三人。司机也吓了一跳，回忆说他只记得上了机场高速，过了收费站的事情了，但是如何从高速上下来开到了这里是一点也不记得了，更不知道这里是哪里。

我看看周围，黑乎乎的一片，晚上是阴天，我们的手机也早就没电了，打开手电看看手表已经是晚上十一点多了，早就错过了飞机的时间。我向四周仔细望去，看见在我们左前方有点点的灯光，想必是个村镇。

我们发动汽车开了过去，沿着乡村小路，开了大约十几分钟，前面灯光渐渐明亮起来。有个小石桥挡住了路，我们下车，向桥的另一侧看去，桥的另一侧立着一个牌坊，高高地矗立在那儿，刚才看见的亮光就是挂在牌坊上的灯发出的，这灯外部罩着传统灯笼的罩子，在微风中轻轻晃动，再往前看，约一里远处是个灯光点点的镇子。

老孙打了个寒战说：“老李，我怎么感到有点发毛呢。”

我说：“我也有这感觉。”

苗青青说：“那边是个镇子，我们进去问问，了解下我们现在在什么地方再做定夺吧。”

我让司机留在外面，我们四人走过石桥来到那个牌坊跟前。我想这个牌坊上应该刻着这镇子的名字和镇子的介绍什么的吧，可是看了半天那牌坊上什么字也没有。等穿过了牌坊我回头看了一眼，借着牌坊上挂着的灯笼射出来的灯光，我看见那牌坊背面上刻着七个大字“颖城三百六十户”。

我对这名字有种熟悉的感觉，仔细回忆顿时心里一惊，这镇名赫然就是我和老孙、小路三人在丽城鬼宅里的鬼画上看见的古镇的名字！再看看周围的景象和当初在画里看到的的确是颇为相似。

我忙喊住众人，掐了个指诀，催动“开”字咒，周围并没有什么变化，可见，眼前的一切并不是幻境，也就是说这镇子是真的存在的。我浑身冷汗冒了出来，那幅鬼画一定就是仿照这眼前的镇子画的。

老孙也看出这里似曾相识，说：“老李，这里怎么这么熟悉的样子啊？”

我说：“那鬼宅里的鬼画你不记得了么？”

老孙顿时大悟，我们和小路三人都被那鬼画吸进幻境，差点丢了性命，打死他也不会忘了的。老孙露出惊恐的眼神，那鬼画里的经历实在太恐怖了。

我打了个手势招呼大家回去，不能进入这个镇子，不知道这镇子里会不会有什么诡异的地方。我们回头沿来路穿过那牌坊上了桥，当走到桥的另一端的时候，我们惊奇地发现桥的另一端也有一个相同的牌坊，可是来的时候明明没有什么牌坊的啊。我们穿过那牌坊，前面是一片灯光点点的镇子。

我的冷汗立刻流了下来，头皮发麻。孟非带着颤抖的声音问：“这是鬼打墙么？怎么前面还是那个镇子啊？”

我急忙回头跑回桥另一端，那里依然立着那块高大的牌坊，前面是那灯光点点的镇子。我明白这古镇一定有某种魔力，而且是我的法力所无法攻破的。

我发现牌坊的两根柱子上还刻着副对联，由于刷的漆已经掉了颜色，而且天黑刚才没看出来。现在拿出手电仔细看，才看见对联上写的是“颖城无好茶，留敌不留客”。

老孙说道：“这对联是什么意思？这里能留敌人，但是客人为什么不留呢？”

一不做，二不休，先进镇子再说，反正在外面也没有好办法。于是四人准备了一番，进了镇子。

镇子的街道和我记忆中的景象依稀是一样的，只是在某些建筑上不同于画里的世界，那画中的建筑比现在的要更久远一些，现在看来，这里还是很古朴、漂亮的，只是略微让人有一点寒意。

每个房子都亮着灯光，可是敲门却没人答应。我们绕了一圈发现这里的街道七扭八拐的，永远走不完的样子。

那县衙门还有春香楼都还在，还有画中我的“家”的宅院也都还在。我们沿着街道走来走去，最后总是能回到起点。我知道我们进入了迷宫一样的地方，这里的街道就是个圆圈，不管怎么绕，总能回到起点。

一会儿工夫，我们就已经筋疲力尽了，想退出去，却怎么也找不到出口了，本来这几天就没休息好，这下遇到这样的事情，情急之下都快精神崩溃了。

我的心里素质还好，老孙跟我这些时日降妖捉鬼也练就了良好的素质，可是今天我们遇到的这件事情，是我们自己的力量没办法解决的，心里不免焦躁异常。而苗青青和孟非更是一言不发，惊恐地跟在我们身后。

我们能听见街道两旁宅院里有喧哗的声音，或者周围的酒馆、饭店、药铺里也有人声传来，但是我们进去后却是什么都没有。

我用宝剑砍开好多宅院的门锁，进出好多宅院，里面都是空无一人，但是走出来的时候却听见宅院里确实有隐隐的人声，这几乎让我们抓狂。

我打开天眼也看不出这里是怎么回事，最后我找了个高的房顶爬上去，向周围望，可是雾霭沉沉，看不到镇子外面，不知道哪里才是出口。

我们四人站在镇子中央，望着前面和周围的街道还有听着周围宅子里隐隐传来的人声，几乎要崩溃了。这样下去是永远也走不出这个镇子了。

再想想那副对联“颖城无好茶，留敌不留客”才明白它的真正意思，我们真的被留住了。

此时大家几近虚脱，我决定先进个宅子找个房间，轮流休息，看看明天一早醒来之后这里是什么样子，然后再做定夺，否则这么折腾下去真的要崩溃了。

我们找了个宅院住下，房间里各种物品都有，我们吃了点白天时候买的食品，让两位女士先睡，老孙知道我胸口有伤，说他先值班，让我先睡。我只好睡下，早知道这样，当初来的时候就把那能连续七天不用睡觉的“失眠丹”带来了，省得现在这么疲惫。

虽然身处险境，心乱如麻，但是终究太是疲惫，不觉沉沉睡去。不知过了多久，我突然醒了过来，睁开眼睛，见老孙早就睡着了，而且还鼾声大作，我暗骂，这只猪，竟然值班的时候睡着了。

突然发现房间的门不知道什么时候打开了，我记得睡前从里面上了锁的啊，不禁一阵寒意袭来。忽然看见门外人影一闪，我立刻窜了出去，在这鬼地方，什么都看不见，让人心慌，即使见到鬼也是好的啊，省得连一个鬼影都没有，活活让人崩溃。

到得厅里，我向天井望去，那里有个影子向我招了招手，我想回去推醒老孙，又怕一眼没捞着，那影子消失了，这好不容易见到个活物，决不能放过，也许这就是线

索呢。

我只好喊了老孙几嗓子，可是她们三人睡得很沉，没一个醒过来的，我抓起厅里的一个茶碗朝老孙扔了过去，正打到老孙胸口，他一下惊醒，惊恐地看着我。我指了指外面，又指了指孟非和苗青青，意思是我发现了东西，让他叫醒她们两个。

老孙急忙过去推醒苗青青和孟非，我转头看见那人影已经向后宅走去，忙丹田提气，一个箭步追了过去，想赶上那个人影看个究竟，但奇怪的是无论我怎么快也赶不上那个人影。

那人影七绕八绕地在那里来回兜圈子，老孙和孟非、苗青青三人在后面跑步跟着我，这下我有点急了，暗中展开轻功，这时候那人影突然停住，我也迅速止住身形，老孙他们三个在我后面老远的地方停住。

那人影停住后，我不禁打了个寒战，因为一股阴气袭来，我知道眼前的黑影是只鬼！那鬼手指前面陷进迷雾里的一条小径说："你们走这条路就能出去了。"

我这才知道它带我们来回兜圈子是走迷宫一般绕到出口来了。

但是我听到这个声音心脏狂跳，怎么这声音如此熟悉！

那鬼转过身来，借着周围屋子里的微光，我看见那鬼竟然是朗宁！

我大吃一惊，惊得说不出话来。

朗宁惨白的脸，乌发飘洒，幽幽地说："李公子，你们快走吧，一会儿过了时辰你们就永远也出不去了。"

我走到近前看着她，依然是那凄楚的眼神，憔悴的面容。

我有点不知所措地问："这是怎么回事？你不是在那古画里么？怎么跑到这里来了？这里是什么地方？我们怎么会来到这里？这究竟是怎么回事？"

朗宁叹了口气说："那古画就是这古镇，这古镇也就是那幅画，画虽然焚毁了，但是这古镇还是存在的。那画是一位高人所绘，用的是封鬼入画的法术，这眼前的古镇并不是幻境，它是属于另一个空间的。很久前这个镇子被一阵罕见的大雾笼罩，这大雾久久不散，人们也从此走不出这个镇子了，那是因为这镇不知何故进到了另一个空间。之所以现在会在这里出现，那是被有法术的人召唤出来的，究竟召唤出来做什么用，我也不太清楚。若不是被召唤出来，我也没缘分再见到你了，你们快走吧，否则过了时辰你们就永远出不去了，这里曾经吞噬了一支军队呢。"

我说："但是这里怎么就你一个呢？其他人呢？"

朗宁凄苦地说："其实那画里不是只有香草一个鬼魂，我也是鬼魂，你忘了，我是自杀而死的？"

我想起了朗宁在古画里自杀而死的情景。

朗宁说："香草的鬼魂怨气很重，所以才会害人，我当初的死是咎由自取，我没有什么怨恨的。在画里我们都被定格在那个时代，上演了一出出的悲剧，但是在这里，我们才是真实的我们。香草被你们收了去，这里只有我一个了。”

我听了说：“难道这么大的镇子就你一个？那其他我在画中见过的人呢？”

朗宁说：“那些都是进来的人想象出来的。”

我还是不太理解这一切，问道：“这里就你一个，这么大的地方，这么漫长的岁月，你不孤独么？不害怕么？”

朗宁叹口气，哀怨地说：“鬼本身都是孤独的，正所谓孤魂野鬼。李公子，虽然你是现代的人，我是古代的鬼，但是我记得你，每个进入那鬼画里的人都会找到自己的角色，而你正是我唯一的所爱，我会永远记得你，所以我想求你一件事情。”

朗宁说到这里已经是泪流满面了。

我说：“你说吧，我一定答应你。”

朗宁说：“你把我收了去吧，省得我在这里永恒地孤单，我不想这样下去，这里好冷，我好孤独。”

想到郎宁孤单在此何等凄凉，不禁哽咽地说：“收进去，你就永远化作乌有了。”

朗宁深情地望着我说：“即使永远消失，我也不想在这里一直寂寞下去。”

我心里一阵难过，眼泪一下流了下来。

正在此时，我注意到周围的建筑正缓慢的移动着。

朗宁惊道：“来不及了，你们快走，这里的建筑是按照七星八卦建造的，建筑一挪动，就换了另一个空间，就再也找不到出口了。”

说着她轻推了我一把，我招呼老孙三人一起冲进雾气中的小路，一路狂奔。回头看着朗宁，那孤单的身影，竟还痴痴地望着我。今生，也许是永远都不会再见到她了，她永远都要在这古镇里一个人孤独下去，一念及此我心如刀绞，含泪冲出迷雾。

卜算子

雾浓天已暮，古宅深幽处。青丝泪眼望君愁，浓情谁人顾？

紧锁画中人，香魂却已故。阴阳两隔永相别，魂断不归路。

终于看见了进来时的小桥，我们穿过牌坊，过了小桥，看见了我们的汽车，我们终于逃出生天！

此时外面已经天光大亮，再回头看那古镇早已经消失得无影无踪，环视周围，发现我是在高速公路下面的一片荒芜的田野上。

我看下表，已然是转天的中午十分了，我们来不及休息，急忙让司机驱车赶往机

场，再不赶回去给师叔解毒，恐怕就来不及了。司机加大油门，找到高速公路的一个入口上了高速，飞驰而去。

到了机场，我们重新买了机票，托运了身上的禁运物品，冷月和清辉两把宝剑本不能托运，但是我们只说是观赏刀具，而且那两把宝剑确实样子古朴，像是工艺品，所以允许我们包装好了托运。

过了安检在等飞机的过程中，我又因太累睡着了，朦胧中我又看到朗宁凄楚的脸，不觉心如刀割。

这时候感觉有人推我，睁眼一看是苗青青，苗青青指了指安检处，我看过去，那里一身白衣的，赫然就是方明骏。我心里一沉，这老狐狸竟也跟来了，都怪刚才的鬼镇耽误了时间，让这老贼赶了来。

这时候他也发现了我们，走了过来，我心想要是在这里打斗肯定会有很多人受伤的。

方明骏走过来说："苗青青，把解药配方告诉我，不然这里遭殃的人就会很多了。"

苗青青轻蔑地说："你敢在这里用巫术？小心警察毙了你，你再快难道还有子弹快？"

方明骏说："我都快八十了，也活够了，成年累月受那蛊毒的折磨，早就想死了，正好这里这么多人陪葬，也值了。"

苗青青只得让步，方明骏要真是发起狠来，这里的人遭殃不说，也耽误我们回去救师叔的性命。没办法，苗青青拿出纸笔，写出那解药的配方，交给了方明骏。

方明骏接过配方看了一眼，又看着苗青青不信任地说："你若是骗我，就算搭上我这条老命，我也不会放过你。"

苗青青说："你不相信我，我也没办法，你要想抓我们，以我的黑巫术和老李的道家法术，谁制住谁还不一定呢。"

方明骏一想也是，恨恨地说道："就信你一回！"

说完转身就走。

我对着他的背影说："那'颖城三百六十户'是你弄出来的么？"

方明骏停住脚步，回头一笑说："不然怎么能拖住你们呢？"

然后他得意地说："苗青青的大雾在当地持续了整整一天，车都无法开了，如不召唤出这鬼镇来，我可赶不上你们。"

我说："白巫术恐怕没有这么高深的法术能召唤那鬼镇吧？你是从哪里学来的?"

方明骏笑笑说："这个你就不必知道了。"

我说："你不怕我们困在城中出不来，你也就永远得不到解药了么？"

方明骏说："能让你们困住，我就有办法等你们疲惫不堪的时候进去捉了你们，天知道你们是怎么逃出来的。"

说完他扭头匆匆而去。

我看看苗青青、老孙和孟非，四人相视一笑。这一路的艰辛真是匪夷所思，让人如在噩梦中一般。

我们坐飞机回到天津，已经出来五天的时间了，在机场实在太累也没找个地方给家里打电话，不知道师叔现在怎么样了。我们马不停蹄赶回家，按动门铃，本以为是小白和小雨来开门的，但哪里知道开门的竟然是师叔！

我和老孙、孟非面面相觑，转而狂喜，扶着师叔，忙问是怎么回事。

原来师叔这一病，老人院的朋友们见他久久不回，不知道出了什么事，昨天中午都来家里看他，小白和小雨不敢说中毒之事，只说是感冒发烧了。

大家走后其中一位老者晚上又来了，这老者有九十多岁了，但却鹤发童颜，他进来后给师叔吃了一粒丹药，师叔片刻毒气消退，脸色转为红润，半天时间就恢复了体力，睁眼喊饿，一连喝了三碗大米粥。

我们听了暗暗称奇，问师叔那老者究竟是谁。

师叔含笑神秘地说："他晚上会过来，你们不妨问他吧。"

我心中反复琢磨终究没一点线索。老孙就知道惦记美女，追问小白小雨去了哪里，师叔说她们见他身体没什么大碍，一早就回学校去了。

晚上老孙亲自下厨，要好好招待那个给师叔解毒的老者，还有要好好款待孟非和苗青青。

我们没有把孟非是师叔女儿的事情和师叔说，怕老人病刚好承受不住。孟非看师叔的眼神却透露着女儿对父亲的关心。

老孙积极地打电话把小白小雨叫了来，加上大张、王凡、小路还有那位给师叔解毒的老者共十一个人，大家围坐一桌一起享受了老孙的美味。

这几天忍饥挨饿还有睡眠稀少，本来已经疲惫不堪了，但是吃了老孙做的饭菜，真是精神百倍，容光焕发。不禁庆幸还有命回来吃老孙的饭菜。

大家吃得津津有味，我也光顾大吃，一番狼吞虎咽后，这才问起那老者的姓名。

那鹤发童颜，精神矍铄的老者微微一笑说："贫道道号抚炉真人。"

我一听差点一屁股坐地上。抚炉真人？那不就是不小心放了赤焰鬼出来，见闯祸逃走，后来跟子玄道长和观山师父相遇并把《垂丹之术》的书送给子玄道长的那个炼丹道士么？

一番确认后，抚炉真人说："我离开你师爷子玄道长后，自己悔恨当初放了赤焰鬼出来，就想积德行善来化解我的罪恶。于是我效仿神农，寻遍草药，来炼制丹药

治病救人。这些年我救人不计其数，也算让自己心里稍安。晚年又回到天津，在这里的一家医院做了特聘医生，实在没那么大精力四处漂泊了，身边又无亲人，退休后就在养老院里住下了，也就碰巧结识了观月道长，只是我们两个从来都没提起自己的过去，也就没得相认，直到昨天中午来看望观月道长，立刻知道他中了厉害的蛊毒，我回去拿了丹药来，这才给他解了毒。观月道长见我能解他的巫毒，知道我一定来历非常，所以攀谈之下，却原来同是道教中人。”

我们听了都是慨叹不已，这个世界确实太小了。我把观山师父去世的经过对抚炉道长说了一遍。抚炉道长叹一声说：“想不到子玄道长那么早就仙逝了，你师父观山道长，我见到他的时候他还是个孩子呢，想不到竟然也先我而去，真是世事无常。”

大家都是一阵沉默，小白看气氛低沉忙转移话题对抚炉道长说道：“那您老这么大年纪还这么精神，是不是有什么仙丹妙药可以长生不老啊？给我们每人来一粒吧？”

我们大家听了哈哈大笑。

抚炉真人笑着说：“这长生不老药据说在两晋时候一位垂丹道士确实炼制出来过，但那丹药需每十年吃一次，可保二百岁的阳寿。可是这配方早已失传，而且配制的原料也早已绝种，不可能再炼制出来了。”

众人不禁感觉可惜，长生不老药，能活二百年，何等让人向往。

我说：“您老和我师爷是平辈师兄弟，那您可是我们的师爷辈了，我们就叫您师爷吧。”

抚炉真人哈哈大笑说：“也好也好，想不到我这么大年纪竟能突然遇到这么多的道教中人。”

大张关心他老人家的年龄，问道：“道长，那您究竟多大年纪了？”

抚炉真人笑笑说：“我也不知道我真正的年纪，当年我的师父收留我的时候也不知我究竟多大了，但是可以肯定的是我已年逾百岁了。”

众人一阵艳羡，小白小雨当即就想请教他长寿之法。

这时候老孙拿出那本《垂丹之术》说：“我现在就是根据您的这本奇书来炼制丹药的，但是好多地方我不能理解，这下遇见您老了，可以给我传道授业解惑了。”

抚炉道长把那本书拿在手里，想起过往种种，不禁感慨万千。

苗青青越来越弄不懂我们之间的关系了，问道：“老孙要是跟抚炉真人学习丹药之术，那就是抚炉真人的徒弟了，老李你管抚炉真人叫师爷，那老孙岂不成了你的师叔了么？”

我听了一阵愕然，这个问题我还真没想过，我可不能让老孙这小子做我的前辈，当即一拍脑门说：“那可不行，老孙和我一起拜观山道长为师的，我们算师兄弟的。

老孙你和抚炉师爷学艺可以，可不能拜师啊，不然我比你辈分小，要叫你师叔了。”

众人大笑。抚炉真人对老孙说：“你竟能只凭一本书炼制出那么多丹药，可真是不简单啊，看来你在这上很有天赋。我就收你为徒孙吧，省得乱了辈分。”

我听了心里释然，大家有说有笑。我把苗青青重新介绍给大家，师叔对她千里迢迢来给自己解毒非常感激。

大家互相介绍了一番，但是我仍是没有告诉师叔孟非的事情，想等过几天老人身体好了再让他们父女相认。

饭后，由于我们四人这几天折腾的实在太累，需要休息，大家也就早早散了。我让老孙送抚炉师爷回老人院。孟非不愿意回刘国栋的别墅住，而且现在刘国栋失踪已经有警察开始调查了，他的别墅也给封锁了。虽然孟非也有自己的房子，但是怕苗青青不习惯住别人家里，我就给她定了间宾馆住下，并让孟非去给她做伴。

转天我赶去公司上班，这一请假就是一周，实在对不住帮我工作的同事们，说不得要请大家好好吃一顿。

下午下班后直奔宾馆，去找苗青青和孟非，苗青青把要收孟非为徒的事情告诉了我，我听了很替她们高兴，一个收到了天资聪慧的徒弟，一个找到了巫教正宗的师父。苗青青郑重地把那本《黑巫术》传给了孟非。

孟非跟我说警察今天上午让她去了一趟。警察看到了我们故意留在桌子上的账本和光盘，认定刘国栋有罪。但是却已经找不到刘国栋了，已经下了通缉令，这案件在全市引起了轰动。他们找孟非去了解刘国栋的情况，孟非说自己以前是他女朋友，但是自从他要做乘龙快婿后，早和他断了关系了。

我又邀请苗青青在天津多呆些日子，好好教教孟非黑巫教的法术，苗青青欣然答应，但是从她俊俏的脸上看出她隐隐有些忧心忡忡的样子。

晚上大家又在我家欢聚一堂，老孙今天连班都没上，去了老人院找抚炉道长讨教炼丹之术，这小子变化还挺大，愣成了好学之人了。

暑假结束，小白小雨也该回到学校住了，她们匿名给学校写了封信，叙述了宿舍闹鬼的来由并揭露了张文山的丑行。学校那边虽然对这种离奇的东西不相信，但是信中的一些细节确是非常准确。而且警察从张文山家里搜出了写着很多人名字的草人，上面还扎着钢针，那笔迹也确实是张文山的，于是认定张文山涉嫌谋杀和操纵邪术，而他的死因也没再调查。

小白小雨的学校一直为那三号楼闹鬼头疼，而且有个闹鬼的宿舍楼也影响学校的形象和招生。尤其是现代社会，网络发达，人们的信息来源极其方便广泛，学校于是借着张文山死的事件，说这鬼楼及一切离奇事情都是张文山搞出来故弄玄虚的。于是

拆除了三号楼四楼的铁栅栏，结果当然再没有发生什么闹鬼的事情。

老孙没事就眉飞色舞地给苗青青和孟非讲述我们以前捉鬼的事情，难免添油加醋一番，特意突出自己勇敢光辉的形象，把苗青青和孟非听得对我们佩服至极。我心里不免偷乐，并没有戳穿老孙。

过了几天看师叔身体完全恢复，而且精神头比以前更好了，我找了个机会，让孟非和师叔父女相认。师叔本以为和妻女再无相见之日，心里常暗自伤心悔恨。现在突然女儿就站在自己面前，不禁老泪纵横。父女二人更是抱头痛哭，我们不免被他们父女情深所感动，心里都为他们高兴。

这些天父女两人简直是形影不离，有说不完的话，师叔更为孟非拜苗青青为师感到高兴。并计划回孟非的老家祭拜亡妻。

孟非把师叔接到她自己的房子里好好孝敬，并安排苗青青也一起住到她家里。她家在本市一著名小区，四室两厅的房子面积很大，装修极其豪华，我们几乎每晚每天都去她家欢聚，不过可苦了老孙，每晚都要亲自下厨，烹调无上美味。

老孙见孟非竟如此富有，悄悄对我说："老李，看来孟非还是个富婆啊？"

我瞪了他一眼说："你小子又有什么歪脑筋吧？"

老孙说："我可没有那念头，你想想，孟非学的是蛊术和巫术，谁娶了她每天都得提心吊胆。"

我听了这话也感觉确实如此。哪知道我们的对话碰巧被苗青青听到，白了老孙一眼，老孙立刻噤声。看来虽然他练的是奇效的解毒丹药，可还是惧怕蛊毒。

一群人三天一小聚，五天一大聚，每天都非常快乐，如此过了一个月时间，师叔和孟非启程回她的老家丘城祭拜亡妻。

师叔和孟非启程后，我让小白小雨去孟非家陪苗青青住，她两个自然非常高兴。我经常和老孙、小路去她们那里聚会，每天都很热闹。

苗青青这些日子更是开心，想来在黑巫教，大家多对他尊敬惧怕，不敢有丝毫玩笑。但是在这里大家都是朋友相称，有说有笑，无所不谈，当然感觉不一样，难怪她整天乐呵呵的，笑颜如花。

其实苗族姑娘本来爱说爱笑，只是身为教主，要管理一干教众，照顾黑巫教的生意，大小事情都要做主，不得不收起快乐的天性。只有在这里她的天真可爱的天性才得以释放，但是我仍然经常从她眼睛里看到一丝不易察觉的忧郁，让我也隐隐有种不祥的预感。

这天苗青青打电话要我过去说有重要的事情商量，话语严肃。见面后苗青青说方明骏打电话给她，说已经劫持了老黑和他的孩子黑娃，就是上次带我们去见她的那个男性教众和他的儿子小乞丐。并要挟苗青青若不交出解药，就杀了他二人，并血洗黑巫教。

我忙问：“上次你不是把配方给他了么？怎么他还要啊？”

苗青青说：“上次给他的是假配方，他害死师父，我怎么能给他真的配方呢？”

我说：“那怎么都过了这么久了，他才知道配方是假的啊？”

苗青青说：“我给他的配方和真的只有些许差异，开始的时候会使他在阴天时候的疼痛减轻，但是也会使他所中之毒的毒性进一步扩大，慢慢会侵蚀他的心脏，让他慢慢死掉。没想到这老狐狸，竟然这么快就察觉了。”

我听了不禁恻然，苗青青虽然是一介女子，但是为给师父报仇，手段当真狠辣。

我说：“那我跟你回去，一起对付方明骏！”

苗青青说：“那就太感谢你了，没有你们一起，恐怕我对付不了那老狐狸。”

我说：“应该的，你为了救我师叔不也是大老远跑来这里么？”

苗青青点头说：“那我们要好好准备一下，这次我要置那老贼于死地！”

这些时日，老孙和抚炉师爷学到了垂丹派的精髓，抚炉真人见老孙在这方面确实有极高的天分，非常欢喜，念及当今世上，恐怕垂丹派的传人已经所剩无几，说不定也就剩他自己一个了，他老人家不想让垂丹派就此无人，于是想让老孙入垂丹派。

老孙已经入了除秽派，按规矩说不能再入其他教派了，但现代社会，新事新办，于是非常赞同老孙入垂丹派，以了却抚炉师爷的心愿。老孙见我没意见，欣然答应入派，并举行了传统的入教仪式。于是老孙就有了除秽派和垂丹派的双重身份。

我和老孙说了方明骏要挟苗青青的事情，他听了是异常气愤，说道：“我们可以报警啊，让警察收拾他。”

苗青青说：“万万不能，警察介入，说不定方明骏会杀害警察，那样麻烦就更大了，我们黑巫教本来就是隐蔽存在的，这样一折腾肯定会暴露出来，那时候黑巫教会被取缔也说不定，为了避免更多的伤亡和不必要的麻烦，还是我们自己解决的好。”

老孙说：“既然如此，我们就赶紧回乌鼓镇除了那老狐狸。”

考虑到方明骏巫术厉害，而且似乎还会些道教的法术，不能小觑，老孙去了也是多一份危险，于是我让老孙留下来陪抚炉师爷，好好学习炼丹之术。

老孙听了顿时暴跳说：“老李，你这么说就不对了，我们可是出生入死的兄弟，经过那么多危险，如今怎么能让你自己一个人去冒险呢？说什么也要跟你去，即使帮不上什么忙，但也说不定我的丹药能派上用场呢，至少不会给你添乱。”

我看老孙都快急了，感动于他的肺腑之言，答应他同去乌鼓镇。

第14章 御剑术重现江湖

我们买了机票，做了充分准备，启程去乌鼓镇。苗青青不想通知其他教众，怕他们忍不住去救人会有危险。

同上次一样，到了乌镇已经是晚上十点多了，我们径直来到苗青青的宅子前，大门是虚掩的，推门而入，到得屋内，房间东西并没有被乱翻动，想是方明骏怕这屋子里有蛊毒，不敢胡乱翻动东西。

苗青青在桌子上发现个纸条，要我们去鬼镇救老黑和黑娃，时间就在今晚，若是届时不到就大开杀戒。

苗青青到里屋拿了些东西装在包里，我们三人立刻奔鬼镇而去。

到了鬼镇，看看时间还没过点，我们把车开到镇口，大灯照射下，见老黑父子被绑在镇口的大树上。

我们急忙下车要走过去给他们松绑，我扣符咒在手，将两枚“镇”字符扬手贴到鬼镇门口两侧的树上，催动咒语，防止镇中鬼出来伤人。

还没走到老黑二人跟前，方明骏从黑暗处闪出，挡住我们，他冷笑道：“不愧是教主啊，真是关怀手下，果然按时来了，快把解药拿来，不然就先结果一个再说！”

说着用一把竹剑抵在黑娃咽喉。竹剑是特殊品种的竹子在特殊药材浸泡后熏制而成，锋利坚硬，韧性出奇，剑身很窄只有一公分多点，剑长二尺左右，是巫教常用的武器。

黑娃很是坚强，一脸坚毅地对苗青青说：“教主姐姐，别管我们，不要给他解药。”

老黑也说：“教主，你们赶紧走，这老贼着实厉害的。”

方明骏用剑尖一拍黑娃的脸，立刻划出一道血痕。

苗青青破口大骂："老贼，你若再敢动一下他们，你永远别想得到解药，不出一年你体内蛊毒就会扩散，你一定会死得很惨。"

方明骏怒道："别废话，我一把年纪了，白巫教也被灭了，之所以苟且偷生到现在，是想重整白巫教，哪里知道变了天下，复教已无望。我早就活腻了，今天得不到解药，我就大开杀戒，先拉几个垫背的。"

我冲苗青青一使眼色。苗青青会意，扔过去个瓷瓶，方明骏伸手接住，他手上戴着皮质手套，想是怕苗青青在东西上下毒。

他看了眼瓷瓶说道："我怎么知道这次是不是真的解药？"

苗青青说："放心，我不会拿我的教众的性命开玩笑。"

方明骏从瓷瓶里掏出个纸条，见上面写的果然是药的真实配方，因为那配方是苗青青的师父吴芳亲笔所写，他自然识得那笔迹。

他喜道："这是吴芳的笔迹！"

苗青青说："没错，是我师父临终前给我的，是你身上蛊毒的解药配方。我师父说如果你能弃暗投明，就把这配方给你，如果不能就把配方销毁，哪知道你一辈子都在做伤天害理的勾当。"

方明骏哼了一声，看着配方，脸上喜色浮动，他终于可以结束如附骨之蛆般的痛苦了。

他满意地说："既然这样，那我就放心了。"

说着剑尖一挑，老黑和黑娃身上的绳子被割断。我们五人转身要走，刚走到车旁边，我下意识回头看了一眼，哪知道方明骏扯掉了我贴在鬼镇两侧树上的符咒，取出鬼葫芦丝，作势要吹。

这老贼竟要召唤鬼镇里的厉鬼来害死我们！鬼镇里那么多不同的厉鬼，会各种不同的鬼术，一涌而出我们肯定无法对付。

我心里怒极，这老贼竟然恩将仇报！绝不能让他吹那鬼葫芦丝！

我从包里摸起一枚桃木钉，桃木钉以前见师父使用过，只因以前我功力不够一直无法使用，现在我功力大增，这次才带了桃木钉来。

我暗运内力一扬手，桃木钉直奔方明骏而去，虽然有淡淡月光，但是终是天黑，待得方明骏听见破空之声，桃木钉已经到了跟前，一下扎在鬼葫芦丝上，鬼葫芦丝登时从中折断。我接着又飞出两枚桃木钉，扎在方明骏两条大腿上，方明骏闷哼一声噗通跪地，不能站起。

苗青青和老孙明白过来也是怒极，奔过去就要结果了他。方明骏不能站起，立刻口中念念有词，双手扯开衣服，放出毒蜂，攻击我们。

如果苗青青用上次的大雾之法来对付这些毒蜂，方明骏就可趁大雾逃走，再想抓

住他就不容易了，那时候他在暗我们在明，他肯定会对黑巫教教众不利。

苗青青给我们几粒解药，迅速拿出另一个小瓶子，扒开瓶塞，在嘴边一吹，一股白烟迅速扩散，围在我们五人周围，那黄蜂碰到这白烟纷纷落地而死，一会儿工夫黄蜂尽数被白烟毒死。

方明骏想挣扎着爬起来，哪里知道我的桃木钉钉在他的穴位上，他根本动弹不得，虽然忍痛拔掉桃木钉，但是仍然无法站起。

他见我们毒死了黄蜂，急忙双手合十在胸口闭眼念咒，突然一阵黑云压顶，遮住月光，那乌云中忽然电闪雷鸣，一道耀眼的闪电向我击来，我忙提气展开道教的绝世轻功“八卦履”，踩住八卦，拧身闪躲，那闪电一下击到旁边树上，竟然把树击穿个大洞。

方明骏右手食指中指并拢从上向下朝我们一指，又一道闪电向苗青青击来。我距离她远说什么也赶不过去救她。那闪电来的又快又急，苗青青慌乱之下就地一滚堪堪躲过一击，可是另一道闪电却又随后跟来，苗青青此时正站起身形之际，失去重心之下，根本无法躲闪，千钧一发之际老黑腾空跃去，扑向苗青青，把她用力推开，自己却被那闪电击中胸口，胸口登时被烧焦一个大洞，当场毙命。

此时又有两道闪电向我们击来，一道击向老孙，一道却狠毒地击向黑娃。黑娃离众人较远，又被父亲的惨死吓傻，站在那里一动不动。

我此时已经取出乾坤筒，口中催动咒语。《天道妙法》里说这乾坤筒，乃特殊绿竹所制，竹子笔直有节，“直”可驱“邪”，筒身上刻镇鬼之符，且暗刻八卦锁魂阵法，能收一切鬼怪污秽之物，这乌云闪电虽然不知道属不属于污秽之物，但此时情势危机，我来不及多想，把乾坤筒抛向闪电默念咒语。就在闪电击下的刹那，忽然消失无踪，连那片乌云一起被吸进筒中。

方明骏见我破了他的巫术，又口中念念有词，我们还没来得及从惊慌中缓过劲来，突然感觉周围的树木开始迅速移动，那些树木快速向我撞过来，我还没明白怎么回事就被一棵大树撞飞出去，爬起来再看她们三个也都被大树撞翻在地。

我脑子飞转立刻明白这是老贼弄出来的幻觉，大树本是扎根在地上，是不可能真正被移动的，之所以在我们眼睛里树会移动，是中了方明骏的幻术。

虽然我们不会有被撞伤的危险，但摔一下也是浑身生疼，这幻觉不破，一会儿我们都会被自己折腾得散架了。

我手结指诀，口中催动咒语，刚念到一半，就又被一颗突然而至的大树一下撞飞，翻倒在地。再看老孙三人，已经倒在地上爬不起来了，但还是不时被撞得翻滚。

我站起身来，用八卦履的轻功，巧妙躲过大树的撞击，忙喊让大家闭上眼睛，那样就可以不被幻境所欺。同时手结“开”字咒，催动咒语，顿时周围的一切恢复了正常。

可是再看老孙他们三人，依然被“撞”得翻来滚去，大声呼喊。原来我解开的只是我自己的幻境，而老孙三人的幻境没有解除，即使闭上眼睛也没有用，这幻觉深入人的大脑。我不禁心中大怒，这老贼的巫术真是歹毒。

我翻手飞出两枚桃木钉，又快又急，方明骏都没来得及反应，两枚桃木钉正中老贼右手掌，老贼无法结咒，登时破了巫术。我趁老贼还没反应过来，又飞出另一枚桃木钉正中老贼咽喉。方明骏当真彪悍，伸手拔下咽喉的桃木钉，那桃木钉只是刺穿了他气管，他拔下桃木钉后，喉咙里吼吼的说不出话来。

我看苗青青和老孙黑娃在地上痛苦地哼哼着，暂时起不得身，怕方明骏又使出什么邪术，忙掏出冷月宝剑一个箭步跃到方明骏身前，挺剑便刺。

方明骏跪在地上用左手舞动竹剑相迎，一边和我拼斗，一边背靠着一棵大树慢慢站了起来。但是他的剑法哪里能和我正宗的道家剑法相提并论，只一会儿工夫，就被我打掉竹剑，用宝剑抵住胸口。

方明骏也真够硬朗，浑身是伤硬是没吭一声。我厉声说：“老贼，你为什么非要置我们于死地？”

方明骏喉咙被刺破，含混地说：“我白巫教就只我一个人活着了，我也不能让那黑巫教还有人活在世上，我要杀了苗青青，然后再把黑巫一干教众都杀掉！”

我说：“你为什么这么恨黑巫呢？”

方明骏恨恨地说：“想当初要不是吴芳坏我好事，现在我早就称霸一方，飞黄腾达了。”

此时苗青青从地上站了起来，捂着胸口痛苦地走过去，指着方明骏破口大骂道：“你这畜生，当年你勾结军阀，滥杀无辜，犯下滔天罪行，我师父吴芳及时站出来阻止你的恶行，让多少百姓免遭涂炭，你竟然还有脸说我师父坏你大事？”

说着拿过我的宝剑，举剑就刺。

她因为老黑被方明骏害死，自己失去了最得力的助手，同时也让黑娃这么小失去了父亲，心里愤怒难当，立刻就要下杀手。

方明骏眼见性命不保，大声说道：“且慢，我有话说。”

苗青青停住恨恨地说：“今天你必死无疑，有什么话赶紧说！”

方明骏说道：“既然如此，落在你们手里我也不指望能捡回这条老命了，我死了可以，但是我要你们都陪我一起死！”

说着咬破舌尖，一口鲜血喷了出来，口中念念有词。

我和苗青青往旁边一闪，以防被血喷到，不知道他的血里有没有巫毒。此时忽然一阵疾风吹来，顿时飞沙走石。

苗青青脸上变色道："是巫妖，我闻到巫妖的气息了。"

我大吃一惊，制作和召唤巫妖是黑巫教的巫术，怎么这老贼会用呢？想来一定是吴芳教给他的。

方明骏此时哈哈狂笑说道："这巫妖你们是斗不过的，还是乖乖受死吧。"

他话还没说完，突然一个白衣人在我们眼前一闪，到了方明骏身前，张开手掌抵在方明骏额头，再看方明骏双眼上翻，身体迅速干瘪下去，瞬间只剩一具空壳瘫在地上。

苗青青脸色苍白，眼露惊恐，喃喃说道："这是第一号巫妖！"

我见过刘国栋召唤出来的巫妖，领教过厉害，但那还只是黑巫的第五号巫妖，此时这巫妖竟然就是苗青青以前提到的第一号巫妖！

我心里发麻，第五号巫妖我们已经见识过厉害了，不知道这第一号巫妖有什么厉害的妖术。

此时老孙也爬了起来，正抱着撞晕过去的黑娃抢救，此时见了白衣巫妖，骇然之色尽显，忙放下黑娃，伸手掷过去一枚符咒，我也甩出两枚桃木钉，符咒贴到了巫妖背上，桃木钉钉到了巫妖的膝盖处，我急忙催动咒语，想先封了巫妖的法术再说。

那巫妖慢慢转过身来，我们看了他的面容都不禁一愣，那张脸竟然是个异常清秀的年轻男人的脸庞，一点没有吓人的外表，要不是脸色苍白，着装怪异，还以为它是个正常的人类呢。

巫妖左手被长大的袖子遮住，右手边却没有袖子，整条胳膊露在外面，它突然一挥右手，一股劲风从地上卷起一股沙石直奔老孙而去，一下把老孙吹了起来，撞向后面一棵大树，这一下力道强劲，要是撞上，老孙非死即残。

我丹田提气，踩住八卦履，一跃到了老孙跟前，拉住老孙的背包带，用尽全身力气一拽，老孙的脑袋距离大树就一公分不到。

老孙被我救下来，脸上冷汗直冒，怔怔的说不出话来。

苗青青说过，这巫妖一旦被召唤出来，就绝对不可能再送回去了。且每只巫妖的妖术有很多种，用符咒不能一下子都给封住，只能一项项地破解。

我见钉在巫妖腿上的桃木钉对他的行动丝毫没有影响，可能是他本身就是具尸体，封穴对它没有作用。

巫妖见我把老孙救下，右手手臂又一挥，一股劲风向我袭来。我推开了老孙，丹田一提气，跃起躲过这风，在空中飞出一道符咒，然后用桃木钉后发先至钉在符咒上，一下扎在巫妖右手手臂上，催动咒语。那巫妖此时正挥出手臂，但是这妖法已经被我封住，再也没有狂风出现。

巫妖张开大嘴舌头暴长，向苗青青缠去。我心想，怎么巫妖都会这招啊？

那长舌一下缠住了苗青青细腰。我刚想上前解救，只见苗青青口中念咒，缠在她身上的舌头开始起火吱吱冒起白烟，那舌头顿时整个被烧断，并且火势沿着舌头直奔巫妖口腔而去，那巫妖双眼暴瞪，一合嘴咬断自己的舌头，不然火焰沿舌头进到嘴里恐怕连它内脏都要被烧毁。

苗青青的巫术也不是吃素的。

巫妖更是大怒，左手长大的衣袖里伸出一只利爪，抓着一柄青铜剑，剑上锈迹斑斑，是把古剑。

那巫妖一下蹿到苗青青面前，举剑就刺，那青铜剑在它手里虎虎生风，力量之大可见一斑。

苗青青也没有更好的对付巫妖的办法，急忙拼全力急闪，巫妖的宝剑砍在大树上，竟然把那棵树齐齐砍断，看来那青铜剑也是柄利器。

我手提冷月宝剑赶上前去和巫妖斗在一起，巫妖的宝剑势大力沉，每砍一下都是力道十足，两柄宝剑碰撞之下，削铁如泥的冷月宝剑竟然砍不断它的青铜剑，那青铜剑很有蹊跷，一定有问题。

我左手暗扣一枚符咒，脚下展开八卦履，迅速游走。那巫妖只是力道大速度快，剑法却是一般，更没有什么轻功，我展开轻功几下欺到他身前，左手一伸把符咒贴在那青铜剑上，向旁一闪口中催动咒语，然后一剑砍向它的青铜剑，“噗”的一声，那剑便被连根砍断，原来那青铜剑只是借着巫妖的法术才坚硬无比的。

巫妖见自己宝剑断了，稍显急躁，趁我距离比较近，一张嘴一口毒雾喷了过来，我急忙屏住呼吸，单脚点地，纵身跃开，饶是如此，仍然感觉头晕目眩，来之前我们每人服用了一颗九转克毒丹，没有这丹，恐怕我早已中毒毙命。

一号巫妖的毒非同一般，毒雾一下扩散开来，我知道即使我们服用了丹药，但是只要再多吸进一点依然会毙命。

老孙在旁边慌忙给黑娃也服下一颗九转克毒丹。

苗青青此时口中念念有词，拿出一个瓶子，咬破舌尖，把瓶子拔掉瓶塞，将里面的红色药水倒进嘴里，然后猛地向天上喷去，顿时一股红色的血雾，四散开来，迅速扩大笼罩了巫妖的毒雾，那巫妖的毒雾被这红雾笼罩后，迅速消失，直到踪迹皆无。

我和老孙看得真切，惊叹不已，那毒雾只要多吸进一点就足以致命，却被苗青青轻描淡写地给破了。

红雾散去，但是那巫妖却踪影皆无，仿佛跟红雾一同消失了。

正在纳闷时候，忽然眼前白影一闪，一只手掌朝我胸口拍了过来，我急忙脚踏八卦履，身形急转，但是对方来的突然，动作又实在太快，巫妖一掌拍在我右胳膊上，只听得一声闷响，上臂已被击断，宝剑落地。

一阵剧痛传来，我暗叫不好，忙稳住心神，脚下一点没乱，迅速连踏乾、坤、艮三位，一下闪到巫妖身后，举剑便刺。就在我的宝剑要刺进它后心之时，巫妖却突然消失。

我一抬眼，那巫妖瞬间已到了苗青青身前，我和苗青青距离有十米，那巫妖动作简直太快了。

苗青青也没想到这巫妖这么快，急忙一闪。但是巫妖一抬腿踢在苗青青小腿上，苗青青一下倒在地上。我怕巫妖继续攻击苗青青，情急之下，左手拾起冷月宝剑，手一扬掷向巫妖，可是眼前一花，巫妖却又到了老孙身旁。

老孙离我们最远，但是巫妖只一眨眼间便到了他眼前，老孙抱着黑娃急忙跳开，但是巫妖的身形太快，它一把抓住老孙胳膊，只一扭，老孙的小臂登时折断，疼得他惨叫连连。

再看巫妖已经捡起我刚掷出去的冷月宝剑，站在远处，狞笑着看着我们，巫妖仅在一瞬间，连伤我们三人，身法如此之快简直匪夷所思。

我左手暗扣三枚桃木钉，头上冷汗涔涔，苗青青倒在地上不能动，显然腿已经被踢断，惊恐地盯着巫妖，老孙更是一脸骇然，都忘了胳膊折断的疼痛。

巫妖恼怒我连破它的妖术，终于使出了幻影移形的绝招，连伤我们三人。但他并没杀了我们，一定是想让我们见识下它的厉害。现在它宝剑在手，下一步恐怕就该伤我们性命了。

果然，巫妖手持冷月宝剑，瞬间到了我跟前，举剑照我胸口便刺，我右手胳膊被打断，但是腿脚没事，当下展开八卦履的轻功，拼命躲开这一剑，但是它动作实在太快，我的身体虽然躲开致命一击，但是那剑向下一抖，一下刺进我的左大腿，我一阵剧痛，那宝剑又立刻拔出，我大腿上的鲜血喷涌而出，一抬头那宝剑已经向我脖子砍到，就算我有天大的本事，这一剑也是万万无法躲过。

我心里一沉，眼睛一闭，脑海里一片空白，老孙和苗青青都是一声惊叫。

千钧一发之际猛听得一声巨吼，“大胆妖孽，竟敢在此撒野！”

那声音虽然远远传来，但是却如在耳边，明显喊话的人有着惊人的内力，直震得我胸口一阵发闷，耳中嗡嗡作响。

那巫妖被这一声巨吼震得身形一顿，闪在一边。我急忙跳离巫妖身边，四下看时，只见远处站着一名老者，身着笔挺的西服，满头白发，手拿一根拐杖，站在那里。

巫妖怒视老者，竟先不去管我们，手持宝剑，向老人扑去，它一定认为我们已经不足为惧了。

它身形刚一动，只见夜空中一道银光一闪，那把冷月宝剑挣脱巫妖手掌，一剑砍下巫妖头颅。

又是银光一闪，冷月宝剑竟飞到老者手中。老者掐指诀念动咒语，巫妖身体迅速萎缩在地，一股黑烟消散，成了一具皮囊。能感觉到那巫妖的妖气一下消失了，难道这老者直接就能把巫妖化为无形？

《天道妙法》有记载，除秽派的道人只能捉鬼后并把鬼放到消煞之地，慢慢让鬼化为无形，而能将妖鬼直接打成无形的只有那来去如风，行踪飘渺的御术派道人。难道这老者会御术派的法术？他能用高深莫测的御剑术，难道他就是传说中的御术派道人？

苗青青和老孙此时早已经惊得一身冷汗，脸色发白。老孙托着自己断掉的胳膊跑过来，拿出止血药撒在我的伤口上，然后喂了一粒伤药给我服下。

此时老人走过来，拿住我的胳膊给我接上骨头，老孙忙跑到一旁砍断的大树前，折了几支树枝，老人撕下我上身的衣服把树枝给我绑在胳膊上固定住，又把腿上的伤口给我包扎好。然后又迅速给苗青青和老孙把胳膊和腿接好，老孙又给苗青青服下一颗伤药。

我忍着疼痛说道："多谢恩人出手相救，敢问老先生，您到底是谁？怎有如此法力？"

老人冲我一笑说："先别问这么多，我们先回去再说吧。"

说完他走到方明骏尸体面前，看了一眼，叹了口气，看来这老者是认识方明骏的。

我和苗青青对视一眼，都很疑惑，但是又不便多问，老孙单手把黑娃抱上汽车，把老黑烧焦的尸体拖到旁边树林里。

苗青青一瘸一拐地过去用化尸水把老黑的尸体化掉，然后用土掩埋，口中念文祈祷。她得力的助手惨死，我和老孙也感觉悲伤，只能默默为老黑祈祷。

苗青青又过去把方明骏和巫妖的尸体化掉，捡起地上巫妖的半截青铜剑，放到包里。

我们看那老者此时已经站在了鬼镇的入口处面对鬼镇双掌直立，上臂后缩，口中念念有词，然后双掌向前平推，顿时一阵狂风吹入鬼镇。鬼镇里风声大作，飞沙走石，隐隐传来鬼哭狼嚎的声音，几分钟后一切归于平静。

老者转过身来笑着对我们说："好了，这鬼镇再也不会闹鬼了，我们走吧。"

我们三人呆立当场，这么简单就把这鬼镇里的鬼全都消灭了？老孙还有点不信，但是看老人的神色泰然，仙风道骨的，又不得不让人相信。

我用读鬼之术观察鬼镇，果然里面阴气全无，没有了一丝鬼气。

老者看着我说："怎样，还能看见有鬼么？"

我茫然摇了摇头。

老人一笑上了停在前面的一辆汽车上，我虽然不懂车但是一看那车就是价值不菲。

我们三人上了自己的汽车，老孙的腿没有受伤，用一只胳膊也能开，我们跟着老者的车一路回去，那车竟然停在了苗青青的家门口。这老者显然认识苗青青的家，我们三人更加疑惑。

苗青青推开大门，让老者先进，我们三人抱着黑娃随后进了院子，老孙抱黑娃到床上盖好被子，黑娃只是被撞晕，并无大碍。苗青青又给我们重新包扎了伤口，又给老者沏了茶，我们这才问起老者的来历。

老者没回答我的疑问，而是慈祥地笑着问："你是除秽派的小道士吧？"

我点头。看来老者什么都知道，一定和我们有密切关系。

果然老者说道："我与你们除秽派的子玄、子悠道长是朋友。你们是怎么入的除秽派的呢？"

果然老者和除秽派大有关系。我忙把和老孙加入除秽派的经过，还有和子玄、子悠、观山、观月还有抚炉真人的关系告诉了老者。

老者品了口茶说："这就是了，我本是御术派道士。"

第15章 冷月清辉剑光寒

我听了心里一阵激动，老者果然是御术派的道人，想不到御术派还有传人在世。

老者接着道：“御术，垂丹，除秽本是一家，‘遥知仙山路，游子观苍生’就是你们除秽派的家谱，而我们御术派的家谱则是‘遥知仙山路，冷月照清辉’。而垂丹派没有家谱只是凭个人嗜好来起名字。

这三派在‘遥知仙山路’那五辈的时候本来不是分开的，只是大家渐渐各取喜好特长，最后分为三派。我道号‘月隐’，是御术派‘月’字辈的，按照家谱还是你们的师爷辈分呢。”

月隐道长冲愣愣听着的我们呵呵一笑，接着说：“只是后来到了第七代的时候中国大地战乱不断，本来就人丁稀少的道教三派，也渐渐都不知所踪了。我本来是师兄两人，但是我的师兄很多年前已经去世，到现在我们御术派只剩得我一个老朽了。但看除秽派的子玄师兄能有你们这两个徒孙，也算是人丁兴旺了。垂丹派的修炼也是需要极高天赋的，想不到抚炉老友也收到了厉害的徒弟，真是可喜可贺啊。”

我问道：“御术派就您一个人了，您为什么没有收徒呢？”

月隐道长一笑说：“修习御术派的道法需要绝对静心，来不得一点浮躁，现代人旁骛太多，不适合修炼法术，如果强行修炼，会在练功过程中走火入魔，有性命之忧啊。我以前收过两个弟子，都是我认为资质不错的，可还是不行，一名弟子练功时候走火入魔而死，另一个下肢瘫痪，成了废人，从此以后我再没收徒，只教人一些简单的强身之术。”

老孙说：“那普天之下就没有能修习御术道法的人了么？”

月隐道长说：“除非那天赋奇高之人才可以习得这御术道法。”

苗青青也抑制不住好奇，问道：“您是怎么找到我这里呢？又怎么知道我们在那

鬼镇呢？”

月隐道长一笑拿出一枚木牌，苗青青看了一愣说：“这是我黑巫的圣牌，您怎么会有呢？”

月隐道长笑而不答，又拿出一枚木牌，苗青青一看更是惊奇说：“这是白巫的圣牌，您怎么也有呢？”

月隐道长手里握着我那柄冷月宝剑，他自从拿着这把宝剑之后就没还给我。他长叹一声这才说起了事情的来龙去脉。

原来这冷月宝剑和清辉宝剑本是“武”道的传家之宝，后来武道分为了三派，除秽派保留着清辉宝剑，御术派保留着冷月宝剑。清辉宝剑一直传到了观月师叔手里，而冷月宝剑却随月隐道长的师父路石道长在云游时候一起失踪了。

月隐道长寻找了许久终是没有结果，后来得到一位“文”道道友的指点，说见过师父路石在云南一带采气练功。于是月隐道长赶往云南，没想到师父已经被害。据传是当地的一名军阀听人说路石道长的宝剑隐含着一个惊天的秘密，于是纠集军队突然闯入道长落脚的镇子，在旅店内把道长乱枪打死，可怜路石道长死于非命。

但是他们却没有找到宝剑的下落，这军阀一气之下命令军队把全镇的人都杀了，那镇子就是那鬼镇。

正在月隐道长到处找寻那军阀的时候，吴芳和方明骏出现，说是有情况告诉月隐道长，把道长约了出来，吴芳透露了路石道长的遭遇。月隐道长当即就要去找那军阀算账，割了他的项上人头，但是转念一想，杀了他一人，还会有更坏的人来为害一方，还是把他的一干手下灭掉为好。

消灭这么多人可不是那么容易的，于是他就请吴芳和方明骏两人帮忙，两人爽快地同意。其实吴芳是真心要帮助月隐道长，因那军阀残害百姓，无恶不作。但是方明骏却是另怀鬼胎的，他一直和这军阀有勾结。冷月宝剑的事情就是他听一名云游道士说的，他想得到宝剑，但自知万万不是道长的对手，只能勾结军阀去杀害了路石道长。

方明骏和那军阀勾结无非是想扩大白巫教，自己能统治当地大片地方，但是军阀怎么可能让别人跟自己抢地盘呢，他利用方明骏烧杀掳掠很快占据了这里，到最后方明骏是一点好处也没捞着。

而且军阀还要挟白巫教给他的部队提供很多军饷和物资。这下方明骏可是恨透了军阀，但是却苦于没有本事除掉军队。现在看月隐道长有本事铲除那军阀的军队心里当然乐意。

月隐道长需要把军阀的队伍引到指定的地方，这个任务方明骏自告奋勇，他骗军阀说发现一处地方，有座古墓群，里面有很多油水可捞，但是地方很大，需要军队全部出动。吴芳也让手下黑巫教众散布谣言，说那山里藏着一个古代君王的陵墓，里面的陪葬品价值连城。正赶上那时军阀的大部分队伍赶去邻省跟当地的另一个大军阀参加抢夺地盘的战斗去了，于是他把余下的两千余人全部拉到了山里。

到了山里后，月隐道长用搬雾之术，用弥天大雾弥漫了整个山谷，两千多人顿时大乱，怎么也走不出大山。然后又召唤出颖城摆在他们面前，早就成了无头苍蝇的军队看见山里有座镇子，全部开了进去，结果再也没一个人出来过。

为了答谢吴芳和方明骏出力，月隐道长把搬雾术和召唤术传给两人。本来御术法术需要内力催动，但是搬雾术和简单的召唤术是由御术派高深法术简化而来，吴芳和方明骏也有巫术的基础，所以二人潜心学会了。

后来黑巫教得到消息，说有人曾拿着那把宝剑在市场兜售，被一名商人重金买走了。

三人找到那卖剑之人，那人却原来是一名小偷，他早盯上了路石道长的宝剑，一看这宝剑就是稀罕之物，于是用下三滥的手段趁道长熟睡之际迷倒道长，偷走了宝剑。

由于道长熟睡时候被迷倒，醒来时候也是丹田无力，加上年事已高，当时情况下，没办法施展厉害的道术，所以当军阀的军队来的时候，道长几乎没有抵抗之力，才被他们乱枪杀害。可惜路石道长一身高明的御术派法术，却惨死在乱枪之下。否则即使路石道长对付不了军队，但脱身是轻而易举的。

方明骏对这小偷严刑伺候，小偷说宝剑已经被一位商人买走，那商人来自天津，是来这里做生意的，早几天已经返回了。于是月隐道长祭拜了师父，一人去追赶那商人。

吴芳和方明骏分别给月瘾道长本教的圣牌一块，白巫、黑巫教众见了圣牌都要对持牌人有求必应。

没了军阀的控制，方明骏开始在当地争夺地盘，经常和黑巫教发生争斗。吴芳开始处处忍让，可是方明骏得寸进尺，步步紧逼。吴芳不能不顾黑巫教的生存，于是无奈率众和白巫展开战争，双方损失惨重。

后来吴芳得知方明骏以前曾和那军阀勾结干了好多伤天害理之事，义愤填膺，就把方明骏约出来质问，方明骏怕吴芳把这事抖落出去，于是下黑手想杀了吴芳。吴芳中招差点死于他手，虽然活了过来，但是手脚俱残，没办法再施展巫术和蛊术，但是她也利用自己高明的蛊术，给方明骏下了毒蛊。

后来在一场关键战役中，黑巫教终于靠两位黑巫长老舍身召唤出巫妖才扭转败局，大获全胜，白巫教几乎被消灭干净，但黑巫教也因此受了重创，方明骏趁乱逃走。

月隐道长追踪那商人来到天津，到那商人的家里打听消息，家里人说商人一行几人早该到家了但却至今未归，多方打听也没有音讯。于是月隐道长只好在这里住下，等那商人回来。

在一次在饭馆吃饭的时候他听人说离这里二百里的维城有妖孽滋生，御术派的道人虽然不是专为降妖捉鬼的，但是遇到妖鬼伤人还是会出手的。

于是道长赶到了维城，到了维城后，却听说有人已经将妖秽除去了，打听到除妖人也是个道士，月隐道长知道此人肯定是道教中人，说不定是除秽派的道友，所以先找了个客栈住下，然后打听这道人的下落。

月隐道长入住了当地著名的三川客栈，当天下午，听见门口吵吵嚷嚷的，下楼看才知道是一伙国民党军队执行任务从此路过，要店老板把客栈的人都赶出去，因为他们和长官要在此居住。

无奈军队的淫威，老板挨个给客人们退房钱，赔礼道歉，客人们也都惹不起拿枪的，只好收拾东西另投别的客栈了。

月隐道长也不想惹事，收拾东西出了门去，一打听原来这个国民党的长官叫吕青山，是当红的高官。曾经在月隐道长的老家烧杀掳掠无恶不作，还烧了他们的道观，害死了道观里一干道士，虽然那被害的道士属于文道一派，但是毕竟是道人，属于同宗，月隐道长就想给家乡的乡亲和道士们报仇，杀了这个恶人。

晚上的时候月隐道长身着夜行衣，只身来到三川客栈，用御术派的穿墙之术进了客栈，找到了吕青山的房间，又穿墙进了房间，仔细辨别确定那人就是要杀的吕青山后，要用飞剑术取了他的首级。

御术派的飞剑千里取敌人首级的法术是要知道对方姓名以及生辰八字、相貌才可以施术。但战争年代，好多官员都不会用自己的真名字的，所以那吕青山的名字也不一定是那军官的真实姓名，而且月隐道长并不知道这人的生辰八字所以必须面对面才可以用飞剑杀了他。

刚要动手，突然有人从里间奔出，合身向月隐道长扑来，月隐道长不知道里间还有其他人，来不及多想当下和那人打在一处。

一交手月隐道长就发现此人的武功和自己属于一派。两人闪展腾挪激烈打斗，却并没发出一点声响，那吕青山晚上喝多了，犹自呼呼大睡。

月隐道长一向对自己的道家功夫颇为自负，只想给对方点颜色看看，当下也没有问对方底细，间不容发的时刻，双方上来都用了最厉害的擒拿格斗法，都是一招制敌的功夫，也不容出口相询，否则高手过招，一开口说话就会泄了内力，给对方可乘之机。

对方显然也奇怪他的功夫，但是也没有出口休战，斗了半天，犹自不分胜负。月隐道长不由得心里焦躁，使出了全部看家本事，尽显平生所学，每一招都凌厉无比。

那人渐渐有些不敌，一下露出了破绽，被月隐道长一脚踢中胸口，撞到了门上，这下响声很大，惊动了床上的吕青山，吕青山起身大喊，那些值班的士兵都围了过来。

吕青山知道有人行刺自己，一步蹿到里间，从里间的窗户飞身而逃。这时候惊醒的士兵拿枪赶了过来。月隐道长看形势不好，就要脱身，无奈那人纠缠不休，虽然吃了月隐一脚但是有内功护体，并无大碍，犹自拼命苦斗。月隐道长心里着急，外面的士兵个个荷枪实弹，武功再高也快不过子弹。

道长心一横，本来看在这人是同道中人的份上，饶他一命，但是看这人纠缠得紧，又一想这人虽然和自己是同道，但是看他救那军官，显然是他们一伙的，既然他堕落到和敌人一伙，也没什么情面好讲了，性命要紧，要赶紧脱身。

此时房门外已经围满了士兵，碍于屋内有他们自己人而不敢开枪，但是拖得久了，士兵破门而入自己肯定就无法脱身了。于是月隐道长脚踩八卦，卖了个破绽，跳在一旁，手中迅速结了个指诀，口中念咒，只见白光一闪，后背包里的宝剑“倏”地飞出，以迅雷不及掩耳之势一下割断了那人的双手和双脚的筋脉，那人大叫一声倒地。终究月隐道长爱惜他是个人才，又是同门中人不忍害他性命，月隐道长这才从容掐诀念咒从房间另一侧穿墙而去。

转天一早月隐道长再去那客栈的时候，那军队已经连夜撤离了，想是他们知道月隐道长有飞剑的功夫，才连夜撤退了。

月隐道长心中愤恨，心想这人道家功夫十分了得，显然也是不可多得的人才，没想到竟然投靠了杀人如麻无恶不作的军阀，真是人各有志，参差不齐。

月隐道长回到天津，又去那商人家里打听宝剑的下落，听得那商人一行人在回来的时候，路过麒麟山时被怪物所害，只有一名下人逃得性命，跑了回来，那冷月宝剑也被那妖物抢了去。

月隐道长只身前往麒麟山寻那妖怪，但是守得半年也不见那怪物现身，想是那怪物抢了宝剑，躲到别处修炼去了，无奈之下，月隐道长只得返回老家。

后因时局动荡，他只身一人前往香港，在香港开设武馆，收徒授业，但是因御术派的法术只有天赋极强的人才可修习，否则反受其害，轻则身体残废，重则性命不保。也正因如此御术派一向是人才凋零，这么多年来在香港也没有找到合适的传人。

这次回大陆一是想寻找道教故人，另一方面也想在内地找天赋异禀的御术派传人。他第一站来到丽城就是想探访下吴芳和方明骏，本来想教训下方明骏的，哪里知道方明骏死了，而吴芳更是很久前就去世了。

我们三人听了月隐道长的叙述，无不一番叹息，我这才明白为什么见到冷月宝

剑，道长就一直没撒手的原因，我也把我们在麒麟山如何遇见黑山妖如何得到冷月宝剑的事情和道长一一说了。

道长听了也是一番慨叹，真是造化弄人，幸好道教的宝贝终究还是回到自己人手中。苗青青把方明骏的丑行也跟道长叙述了一遍，月隐道长后来得知了方明骏就是师父路石道长惨死的罪魁祸首，但是这次来他已经死了，不禁切齿没有亲手杀了他，同时为吴芳的惨死扼腕叹息。

老孙对道长说：“今天要不是您老人家我们三个的命就没了，这按辈分您应该是我们师爷辈的，以后我就管您叫师爷吧。”

月隐道长微笑点头。

我说：“不知道这巫妖怎地如此厉害，开始还能破解它的巫术，但是到后来打得我们几乎没有还手之力了，它的身法太快了，不知道这巫妖是什么来历。”

苗青青手里拿着那巫妖的半截铜剑说，如果我没猜错的话，这巫妖是我们黑巫教第三代的青铜教主，青铜教主善使一柄青铜剑，十七岁就成为了黑巫教主，是黑巫教百年不遇的人才，在他的带领下黑巫教前所未有地壮大，后来他沉迷黑巫巫术的研究，几乎到了痴迷的地步，在他三十岁的时候突然失踪，没想到他是把自己制成了巫妖。

我们听了甚是惊奇，这人也太痴迷了。

苗青青说：“青铜教主曾遇高人指点，会瞬间移行的功夫，刚才我们领教的功夫就是这瞬间移行之术。”

月隐道长说：“这瞬间移行的功夫，我们御术派也有，叫做‘太乙移行’是道教的独门功夫，虽然动作很快，但是还是踩着太乙步伐的，只是身形太快，普通人看不出来而已。我想这巫妖的瞬间移行就是得自道教的太乙移行，那指点他的高人恐怕就是御术派的高手。”

我们点头，问起道长怎么找到苗青青的家又怎么跑到那鬼镇去的。

道长说：“我住在镇上的宾馆里，拿圣牌找了好久才找到黑巫教的一名教众，那人见我有圣牌，知道我是黑巫教的贵客，和黑巫教有渊源不敢耽搁，才引我到了这里，到了这里才发现大门没锁，我进去发现里面空无一人，但是那带我来这里的人说他今天看见他们教主回来了，我问他有可能去了哪里，他也不知道。他给教主打电话是关机，后来那人发现了桌子上方明骏留下的纸条，才知道了你们的去向，我这才驾车赶往那鬼镇。”

我们心里都感到万分庆幸，幸亏月隐道长一到丽城马上赶来这里，也幸亏那教众碰巧见到我们回来，否则我们三人焉有命在。

道长见我们三人都受了伤，就起身告辞，让我们好好休息，自己要回丽城去了，说有亲属在丽城的宾馆里，他不放心，说明天再来探望。我们三人也都是很疲惫，这才和道长道别，道长把冷月宝剑交到我手里。

我说："这宝剑本来就是御术派的东西，应该给您保管。"

道长说："这宝剑失而复得多亏了你们，否则它恐怕就要永远消失了。"

我不好推辞，心想以后再把宝剑还给他就是了。这才跟道长道别，苗青青打电话让手下人送道长回去。月隐道长看苗青青这么年轻就已经是一教之主了，甚是高兴，对苗青青说："你师父吴芳是个嫉恶如仇的奇女子，你颇有你师父的风范呢。"

苗青青脸一红说："恩师本领高强，我要达到她老人家的水平恐怕还要些时日。"

道长微笑点头，起身回了丽城。

我们三人都是断胳膊断腿的，幸亏老孙的伤药有奇效，但是要恢复也要半个月时间了。三人都疲惫不堪，但是刚才听月隐道长讲道教的奇闻异事，竟然没了困意，三人吃了点东西又聊了会儿这才睡去。

转天黑娃已经完全康复，失去了父亲的黑娃悲痛异常，但是小家伙很是坚强，苗青青让黑巫教里一位年长的妇人负责照顾黑娃。黑娃也到了该上学的年纪，以后就不让他继续做乞丐了，送到学校学习去。

月隐道长下午来找我们，带着他的小女儿，刚刚大学毕业。月隐道长本姓耿，他的女儿叫耿鸥，是老来得子。老孙一见耿鸥眼睛都直了，要不是我捅他，他眼珠子都快掉出来了，简直太漂亮了，国色天香，而且有着绝对超凡脱俗的气质。

大家互相介绍了一下。

道长拉着我让我给他讲讲我学道的经历，我给他讲了如何机缘巧合和师父观山道长相遇，又如何得到《天道妙法》的，还有后来捉鬼的几次经历也都跟他一一道来。

月隐道长不住称赞我和老孙这么短时间竟然能把道家法术修习得如此精进。

道长说他现在在香港成立了道家协会，组织道家的人经常一起参道交流心得，但是这些人都是文道中人，只会些强身健体的功夫和简单的内功，只有一两位会点儿捉鬼的法术，也都是三脚猫的功夫。

也曾和大陆这边的道家协会交流沟通，但是没有寻到御术、除秽和垂丹三派的正宗传人。由于公事缠身一直没有多少机会来大陆，这是头一次带女儿来大陆，一方面带刚毕业的女儿旅游一番，并希望寻到三派的传人，另外一个更重要的目的就是最好能找到一个弟子，传承御术派法术。

他老人家在香港也有很多弟子，但是都是在内功、轻功和剑法上有所成就，可是由于御术派的法术不是随便就能学的，所以一直也没有合适的人选传授法术。

我看老人看我的眼神有点意味深长，心想他不会是想收我为徒吧？这御术派的法术，即使有天赋，如果不是奇才也很难修习，修习的话也会有很大危险，我可不想为了学习他这法术把性命丢了或者落个终身残疾。

不觉到了晚饭时间，大家一起去附近的饭店吃饭，席间老人几次提到收徒一事，我只是假装没听懂，给他搪塞过去了。

耿鸥是个性格开朗的女孩，也不拘谨，很快和苗青青嘻嘻哈哈说起了悄悄话，一点没拿自己当外人，没想到她的普通话还真的不错，说得比苗青青还好。

我说等我们的伤好后，我带他们去见观月师叔和抚炉道长，这样御术、除秽、垂丹三派大团聚，让当今武道三派的三名长者见见面。

月隐道长听说清辉宝剑也在我们手里，非常激动，说武道创始人“遥尘”道长曾经凭这两把宝剑横扫妖孽，保得一方平安，超凡的武功和道家法术更是赢得武林中人的尊敬。

他留下这两把宝剑作为传世之宝，而且这两把宝剑里还隐藏着一个秘密。

老孙问：“什么秘密，您给我们讲讲。”

月隐道长说：“这个秘密我也是略闻一二，究竟真实与否还不太清楚，也有可能是失实的传闻，这个以后再跟你们讲吧。”

我们见老人不说也就没有多问。老孙一个劲给耿鸥和苗青青添菜倒酒，大献殷勤，惹得她俩一个劲偷笑，哪知道耿鸥酒量超好，老孙被她叫板，虽然受伤了也不好意思不喝，最后被灌得两眼发直，还是苗青青给他解了围。

半个月后我们三人的伤基本痊愈，月隐道长带女儿游览了昆明、丽江还有西双版纳等旅游胜地，看老人这么大年纪了还精神抖擞的，我们都感叹他身体之好。

几天后大家商量着返回天津，期间观月师叔打电话过来，说在老家祭拜了妻子后返回了天津，还说有个大喜事，等我们回去给我们惊喜。

我说也要给他一个惊喜，师叔自然很高兴，我没说受伤的事情，省得他担心。苗青青想留下来处理手头的生意，老黑死后还要找个合适的助手，但是耿鸥和苗青青相处很好，非要她一起回天津好陪她玩，苗青青也想好好传授孟非巫术和蛊术，上次在一起时间比较短暂，所以这次要花更多时间传授，所以这里的事情她暂时安排给教内一个踏实的人打理，有情况再电话向她请示。

我们一行五人飞回了天津市。

到了天津已经是下午了，我们先去了孟非家里，见到师叔后，看师叔气色相当好，我们把月隐道长和她女儿介绍给师叔和孟非，又把我们和月隐道长相遇的过程简要叙述一番。

师叔握着月隐道长的手不放，一时激动不禁老泪纵横，说这么多年了终于见到武道御术派的人了。由于月隐道长比师叔辈分大，所以观月师叔一口一个“师叔”来称呼月隐道长，其实月隐道长比师叔年纪还要小些呢，弄得月隐道长很不好意思，说现在不兴这些了，要让师叔以兄弟相称，师叔只是不肯，非要按照辈分称呼，月隐道长只好随他。

老孙又兴奋地把我们除掉方明骏和头号青铜巫妖的惊险情况给师叔和孟非讲了一下，听得他们连连惊叹。师叔说万幸我们能活着回来，是天不绝武道中人，更是感激起月隐道长来。

我突然想起来师叔说有惊喜告诉我们，问师叔是什么惊喜。

师叔一脸笑容说：“这次回老家祭拜了孟非的母亲，我们住在村子里的时候，有个台湾人来村子里打听我的名字，村长带他来家里，交谈起来才知道这人正是我师兄观海的大儿子，名叫石亮。”

我们感叹世间的种种巧遇，只听师叔说过观海大师伯当年收到子悠道长的信后奔赴他的身边，结果就从此失踪，没想到这么多年过去竟然冒出他的儿子从台湾回来寻找师叔来了。

老孙说：“师叔，您确认他是观海师伯的儿子么？“

师叔说：“确认，他不但长得像极了观海师兄，而且还带着师兄的私人物品呢。”

我说：“那观海师伯怎么没来？”

话一出口我就感觉说错了，观海师伯比师叔年长十几岁，师叔今年都七十来岁了，想来观海师伯也可能不在人世了。

果然师叔叹了口气说，师兄他前些年因病去世了，临死交代给儿子说什么也要找到我，他的大儿子石亮根据观海师兄的叙述找到了我们当年落脚的地方，打听到我只身去了北方，又听说我妻子和女儿举家搬迁到了别处，经过多方打听，终于打听到了她们母女落户的村子，前前后后从台湾来大陆十几次，这次正好赶上我回家拜祭妻子，机缘巧合这才遇见。

我们听了都很高兴，尤其为师叔高兴，晚年了终于和师兄的家人团聚了，虽然观海师伯已经不在了，但是无论如何也知道他有后人，也算是团圆了。

大家都给师叔道喜。

老孙问：“师叔，观海师伯怎么会到了台湾了呢？当年他不是被子悠师爷叫去打仗了么？”

师叔说：“听观海师兄的儿子石亮说，当年观海师兄接到师父的书信后立刻起身去找师父，路过一处叫落雁山的地方遇见一伙土匪，观海师兄虽然一身好武功，怎奈

对方人多势众，手里又都有枪，师兄开始打倒了几名匪徒，但是匪徒头子用枪打中了师兄，师兄倒下后，他们从师兄的随身物品里没搜到值钱的东西，加上几名手下还被师兄打断了手脚，不禁恼羞成怒，拿枪就要把师兄给崩了，正在这时，有一拨部队从此路过，用机关枪把土匪打散，这才救了师兄，后来他们带师兄到了城里，给他找了最好的医院和医生，这才把师兄抢救过来。

师兄才知道救他的原来是国民党的部队，于是没敢说自己要去投奔共产党的军队去。

那国民党军官爱惜师兄一身好功夫，非要师兄做他的警卫，师兄念在他救命的份上，想暂时呆在他身边，等有朝一日报恩还了人情再走。

师兄的伤刚好利索，这军官就接到上级命令执行特殊任务，于是他带师兄和一伙卫队出发。在一家客栈住宿的时候，遇见有人要刺杀那个国民党的官员，观海师兄挺身而出，与那人搏斗，这才保住了那军官的性命，总算是报了救命之恩，但是自己被那刺客高手废了双手双脚。

那军官感念他的救命之恩，对师兄好生照顾，一直带他在身边，师兄手脚俱废，虽然后来医治到能勉强走路，但是一身武功却无法施展了。

师兄感觉无脸再见师父，也没有机会和能力去找师父了，后来国民党战败，师兄和那军官一起去了台湾。

我和老孙、苗青青三人听了师叔的叙述，一起转脸看着月隐道长，这恐怕就是月隐道长经历的那个事情。

果然月隐道长问道："那国民党军官叫什么名字？"

师叔略一思索说："好像叫吕青山，当年很受重用的。"

月隐道长听了长叹一声，把自己要刺杀吕青山的那段经历给师叔讲了一遍。

观月师叔好久没说话，最后叹口气说道："人世沧桑，机缘巧合，这件事情谁也怪不得，只是太巧合了。师叔您是杀敌心切，我那师兄是报恩心切，说不上什么对错，幸好您还留了我师兄一条命在世上，而且观海师兄还留了后代，这我就很感谢上天了。"

我们都安慰了师叔几句，心想这事情确实太巧了。

月隐道长问道："那观海师侄的公子现在哪里啊？"

师叔说："我让他住在这里，可他偏偏要住酒店，今天上午来了一趟，听说你们要回来，他说先去见一个朋友，赶回来吃晚饭，一会儿就该回来了。"

我和老孙都想见见观海师伯的儿子，老孙兴致很高，要亲自下厨，说是要让香港同胞和台湾同胞尝尝大陆的真正美食。

我们也盼着吃老孙的饭菜好久了，于是孟非带苗青青、耿鸥出去买菜。我让师叔和月隐道长聊天，我去老人院把抚炉道长接来。

抚炉道长到后，三位老人更是一番激动，直谈得兴起，说了好多武道三派的历史和历代道长的英雄事迹，一会儿抚掌大笑一会儿扼腕叹息，像小孩子一样。人都说老小孩，看来果真不假，三位老人尽显一派天真。

孟非、苗青青、耿鸥三人在厨房给老孙打下手，老孙总感觉苗青青在厨房这种地方呆着，心里毛毛的，于是把苗青青支了出去。耿鸥在香港是大小姐级别，自然不会厨房之道，孟非就不同了，帮老孙很快准备好了饭菜。

见石亮还不来，孟非给他打了个电话，却是无法接通，后来又打了几遍还是无法接通。

我和老孙带着孟非一起去他住的酒店寻找，到了一问才知道石亮已经退房走了。

我们都很纳闷，孟非也不知道为什么，给观月师叔打电话问是怎么回事，师叔沉吟片刻让我们先回去。

回到家后，大家也都在纳闷呢，师叔说：“先不管他了，他一定有事情要办所以先办事去了，办完事一定会和我们联系的。我们今天高兴，大家赶紧吃饭，小非去拿两瓶好酒来，我今天要和两位师叔痛饮一番。”

又转过头对我们说：“你们年轻人也要好好喝点酒啊，小李、小孙你们两个要把客人招待好，青青和小鸥是贵客，好好照顾人家吃饭。”

我们笑着点头，看来石亮不告而别一点也没破坏师叔的情绪，大家对老孙的手艺是赞不绝口啊，都对老孙刮目相看。

耿鸥这大小姐平时和厨房根本不沾边，也和老孙咨询起做菜的方法来，老孙趁机大献殷勤，一个劲给耿鸥添汤夹菜。

大家吃吃喝喝，畅所欲言，三位老人谈性尤其浓，三人喝了四瓶多白酒，看得我们都呆了，这大岁数酒量不错。

我心想三位老人都是有内功根基的，身体都很好，这点白酒对他们来说不算什么。看这三位老者这么喝酒，我和老孙频频举杯，三位女士也喝了不少红酒，其中主要功劳还是老孙的菜做得好。

苗青青特别爱吃红烧狮子头和银鱼籽蟹烫，而孟非爱吃双火蹄　和三丝小炒，耿鸥几乎哪个菜都爱吃，三位女士也忘了保持矜持了，吃得天昏地暗，看得三位老人哈哈直笑。

晚饭后抚炉道长要回养老院。老孙说：“师父，这里这么多房间，您和两位道长一起住吧，以后也别在养老院住了，在这里我伺候您也方便啊。”

抚炉道长笑说：“改天再来这里住，这段时间老人院几位老人病了，我要给他们定时诊治呢。”

既然这样，老孙只好开车先送他回去了。

我让师叔和月隐道长住一房间，两位恐怕要彻夜长谈呢。苗青青和孟非一房间，还有两间卧室，安排耿鸥住其中一间，我看都十一点多了，起身告辞回家。

耿鸥刚才听孟非讲了我和老孙捉鬼的事迹，非要拉着我给她详细讲讲，尤其要我讲鬼画里颍城三百六十户里的事情，说对香草和朗宁特别感兴趣。

我说改天给她讲她非不肯。

月隐道长笑着说："我这丫头任性惯了，我也拿她没办法。"

我一看月隐道长都不帮我，只好留下来，耿鸥兴高采烈，孟非从冰箱里拿出好多零食，看这意思今晚上要通宵了，只盼着老孙赶紧回来，我好脱身。

转天快到中午了才醒来，我去了单位，王凡和大张我们三个中午在对面饭馆吃饭，由于一个多月没上班，大张把我的业务工作都给做了，这次特别感谢大张。王凡是经理，有他在，我就不怕被公司开除了，但是我还是不好意思总请假，于是跟王凡提出离职。

王凡说："别离职，离职干吗啊？请几次假没关系，大张帮你把事情做好了就行了。"

大张也跟我这么说，我看他们坚持不让我离职，也就打消了这个念头，跟他们讲起此次丽城行的经过，他们二人听得一愣愣的。

大张说："老李，你的功夫就够让我们佩服的了，没想到还有个御术派的老头儿，这么厉害啊。"

我说："天外有天，人外有人，我这点功夫算不上什么的。"

王凡说："有时间要见见这位老人，看看老人风采。"

大张说："老李，你资质这么高，除秽派的法术武功你都学得那么好，那御术派的功夫想来你也没问题，早该拜月隐道长为师了，怎么你还一再躲闪呢？"

我把其中原因跟他们说了。

大张听了吸气道："也是啊，犯不着为了学个道家法术，把性命搭里边，还是别学了，你这年纪还没享受生活呢，媳妇儿都没娶呢，哈哈。"

王凡笑着说："大张，你别这么没出息好不好？如果可以学呢，尽量学比较好，不能让这法术失传了啊。"

下班后，我直接去了孟非家，苗青青正在给孟非传授黑巫的巫术和蛊术呢，见我来了，孟非说，月隐道长和耿鸥出去逛了，耿鸥说要你晚上过来给她讲故事。

我一听一脸无奈。

苗青青笑着说："看来这丫头是缠上你了。"

我说："也不知道她们什么时候回香港，这么下去我可没精力上班了。"

这时候师叔从房间出来叫我过去，我进了师叔房间，师叔叹了口气，我忙问他怎么了。

师叔说："石亮昨天走后给我留了个纸条，我今天上午才看见，你看看。"

说着拿出一张纸，我拿过去一看，上面说他拿着那柄清辉宝剑去办一件事情，办完后再把宝剑送还，怕师叔不同意他去做那件事情，所以才偷拿了宝剑不告而别。

我问师叔怎么回事，师叔说："那清辉宝剑是我们除秽派的宝贝，一向由派里一代代传给道术最强之人的，本来这把宝剑要传给观海师兄的，可惜观海师兄突然失踪，师父又不幸去世，最后这宝剑就传到了我这里。

那冷月宝剑一直在御术派的手里，机缘巧合被黑山妖夺去，最后被观山师兄和你们无意中得到。传说这两把这宝剑隐藏着一个极大的秘密，这秘密一向由师父口耳传给徒弟，我师父已经把这个秘密告诉了观海师兄，我无缘听见这个秘密，也可能师父知我道术不高，临终前没有告诉我那个秘密，怕我知道了会有危险。观海师兄想是已经把这个秘密告诉了石亮，石亮来内地一来是要寻找我们，还有就是要找到这宝剑，拿着宝剑去解开那秘密。昨天上午他把宝剑拿出去，说是给一位喜欢道教文化的朋友观赏一下，没想到他是拿这宝剑去解那秘密去了。"

我们去对付方明骏时只带了冷月宝剑，清辉宝剑留在师叔那里，没想到被石亮借去。我沉默了一下说："这秘密我们都不知道是什么，也不知道他去了会不会有什么危险，如果没危险，等他解开了这个秘密自然会回来，但是如果有危险，那不知道会怎么样了。石亮会除秽派的法术么？"

师叔说："石亮只会一点道教的粗浅内功和功夫，道术却是一窍不通，想是观海师兄见他没有这方面天赋，所以并没有传授。"

我说："那不如等月隐道长回来，我们问问他知不知道那个秘密是什么。"

晚上月隐道长和耿鸥回来，两人提了好多东西，大兜小兜，大包小包的，给我们每人都买了礼物，说是在这里生活给我们添麻烦了。

耿鸥给苗青青和孟非买了好多化妆品和漂亮衣服，月隐道长给师叔和抚炉道长每人买了套高级茶具和上好的茶叶。

月隐道长笑着对我说，耿鸥亲自给我挑了身西装，耿鸥一撂下东西就拿出西装非要我当场试穿，我自然推脱不得，连她爸爸都拿她没办法，无奈之下只好试了下，还别说，相当合身。

我直夸耿鸥好眼光，直美得她乐开了花。等看到她给老孙买的礼物的时候我们不禁大笑，她给老孙挑了一套非常先进的全套厨房用品。

女士们忙着去房间试衣服，我和师叔向月隐道长提起石亮拿着清辉宝剑去寻找有关宝剑的秘密的事情，月隐道长表情一下子严肃起来，我和师叔看出事情不简单，于

是三人进了师叔的卧室详谈。

月隐道长说：“那个秘密传到现在，经过那么多年没有哪个道人能去揭开，由于那个秘密太过神秘离奇，也没人敢确定它一定是真的。所以我也没有跟你们提起过那个秘密的事情。石亮既然从他父亲观海那里知道了这个秘密，但是凭他只拿走了一把清辉宝剑来看，他对那个秘密知道得并不全面，所谓‘遥知仙山路，冷月照清辉’，说的是只有冷月宝剑和清辉宝剑一起才可以真正揭开那个秘密，但是揭开那个秘密是很危险的，很可能会丢了性命，现在只能希望石亮不能开启那个秘密的大门，不然会有性命之忧的。”

我们听了都很震惊。

我问月隐道长：“那是怎么样一个秘密呢？”

月隐道长叹了口气才把秘密一一道来。

传说第一代的“遥”字辈的祖师爷遥尘道长当初在深山修炼的时候，天上飞落一石，他拾得石头带回道观中，晚上发现这石头竟散发亮晶晶的光芒，他断定里面一定是稀有的金属矿，于是凭着高超的垂丹之术，用垂丹炉炼制了九九八十一天，方才炼出 块玄铁，又用去了九九八十 天方才锻造出来冷月和清辉两把宝剑，宝剑出炉那天电闪雷鸣，可见宝剑中蕴含着巨大杀机，道长用七星北斗阵法和天罡八卦阵法锁住两把宝剑，又用去了七七四十九天才把宝剑的煞气消除。

古代的时候，由于人类进化的原因，鬼怪特别多，这两把宝剑对道长捉妖除鬼起到很大作用，尤其是有的妖鬼能控制野兽攻击人类，道长一人武功再高对成群的野兽也是无能为力，那时候没有驱兽丹，驱兽丹是后来的道长研制出来的，因为捉鬼的法术对野兽不起作用，所以有时候被鬼怪驱使的野兽会带来很大的危险，有了这两把宝剑后，野兽见到了，都躲得远远的，自然为捉鬼起到很好的作用。

第16章 古墓幽寒谁栖身

后来有一次道长进入了猛鬼山，铲除为害一方的山中众多恶鬼，没想到除去了山中大小鬼之后，终究和其中最厉害的五个恶鬼相遇，这五个恶鬼在山中年深日久，修炼成半鬼半魔，道长和他们打斗虽然占了上风，但是无法用道术将它们除去。

这猛鬼山的五恶鬼的来历有个传说，相传在东汉年代有个王侯，生性极其凶残，又极其贪财，他一生中都在寻找长生不死的秘诀，最后他听一位亲信说人死后如果葬在合适的地点可以变成鬼，虽然人鬼殊途，但是终究是以另一种形式“活”着，所以这王侯派人多处寻找那极阴之地，最后找到猛鬼山的一处地方，在那里埋葬的人大多数都会变成鬼，于是他死后就葬在那里，建了一所豪华的陵墓。并且把自己的四个身边护卫一起陪葬，另外还陪葬了整整一支军队，金银珠宝不计其数。

这四名护卫和王侯都变成了鬼，那军队的多数人也都成了鬼，王侯和四个护卫生前早准备好了很多修炼的灵物，变成鬼后就用这些灵物修炼，终究练成了半鬼半魔。

道长看用法术除不去这五个恶鬼，就想用最后一招除掉它们，但是代价是自己也要深受重伤甚至可能一起死去。

道长刚要准备用那招玉石俱焚的道术，没想到这四名鬼护卫其中一个识得这个法术，那是种古老的法术，很多门派都会使用。它急忙说和，五鬼不想就这么永远消失，那王侯更不想丢下满山的财宝，于是苦苦相求于道长，并且向天雷发誓，以后再不会迈出宫殿半步，再不会伤害一个人，如果违反誓言遭天雷击而消失，而且王侯还许诺把这里一半的宝藏送给道长。

道长本不想冒那么大的危险使用那招术，见它们向天雷发誓也不担心它们还会出来害人。因为天雷善击魔，一旦魔向天雷发誓后违反誓言，必将被天雷一击而消失，虽然它们是半鬼半魔，但是一样适用。

道长于是放过了五名恶鬼，但是并没有带走那一半宝藏，一来因为宝藏数量太多，二来带走宝藏也没什么用处，等需要的时候再来取。但是不知自己这辈子会不会需要那些宝藏，就和那王侯鬼商定，无论是谁来这里，只要见到宝剑就可以拥有那一半的宝藏，那五鬼同样发誓见到宝剑就会把一半宝藏给那手持宝剑之人。

我们大家听了都很怀疑这个传说，那么多宝藏还有那么厉害的鬼到现在难道还存在么？但是无论如何也要想法阻止石亮，万一真有这个传说，他本领也不强，肯定会有性命之忧的。

于是大家决定分头准备，明天就出发奔赴猛鬼山，希望比石亮早一步到才好，也希望石亮找不到那猛鬼山的鬼宫殿，也就是那王侯的墓穴所在。由月隐道长带队，我、老孙还有苗青青、孟非随行，后来架不住耿鸥软磨硬泡，只得让她一起同去。

第二天准备好东西后，我们奔向机场，观月师叔拉着我的手千叮咛万嘱咐一定要把石亮带回来，那可是他师兄的唯一骨肉，我向师叔保证一定会把石亮完整带回来，师叔这才依依不舍送我们出门。

猛鬼山在山东境内，依山靠海，我们坐火车到济南后，租了两辆车由我和老孙分别开一辆，马不停蹄直奔猛鬼山，到了山下的古镇已是接近凌晨，我们找了家宾馆住下，商量了一下明天的行程，这才早早睡了。

转天早晨洗漱完毕吃了早饭，一行人徒步进入猛鬼山，进到山里，才发现这山和它的名字一点也不相符，这里风景优美，鸟语花香，跟猛鬼根本沾不上边，况且这里现在开发了一些景区旅游项目，有很多游人来此游玩。

我们登上这里最高的一座山峰，向四周望去，真有一览众山小的意思。月隐道长用道教的风水之术查看了四周，最后确定了那古墓的大致方位，和我用风水术相看的地点一致，道长不禁夸奖我学有所成，天赋极高，我呵呵一笑敷衍一番，生怕道长提起要传我法术。

一行人不辞辛苦向那里进发，那里没被开发成景点，所以并没有路，一行六人穿过两片密林，然后又翻过几道山坡才来到那个山谷。我看大家都累得气喘吁吁的，只有我和月隐道长修习过道家内功，这点体力活动简直就是小菜一碟。

我们在一处溪水旁停下小歇一会儿，苗青青、孟非和耿鸥三人在草地上铺好餐布，拿出带来的食物和水，一行人简单地吃了午饭。

我问道长："这里就是那王侯的墓地所在？"

道长抬眼看看四周说，如果我没看错这里就是那墓穴所在，这里阴气很重，但是风水极好，一定是生鬼的好地方，那王侯的墓穴就在此处无疑。

简单吃完饭，我们跟随道长寻找那古墓的入口，道长用风水之术里的"寻龙点金"之法很快在一个峭壁底下发现了入口，但是我们用工兵铲在周围挖了半天也没有发现洞口所在。

月隐道长掐算良久，来到那块峭壁跟前，单掌抵在峭壁的石头上，然后口中念念有词，掌上用力，那峭壁上整一块大青石竟然活生生被道长一只手推了进去，只听得石头和石头摩擦的轰隆隆的声音。

众人无不骇然，老孙问："师爷，您这是什么咒语啊？搬山咒么？"

道长一笑说："大凡古墓的洞口都会用咒语封住，我这开山咒，就是针对这类洞口的咒语。"

我们看那块大石头已缩到洞里了，道长让苗青青、耿鸥在外面接应，另外也防止有人进来或者把洞口堵住，因为只有孟非见过石亮，所以孟非要和我们一起进洞。

我们四人从洞口鱼贯而入，每人拎了一盏防风灯，头上还戴上矿工帽，帽子上还有一盏灯，三人在洞里小心前进，不知道绕了多少弯也不知道走了多少路，反正方向感告诉我们，我们在向大山的腹地进发。

终于遇到一道石门，道长用同样的开山咒打开石门，进去后，里面是一座豪华的宫殿，极尽奢华，全部用石头砌成的外部结构。前面有流水石桥，那流水估计是山里的暗河流过，这真是个好地方。顶部一颗颗的夜明珠样的东西，像漫天星辰，发着光，照得这里光明一片。石桥那边是个偌大的石门，门上两个沉甸甸的大铜环。

我们都看得呆了，现在开始相信那个传说是真的了。

老孙嘀咕了一句："有钱就是好，死了都能这么奢华。"

我们走过那石桥，来到石门前，突然发现石门之上有道家的"封"字符咒，是直接刻在石门上的，大门周围的石壁上嵌着几块青石，青石的布局分明是道教的阵法。

我望了下道长，道长也看到了说："这是八卦索魂阵和七星北斗阵，这显然就是遥尘祖师爷当年布下的阵法，看来那个传说是真的无疑。"

我示意老孙敲门，老孙踮起脚尖才够到门环，重重扣了几下，那声音在这空旷的山洞里当当作响回音很大，本来没想过石门会开，只是试验一下，没想到那石门竟然应声而开，我们三个对视一下，往里面看了看，发现里面是很长的走廊，我和道长气运丹田，把老孙和孟非夹在中间，随时准备应付突发情况。

进到里面，发现这里面更是宽阔，到处是奇珍异宝，石壁被磨光后，上面镶满了宝石，而且地上也镶嵌着各类宝石，我们几人眼都看花了。

老孙口水直流说："这些宝贝随便拿出一件去，下辈子都不发愁了。老李你说这些都是真的吧？"

我笑骂："你以为是玻璃的么？东汉那时候有玻璃厂么？"

忽然老孙一指角落里一个黑乎乎的东西，我们走过去一看，竟是一具尸体，一具新鲜的尸体！看装束是现代人的无疑。我们心里一沉，以为是石亮，但是孟非说那人

并不是石亮。我们纳闷，这人看起来死不多时日，他是和石亮一起来的，还是盗墓贼来这里盗墓的？

但是如果是和石亮一起来的，石亮手里有清辉宝剑在，那五个鬼不会伤害持有宝剑的人的，那这尸体就有可能是不久前来这里盗墓的盗墓贼了。

我们没功夫理会太多，听得前方有流水声，我们借着奇珍异宝发出的淡淡光芒，手提矿灯向流水声走去，发现前面不远又有一条很宽的地下河，那河水奔腾流淌，水不是很深，最让人吃惊的是，河底也遍布珠宝玉器等等值钱的宝贝，看得我们头皮发麻，心想这王侯生前不知道搜刮了多少民脂民膏。

河上有座很宽的白玉桥，我们四人上得桥来，发现桥的另一头又有一具尸体，死状和刚才见到的那人一样，都是看不到任何伤口，但是暴突的眼睛里有恐怖的眼神，死前一刹那他一定见到过很可怕的东西。

我们四人小心过桥，刚过了那桥，突然发现前面一字排开站着五个“人”，不用读鬼之术，就知道那是五只鬼，因为它们身上阴气极重。

孟非和老孙都不禁打了个冷战，我们进来之前都吃了定心丸，所以没有被鬼气侵入身体，但还是能感觉这五鬼的鬼气比我们遇到过的任何一个鬼都要深重，使人极不舒服，让人有种万念俱灰的念头。

孟非和老孙没有修习过道家内功心法，所以浑身都有点发抖，但是我明显感到这五鬼好像很疲惫的样子。

月隐道长朗声道：“前面的可是东汉五鬼？”

那居中的一个鬼阴恻恻地说道：“你们谁是遥尘道长的徒子徒孙啊？”

月隐道长说道：“我是武道御术派第七代弟子。”

他一指我说：“这是除秽派第九代弟子。”

又一指老孙说：“这是垂丹派第九代弟子。”

我悄声问道长：“现在是白天，怎么这五鬼竟能现身？”

月隐道长说：“它们现在是半鬼半魔，魔可跨‘人鬼妖魔’四界之地。”

那鬼说：“什么这个派那个派的，我们被遥尘老道关在这里这么多年，除了见过几个进来盗墓的，就没见过几个人，没想到这几天之内来了三批人，真是让我们高兴啊，这古墓终于有了人气了。”

我一惊问道：“那个石亮，你们把他怎么样了？”

那鬼道：“石亮？就是那个拿着清辉宝剑的？”

我点头说是。

那鬼道：“他很好啊，在我的后院好好呆着呢，我的一半的宝贝都属于他了，他守着他的宝贝可舒服了，你们来是为了什么事情啊？来和那小子分宝贝的？”

我们听了不禁一怔，老孙问道："既然他有清辉宝剑就能拥有那一半的宝藏，为什么他不赶紧搬运出去？在这里呆着什么劲啊，这里怪冷的。"

那旁边一个鬼笑道，"清辉宝剑只能让我们把一半宝藏给他，但是并不是说能从这里带走啊。"

说完哈哈大笑，顿时一股阴气逼人。老孙和孟非虽然吃了定心丸，但是这鬼的笑声还是让她们浑身冷战，寒冷彻骨。我忙用罩字咒给他两个加上保护，以防阴气入体。

月隐道长拿出那把冷月宝剑说："那这把冷月宝剑能否带走你那一半宝藏呢？"

那五鬼看到冷月宝剑张大嘴巴，愣愣地说不出话来，沉默了半晌，那居中的王侯鬼才叹了口气悠悠地说："看来天意如此啊，我的宝藏终究有一半要被别人带走了，没想到清辉和冷月真的同时出现在这里了。本来我们还很庆幸，想那遥尘道长一定是把两把宝剑分别传给了不同的弟子，好几百年过去了，两把剑早不知道在谁的手里了，天南地北的，说不定早丢了呢，那样我就可以永远拥有我的宝贝了，没想到竟然两把宝剑又同时现身了，这真是天意啊。"

说完叹气连连。

旁边的卫士鬼劝慰道："大王不要伤心，我们和遥尘道长早就有誓约的，怨不得别人，那些宝贝就让他们带走吧。"

那王侯鬼点头。

五鬼向我们招手扭头向里面走去，我们跟在他们后面，才发现更里面有一座城池，刚才的河就是这座城池的护城河。

来到城门口，那五鬼手一挥，大门打开，我们迈步而入，进到里面才发现这里和真的城池一般无二，街道上都镶满了能发光的石头，道路两旁点着长明灯，再看这里店铺林立，房屋鳞次栉比，可惜过了这么多年，那些木头结构的东西都已经腐烂不堪了，能想象这城池建成时的壮观奢华。古代人民真是无所不能，在山腹间造了这么个大洞出来已然不易了，再建座这么大的城池，那得花多少年？花多少人力、物力、财力？要死多少人呀？！

走了好长时间穿过许多街道，才来到了王府，看来这里的面积真是不小，估计这座山峰的整个内部都被掏空了来建设这处地下王国。

这王府果然不同一般，里面的设施豪华至极，所有东西都是用宝石玉器打造而成，房屋是用上好的石头建成。我们随着他们走进大殿，发现有个人坐在一个宝石的椅子上，听见外面有动静扭头看过来，看见五鬼后面的我们，他从石头椅子上一跃而起，向我们冲过来，一把拉住孟非的手，喜极而泣。

经介绍，那人就是石亮，他四十来岁年纪，相貌堂堂，一表人才，只是现在却胡

子拉碴，满脸疲倦。石亮拉着孟非直喊救命，一个劲说对不起，不该拿了清辉宝剑和老孙的定心丸来这里。

我们这才明白石亮能在五鬼面前没有中鬼气而死，原来是偷了老孙送给师叔的定心丸，开始还担心他进入古墓后立刻要被五鬼的鬼气所害呢，看来他一点不傻。

那五鬼很知趣地进了后面的宫殿，让我们聊。石亮带我们进了大殿，我们几个人在石椅子上坐下来，孟非给他介绍了我们几个人，石亮给月隐道长和大家施礼，这才给我们讲述了事情的经过。

原来他早听自己的父亲观海道长说过有这么个宝藏，而且他虽然没有修习道家的捉鬼之术，但是自小也修习了些道家内功和武功，而且对一些风水阴阳之术还是有些研究的，所以他偷了宝剑来到这里，才能用咒语打开外面石壁上的大门。

但是他并不知道清辉宝剑只能拥有宝藏，拥有两把宝剑才可以带走宝藏，两把宝剑缺一不可，五鬼虽然把宝藏给了他，但是却不允许他带走。

孟非说道："师兄，你就那么喜欢这里的宝藏么？我们要是不来，你就不能放弃宝藏自己出去么？那五鬼对持有冷月或清辉宝剑的人是不会伤害的，你要走他们肯定不会阻拦你的，难道你要一直在这里守着这些宝藏，直到死掉么？"

石亮惭愧道："你误会了，师妹，你看这里，一个大型古墓，我虽然带了些吃的，但是这几天吃得也差不多了，你们晚几天来我非饿死不可，我之所以不肯出去，并不是因为我贪恋这里的宝藏，宝藏再多再值钱，也没自己的命重要。"

老孙说："看来你挺明白的。没命了，宝藏有什么用啊，那你还不赶紧出去？"

石亮说："我也想赶紧离开这里，但是我一出去也是死。"

大家听了都很吃惊，月隐道长问："此话怎讲?"

原来石亮偷走宝剑和定心丸后，很快联系了两个对盗墓很有研究的朋友，三人一起来到了猛鬼山，很顺利地找到了那面石壁，然后石亮用咒语打开了那扇大门，三人进来后也被这古墓里的奢华惊呆了，另两个盗墓的虽然见过很多古墓，但是和这里比起来简直都不值一提。

石亮一直感觉好像有人跟踪他们，但是每次巡视四周都没发现什么，等到了护城河的时候，已经接近墓葬中心了。那人终于现身，出手快速杀死了走在后面的人，石亮和另一个人忙向那桥上奔去，石亮过了桥，剩下那人在桥头被那人赶上一招杀死，然后那人合身扑向石亮，就在这个时候，五鬼出现了，见石亮手里拿着清辉宝剑，知道是遥尘道长的后代弟子无疑，出手挡住那刺客，救得石亮。

五鬼里面武功最强的卫士鬼用了一招"鬼气缠身"，想杀死那刺客，但是那刺客出手更快，只见他双手结了个指诀，口中催动咒语，突然间只见这古墓里，雷电交加，乌云滚滚，那五鬼惊呼："天雷之约！"

惊慌中五鬼围成一圈，双手同时上举，用尽力气，这才挡住了那乌云中一道强烈闪电的袭击，那人见一击不中，又发起同样的一招，还是被那五鬼接住。那卫士鬼见那人体力衰减，而且这招使用欠缺变化，想来是并不纯熟。虽然己方也已经精疲力竭了，还是拼劲全力一抖黑袍，一股阴风吹出，直接把那人吹得撞在石壁上，一口鲜血喷出，慌忙起身顺来路落荒而逃。

五鬼被天雷击得鬼气大伤，又不知道那人还有没有其他的狠招数，而且他们和遥尘道长有约定，发过誓不能踏过那座护城河的石桥，否则必被天雷所击而烟消云散，所以并没有追赶。

那五鬼见石亮持有清辉宝剑，带他来到城堡里面的王府，又直接带他到了王府后面的仓库，也就是一个特别大的山洞里，那里堆积着无数的奇珍异宝，还有当时各国的各类古典书籍等等珍贵的东西。石亮大开眼界，但是那五鬼告诉他可以拥有这里的一半宝藏，但是却不能带走，除非有冷月宝剑一起才能把宝藏搬出去。

石亮至此才明白那传说还有另外一半，他听观月师叔说过那冷月宝剑在我手里，他有心出来那古墓，去找师叔归还清辉宝剑，或者有机会再把冷月宝剑也“借”来，再把这里的一半宝藏带出去。但是他出来古墓后发现那刺杀他的人正在古墓外面运功疗伤呢，他这一出去必被那人发现，那人武功很高，必然会夺下清辉宝剑，然后逼着他再打开石门，进去拿那里的宝藏，他不敢出来所以无奈之下不得不又退回到这里。

这几天下来简直是度日如年，他不敢总和五鬼见面，因为毕竟五鬼身上的鬼气太重，而石亮带来的定心丸并不是很多，怕一旦定心丸用光了，自己必被鬼气上身而亡，但是无奈出去也是死，这几天只好尽量和五鬼商量少和他们见面为好。

我们听到这里，才明白事情的前后经过，石亮不住向大家道歉，并把那宝剑交还孟非手中。

这时候孟非大叫不好，我忙问怎么回事。

孟非说：“石亮师兄说那人一直在外面等着他出去，那刚才我们进来的时候那人肯定也在外面偷偷监视洞口呢，他没跟我们一起进来，定是因为我们外面有耿鸥和青青师父守着，他不能偷偷潜入，也不敢强行闯进来，强行闯入的话，耿鸥和苗师父定会大声呼喊，那我们肯定就会返身相救，那人不知道我们底细，所以不敢贸然行动。看这意思那人是想得到这个古墓里的宝藏，所以一直守候在外面等着我们带宝物出来后好进行抢劫，那他势必先对外面的耿鸥和青青师父下手，先解决掉外面的障碍才好。”

我们听了不由得暗吸一口冷气，一行人来不及向五鬼辞别，急忙折回。

我们到了桥头，发现五鬼早就在那里了，月隐道长说：“我们急着出去救人，就不打搅五位了。”

那王侯鬼道："你们可要注意外面的那人啊，他的功夫和你们道家功夫一样，只不过他只会那一招，但是显然他这一招功力练得还不够，不然上次交手我们五个早被那天雷击散了。"

月隐道长脚步不停口中问道："那是什么招数？"

王侯鬼道："那就是当初遥尘老道逼我们再不伤害生灵，并许诺把宝藏分给他一半的那最厉害的一招'天雷之约'里的'玉石俱焚'。"

我们点头，五人急忙奔洞口而去。

我们出的古墓果然不见了苗青青和耿鸥，心中顿时一沉，再看月隐道长额头更是渗出密密的汗珠，老孙当即大声呼喊着她们两个的名字。

我看周围的草地被人踩得乱七八糟，显然这里有人搏斗过，不禁心里一紧。孟非突然看见脚下的石头上有斑斑的血迹，忙招呼我们。月隐道长看见血迹，关心女儿安危顿时乱了方寸，加上年纪大，又经过刚才的紧张，身体支持不住，晃了几下，几欲摔倒，忙扶住旁边的古树。我忙过去搀扶，老孙过来给他服下调节身体气息的药丸，孟非拿出毛巾给老人擦汗。

月隐道长一摆手说："大家别管我，快去找她们两个。"

我们点头，突然听见身后有声音传来："咦，你们出来了啊，围在一起干什么呢？"

这声音分明是耿鸥的声音，大家急忙回头，却见耿鸥和苗青青正向我们这边走来，我们大喜，孟非忙跑过去拉着她们两个的手，激动地说不出话来。

两人很是奇怪问："你们怎么了？好像很紧张的样子。"

老孙说："你们两个跑哪儿去了？害得我们担惊受怕的，看把道长都吓坏了。"

她们两个忙跑过来看月隐道长，月隐道长见女儿和苗青青安全而返自然非常高兴，我们这才把刚才的事情说了。

苗青青看了一眼石亮说："你就是石亮啊？为了救你可把我们几个折腾坏了。"

石亮忙向她们陪不是。耿鸥口快这才说起刚才她们两个的遭遇。

原来她们在外面守候石壁上的洞口，突然苗青青发现远处树后有人影一闪，她立刻警觉可能有人盯着这里，于是假装和耿鸥有说有笑迷惑对方，让对方现身，否则敌暗我明，不好对付了。

果然，一会儿工夫那人从树后跳出直奔她们两个而来，一掌向耿鸥后背打来，苗青青一把推开耿鸥，上去一掌接住那人的一掌，她手上早戴上一枚带尖的戒指，上面涂有黑巫教的蛊毒，这一下把那人手掌刺破，鲜血直流，顿时整个手掌迅速变红，奇痒无比。那人慌忙中扭头便逃，苗青青怕他跑后招呼同伙来。刚才和这人对掌发现这人是有些内功的，要是他同伙都会武功，那就麻烦大了，绝不能放他回去。

于是招呼耿鸥一起向那人追去，那人才跑出不远，就支持不住倒在地上，因为他跑动中血液循环加速，那蛊毒在他身体里扩散致使他毒发跌倒在地。

苗青青和耿鸥过来一看那人已经没了气，动手把他拖到旁边一个沟里，折了些树枝盖好，想等我们出来再分析这人是什么来头。

我们听得她两个的遭遇心惊胆战的，幸亏没出什么意外。

我说："这人武功如此不堪，恐怕不是跟随石亮进洞的那个人吧？"

月隐道长也说："难道另有其人？连那五鬼都惧怕的高手，怎么会轻易就着了苗青青的道儿呢？那人该有很深的内力的，苗青青接他一掌，至少胳膊会被折断的。"

我们让耿鸥和苗青青带我们过去看那人的尸体。

到了那里，扒开树枝，石亮一眼就认出这个人说："就是他，他就是杀死我两个朋友的人，只用一招就把五鬼一起打伤的。"

我们听了不仅面面相觑。

老孙开口说："这么厉害的人怎么会这么轻易被青青给杀了啊，也太菜地了，这哥们。"

孟非提议搜下他身上是否有表明他身份的东西，老孙刚想动手，看着那人红得发紫的皮肤，有的地方已经开始溃烂顿时住手，招呼苗青青过去搜身。苗青青一笑，无奈之下只好亲自动手，翻遍那人衣服的口袋也没有发现什么东西，看这人打扮并没带任何装备，不像是来盗墓的，再看他衣着好像是这里附近的村民。

我们见没什么线索，就和老孙两个用铁铲在旁边挖个坑把那人给埋了。苗青青也算是给石亮的两个朋友报了仇了。

我们看着月隐道长，问他现在怎么办。

月隐道长说："既然人找到了那我们就返程吧，省得让你师叔担心。"

本来想打个电话给师叔，告诉他石亮找到了，让他不要担心，可是这深山里根本没信号，只好等出了深山再打了。

老孙见大家要走，急忙说："我们就这么回去了？现在冷月和清辉宝剑都在我们手里，那五鬼的一半宝藏就能让我们带走了啊，难道我们不要那宝藏？"

耿鸥一听急忙说："是啊，你们都是圣人不成？我可想看看那宝藏到底什么样子，还有那五鬼长什么样。"

我也不甘心这么回去，那么多宝藏，我们不要那么多，带出一两件来也发大财了。再说我们现在要炼丹，还要买各种装备，都需要钱的，老孙和我那么长时间不上班了，只能拿个基本工资，眼下还是很需要钱的。

我们都看着月隐道长，月隐道长看我们都想拿点宝贝出来，又架不住耿鸥一边撒娇纠缠，看天色也不晚，又带大家返回古墓。

那五鬼见我们回来了，忙问怎样。

我说："那把你们打成重伤的人已经被我们杀掉了。"

五鬼很高兴说："这里风水原因，人死后很容易变成鬼，等那小子变鬼后看我们怎么收拾他。"

王侯鬼看着我们七人酸酸地说："你们现在手里有冷月和清辉了是不是要带走一半宝藏啊？"

月隐道长呵呵一笑说："王侯鬼果然料事如神啊，其实我们本来只是想救石亮出去，没想要什么宝藏的，但是既然来了，而且恰好冷月和清辉在一起出现，这是千载难逢的好机会，不带点宝贝出去也愧对了这次机会了，我们只带一点点出去，剩下的还是留给你们帮我们继续保存吧。"

王侯鬼黯然神伤说道："那好吧，这些宝贝都是我心爱之物，今天终于要被别人带走了。"

我们几个暗笑，心想，这鬼还真是个大财迷。

五鬼带我们进城堡来到那座大殿，向后殿走去，在后殿角落的地面打开一扇暗门，暗门通到下面，我们跟着它们进去，那里面非常大，无数奇珍异宝摆放得整整齐齐。这个大房间被这些宝贝映照得光华灿烂，让人惊叹古时候怎么会有那么多宝贝。

奇怪的是，那宝贝被分为两部分，一半放在左侧，一半放在右侧。

老孙奇怪地问："怎么这里的宝贝还分为两堆啊？"

卫士鬼道："一半是我们大王的，另一半是给你们留的。"

我们仔细一看，果然这两对宝贝数量品种都是一模一样的，我们大笑，这王侯鬼还挺细心，早就把宝贝分好了。

我们七个过去，每人选了几件自己喜爱的宝贝，我选了几件体积小的在市面上容易出手卖掉的，老孙专门捡值钱的拿，仅有的两颗夜明珠被他抢过去揣兜里了，又拿了好几样宝石玉器。耿鸥和苗青青、孟非三人选择宝石首饰类的比较多。月隐道长喜欢收藏，选了几件摆件类的。石亮拿了几件罕见的古玉器。大家并不贪心，每人只带了几件宝贝，只有老孙把背包装满了。再看那王侯鬼盯着我们的一举一动，脸色异常难看，都快哭了，我们都暗自好笑。

我们把宝贝装好，出了城堡挥手向五鬼告别，五鬼知道我们不是贪婪之辈，也很感激我们，庆幸遇见我们几个，要是别人早把那一半宝藏全部搬走了。

五鬼不能过护城河，于是在护城河桥头和我们告别，一行人沿来路出了古墓。

第17章 山村荒野夜惊魂

到了外面才发觉天色已晚，要想出山已经是不可能了，我们想原地搭个帐篷睡一晚，孟非发现前面有条小路，我们走上那路才发现这是条山间的柏油路。一会儿工夫，有一辆小货车开过，我们把他拦下，想给他些钱让他把我们拉出山去。

那人说天色太晚了，在这山路上开车比较危险。我们听了一筹莫展，心想只能搭帐篷凑合一晚上了。

那开车的中年男人说："这里是本市著名的旅游区，我们村旁边还有个大水库，那里风景好极了，好多城里人都来我们这里度假，来吃水库里打上来的鱼，那鱼可是纯绿色的，一般都长好几年呢，肉味特别鲜美的，在城里是吃不到这么鲜美的鱼的。所以周围村子都有农家院，住一晚上一个人就几十块钱的事情，我们家就有。明天一早就有车从这里经过，你们就可以搭车出山了。"

我们一听精神一震，一起坐上他的货车去了村里。一路上已经饥饿的耿鸥吵吵着要老孙做顿丰盛的晚宴，老孙满口答应着。

到了那村子，果然有很多农家院，院子里还停着来这里度假的城里人的多辆轿车。那货车大哥的家里今天下午来了两拨人，房间都住满了，他叫我们不要着急，立刻给我们联系了村里另外一家，安排我们七人住到那家去，那家的客房也不多了，最后把自己的房间腾出一间给我们住，这才算安排下我们。

那家主人很好客，老两口招呼我们进了客房，我们看了下房间还算比较干净。我们提出要用他们家的蔬菜、肉、米等原料做饭，钱加倍给，那老两口很高兴，让儿媳妇给我们送来好多蔬菜和肉还有鸡鸭什么的。

老孙用这家的厨房施展手艺给我们做了满满一桌子饭菜，那饭菜香味把那老两口都吸引来了，其他房间的客人嚷嚷着要老两口也给他们做这样的饭菜，老两口跟客人

们解释不是他们做的，一遍一遍解释了好半天。

我们在房间里听得好笑，老孙更是十分神气，受到大家强烈表扬。

吃完饭，看天色还早，我们打牌看电视。她们三个女生一间，另外还有两间，月隐道长说要和我一间，我心道不好，道长估计会跟我说让我学习御术派道术的事情。这些时日我一直避免单独和道长在一起，就是怕他提出要收我为徒的事情，以前每每提到这个话题都被我搪塞过去，今天跟他住一屋的话，恐怕肯定会谈到这个话题，这御术派道术修习不好是要出人命的，我可不想为了那道术英年早逝。

白天时候月隐道长身体就有点不舒服，毕竟年纪大了，经不住折腾，老孙给他服了点药，先回房间睡了。

老孙和三位女生玩双升，孟非不太会，石亮在旁边给她指点，耿鸥非要拉我在她旁边给他看牌。这小丫头一点都不认生，才几天就把我和老孙呼来唤去的，看来这小丫头使唤人真有一套。

刚玩了一会儿，月隐道长把我喊了过去，我心说不好，真是怕什么来什么，一会儿他提出要收我为徒该怎么办啊。

那房间是房东为我们腾出来的，房间里摆放的都是这家主人的东西，月隐道长朝桌子上一指，桌子上摆着一个相框，里面是一男一女的合照，那女的是这家老人的儿媳妇，刚才就是她给我们安排的房间，铺床烧水也都是她来做的。不用说在她旁边的男人一定是她的丈夫了，等我仔细一看，不觉大吃一惊，那男人赫然就是白天在古墓门口被苗青青毒死的男人！

我和道长对视一眼，我小声说道："那人是这家老人的儿子，这人会很厉害的法术，这么说他家里其他人也可能会法术了，不知道这家人是什么来历？"

我把老孙叫了进来，把情况跟他说了一下，老孙惊讶道："老李，我们不会住了黑店了吧？还是趁早走吧，这里我可睡不踏实。"

我看了一眼道长，道长说："我们最好探听一下这家的底细，再做其他打算不迟。"

老孙说："可惜我的'展耳丹'因为缺少材料炼制不出来了，不然服一粒就可以听见他们家里人说话。"

我说："不如我们把那老人请过来，借故打听这里游玩的地方，慢慢套他的话，也可以观察一下他有没有功夫在身。"

月隐道长和老孙都同意我的主意，于是老孙去请房东老人过来。

老人姓张，是个特别朴实的农民，脸上写满了厚道，从他的眼神能明显看出他身上有内功，我们跟他东拉西扯向他问了些旅游啊收入啊等问题。最后，老人欲言又止的样子，我看在眼里，对他说："老伯，您好像有什么话要说，您就说吧，不用客气。”

张老汉说：“我看几位好像都是从城里来的客人，一个个仪表不凡，而且至少有两三位会道家的内功，尤其是你们两位。”

说着指了下我和月隐道长。我和道长暗叫惭愧，人家早就看出我们有功夫了，而我们一开始竟然没看出来。

张老汉接着说：“你们的内功很是深厚，不知我说错了没有？”

我扭头看了一眼月隐道长，我们对他这个问题不置可否。

张老汉接着说：“可是几位身上都有很重的鬼气，显然你们不久前刚接触过鬼或者在阴气极重的地方呆过。这山叫猛鬼山，但是自古以来这山中只有一处古墓，而且是个很隐蔽的古墓，一直没被人发现过，难不成几位今天到过那古墓？”

我们听了大吃一惊，这张老汉对我们做过的事情说得一清二楚的。很显然他对这古墓的事情了如指掌。

月隐道长冲我点点头，意思是让我以实情相告。我看这张老汉不像是什么坏人，所以就如实对他说了我们此行的经过，只是隐瞒了他儿子惨死的一幕。

张老汉听完，泪流满面，显得异常激动。

老孙忙说到：“大爷，您别哭啊，您这一哭跟我们欺负您似的，您放心，我们不会不给您房费的。”

张老汉抹了下眼泪说：“你们一定是道教里的武道的传人了，你们的第一代道长道号‘遥尘’，你们的家谱是‘遥知仙山路，冷月照清辉’对不对？”

我忙问道：“难道老伯你也是武道中人？”

张老汉说道：“我的祖先曾被遥尘道长收为俗家弟子。”

我们几个都“哦”了一声。

张老汉接着说：“当初遥尘道长把东汉五鬼制服之后，心情很是愉快，见这里山水很好，所以就在这里住了些时日，游山玩水。那时他恰好住在我家，临走的时候收了我祖上为徒，道长怕那五鬼以后修炼成魔，不受那天雷约束又会出来害人，所以传给我祖先道家的内功心法，然后又传授他‘同归于尽，玉石俱焚’的一招。他告诫我那祖上不到万不得已不要使用这招，否则自己也会反受其害，内功越强，给敌人的创伤越大。道长要我的祖先把这一招世代传下去，并告诫后人好好看守这里，以防万一。遥尘道长告诉我们那古墓里面的情形和那五鬼的来历，还有古墓里数不清的宝藏，但是为了防范日后有人打古墓的主意，并没有透露古墓具体位置，也没有告诉开启古墓大门的方法。就这样我们世代修习道家内功，练习那仅有的玉石俱焚的一招，世代相传，一直在这山里一代代守着那古墓。”

我们才知道事情的缘由，不仅唏嘘不已。这么说来这老人也算是我们道教的成员了。

我试探地说："老伯，我看您的内功就很强，不知道您的内功和那玉石俱焚的一招有没有传人啊？"

张老汉听了叹了口气说："我有个儿子，从他小时候起，就开始修习内功心法和玉石俱焚，但是他对修习内功不感兴趣，只对那古墓里的宝藏感兴趣，盼着能找到古墓的位置，进去灭了五鬼，得到宝藏。所以他整日修习风水知识，凭着聪明找到了古墓的具体位置，但是那古墓并不是一般人能进去的，据说要用专门的咒语法术来开启那古墓大门。我那不孝之子不死心，继续苦苦研究，家里大小事情都不管，简直是鬼迷心窍啊。"

原来是这么回事，张老汉的儿子果然是个贪图财宝的人，连张老汉都看不过去了。他不惜杀死石亮的两个伙伴，还要把五鬼一起灭掉，幸亏他不喜修炼内功，功力尚浅，不然五鬼就被他消灭了，也幸亏那人功力浅，所以当时自己只是受了点内伤。

我看了眼月隐道长，用眼神询问是否把这张老汉儿子的事情告诉他，月隐道长冲我微微摇头，我和老孙才没有告诉他实情，我们想明天一早赶紧回程，离开这里。

眼看到了午夜十分，张老汉起身告辞，我们也休息了，整天的劳碌让我困倦异常，闻着房间里淡淡的清香，更是昏昏欲睡，虽然马上要进入梦乡了，但是本能告诉我，这屋子里的清香有问题，我挣扎着要起身，但是浑身无力，丹田空空，想张嘴喊人，却哪里喊得出声音。我心里暗叫不好，这时候屋门吱呀一声开了，听见有人走了进来，我听见月隐道长轻轻的鼾声，知道他白天时候急火攻心，伤了身体，此时肯定是熟睡了。我又起不得身来，不知道进来的人是谁，要干什么？

我面冲窗户，看不到身后进来的人是谁，在干什么，但是能听见他翻我们背包的声音，一会儿我感觉屋内一亮，知道那人翻出了我们从古墓带出来的宝物，原来我们身上的宝贝早就被人发现了。

那人把宝贝收好，突然听见他自言自语道："这都是你们自找的，杀了我儿子，我要你们七个一起偿命！"

我听了心里一紧，原来这人是张老汉！

他不但知道他儿子是被我们杀的，还知道我们从古墓带出价值连城的宝贝来，看这意思他肯定会将我们全都杀了的。这里群山林立，还有方圆偌大的水库，七人的尸体随便往哪里一扔，都不会有人发现的。

我心里暗暗叫苦之际，感觉又有人进来，把月隐道长抬了出去，一会儿又把我抬了出去，放到一辆马车上，石亮正在这车上熟睡着。我用眼角余光看见旁边还有一辆车，上面似乎也有人，估计是老孙还有苗青青孟非耿鸥她们几个。

一会儿有人把一面大凉席盖到我们身上，然后车动了起来，像是有牲口拉着我们悄悄出了村子。走了挺远马车停住，我们身上的凉席被掀开，我听见一个女人的声音，是张老汉的老伴。

她说：“就从这里扔下去吧。”

张老汉说：“用绳子把他们两个两个地捆好，再绑上一块石头。”

我心说不妙，这里就该是那个大水库了，他们是要把我们沉到水底去。

我拼命提气，但是丹田里还是空空如也，身体也动不了，声音也发不出来，这老家伙从那里搞来的这怪药，药效竟然这么持久。

我听旁边月隐道长呼吸粗重，知道他也醒了，但是也没办法摆脱怪药的控制，旁边车上的人是一点动静没有，看来她们几个都没醒。我心说这下算彻底完了，一行七人就这么完蛋了，要沉入水底，喂了鱼了。

我和月隐道长迅速被捆在一起，绳子一头还拴上一块大石头。这张老汉力气还真大，把我们捆得结结实实，一边捆还一边叮嘱他老婆子，捆紧点，否则绳子松了尸体飘上来就糟糕了。

老婆子说：“放心吧，这水库里有大鱼，不用一晚上，他们都会被鱼吃干净了。”

一会儿另一个声音响起：“爹，你就放心吧，这几个人进村时候天太晚了，村里没人看见他们，就算尸体浮上来，也没人怀疑是我们做的。”

我心里一凛，这人就是拉我们几个进村的货车大哥。原来他们是一家子啊，怪不得看着他面熟，原来他和那个被苗青青毒死的人是亲兄弟！

这时突然听见远处有脚步声，渐渐走近，一会儿工夫那张老汉开口问：“你怎么来了？”

那人说：“爹，你们不能做这种事，这是伤天害理啊。”

我一听这声音正是张老汉的儿媳妇，就是被苗青青杀死的人的媳妇。

张老汉气愤地说：“那他们杀死二强，就不该偿命么？”

儿媳妇说：“那万一是误杀，或者有其他什么原因呢？”

张老汉说：“你儿子去找二强回家时，亲眼看见那几个人把二强尸体拖到沟里埋了的，难道不是他们杀了二强么？”

我一听明白了，原来是张老汉的孙子看见我们埋人了，我还纳闷这张老汉即使知道我们身上有宝贝，又怎能知道我们杀了他儿子呢？原来是他小孙子看见我们了。

想是天黑了，那小孩子去那古墓周围找他爹回家正好看见我们做的事情了。

儿媳妇说：“反正你们不能做这些事情，这可是七条人命！”

张老汉说：“这是为你丈夫报仇，二来他们带着好多古墓里偷出来的宝贝，肯定他们也不是什么好人，杀了也是为国家除害。还有他们身上的宝贝可值钱了，随便一

件就能让我孙子吃最好的穿最好的跟城里孩子一样上最好的学校，考最好的大学，然后出国留学光宗耀祖。”

那儿媳妇听到能让自己的儿子出国留学也不做声了。我心里暗急，好不容易来个救星，马上被策反了。

张老汉说：“还愣着干什么，快帮忙把他们几个扔下水。”

儿媳妇慌忙过来抬人，我这下彻底绝望。

天上繁星点点，加上水面的反射，本来这里光线不是特别暗，可是忽然间起了大雾，只几秒钟工夫那雾气就浓到了伸手不见五指的地步。

我心里一惊，这不是苗青青的搬雾术么？一定是苗青青醒过来了。我和月隐道长内力深厚能第一时间醒过来，但是却不能动，更无法施展任何法术。她们几个人没什么内力，刚才一直是在睡梦中，现在幸好苗青青及时醒过来了，可能也和她每天接触各种毒药，练就了百毒不侵的体质有关，但是这怪药连她都能药倒这么长时间，可见确实非同一般，苗青青还没被捆住，所以她一醒来立刻就能活动，施展了搬雾术。

此时张老汉惊慌地喊道：“这天怎么这么大雾啊？什么都看不见了，连手电筒都不管用了，大强，快把他们几个扔下去，赶紧往回赶，这天儿太邪行。”

有人开始搬动我和旁边的月隐道长。我心想不好，大雾虽大，但是我们不能移动，他们一样能摸得着我们的。

这时候感觉有人拖着我肩膀往水里拉去，一定是大强正把我往水里拖呢，忽然鼻子闻到一股辛辣刺激的味道，直冲脑门，我登时感到丹田一股气流直灌全身，四肢百骸瞬间打通，一用力，身上的绳子断开了。

我反手拿住拉着我肩膀的大强的两只手，手腕一抖，他两条胳膊登时被我拉脱，大强惨叫一声，我气运双腿，一个扫堂腿将他扫倒在地，他两条腿也登时被我扫断，倒在地上动弹不得。

这时候雾气突然消失，借着星光，看见张老汉和他老伴还有儿媳妇已经退到了车旁边，惊慌地环顾四周。

月隐道长和老孙已经站了起来，苗青青正拿着小瓶子给耿鸥和孟非解毒，她们两个体质稍差，虽然清醒了，但是仍然面色苍白，再加上惊恐，在一旁坐着发不出声来。

老孙看这歹毒的一家人破口大骂：“你这老头太可恶，竟敢谋财害命，还有没有王法了？”

他一眼看见车上放着他的背包，里面装着他那两颗夜明珠还有好几样宝贝，他一看这个，火往上冲骂道：“竟敢拿走我们的宝贝，那可是老子后半辈子的花销啊。”

说着话大步过去，直奔张老汉而去，他月隐道长从旁边一伸手，没能拉住老孙。

老孙跳到张老汉跟前，一把抓住他衣领。

张老汉双手从老孙两个胳膊间平推出去，一下推在老孙胸口上，老孙顿时像离线风筝一样飞了出去，连喊叫都没来得及，扑通一声掉进水库中。

我一看不好，这一下力道奇大，老孙估计肋骨都被打断了，也许已经晕过去了，掉进水里肯定上不来。

我刚想跳水救人，苗青青拉住我说："你留下对付敌人，我下水救人。"

说着一个箭步跳进水里，向老孙落水的地方游去。

我这才转过身来，月隐道长已经和张老汉打在一起，月隐道长的轻功很是厉害，行云流水飘忽不定围在张老汉周围，张老汉站住不动，只是双臂左挡右挡，极是笨拙，但是却化解了月隐道长快速有力的进攻。

我心里纳罕，这张老汉的内力确实厉害，看他一点武功身法都不会，但是他的内功强悍，所以速度极快，竟能和月隐道长相持。

我越看越心惊，月隐道长此时跳到一旁，掐了个指诀，口中念念有词，忽然一道寒光从远处飞来，直奔张老汉而去，张老汉身手极其迅速，没看见他胳膊是如何动的，就已经抄住了那道寒光，我一看原来是冷月宝剑。

月隐道长刚才使用的是御剑术，可没想到张老汉出手如此之快，竟然能抓住宝剑的剑柄。月隐道长见他抓住宝剑，口中又开始念咒，只见那宝剑迅速飞起，带着张老汉直飞出去，张老汉一看不妙，慌忙撒手，跌落在地。

宝剑在空中转了一圈反身回来直奔张老汉胸口，张老汉向旁边一闪，又迅捷无比地握住那宝剑剑柄，他知道这宝剑是削铁如泥的利器，所以他不敢碰剑身。

他抓住剑柄后抄起身边车上的绳子，把剑柄捆住，然后另一头拴在车帮上，御剑飞行的宝剑虽然能把一个人带离地面，但是再重的东西是无论如何也带不动的，那马车那么重，宝剑也飞不起来了。

张老汉气急败坏地说："你们这群人杀了我儿子，现在还要杀了我们全家，我跟你们拼了！"

说着他口中念咒手上掐了个简单的指诀，只见他衣服鼓起，里面气流流动，可见张老汉内力之强。天空中一时间乌云密布，劲风吹动，张老汉双臂伸展开来，忽然向我们一抖，地上的石头沙子夹着风一起向我们射来。

我一看不好，慌忙跳到耿鸥和孟非身边，拉着她两个向旁边的大树奔去，石亮在后面紧随我们，四人分别躲到两棵树后面，幸亏我们动作快，但身上还是被射来的石子打得生疼，石亮的额头被小石子打出了血，石块大点他脑袋就要开花了。

月隐道长也闪身到旁边的树后。我们对付鬼那是有很多方法的，但是对付人，尤其是张老汉内力这么高的高手，我们还真是没有什么好办法。眼看着苗青青下水救老

孙，这个时候还没上来，心里不禁暗暗着急。

张老汉见我们躲到树后，一时也拿我们没办法，只是停止了做法，在那里喘着粗气，不时狂喊着要我们给他儿子偿命。天空中的乌云还没有散，还不时传来隆隆的雷声，真不知道这个是什么道术，何以如此威力，难道这就是遥尘道长传下来对付五鬼的“玉石俱焚”么？

这时候我突然看见张老汉的妻子和儿媳妇在一旁正给他大儿子用木板包扎断腿，心想也没什么好办法了，只能用他们作人质了，如果被困在这里久了，不知道老孙和苗青青会遇到什么麻烦呢。

我刚要跳出去，耿鸥紧紧抓着我的胳膊，不让我走，我对她一笑说：“我没问题，放心吧。”

她这才放开我，我一个箭步蹿出去，展开八卦履，只一瞬间就到了她们三人跟前，我心想挟持他老婆或儿媳妇，张老汉可能不会受制，挟持他儿子可能会管用，于是我拽起躺在地上的大强，远远跳开，拔出短刀架在大强脖子上冲张老汉喊道：“张老汉，你赶紧放我们走，不然我杀了你儿子！”

张老汉扭头见我挟持了大强，勃然大怒，几近疯狂，只见他结了个指诀，口中念咒，天空中乌云重新凝聚，狂风暴起，他双臂一抖地上的石头朝我飞来，我慌忙拽着大强施展轻功向旁边大树后逃去。

等我躲到大树后面，感到后背生疼，想是被石块砸中了肩膀骨头。我一拽身边的大强说：“他这是什么爹啊，连你都下毒手？你是他亲生的么？”

刚说完发现大强耷拉着脑袋一动不动，仔细一看鲜血从大强后脑流出，大强后脑被石块砸了个大洞当场身亡了。

我暗暗心惊，这张老汉难不成疯了么？怎么连自己的老婆孩子也要一起杀啊。我看旁边张老汉的老婆和儿媳妇也早已经被刚才的石头砸死了。

神智失控的张老汉眼看一家三口一命呜呼更是大怒，只见他突然坐在地上手掐指诀，口中念念有词。我抬头看天上，乌云在张老汉头顶上方迅速旋转，地上的大小石头离地一米左右以张老汉为中心旋转着，一些稍微细点儿的树木已经被连根拔起，也开始围着他旋转。我一看不好，张老汉看来要施展最厉害的招数，给我们最后一击了。

我急忙跑到耿鸥身边，耿鸥看着眼前的一切吓得呆了，抓住我胳膊不放。突然间一道亮光直奔张老汉而去，正是那冷月宝剑，直刺张老汉，想是月隐道长看张老汉正施展法术，解下绑在车上的宝剑，来了一下偷袭，哪里知道那宝剑到了张老汉身边竟然随着那许多的东西一起旋转起来。我们心里焦急，不知道一会儿会发生什么。

那些石头开始往上迅速升起，我还没明白怎么回事，那所有的东西已经升上十几米高，分散开来。我心想，这些东西一旦掉下来，那我们几个必死无疑。突然张老汉大吼一声，眼看天上的东西一起向下砸来，我心里大叫不好，忙抱住耿鸥挡在身下，只感觉后背被一股巨大力量压迫着，这次是真正的在劫难逃了。

正在此时，只听得有人喊道："道长莫急，五鬼来也。"

我抬头看见五鬼不知何时到了这里，只见他们围成一圈，双手举起，那向下急落的各种东西停住了下落，一点点被五鬼整个移向水库上空，然后五鬼一起收手，那些石头噼里啪啦都落到了水库中去。

我们大喜过望，五鬼没时间和我们打招呼，因为张老汉又已经开始施法了，口中还狠狠地说："五鬼，有生之年终于见到你们了，今天就替我列祖列宗灭了你们！"

说着手一指五鬼，一道强烈的闪电从天而降，直奔五鬼而来，五鬼慌忙招架，用千年修炼的鬼力硬接了这一招，那闪电把五鬼击得飞了出去，倒在地上一动不动。

张老汉此时口中喷出几口鲜血，但是他仍然手结指咒，用尽最后一丝力气再给五鬼一击。我见了忙一个箭步跳过去，抽出清辉宝剑，刺向张老汉，张老汉此时竟然伸手抓住宝剑，向怀里一抽，把宝剑夺了过去，他手上有真气，虽然宝剑削铁如泥但只是把他手掌割破而已。

张老汉刚才遭了重创，竟然内力还是如此惊人。我一愣之际，张老汉反手把宝剑刺向我胸口，我用八卦履躲过这致命一击，但是张老汉手更快，横着把宝剑砍向我咽喉，这一击太快了，我脚下虽然没停，能躲过剑身，但是那剑尖仍然会把我咽喉划开，我这才明白什么叫引颈待屠。

电光火石的一刹那，一道寒光飘过，眼前鲜红一片，不是我的血，而是张老汉的，我忙跳到一边，原来是月隐道长用御剑术，召唤出掉进水库里的冷月宝剑，张老汉身受重创而且专心对付我，终于被冷月宝剑取下首级。

再看五鬼早已经"奄奄一息"了，看来他们被张老汉一击，连鬼也做不成了，即将消散。

我忙问："多谢几位前辈相救，只是你们怎么知道我们在此受难？"

王侯鬼说："我们是鬼当然知道这里的一切了。"

我问："你们不是不能踏过那护城河的桥么？"

保镖鬼说："天雷击鬼，也要看我们是去干什么！替天行道，天雷怎么会击呢？"

我说："你们为了救我们会失去千年的修炼，不后悔么？"

卫士鬼说："我们大王说了，你们几个人类竟不贪财，只拿走一点点宝贝，说明你们很不错，我们大王贪财，所以特别喜欢不贪财的人，你们有难一定来救。"

我心里暗笑，古代的人的思想和现代就是不一样，也多亏了不一样，否则我们早

就被砸成肉酱了。

王侯鬼说："我们做鬼也那么久了，也早想休息了，我们来之前把那古墓永远封住了，除非天崩地裂，否则那些宝贝永远不会被人发现的。"

此时五鬼一点点散去，离开人间，回到他们该去的空间，我们只能挥手向它们永别了。

第18章 九转太虚门中客

众人过来一起把张老汉和他老伴、儿媳和大强的尸体埋了，突然想起老孙和苗青青还没有从水里出来。

月隐道长说："这么长时间还没出来，估计她们在水里遇难了也说不定，要不就是从别处上岸了。"

我心里一阵绞痛，老孙被张老汉击了一掌，可能晕过去了，掉进水里，遇难也有可能，但是苗青青是去救他的，本身没受伤，即使找不到老孙，也可以自己上岸的，怎么也没了踪影呢？

大家虽然捡了条命，但是又有两人失踪，心里不禁郁郁不欢，耿鸥扶着父亲，石亮扶着刚才被石头击伤的孟非，五个人一时不知道怎么办才好。

众人先把周围散落的我们的物品捡了回来，那些古墓里带出来的宝贝，除了打碎了几样玉石器物，其余都还完好无损，老孙的两颗夜明珠，散落在旁边树林深处出幽幽地发着光，那光芒在夜晚看来真是滑滑柔柔，不愧是稀世珍宝。

大家商量着沿着水库走上一圈，也许老孙他们两个从别处上了岸。我们分成两队沿反方向找，这水库超大，估计这样两拨人绕水库一圈的话，等会合后也是天亮了。

我让石亮和月隐道长一组，月隐道长年纪大了，这几天身体又不好，安排石亮在他身边好有个照应。耿鸥还对刚才可怕的景象深有恐惧，一直紧紧不离我的身边，此时非要和我一组。

我说："你连你老爸都不顾了？"

耿鸥狡辩道："我老爸年纪大了，需要别人照顾他呢，遇到危险还要照顾我，那样岂不是更危险。"

石亮和孟非无奈一笑。

月隐道长对我说："那就让小鸥和你一组吧，你照顾她一个应该没问题的，现在天黑，一定要小心。"

众人点头，从各自的包里拿出手电筒来，一共四把手电筒，其中有两把摔坏了，只好一组一把，大家互相叮嘱后踏上搜寻之路。

大家转身没走几步，就听见有人呼喊的声音，孟非一下子听出是苗青青的声音，我们大家慌忙聚到一处，向着出声音的地方跑去。

苗青青浑身湿透，踉跄着朝我们这边走来，孟非和耿鸥赶紧在旁边一棵大树后给她换上包里带着的干衣服。擦干头发，吞下几片抗感冒的药。

我迫不及待等着苗青青说发生什么事情，苗青青惊恐得哆嗦着，眼睛止不住掉下眼泪来，我出声安慰，让她先平静一下。

苗青青止住泪水，神色黯然地说："我是找到老孙了，但老孙现在恐怕凶多吉少。"

众人都是一惊，我忙问："怎么回事？老孙在哪里？是不是被张老汉拍断了骨头，支撑不住了？"

苗青青捡重点给我们简要说了下刚才发生的奇异可怕的一切。

苗青青奔着老孙入水的地方跳了下去，幸亏老孙身体发胖，沉下水较慢，苗青青入水后，碰巧一下就抓住了老孙的衣服，使劲把老孙往上拽。拽出水面后，苗青青仗着水性好，双脚踩着水，用手狠掐老孙人中，老孙吃痛醒来，大口喘着气，感觉胸口疼痛难忍，估计肋骨断了。

苗青青拖着老孙，两人艰难地往岸上游，但是水面一片漆黑，两人游了半天才知道游错方向了，现在两人找不到该往哪里游，也许刚才是向着水库深处游了半天呢。

两人在水里冻得牙齿打颤，心里焦急万分，尤其老孙还要忍着胸口的疼痛，虽然刚才吃了一粒疗伤的药丸，但是依然疼痛难忍。

此时老孙一指不远处，那里发出来隐隐的光亮，估计那里就是岸边。苗青青放眼望去，果然那里突然就出现了光亮，不像是灯光，倒像是日光那么亮。两人互看一眼，向那亮光游去，毕竟在黑暗中，人异常渴望光明。

两人游了一段时间终于接近了那光亮，发现是从水中突出的一个小岛上发出来的。两人甚喜，终于有陆地可以落脚了。两人游近小岛，上得岛来，休息了一下，苗青青搀扶着老孙朝那光亮处走去。那亮光是从岛上的一个山洞发出来的，但是那光亮此时看来并不刺眼，没想到这么小的亮光竟然从老远就能看见。

就在他们两个接近那个山洞想看个究竟的时候，事情发生了。

两人猫腰走进山洞，老孙在前，苗青青在后，就在老孙走进山洞的一刹那，跟在后面还没踏进山洞的苗青青亲眼看着老孙一下子被吸进了山洞深处，拉进了那亮光里，苗青青甚至看到老孙转过身来，瞪大眼睛向她伸出手，一脸的惊恐。只是一瞬间，老孙就消失不见了。苗青青害怕异常，想回来找我们商量办法，慌忙中自己往回游，好不容易才上了岸，没想到游对了方向，正赶上我们要去寻找她们两个。

听到这里我心里一怔，想象不出那个小岛上究竟发生了什么事情，难道是那洞里有什么怪物把老孙给拖了进去？听苗青青的说话，老孙绝对遇到了极其惊恐的事情，我心里一阵发紧，感觉此事非同小可。

众人七嘴八舌地问着苗青青细节，苗青青此时显然还在惊恐中，结结巴巴地回答着大家的问题。

月隐道长当即决定，众人一起去那水中的小岛看个究竟，活要见人，死要见尸。大家都表示同意，怕耽搁久了，救人就来不及了。众人跟随苗青青来到她刚才游上岸的地方，在那里苗青青才会记得那小岛的方向。大家又开始着急如何过去那小岛上，难不成大家游泳过去？要知道晚上的水很凉，而且水库的水很深，水下的情况也很复杂，大家虽然都识得水性，但是以前差不多都是只在游泳池里游过，在这么深这么冷的地方还都是没有经历过的，一行人估计只有我和苗青青还有石亮能游过去。

我当即决定让大家留下，我和苗青青两人游过去查探个究竟，但是又怕苗青青刚才在水里泡了那么久，再一次游回那个岛上去，怕是体力不支了。

就在众人着急的时候，石亮在不远处大声喊众人过去，我们过去才发现那里停着几艘渔船，看来这里是当地渔民打鱼出水的地方。我们惊喜交加，当即解开绳索，众人上得船来，本想把孟非和耿鸥留下的，又怕有危险，所以索性一同上船了。

石亮小时候家住台湾南部的海边，经常和做渔民的同学的父亲出海玩，划船这活计不在话下，当即载着我们在苗青青的指引下，向那小岛划去。

果然，一会儿耿鸥就嚷着看见光亮了，我们放眼望去果然在水中央有个闪亮的东西，石亮抓紧划船，一会儿就到了那个小岛。我们几个上了岛，发现那光亮确实是从岛上一座小山包的一个山洞里发出来的，我们没敢贸然进入，大家商量怎么办才好。

我抄起一块石头扔进洞里，那石头在大家眼睁睁下迅速被一股力量吸引着消失得无影无踪了。

大家都很奇怪，围着小山包转了一圈，那山包很小，背面并没有另一个出口，那这石洞究竟是通向哪里呢？如果老孙是被吸进这石洞的，那现在老孙还在石洞里么？

众人焦急万分，不知道该如何是好。

此时月隐道长一阵沉思后说：“这难道就是传说中的九转太虚门？”

耿鸥问：“什么是九转太虚门？”

月隐道长说：“御术派古书有载，太虚乃通往任意空间之门，通过这个门，能通往任何一层空间，九转轮回，宇宙大千，时空一瞬，互转互通。”

孟非说："那就跟电视电影上演的一样，穿过这个门就能回到过去或者未来？"

月隐道长说："可以这样理解，如果过去的空间真实存在的话是有可能回到过去的，据说那个空间之门出现的机会是极其之小的，而且出现的位置往往是风水极其特殊或者复杂的地方。相传御术派'知'字辈的五位大师曾遇见过九转太虚门，一行五人误入其中，只有知能大师走了出来，但是出来后就跟陶渊明进入世外桃源一样，在另一个空间呆了只几个月工夫，没想到出来后，已经是二十几年后了。所以御术派的知能道长比他下一辈的'仙'字辈道长还要年轻几岁呢。我正是知能道长的后辈徒孙，所以我的年纪比你观月师叔小，但是辈分却比他高一辈。"

我恍然大悟道："知能道长后来说起他进入九转太虚门后发生了什么事没有?"

月隐道长说："知能道长详细记述了太虚门后的秘密，还有他和其他四位'知'字辈道长在太虚门后发生的事情。"

我着急地说："既然进入后也能出来，那就是说我们可以进去救老孙了？"

月隐道长说："理论上可以这么说，希望还是有的，但是'知'字辈五位道长进去，只有一位出来，而且太虚门后的环境都大不相同，能不能出来就看个人的造化了，但是可以肯定的是困难一定不小。"

耿鸥反倒满脸喜色地说："老爸，你刚才说那里面过一天，地球上就是一年还要多的啊，那我可要进去住它几个月的，出来后，看着我所有朋友都变成老太婆了，而我还是娇滴滴的女孩子呢，那你说多有意思啊。"

大家听了都不禁好笑，这小妮子稀奇古怪的想法还真不少。

石亮说："道长，您说的这个太虚门好像在历史上是有记载的，现在被称为时空隧道，也确实有人遇到过这类情况，进入另一个空间，由于另一个空间的时间和我们生存的空间不一样，所以出来后，周围的一切都变了，这种现象从科学角度解释跟时间、速度、空间有关系，但是并没有合理的解释，也有的论断说，这种现象是根本不存在的。"

苗青青说："那我们现在怎么办？不存在的东西现在就在眼前，如果这石洞后面并不是另一个空间，那它后面是什么呢？难道这里面是一团火？能将人蒸发？"

我说："不管那么多了，不知道这个九转太虚门还能开多长时间，不过可以断定的是，这个门一定不是经常出现的，所以不快点进去的话，万一这个门消失了，那就再不可能救老孙出来了，老孙一个人而且身体受伤，不进去救他，他一个人恐怕是出不来的。"

大家都把目光投向月隐道长，月隐道长沉吟了一下说："这样，我一个人进去，你们大家留在这里等我的消息。"

我忙说："那怎么行，不能让您去冒险，您年纪大了，而且伤还没好，那后面的情况不知道会有多复杂呢，还是我去吧，起码我身强体壮，能应付各种情况。您就告诉我知能道长在太虚门后遇见了什么，发生了什么，是怎样最终走出来的就行了。”

月隐道长思索一下说：“那也好，为了安全，我们就只进去一个人吧，但进去后不知道能不能出来了，你现在后悔还来得及。让我这把老骨头进去，反正我已经是快入土的人了。”

我忙说：“我是一定要去救老孙的，我是不会轻易放弃兄弟的。”

月隐道长点点头说：“也好，也许那后面并没有想象的可怕呢，石亮刚才不是说那种时空隧道实际并不存在么？也许这就是个普通山洞，也许老孙就在里面睡觉呢。”

我点头，等着月隐道长给我简单讲一下知能道长在九转太虚门后遇到的情况。

月隐道长说：“我的几位‘知’字辈祖师爷当年不小心进入太虚门，发现那里的一切都……”

还没等月隐道长说完，孟非在一旁惊恐地喊道：“大家快看，那洞口在消失呢。”

我们放眼看去，那山洞果然很快地在慢慢变小，眼看就容不下一个人进入了，我救老孙心切，快步奔向那洞口，就要扑进去。

月隐道长一把扯住我，从怀里掏出一本书，迅速塞到我包里说：“好好研读，必有所用！”

我点点头，纵身跃进山洞，就在我跃进去的一刹那，我听见身后大家的惊呼，我眼角余光向后一撇，只见耿鸥紧随我身后跃进了即将关闭的九转太虚门。

感觉身上的每一寸肉被一点点分解，然后又一点点组合，有种重新做人的感觉，但是当我爬起来的时候，还是感觉胳膊腿的都不属于自己的一样。

看见耿鸥躺在不远处一动不动，想是晕过去了，急忙过去推拿一番，耿鸥这才醒过来，浑身软软的一点气力也没有。

我心疼地责问：“你为什么不听话，非要跟我进来？”

耿鸥虚弱地笑笑说“我就是想跟你在一起，跟你在一起很好玩，我也想看看这里到底是什么样子的，只听说过时光隧道、异空间什么的，但是都没有遇到过，好不容易有这个机会，怎能错过？”

我说：“那这里很可能是有去无回的，你怎么不好好想想？”

耿鸥说：“只要能跟你在一起，出不去就出不去吧，反正有人陪着我呢。”

我苦笑，真拿这丫头没办法。

环顾四周，发现我们是从旁边一个斜斜的白色峭壁上面的一个洞口掉下来的，正

落在下面一块白色的大石头上，看那洞口现在已经封死了，只是洞口的地方有着旋转的纹路，颜色和别处不一样。

炙热的阳光照在我们身上，蛮舒服的，突然发现我们躺的这块大石头特别平整，站起身来向远处望才发现，这块大石头是这里最高的地方，有一条石阶直通山下，向山下看去，一片暗红色的石头群高耸入云，一眼望不到头，奇怪的是，这些暗红色的岩石群呈三个大大的扇形，像梯田一样排列着。那些岩石整整齐齐地一排排矗立着，中间是一条迂回曲折的通道，看那通道呈蛇形，向深处蜿蜒着，然后又在尽头突然在下一层折了回来。

回头看，背后是高插入云的石壁，石壁的左右和这红色的岩石群相连，要想走出去，只能通过面前那条曲折的小路，看着红色岩石群的面积，要想走出去，至少要走好多天，而且，这地方看着荒无人烟的，路上隐藏着什么危险也说不定，而且这么多天我们吃什么还不知道呢。

至于走出那岩石群后将碰到什么，我实在是无法想象了，而且这只是理论上的判断，究竟那条看似路线清晰的蜿蜒小路是否畅通，还是个未知数，如果小路有一个地方堵住了，那我们就无论如何也过不去了。只此一条路，我们插翅难飞。

我们没发现老孙，我想他一定是沿着那小路走下去了，于是和耿鸥稍事休息，就立刻启程去追赶老孙。

我们两个整理了一下随身的包，里面东西倒是没少什么，我们下山踏上那条暗红色的石阶，一步步朝深处走去。两侧都是高耸入云的红色岩石，岩石上还有一条条突起的石头，在石壁上蜿蜒攀爬着，就像浮雕一样，想是常年的风吹出来的自然现象。

这样走了半天工夫，还没见到老孙的身影，也许老孙就在前面不远的地方，但是这里都是石壁林立，唯一的这条路更是曲折迂回，所以即使老孙在几米之外，但是有这峭壁挡着，也是根本发现不了的。

我们喊破了喉咙也无济于事，这地方实在太大了，而且石壁的厚度都有三四米，声音是无论如何传不过去的，我们急行军似的走了半天，已经累得气喘吁吁了，难为耿鸥这小丫头，能跟我这么快速地赶路，这和她小时候修习一些道家内功有关系。

耿鸥突然一屁股坐在地上说："老李哥，我实在走不动了，好饿啊，肚子都咕咕叫了。"

我这才想起，吃饭喝水是个重要的问题，刚才在山坡上看这片红色迷宫样的地域，没有几天的工夫是走不出去的，这就涉及到要吃饭喝水，我们包里有一瓶矿泉水，但是食物却一点没有，这里峭壁林立，到处都是石头，根本就找不到一点食物，哪怕是树皮野草也没有，往回走又没有退路，这么推算，我们顶多过个一两天就要面临生命的危险了。

我支吾着回答不出耿鸥的话，耿鸥见我的样子说："老李哥，是不是刚发现我们一没粮二没水啊？没粮没水怎么搞革命啊？"

我看看周围叹了口气，神色黯然，这下别说找老孙了，连自己的命都不知道能不能保住呢。

耿鸥笑笑说："看你一个大男人，给吓的，还不如我呢。"

我看耿鸥一点都没有紧张的意思，心情也放松不少说："我才没有被吓到呢，我是怕你个小女生遇到这么大困难要哭鼻子的。"

耿鸥一撇小嘴说："你还挺能狡辩的，我可是很坚强的，你以前给我讲的你们捉鬼的故事，里面那么多危险都挺过来了，所以跟你在一起多大的危险我也不怕，我感觉一定能走出去。"

我一笑说："但愿吧，以前碰到的是危险，而现在面临的是没吃没喝，就算是英雄没吃饱也没办法干活啊。"

耿鸥哈哈哈笑着说："别着急，我们好好想想办法，要是找到老孙哥就好了，我感觉有他在就不愁吃不愁喝的。"

我呵呵笑着说："那倒是，估计老孙能把这里的石头都炖得香香的。"

我看看快天黑了说："我看我们还是再往深处走走吧，如果老孙就在前面，那天黑了，他一定会找个地方睡觉的，我们天黑往里走，估计能遇见他。"

耿鸥点头，我们喝了点水，拖着疲惫的身体继续往里走去。

天色完全黑了下来，奇怪的是，这红色的岩壁竟能散发着淡淡的红光，让我们依稀能看清脚下的路。其实这里的路很平整，即使没有光亮，摸着石壁也能走下去。

我们坚持挪动着脚步，希望在老孙休息的时候，能碰见他，两人此时早已经饿得前心贴后心了，耿鸥嘴里一个劲念叨着烤鸭子、大闸蟹、红烧肉、驴肉火锅等美味，说等出去后一定要好好吃一顿，弄得我心里一酸，这小丫头是跟我进来受罪来的，看她那么坚强乐观，更是让我内疚。

转过了一个弯，我们同时看见前面有红红的火光，一个宽厚的背影蹲在地上鼓捣着什么，我心里狂喜，耿鸥紧紧攥着我的手，激动得不行。光看背影我们就知道那是胖子老孙无疑，而且我们鼻子里钻进无与伦比的香味，那不是美食的味道还能是什么？

我们激动得都不知道喊叫了，一步步来到老孙背后，老孙正用嘴吹着面前的火，几块石头垒成一个简单的锅灶，几块红薯一样的东西，在火上烤着，散发着诱人的香味。

由于山谷里风声比较大，老孙完全没发现后面有人，我和耿鸥早就把目光盯向了老孙烤着的食物。

老孙自言自语地说：“应该差不多好了，香味已经出来了。”

他伸手过去要拿那两块食物。

我和耿鸥一个箭步跳过去，每人一块，把那食物拿到手里，张嘴就咬。一股腥腥的味道充满了嘴巴。两人十秒不到，就把手里的食物吞了下去，抹抹嘴看着目瞪口呆的老孙。

老孙愣愣地站在那里，一脸苦相，不知道是因为见到我们高兴的还是因为食物被抢的原因。

老孙一把抱住我哭了起来：“老李啊，没想到我还能见到你，真是够兄弟啊，还能进来这鬼地方救我，一来就抢我吃的。”

我简直哭笑不得，一把推开老孙说：“你这人怎么回事？大男人又在小妹妹面前哭，真没出息。”

耿鸥笑着说：“我看孙大哥是喜极而泣啊，孙大哥，快给我们再弄点吃的。”

老孙抹了把眼泪，二话没说拿出把随身带着的瑞士军刀，朝石壁上戳去，把石壁上那些突起的如浮雕般的石头慢慢地割下几段来，放到火上烤。

我们这才知道，那东西是一种趴在石壁上生长的植物，冷眼看还以为是突起的石头呢。

老孙割下这些东西，又拿出个打火机，在石壁底下摸索着抠出几块颜色不一样的小石头，用火机一点就燃烧起来，那东西就跟木炭一样易燃，老孙这小子常年和各类引火的东西打交道，知识还真派上用场了，亏他能找出这些东西来。

虽然味道腥腥的，但是三人还是饱餐了一顿，老孙又把割下来的植物用两块石头挤出红红的汁液来，我用瓶子装了满满一瓶子，三人都喝了几口，那东西更是涩涩的腥气扑鼻，跟烤完的味道一点不一样。

不管怎样三人总算吃饱喝足，才把彼此的遭遇说了一遍。

原来老孙被这石洞吸进来后，在那白石板上躺了半天，发现胸口的伤因为吃了疗伤的药似乎也不那么疼了，环顾四周，只有眼前那一条路，所以他只能硬着头皮沿着这石径走下去，天黑后肚子饿了，才凭借经验找了这些东西来吃。

我们三人研究一番，最后得出结论只能沿着这小路走下去，没有其他办法了。于是三人睡了一觉后启程前进，我们风餐露宿，累了就睡，睡醒就走，足足走了一周时间才走出了这一大片梯田样的扇形红岩区。虽然可以吃那个红色东西喝它的汁液，但是由于一周没洗澡，身上黏黏的，头发都黏在一起了。

三人走出那红色岩石群的一刻，忍不住拥抱庆祝，看三人脸上都是黑黑红红的泥道道，耿鸥白白嫩嫩的脸上一条一缕的汗渍，看着就跟刚从土里刨出来的一样，身上的衣服更是脏得不成样子了，还有一股股的汗酸味道。

观察眼前有两条路，左面一条路通向一个白色的山洞，右面一条通向一片布满沟沟壑壑的湿地。我们商量了一下，感觉山洞里面不知道能不能通过，而且里面不知道有没有危险，有危险的话，山洞里逃都不容易逃，还不如走右面这片宽阔的湿地呢，虽然这片湿地弥漫升腾着雾气，一眼看不到头，不知道多少天能走出去，但是起码道路平坦，眼界开阔。

我们饱餐了一顿石壁上的植物，然后又往背包里装满了，怕前面没什么吃的东西。然后踏上了那片沟壑纵横的湿地。

那片湿地，到处都是黏糊糊的草根和软软的不知道什么东西的根茎，靠着吃这些东西，我们一路走下去，第三天的时候，才发现越往前走，地上越软越湿，脚下的路变成了松软的沼泽地，最后不得不放弃了前进。这片沼泽散发着一股鱼腥味，让人作呕，前面依然雾气弥漫，看不清是什么。我们只好沿来路退了回来，退到扇形红岩区的出口那里，这一下又一周时间过去了。

此时三人已经是疲惫不堪，望着前面根本没有尽头的路，精神几近崩溃，整整两周，几乎不分昼夜地前进，身上的衣服都没得换，谁受得了。

三人咬牙，互相鼓励着，踏进了左边的白色石洞，那石洞洞口很小，但进到石洞里面才发现这石洞里面很宽敞，石壁非常光滑，却软软的，白色石壁散发着淡淡的白光。

看这意思这里面是找不到吃的东西的，于是三人返回那个扇形红岩区的地方，尽可能地多割了些红色植物，还收集了些能点燃的石块，放在背包里，这才又钻进那白色石洞。

由于这山洞异常空阔，道路是笔直的，很平坦好走，不像红色石壁群里的小路是曲折迂回的，所以我们走了两天就走到了洞口。三人狂喜，洞口很窄，忙钻了过去，等过去后才发现那头又是一个比刚才这个石洞小了一号的一模一样的石洞，这个窄窄的洞口是连接这两个石洞的，并不是出口。

三人沮丧异常，而且带的食物已经所剩不多，退回去是不可能了，只能硬着头皮往里走，一面抓紧行走，一面省吃俭用。

这个石洞虽然小一号，但是路好像要长一点，这次走了三天才又见到一个窄窄的洞口，我们深呼口气，祈求外面不要再是一个同样的石洞了，否则我们真要活活饿死在里面了。

三人从仅容一人过去的洞口钻出去后，才发现那边真的已经不再是石洞了，但是三人放眼望去，却一点也高兴不起来，前面赫然是一片望不到头的金黄色的沙漠。

我们颓然倒地，三人躺在那金黄的沙漠上面，仰头望天，陷入迷茫和沮丧。这沙漠恐怕无论如何也走不过去了，带的食物已经吃完，看这沙漠一眼望不到头儿，不知

道要几天才能穿过，而且没水没食物的，返回去的话也来不及了，我们难道就要被饿死不成？这恐怕是很痛苦的一种死法吧。

从进入这里已经三周多时间了，三人风餐露宿，也不分黑夜白天，困了就睡，睡醒就走路，长时间不洗澡，三人都快成野人了，而且这里似乎到处都弥漫着一股惺惺的味道，让人作呕。

三人受不了这打击，倒在沙漠上，顾不上饥饿竟然沉沉睡去。不知过了多久，我迷迷糊糊睁开眼睛，此时已是晚上，我感觉口干舌燥，饥饿难忍，扭头看躺在旁边的耿鸥正沉沉睡着，连日的苦行，她早就消瘦异常了，嘴唇因干渴而裂开了几道口子，这小姑娘可真是难为她了，这么多天竟然没叫过一声苦，而且在我烦躁的时候，还出言安慰，我不禁轻轻抚着她早就脏兮兮的脸庞，心中凄苦，差点掉出眼泪来。

这时候耳边突然传来“咔嚓咔嚓”的声音，我忙扭头循声看去，借着月色，只见老孙躺在那里，闭着眼睛，显然还在熟睡，但是嘴里却嚼着东西，嚼得咔咔作响，吃得津津有味。

我心说好你个老孙啊，在食物上还有所保留，自己吃独食啊。又一想不对啊，老孙可不是那样的人，而且三人包里确实早就没有一点食物和水了。

再一看老孙正把手里一个黄黄的跟土豆一样的东西往嘴里塞着，大口咬下一块来，使劲嚼着。

我看了很是奇怪，忙过去推醒老孙。三人都不明白老孙手里的东西是从哪里来的，我和耿鸥都咬了一口那东西，感觉虽然惺惺的，但是与我们在红岩区吃的藤蔓和沼泽地里吃的草根等乱七八糟的比起来好吃多了，而且有股香香的味道，里面还有一定的水分，在此时此刻可算是能充饥解渴的上上佳品了。

我问老孙这个是从哪里来的，老孙茫然地摇头说不知道。

耿鸥说：“孙大哥，难不成这个是你变出来的？”

老孙摇头说：“不是吧，我还没学会这种法术呢啊。”

我说：“这东西肯定就在附近，我们仔细找找。”

月色正浓，我们在身边左右仔细寻找起来，但是除了沙漠的沙子之外，却并不见半点那东西的踪迹。

我对老孙说：“你自己拿在手里的果子，你不知道是从哪里来的？”

老孙说：“我真的不知道，我就是做了个梦，梦见我在一片红薯地里挖红薯，然后正吃着呢，就让你给叫醒了啊。”

我一听这个，忙趴在地上，用手刨沙子，果然一会儿工夫，一颗同样的果子出现在眼前，我忙拿起来在衣服上擦了擦，然后咬了一口，真是人间美味啊，连那惺惺的味道都感觉特别的甜美。

这时候耿鸥和老孙也在沙子底下刨出来果子，三人大吃特吃了一顿，直到撑得说不出话来。

吃饱后，又刨出好多块这类似土豆的果实，藏到包里，怕前面万一找不到这果实了就糟了，这沙漠不知道有没有尽头呢。我们商量着该如何走出这片沙漠。

要想从这里出去，回头肯定是不行，唯一出路只能硬着头皮往前走了。看这片沙漠面积不小，正前面是一片高耸入云的峭壁，右面是一望无际的沙漠。

我们走到峭壁底下就已经没路了，我们转而向右走出了一段距离，眼前是一整片茫茫的沙漠，我们可以向前走，也可以向右走，但是向右走就相当于和刚才穿过那白色石洞的方向平行了，等于走了回头路，而且，看那方位，往回走的话，可能会和我们曾经走过的那片沼泽地是相连的。

所以我们一致认定，向前走！一直向前。

由于沙漠上一马平川，我们似乎可以看见沙漠尽头是一片暗色的山峦，说不定那里就是这鬼地方的出口呢。

我们互相鼓励一番，踏上征程，到现在每人都不愿意多说一句话了，因为每说一句话就会消耗一丝体力。我们的鞋子幸亏都是结实的运动鞋，没有磨穿鞋底，但是每人脚上都有好几个破过无数次的血泡，每走一步都是钻心的疼痛。我和老孙满脸胡子拉碴，人不人鬼不鬼的样子，但我们是大男人也就算了，可怜耿鸥小姑娘和我们一起遭这个罪，看她脏脏的脸蛋，手上裂开一道道的血口，让人看着心疼不已。

可是毕竟我们现在都还活着，只要活着就有希望走出这鬼地方，我们现在唯一能做的就是往前走，走出这个蛮荒之地！

幸亏一路上我们都能从沙漠底下挖出那些土豆样的果子，又解饱又解渴，虽然白天顶着烈日，晚上又要忍受严寒，但是在沙漠里有水份可以吸收，比什么都强。

我看耿鸥晒得皮肤都曝了起来，我把自己的外套给她戴在头上，遮挡阳光。

这样我们走了两天时间，终于走出了这片沙漠，比我们预估的时间要短很多。眼前就是沙漠和土地的接壤处，那地方赫然长着郁郁葱葱的青草。我们尖叫连连，朝那些青草处一阵狂奔，终于踏上了黑上地，在松软的土地上高兴地打滚。

再往前方是一片茂密的森林，森林背后是高耸入云的石壁，看这意思这恐怕就是这个地方的尽头了，如果有出口的话，这个地方就应该是这鬼地方的出口处了。

我们脚下就是一条通往那片森林的小路，我们顾不上休息，沿着这条小路，朝森林深处走去。森林里的树木杂乱无章，各种叫不上名字的树木林立，而且大多数树上长着各种各样颜色各异、奇形怪状的果实，老孙摘下几个，每个咬了一口，除了依然是惺惺的，味道还是不错的。

这片树林左右方向一望无际，连绵不绝，但是深度不是很深，我们往前走了一天

工夫就到了森林后面的高耸入云的石壁跟前，在那里我们终于找到了出去的洞口，同时也见到了来这里整整一个多月时间内唯一的一个活物，而且是一个人，一个蓬头垢面的人！

当我们花了一天时间穿过那片森林来到石壁跟前时候，发现那里有个天然的大石洞，我们高兴极了，急忙钻进了石洞，经过两个小时的跋涉，终于走到石洞尽头，那里仍然是一面石壁，上面是旋转的花纹，那花纹和我们被吸进来的洞口的花纹形状是一样的，这估计就是另一个九转太虚门了，我们掉进来的那个是入口，而这个一定是出口。我们预感这个洞口肯定就是通往外面世界的，但是这出口也已经关闭了，不知道如何才能打开这个洞口。

石洞很大也很直，外面的光能照进来一些，但是走了这么深，光线就非常暗淡了，我们举着用森林里的干树枝制成的火把一路走到这里。

耿鸥突然一指山洞的角落惊恐地说："老李哥，你看，那里好像有什么东西。"

我举火把望去，一个蓬头垢面的东西，在那里瑟瑟发抖。老孙过去把那东西揪起来，才发现是一个人。我们把那人拖到往外一点光线充足的地方，看清那人是个男人，衣衫褴褛，蓬头垢面的。

惊恐中他看清我们是人类不禁放声痛哭，嘴里含糊地说着什么，我们也听不清楚，等他平静下来我们才问他是谁，怎么来这里的。

那人依然激动地说："三年前我驾船在水库打鱼，那天天气本来挺好，却突然刮起大风，乌云密布，天一下子黑得跟锅底一样，我一个人慌忙把船往岸边划，突然就看见有个小岛，要知道这里是水库，平时根本就没有什么小岛的。

我很奇怪，但是还是赶紧划船过去，不然船一会儿就会被大风给掀翻了。上来小岛，发现有个发光的洞，风实在太大，我也来不及多想，怕被风刮到水里去，就想钻进洞里去避风雨，还没等我往里钻呢，就被一股力量吸了进来。进来后，我一个人苦苦寻找出路，我走出那片红岩石壁后，又沿着那片沼泽往前走，走到深处，才发现了我们同村的两个人，他们也误入了这里。此时陷在沼泽里面出不来了，我过去拉他们，但是不管用，那沼泽仿佛会动一样，伸出好多肠子一样的东西，一下一下就把他们两个缠进去了。

我一阵害怕，撒腿就跑，又跑了回来，钻进那白色石洞。穿过石洞到了那片沙漠后，我走错了路，一路向那个沙漠深处走去，差点就没命了。幸亏侥幸发现沙漠下面有果子吃，才总算走了回来，最后又穿过森林走到了这里。由于我总是走错路而且一个人走走停停，还生过病，躺在那里叫天天不灵叫地地不应的，那叫一个惨！这一路足足用去了快半年的时间。"

老孙问："你说你三年前划船误入这里，然后走了半年到了这片森林，那就是说，你在这森林里呆了两年半了？”

那人说：“不是的，我不光在这森林里呆着的，我看这山洞是封闭的，就想这里的洞口不开，说不定进来时候的那个洞口会有开启的时候，于是我又独自一人走了回去，又用了两个多月时间，发现那边的山洞一直是封闭的，连一丝一毫的缝隙都没有。奇怪这是什么鬼地方，有进无出。后来我来来回回走了好几趟，两头的洞口都没有打开过，于是就死了心了。那边是光秃秃的红色石壁，这头儿有一片森林，还可以找到很多能吃的果子，所以我就干脆在这里住了下来，在森林里盖了个木屋，平时就住在那里，时不时来这里看看这个洞是否会打开。整整三年多了，我都没和人说过话，连话都有点忘记了。”

耿鸥怔怔地看着我说：“老李哥，听这人的意思，我们恐怕一辈子也出不去了。”

我茫然地点点头说：“你怕么？”

耿鸥一愣然后不假思索地说：“和你在一起没什么可怕的。”

我心头一热说：“对，生活在哪里都一样，我相信我们在这里等下去，一年两年十年二十年，既然这里能进来，就一定会有机会出去的，那九转太虚门总有重新开启的一天的吧。”

老孙在那边对我们冷嘲热讽地说：“两人别卿卿我我的了，都什么时候了，老李你还说什么等十年二十年呢，到时候我们都成野人了。”

那渔民姓赵，我们称呼他老赵，我们三人不禁非常佩服起这个在这里生活了三年的人，要知道这一路走来，说是简单，但是路上的艰辛是普通人无法理解的，那种孤独辛苦，让人疯狂的看似永无止境的路，会把人的意志一点点磨光的。

我们先去老赵的小木屋去看了看，发现那屋子建的委实不错，一律木制的桌椅板凳，床铺等生活用品应有尽有。

我们问这些东西都是怎么弄来的，渔民老赵拿出一个剖鱼用的刀子，说这里的木头都是用那把刀子削砍的。

那木屋的角落里有个藤条编成的筐，筐里放着好多种果子，见我们饿了，老赵把果子摆到桌子上让我们吃，我们老实不客气地大吃起来，这果实味道颜色都不一样，但是都有一股惺惺的味道。

渔民老赵在一边看着我们吃，说：“这里食物倒是不少，而且好像总是在生长着，但是就是没有肉吃，这鬼地方连半只动物都没有，我都三年没闻到过肉味了。”

老孙吃着水果说：“你没吃出来这水果有股子鱼味？”

耿鸥说：“是有股鱼腥味。”

我说：“有得吃就不错了，起码我们不会在这牺牲，死了都没人知道。”

耿鸥说："死得其所就算没白死。"

老孙说："连死还有白死不白死的？我们的死就是最默默无闻的。"

我说："别扯了，我看这里奇怪得很，所有一切都是没见过的，只能用异空间来解释这里的一切了，我用'开'字咒看过这里了，这里不是鬼怪制造出来的幻境。"

老孙说："那么说，这里只能是异空间了，我们现在要做的就是要找到出去的路。"

耿鸥吃完水果，拍着肚子打个哈欠说："你们先想着，这快一个多月连续赶路，都没睡过一个好觉，今天总算可以好好休息下了。"

说着，一头倒在木床上，睡着了。

老孙目瞪口呆说："这丫头，还挺想得开的啊，这都能睡着。"

我看了眼老孙说："交给你个任务，你去跟老赵好好聊聊，了解点这里的信息，看有没有什么有价值的线索。"

老孙说："你干什么去？"

我说："我也睡个觉去，这段时间都快精神崩溃了。"

老孙听完我的话，一头扎到木屋角落里一堆干草上，一会儿就鼾声震天了。

我看着床上的耿鸥和地上的老孙，哭笑不得，只好一个人和渔民老赵聊了一会儿，一会儿工夫也支撑不住，趴桌子上睡着了。

梦中我又回到了那个水库，我一个人划着船在漫无边际的波浪里漂泊，突然阴云密布，风声大作，一时间波涛汹涌，天旋地转。我拼命撑住船身，此时水里突然掀起一股巨浪，一个奇大无比的鱼从水底翻上水面，鱼嘴一张将我一口吞了进去，我大喊一声，从梦中惊醒。

看着床上的耿鸥和角落里的老孙犹自呼呼大睡，那渔民老赵也趴在桌子上睡着了。我擦了把冷汗，拿起桌子上的果子吃了一口，想起梦中的情景，突然脑子里灵光一闪，我冒出个大胆但是绝对值得相信的念头：我们是钻到了一条鱼的肚子里面了！

在路上的时候，我一有空就拿出月隐道长塞到我包里的书来看，那是一本御术派的奇术之书，说白了就是御术派练功的秘籍。月隐道长一直暗示我要教我御术派的功夫，但我是万不敢修炼这个的，怕一旦出什么危险，这一辈子就搭进去了，死了还好，要是落个残疾，那就痛苦一辈子了。那现在没有师父亲自指点，只有这么一本书，我是更不敢修炼了。

这一个多月的时间里一直赶路，每天累到不行，大家都没什么话好说，也没有力气说话，我就趁休息的时候经常拿出这本书来看，并不是修炼，只是观摩一番，毕竟御术法术如此神奇，我也好奇里面写的是什么。这本书字不是很多，所以看过无数遍后早就把里面的内容给背下来了，而且我感觉这御术派的道术好像还不如我的《天道妙法》里的道术复杂难练呢，有好几次我都想练一下试试，但是终究没敢，也许看着简单的东西，等修习上了就不一样了呢，别到时候惹祸上身。

另外这本书最后还记载了御术派历史上的各种大事件，其中就记载了知能道长误入九转太虚门后发生的事情。估计月隐道长给我这书的真正目的是为了这个，看知能道长的九转太虚之行能否帮到我们，给我们些参考。

书中是这样记载的，知能道长等师兄弟一行五人在深山里被吸进九转太虚门之后，发现里面是一条没有尽头的石洞，那石洞里面不是太宽阔，但是却出奇地长，而且没有任何岔路，就是一条弯曲迂回的路通向远方。他们几人在里面足足走了半个月时间，吃光了自己的干粮就吃从石洞上抠下来的一种藤蔓植物。

快到出口的时候他们遇见了个黑水潭，那黑水潭的潭水散发出一种能让人癫狂的毒气，结果使五人自相残杀起来，知能道长因为在五人中是入教时间最短，天分最差的一个，功力又浅，所以受不了这毒气，被毒气熏得晕了过去，而那四位道长却都被毒气控制了神经，最后都死在了对方的手下。

转天毒气回吸的时候，知能道长醒来，才发现自己躲过了一劫，后来又往里走了一点，终于发现了洞口，但那洞口已经封闭。道长不知道如何才能出去，只好等待，这一等就是两个多月时间，忽然一日，那洞门突然打开，知能道长这才艰难地逃了出来，出来后他摔了一跤，爬起来却看见一条大蛇向草丛间游去，一会儿不见了踪影。原来他们是进入了这蛇的肚子里。那蛇是在此冬眠呢，天暖蛇醒过来后，知能道长才得以逃了出来，至于怎么会有这般奇异景象，无人能解答。

所以根据以上分析，加上这一路来我们遇到的各种奇怪的景象和实物，我判断我们现在就是在一条鱼的肚子里!

首先我们是在水库里进入这个地方的，水库里的鱼自然很多，还有我们进来后走过的红色梯田状扇形岩壁，那就是鱼的鳃，走过的那片长满各色杂草树根的沼泽就是鱼的内脏部位，那白色的分成两截的软软的石洞就是鱼鳔，而那黄色的大片沙漠就是鱼籽，而我们现在待的地方，就是出口这里，那就是鱼的排泄口。还有那一路都有的腥腥的味道，不正是鱼腥味么?

我为自己的突发奇想惊出一身冷汗。

我把他们几个叫醒，说了我的想法，他们听完我的分析，也都惊诧不已，尤其渔民老赵，万万没想到自己在鱼肚子里呆了三年。但是仔细一琢磨又真的好像很有道理，反正来到这个奇怪的地方就够奇怪的了，再发生什么样奇怪的事情也都没什么好奇怪的了。

接下来我给他们讲了下知能道长当初陷在蛇肚子里，后来蛇冬眠结束，才得以逃出的事情。他们三个才更加相信我的判断。

于是我们四人开始分析，怎样才能从鱼肚子里出去，也就是怎样才能等这鱼的排泄口张开。蛇冬眠醒来后，知能道长就得以逃出来了，但是这怪鱼可不冬眠，它什么时候会才能打开排泄口，那就不得而知了。

我们望向渔民老赵，他是打鱼的，肯定知道鱼的习性，鱼什么时候排泄他肯定知道啊。

渔民老赵说："鱼是拉屎排尿不假，但是他什么时候排我也不清楚，我们就知道捕鱼，可不知道他什么时候会排泄啊。"

老孙说："这还不简单么，鱼喝多水了肯定会排尿的啊，老李你喝多了啤酒是不是一个劲上厕所啊？"

我笑骂一声说："就你嘴贫。"

又一想，似乎也有道理啊，这鱼是不是搁浅在了岸上，才出现了九转太虚门了？鱼因搁浅而缺水，缺水才会没有尿。我们一路走来确实感觉这里虽然也有沼泽地，但是大部分地方确是干干的，整个地方没有一条河流甚至小水坑都没有，而且那鱼籽部分都已经变成沙漠了，说不定这里真的缺水。但是按照渔民老赵的说法，他已经在这里三年了，难道这条鱼竟然搁浅三年了？那它早该死掉了，怎么还活着？难道它是条神鱼，或者是鱼妖？

那我们去哪里找水啊？现在出不去不可能找到水的，而且就算有水，这里这么大，要多少水才够啊。

耿鸥说："其实按照你分析的这个理论的话，我们虽然在鱼肚子里，而且这里面相当的大，但其实从外面看来，那不过就是比较大的一条鱼而已，就跟知能道长出来后看到蛇爬进草丛里一样。那只要在外面给这里灌入足够的水，那么外面的一点水在我们这里面就是很大的水了，到时候就可以让这鱼排泄了啊。"

我们一琢磨她的话很有道理，但是还是那个问题，要怎样才能给这鱼从外面喂水？

耿鸥说："不知道爸爸他们还在不在外面，如果在的话，让他们往那九转太虚门里倒一盆子水进来估计就行了。"

我灵光一闪说："小丫头，你还真聪明啊，我感觉这就是我们出去的办法了！"

老孙也点头称是，但是还是有些担心地问："你们不是说你们进来的时候，那九转太虚门已经关闭了么？那还怎么往里灌水呀？"

耿鸥说："你想啊，既然我们是在鱼肚子里，而这里的一切还没有消失，还有活性，说明那条鱼还活着，那入口处就是鱼嘴喽，鱼嘴会一张一合的嘛，那九转太虚门也就会一会儿开一会儿关的了。"

老孙不仅对耿鸥另眼相看，她这小脑袋瓜子里好多奇怪的想法啊。

渔民老赵说："可是怎么才能通知你们的人往这里灌水啊？而且你们进来有一个多月了，他们现在还在不在那洞口外面啊？"

我心里一沉，书上记载知能道长在蛇的腹中只呆了三个月时间， 而世上就过了二十几年了，那我们在这里已经呆了一个多月了，那世上恐怕也好几年过去了，那月隐道长他们早就应该不在外面了吧，说不定他们早认为我们出不来了，死掉了。

众人听了我的话均神色黯然，想象月隐道长他们认定我们死了，该有多伤心。

老孙突然说："不对呀，老赵是三年前进来这里的，他在这里生活了三年，那这样推算他应该是解放前的人了。"

老赵说："什么啊，我可是新中国的人啊，我是在2007年7月17号进来的。"

耿鸥呸了一声说："老赵你真不老实，说瞎话都不带眨眼的，你看看今天是几号？"

说着把手腕伸了过来，我们凑过去一看，上面的日期清清楚楚显示的是2007年7月20号。她那表进来的时候摔坏了，时间定格在我们进来的那天。

我分析说，难道这里和那条蛇的肚子里不一样？那蛇肚子里一个月，世上是十年，那在这鱼肚子正好相反，在这里三年，世上才过了三天不成？

渔民老赵对天发誓说他绝对不会记错的，因为那天是他儿子的生日，他准备回去给他儿子过生日的。

由此大家开始认定我的分析是有道理的。如此推算那条鱼不是搁浅了三年还没死，而是搁浅了才一会儿时间。

众人重新燃起了希望，如此说来，粗略计算，我们在这里走了一个月，那世上就是不到半个小时的时间，那月隐道长他们肯定还在外面等的。

渔民老赵听了自己在这里过了三年多，世上才过了三天，心里极其难以接受，很为自己逝去的青春惋惜。

那我们想办法通知外面的人，让他们倒盆水进来，让鱼排泄，就能打开出口，我们就能出去了。

这下所有焦点都集中在怎么通知外面的人往九转太虚门里，也就是鱼嘴里倒水进来的难题上了。

我掏出背包里的手机，手机早就被摔坏了，老孙和耿鸥的手机早不知掉哪里了。但即使我手机没坏估计也不可能有信号的，这个空间和外面的空间是不同的两个空间，手机信号是不会穿越时空的。那么怎么才能通知外面的人，这恐怕比分析出我们现在在鱼肚子里，搞清楚目前的状况还要难。

老孙嘀咕说："这个可就难了点儿，穿越异空间的方法，人类至今还没研究出来呢，再说了要是能穿越异空间，我们早就自己出去了，还用倒什么水啊？老李，咱除

秽派的法术里难道没有什么千里传音之术么？”

我摇头说：“还真没有，穿越异空间的法术在除秽派里真的没有啊。”

气氛一下由刚才的兴奋，转为低迷，事情又陷入僵局。

渔民老赵说：“好了，大家都想了半天了，也都饿了吧，我去摘点果子回来给你们吃。”

说着拿起桌子上的那把剖鱼用的刀子，出去砍果子。我盯着那把刀子，眼前一亮，御术派的一门法术脱口而出：千里御剑术！

千里御剑术就是驱动刀剑在一瞬间来回千里的距离，这么说来，那刀剑必须走一条捷径才可以，否则再快也不可能一瞬间走一千里，所以那条捷径一定就是穿越异空间。

大家琢磨着好像很有道理，至于究竟是不是真能穿越异空间，只有试一下才能知道的。

老孙催着我施展一下这法术。

我一巴掌拍在老孙肚子上说：“你小子糊涂了？这千里御剑的功夫是御术派的顶级法术，我是除秽派的弟子，怎么会这功夫呢？”

老孙一听恍然大悟说：“对啊，这法术你是不会的。你看看你，人家月隐道长几次三番要你学御术派的功夫，你就是不学，怕有危险，你看看现在必须要用上这门功夫了。当初怕有危险你不肯修炼，现在要搭上一辈子的时间在这里待下去了，早知现在，何必当初啊，老李，你可把我们给害惨了。”

我被老孙挖苦得够呛，想出言奚落老孙几句，可是一想他说的话也有道理，要是我早跟月隐道长学了御术派的功夫，那现在不就可以用上了么？这个想法让我无话可说。

耿鸥见我郁郁，忙说：“现在说什么都晚了，要是有老爸在就好了，我们再想想其他办法。”

我拿出月隐道长塞在我包里的那本《御术之术》，叹口气说：“有这书又能怎样？修习这功夫至少要很长时间吧？有月隐道长在旁指导还好，这靠自己修习，不定哪天就走火入魔了呢。”

老孙拿过那本书看了看说：“这是什么？”

我说：“这是月隐道长塞在我包里面的御术派的秘籍。”

耿鸥拿过去看了看说确实是老爸视若珍宝的那本秘籍。

我说：“因为这段时间一直不停地赶路，所以没来得及告诉你们这事情。”

耿鸥和老孙对视一眼，心有灵犀一般一起冲我大喊：“还不快去修炼！！”

第19章 陷鱼腹无奈修仙

看着《御术之术》上的内功心法和运气法门，我真的是不敢进行修炼，怕一旦运气马上会招致走火入魔。

耿鸥和老孙在旁边盯着我，看得我心里直发毛，我无奈地说："你们远一点不行么？练功不能有其他干扰的，在我练功的时候不要靠近我！"

两人乖乖地离开，反复叮嘱我好好练，跟家长训孩子似的，然后和渔民老赵找吃的去了。

御术派的高深法术都是需要内力才能催动的，那些内功心法、运气法门的口诀我都已经烂熟于胸了，就是不敢运气修炼，最后心一横，总不能一辈子在这里呆着，这个鬼地方说不定哪天那条鱼死掉了，我们也跟着一起完蛋了。

看那御术派的内功心法也好像并不是很困难，大部分运气方式和《天道妙法》里的差不多，但实则内力所过之处都是人身大穴，凶险无比。

我一咬牙，静心屏气，心无杂念，按照烂熟于胸的御术派心法运气修炼，瞬间内力由丹田升起，霎时流过四肢百骸，我随意运行这全身缓缓流动的内力，按照御术派的心法调动着内力的走向，慢慢运往全身大穴。

就在此时，我感觉浑身一阵刺痛，犹如万把钢针同时插在身上一样的疼痛迅速袭来，我大叫一声，就此失去知觉。

等我再睁开眼睛的时候，发现自己竟躺在那片沙漠里面，全身被埋在沙子里，只露出脑袋在外面。我拼命挣扎，但是浑身哪里有半点力气，稍微动一下就是四肢百骸钻心的疼痛，差点又疼晕过去。

此时正是烈日当空，沙漠里的温度就更是高得离谱，但是我却感到浑身冰冷，牙齿冷得直打颤，烈日加上浑身冰冻，让我一时急火攻心，一下又昏了过去。

再醒来时就已经是在渔民老赵的小木屋里面了，看到我醒来，老孙高兴得手舞足蹈，耿鸥那小丫头眼泪刷刷地流。

原来那天我练功走火入魔，他们找食物回来后，发现我直挺挺地躺在草地上，浑身通红，摸起来异常灼热，眼看着皮肤上某些地方被烧得开始起了水泡，三人吓得呆了。苦于这里没有水，三人忙把我抬到九转太虚门出口的山洞里，那里常年见不到阳光，比较阴冷，我在山洞里整整躺了一周时间，牙关紧咬，呼吸几乎中断，间隔极长。

后来又突然发现我浑身冰冷，寒气直冒，身体马上要冻僵，他们就又把我抬到了沙漠里，用沙子埋了起来，又过了一周时间，才醒来。

老孙带着哭腔说："老李，你感觉怎么样啊？这半个月你究竟是怎么了啊？"

我虚弱地说："你进过太上老君的炼丹炉么？"

老孙茫然地摇摇头。

我说："孙悟空进去过，我也进去过，那灼热的感觉估计就是我这样的。"

耿鸥说："老李哥，你现在感觉怎样啊？这一热一冷的，你身体没什么损害吧？"

我说："目前还不知道呢，我现在连动都动不了。"

老孙说："老李啊，坏了，你会不会是走火入魔，全身残废了啊？"

我一惊，心道不好，照我这半个月的表现来看，很像是走火入魔了，那么我现在浑身不能动，也许真是全身残废了呢，想到这里不禁一阵焦躁。

耿鸥拍了老孙一巴掌说："老孙你胡说什么啊？闭上你的臭嘴。"

老孙才知道说错话了，赶紧闭嘴。

渔民老赵搬过一筐水果来，拿出一个递到我嘴边，我这才感觉腹内饥饿异常，张嘴咬了一口，一会儿就吃掉了五六个果子。

又过了一周时间，我勉强能够下地走路了，大家这才舒了口气，我并没有全身残废掉。但是身上都是淤青，想是肌肉和毛细血管都被一冷一热折腾得损坏了。

再过了半个月时间，身上的淤青才消散下去。众人每天就是睡觉，睡醒了，他们就去森林里摘果子找食物，闲暇时候耿鸥和老孙就在地上玩五子棋。

我看自己身体一天天康复，并没有残废，心里想着我是否还要继续练功，但是自己却没有勇气去试，不敢运气用功，怕那可怕的事情又发生一遍，那时候我就是铁打的也要一命归西了。

当我身体完全康复的时候已经是两个月以后了，这御术派的运功法门真是邪门，竟然让我两个多月状如废人一般。但是自己实在不敢再次运功，一遭被蛇咬的感觉很是强烈，那种可怕的经历让我想想都不寒而栗。

他们也不好意思问我，只是假装若无其事地每天无聊地忙碌着，跟野人一样到处打食吃。由于没有水，身上的衣服早就脏得不行了，而且早就破得漏洞百出了，头发长了就用老赵的剖鱼刀割一下，刮刮脸上的胡子，但是没水洗脸，脸上都黑黑的，跟野人也没什么两样。

我一直恨自己没勇气试一下，最后经过激烈的思想斗争，我下定决心不管怎样，为了大家能早点离开这里，我决心一试。

于是当天晚上，我开心地和大家边吃东西边说说笑笑的，老孙看着手里的水果说真想吃上一顿涮羊肉，耿鸥说她想吃大闸蟹，渔民老赵说他想吃老婆做的炖鱼，我说我想吃烤乳鸽，众人幻想得口水都快流出来了。

此时，老孙和老赵已经在旁边重新建了个木屋，他们两个住那里，而因为耿鸥不敢一个人睡，所以只好弄了个小床跟我一屋子里休息，特殊时期性别已经被完全忽略了。

这些日子耿鸥非常细心地照顾我，无微不至，让我非常感激，在这种环境下，真是委屈她这个大小姐了。

今天我感觉身体不错，稍稍运了下内力，发现丹田里的内力比以前强大了不少。我去老孙和渔民老赵的屋子里去溜达，进了屋子，我一眼就看见桌子上渔民老赵的那把剖鱼刀。

看见那把刀，我脑子里自然而然冒出《御术之术》里关于御剑的口诀来：剑飞一线，刀走双峰，气随心起，瞬间千里。

我双手掐着指诀，催动心法，脑子里过了一遍口诀，嘴上喃喃地竟然念了出来，此时突然感觉一股罕见的内力从丹田突然爆发，快速游走，一下过了两个小周天。那内力在体内几个大穴位间极速流动，桌子上那把刀子突然翻滚着腾空而起，一下飞出木屋，消失了。

我和老孙还有渔民老赵一下子惊呆了，怔怔地说不出话来，只一瞬间，那刀子翻滚着飞了回来，“当”的一下扎在桌子上，刀锋上面竟然挂着一只乳鸽，那正是刚才我幻想吃到的食物。

当晚大家几乎喜极而泣，庆祝我练成了御术派的法术，那一周灼热一周冰冷的罪没白挨。除秽派和御术派的内功本是一家，只是难度差别而已，幸亏我先学会了除秽派的内功，有了很好的根基，这次才堪堪涉险练成了这御术派的法术内功。

转天一早，我们用刀子削了块薄木板，上面用刀刻上我们需要告诉外面的文字内容，然后把木条绑在刀柄上。

我手掐指诀，催动心法，口中默念咒语，那剖鱼刀迅速旋转着飞了出去，霎时已没了踪影。

接下来我们四个怀着激动的心情等待着，等着外面有水进来。

从来不曾体会等待是那么的痛苦，等了一晚，竟然一点动静没有，又过了一天还是没什么动静。直到三天之后，老孙问我是否把咒语念错了，要我再施一遍法术。

我说现在没刀没剑了，只有刀剑才可以使用御剑术的。

老孙说："我不是有把瑞士军刀么？"

我眼前一亮，决定再试一次 。

当御术失败后，我们又陷入了无尽的沮丧，那瑞士军刀无法用御术法术驱动，也许御剑术只适合中国式的刀剑。

当等待了半个月后，我们完全丧失了信心，放弃了被救的念头，也许御剑飞行根本就不是穿越异空间来去千里的，只是速度极快罢了。

但那只鸽子是怎么来的呢？这里没有飞鸟，那鸽子只能是从外面世界带进来的啊。但是我们发出去消息怎么会没信呢？

难道我们就只能在此终老？或者等这条鱼干死了，我们也就一起死在它腹中不成？

渔民老赵安慰大家说："好死不如赖活着，我一个人在这里不是也生活了好几年么？说不定以后会有其他机会的。"

耿鸥说："是啊，不要那么沮丧吧，我看这里除了没水洗澡，其他也都能忍受了。"

老孙说："只能这样了，老李，我们先打定注意在这里生活吧，反正有吃不完的果子，活着是没问题的，另外我看耿鸥很喜欢你，你和耿鸥可以在这里结为夫妻，生个孩子，让这里人口增加一点，省得就我们四个人无聊。"

耿鸥羞得拍了老孙一巴掌，我啐了老孙一口说："就会胡说八道，好了，我都两天没吃东西了，这鬼地方的水果还真抗饿，走吧，我们去摘点果子回来。"

众人见我心情不错，也都收拾起连日沮丧的心情，一起出动去摘果子。这次我们往森林深处走了一些，然后我爬上一棵参天大树，上面好多果子可以摘。就在我往上爬的时候，突然听见一股细小的风声传来，我内力充沛，耳力自然极强，感觉那风声迅速接近我。我忙往旁边一闪，这一下手没抓住树枝，整个人坠落下来，老孙看我掉了下来，急忙过来接住我，由于我爬的比较高，一下把老孙砸在地上，幸亏他浑身是肉，加上地上都是软软的树叶和青草，才没造成身体上的伤害，但把老孙砸的直叫。

众人抬头看那树上，赫然插着一把明晃晃的宝剑。

我和老孙、耿鸥三人齐声惊叫："冷月宝剑！"

我急忙爬上树去，把冷月宝剑用力拔了下来，上面是个木条刻着字，也许是怕用纸写，在飞剑的过程中，纸张会承受不住压力破碎掉。

木片上写着：我们马上往九转太虚门里灌水！

我们四人欣喜若狂，赶紧往洞口跑去，可刚挪动脚步，就听见沙漠那头传来轰隆隆的巨响，我们心道不好，他们已经往里灌水了，根据这里和外面的时间差，那水估计早就朝这边涌了过来，现在都快到我们这里了。

四人急忙加快了脚步，我们赶到木屋的时候，感觉这里发生了翻天覆地的变化，所有的东西猛然间都扩大了许多，想是鱼的器官里开始充入水分的缘故。

我们跑进木屋，慌乱拿好自己的背包等物品，然后逃也似的朝那个出口的山洞跑去。果不出所料，我们刚到洞口，回头看一股巨大的浊浪散着奇腥无比的气味排山倒海般急冲过来。我们一头朝洞底扎去，等赶到洞底的时候，却见那九转太虚门并没有打开，眼看着巨浪迅速涌进山洞，我们屏住呼吸，紧紧贴着洞口的石壁，那巨浪拍向我们的刹那，洞口突然大开，我们被汹涌的浊浪卷着冲了出去。

睁开眼的一刹那，我低头看身上全是恶臭无比的黏黏的液体，想来一定是那鱼的屎和尿。一会儿工夫月隐道长、苗青青、孟非、石亮几人跑过来，惊奇地盯着我们四人，他们身上也都被汹涌而出的浊浪弄得全身湿透。

我环顾四周，仍是在那个小岛上，而且依旧是午夜的样子，这才肯定我们在鱼肚子里的所有猜想都是正确的，我们在洞中好几个月时间，但是这里只不过才过了一小会儿。

我们四人来不及跟大家打招呼，因为身上的恶臭让自己都快呕吐了，急忙跳进水里，冲洗了一番。

再上来的时候，我们蓬头垢面，衣衫褴褛的样子，让他们四人感到异常惊诧，半天说不出话来，也许他们是认不出我们了。

苗青青笑着说："敢问几位仙人，因何降临人间？"

孟非也哈哈笑着说："这几位大仙着实有点邋遢。"

月隐道长和石亮在旁笑吟吟地看着我们，我发现石亮也是一幅邋遢的样子，浑身湿透，想是被喷涌而出的大水冲个正着。

我突然想起了什么，忙要了把手电筒，在小岛上搜寻起来，突然看见小岛另一边有个东西在跳动，急忙跑过去一看，一条红色的大鲤鱼，身子一挺一挺的，跃进水里，而就在同时，小岛突然晃动下陷。

我们忙跳到了来时的船上，渔民老赵划船，迅速离开这里，眼看着那小岛慢慢隐没在水中。

上得岸来，我们感觉此地不宜久留，要连夜离开这里，渔民老赵先带我们去了他家里，他进去和他老婆说了句话，开着他家的拖拉机把我们送出了猛鬼山。到了山脚下，天色已然微明，有过路去城里送菜的几辆拖拉机驶过，我们拦下来给了他们很多

钱，要搭车而回。由于车上都是青菜，所以我们分别坐在三辆车上，这才离开猛鬼山到了我们来时住过的小镇。

我们回到来时候住过的宾馆，大家都是累得不行，各种奇怪的遭遇，商量着明天再叙，然后各自呼呼大睡起来。

转天快中午了才起床，我好好洗了个澡，刮胡子，换了身衣服，总算感觉回归了现代人类的生活。

我们一行人在外面找了个饭馆，我和耿鸥、老孙三人好几个月就光吃那些腥腥的水果度日，这下我们可是放开了吃，老孙和我包括耿鸥专拣肉来吃，耿鸥还发誓说以后再也不会怕长胖而不吃肉了。

众人都被我们三个的吃相震惊了。

吃饱后，我们三个给他们详细讲述了在鱼肚子里的种种遭遇，他们听了都震惊不已，感觉不可思议。当我们问他们在外面都干了些什么，孟非说我进去到出来，也就半个多小时的时间，他们就在岛上来回走走看看。

月隐道长问："你们怎么会想到御剑术能把消息带出来呢？"

我把我们的分析说了一遍，月隐道长点头称是，说我们很聪明，说自己就没想到这个方法。

然后月隐道长又奇怪地问："没想到你能练成御术派法术，你是怎么练成的？"

我把修炼的过程说了一遍，月隐道长听了也是惊奇不已，说从来没有哪位御术派的道长是这么练成功夫的呢。

我说："我还以为所有练功都要这样被折磨一番才可以呢。"

月隐道长分析我练功的时候肯定是走火入魔了，但幸亏我开始就修习除秽派的内功，除秽派和御术派的内功本是一家，所以虽然练起来感觉运气方式等方面截然不同，但是在最基础的内力形态和运行速度、流量、走向方面是相同的，所以我虽然走火入魔，但是凭着自己除秽派的内功根基，体内的内力在自己运行了一个月后，归于丹田，御术派的内功也即将就此练成了。而也幸亏老孙和耿鸥把我先后及时放到阴冷的山洞和干热的沙漠里，才让我不至于全身血管爆裂而死。

我浑身冷汗直冒，向老孙和耿鸥投去感激的目光。

大家又互相讨论了一下这些天的惊险遭遇，老孙解恨地说："那张老汉死掉了，是恶有恶报，谁让他要强占我的夜明珠的。"

老孙这孙子，谁跟他抢宝贝，他就恨谁恨得牙根痒痒。当天我们回宾馆收拾了下东西，退房，开车回到济南，然后转火车回了天津。

师叔见石亮安然无恙回来，异常高兴，不禁老泪纵横，我们隐瞒了我们大部分的冒险经历，当得知我已经学会御术派的内功之后，师叔更是高兴得不得了。

这段时间，月隐道长、师叔、抚炉真人、石亮、耿鸥、苗青青、孟非、老孙和我天天聚会，有时候小路、小白和小雨还有王凡和大张也会应邀过来玩。

月隐道长、师叔还有抚炉真人不愿意参加我们年轻人的活动，总是老哥仨一起聊天品茶，回忆往昔，切磋道术。

而我和老孙带着他们几个到处去玩，K歌泡吧郊游野餐看电影听相声，成天在网上查好吃的地方，吃遍了天津几乎所有好吃的地方。但是耿鸥和苗青青还有孟非都说不如老孙做的菜好吃，总是威逼利诱老孙做菜给大家吃，老孙这段时间下厨的频率骤然激增。

转眼半个月时间过去了，石亮要回台湾，说好了不久再回来拜望师叔。而月隐道长因香港有事情要回去处理，也要启程回去了，还说以后要来天津定居。耿鸥本不想回去，但是她刚毕业，香港那边有个不错的公司要她去面试，所以在月隐道长的督促下，不情愿地要回去了。

苗青青想要带孟非回乌鼓镇，因为在那里有练习黑巫术和蛊术的材料和装备，所以她们俩先启程回去。

在机场送行的时候，老孙感念当日苗青青奋不顾身跳进水库去救他，恋恋不舍地对苗青青说："教主美女，什么时候再回来啊？"

苗青青笑着说："为了你做的好吃的，我很快也会回来的。"

老孙说："这么多天在一起，你这一走，我还真舍不得你呢。"

老孙说的发自肺腑，我和孟非、耿鸥在一旁听得真切，不禁偷笑。

我心说难道老孙这小子对苗青青有意思不成。看着老孙依依惜别的样子，好像还真的动了感情了。

转天我们又把石亮送走，再过了两天，我们要送别月隐道长和耿鸥，月隐道长执意不要我们送他们去机场，我们只好把他们送到楼下。

他们三位老人在一起互别，耿鸥把我拉到一边，眼泪扑簌而下，这下把我吓坏了，忙安慰她。

耿鸥说："老李哥，我不想回去。"

我说："回去还可以再回来啊，月隐道长不是要来这里定居么，你回去说服他你也要来这里工作不就好了。"

耿鸥眼睛一亮高兴地说："对啊，回去我就跟爸爸说这事情。"

我笑着对耿鸥说："你看你还跟个小孩子一样，一会儿哭一会儿笑的。"

耿鸥说："跟你在一起我就会天天开心的，真想和你在那鱼肚子里过一辈子。"

老孙在一旁不怀好意地咳嗽两声，我就没好意思接她的话，只是聊了些旁的。

这些时日一直想和月隐道长切磋下御术派的法术，但是月隐道长说，我既然练成

了内功，剩下的法术就是背熟咒语心法勤加练习了，至于能不能练成，那就要看个人的悟性了。

突然想起那本《御术之术》还没有还给月隐道长呢，相信月隐道长早已经将里面的内容背熟了，但是那本书可能是御术派的传世之宝，还是要交给月隐道长的。

我返身上楼，找了半天那本书，但是却没找到，我记得回来之后我就只把我包里从古墓带出来的宝贝拿出来收好了，其他东西都没动，怎么会没有了呢？思索半天还是记不起来放在哪里了。

我确定我的包在从鱼肚子里出来后肯定没其他人动过，那就是说也许在鱼肚子里大水冲来的时候慌忙中没把书带上也说不定，或者在被水冲出来的时候，那书被水卷走了。我自从把书上的内容背熟后那书就一直躺在我的背包里没动过，再说如果被水冲走了，那包里其他东西都还在的啊？

月隐道长说：“没关系，那本书的内容反正都在我们脑子里呢，丢了也无妨，就算其他人得到这书也没用的，里面内容玄妙异常，没人能照着修炼的，而且即使照着修炼也不会修炼成功的。”

我想想也是，于是一行人在楼下和月隐道长道别，耿鸥更是一步三回头的，不情愿低上了出租车。

这段时间的生活从惊险紧张到前一段时间的狂欢再到现在的突然平静，想想都不可思议，从来没想过自己的生活自从小路鬼上身事件后就如此惊险，总算一切都过去了，这下可该好好休整一下了。

刚过了两周清闲的日子，一天中午在单位吃完饭，发现有个文件落在家里，我回家去拿，到了门口刚要开门的时候，听见屋里面有响动。

师叔住在孟非家里，后来嫌一个人在家憋闷，前些日子去老人院和抚炉道长还有其他老朋友一起住了，这些天一直就我一个人住，那此时屋子里有人，八成是来了贼了。

我的道家内功已经练到一定火候了，耳聪目明，耳力自然比常人高出一截，所以房间里细小的声音都被我听到了，明显有翻箱倒柜的声音。

我屏住呼吸，用钥匙轻轻旋开房门，听到声音发自我的卧室，我轻轻走近屋内，发现厅里已经被翻过了一遍。

我轻手轻脚地往卧室摸去，心说，这下我非给你来个厉害的擒拿术不可，让你这小贼知道知道厉害。但不小心脚下踩到了一支掉在地上的笔，发出“咔吧”一下响声，卧室里的声音突然停止。我心说这下被贼发现了，于是干脆一个箭步蹿到卧室，凭我的功夫拿住小小蟊贼自然不在话下。

就在我冲进卧室的一瞬间，眼看着一个人，背对着我朝对面的墙壁扑去，一下子上半身就陷进了墙壁里。

我心里一惊，脑子里闪过一个法术的名字：穿墙术！

穿墙术是御术派的上乘法术，这个世上只有御术派的传人善用，目前也就是月隐道长和我会使用，难道这世上还有其他御术派的传人不成？

说时迟，那时快，我丹田提气，一个箭步冲过去，一把朝那人后背抓去，无奈距离太远，那人已经一下穿过了墙去，我抓住了那人的单肩背包，一下子把背包给扯了下来。

隔壁邻居家里传来几声惊呼，想是看到有人从墙里出来吓坏了，我不能穿过去，怕邻居看见我也能穿墙而过那就麻烦了。于是我忙跑到楼道里，敲开了邻居的门，说我听到声音来看看怎么回事。

邻居阿姨惊恐地说："有人从这面墙里出来，又从旁边的墙穿出去了。"

我估计是追不上那人了，于是安慰了邻居几句，回到自己房间，急忙拿过那人的包，把里面的东西倒在桌子上。我的《天道妙法》和那本《御术之术》赫然就在里面，这人是谁？怎么《御术之术》会在他手里？那本《天道妙法》一直放在我的抽屉里，他现在来偷我的《天道妙法》做什么用？再看桌子上还有几样从东汉古墓带出来的宝石玉器，难道这小偷是冲这些宝贝来的？

这小偷竟然会穿墙术，想来他一定大有来头，难道这世上还有其他御术派的传人？

看这人偷了我的《天道妙法》和那几样宝贝，定是踩好了点儿的，显然这人很是了解我才是，这人究竟是谁？他既然练成了御术派的功夫，还要那本《天道妙法》干什么？难道他原意只是为了我的宝贝而来，顺便偷了《天道妙法》？我一时脑子里一片空白，没有丝毫头绪。

就在我呆呆发愣的时候，突然闻到一股熟悉的气味，然而脑子一时短路想不起来这熟悉的气味是在哪里闻到过的。

就在我苦思冥想的时候，突然看见滚落在桌子边上的一个绿色的东西，显然是我刚把包里的东西倒出来的时候，光顾着看见《天道妙法》和《御术之术》了，没注意这个东西，我把这东西拿到手里，立刻一股熟悉的味道扑鼻而来。看着这熟悉的东西，闻着这熟悉的气味，我哪里还能记不起来这是什么东西？我一口咬在那东西上，腥腥的味道立刻蔓延上了舌头。

我嘴里喃喃道："渔民老赵！！"

这老赵究竟做了什么？怎么他竟然会用《御术之术》里的"钻木穿墙"之术？

我猜这人是老赵是因为只有老赵和我们在鱼肚子里呆过，而他这个背包或者说是

书包我们见过，那是那天晚上老赵给儿子买的生日礼物，没想到误入九转太虚门，被吞到了鱼肚子里，这个包他一直随身携带着，而且已经破旧不堪，所以我敢肯定这绝对是渔民老赵的背包。

事情不弄个水落石出心里实在不踏实，我找来老孙商量这事，告诉他下午发生的奇怪事情。

老孙拿着那腥腥的水果闻了闻说：“老李，这绝对是那鱼肚子里的水果，这腥腥的味道，那么难吃恶心的，都吃得不知道吐多少回了。还有这背包一定是老赵的背包，给他儿子的生日礼物。”

我说：“对啊，我也这么分析的。那老赵怎么会这么厉害的法术？”

老孙说：“这还不简单么？老赵天赋异禀，在鱼肚子里偷着用你的《御术之术》勤加修炼了呗。”

我说：“也只能这么解释，但是那么短短时间内，老赵竟然练成这么高深的法术，实在是出人意料，天赋异禀得让人不可思议。”

老孙笑着说：“怎么老李，有人比你资质高，你就郁郁寡欢了？”

我说：“哪有的事，我只是感叹天外有天，机缘巧合之事实属不易。也许就是上天安排，让最有资质的人来遇到最高深的道家法术。”

老孙说：“行了老李，别感叹了，现在你想怎么办？”

我沉吟了一下说：“我看我们还是去找老赵一趟，一是了解下真实情况，看他究竟来偷宝石还是《天道妙法》的，然后还要告诫他学了法术不可用在违法犯罪上。”

老孙说：“也是，我们最好是去一趟，把事情弄清楚。”

于是转天下午我们出发去山东，在济南住了一夜后，租车直奔猛鬼山。因为上次去过老赵家，虽然没进屋，但是依稀记得她家的位置。辗转到了老赵的家，已经是黄昏时分，推开院门进到院里，一个小男孩在院子里洗衣服，估计就是老赵的儿子。看见有人来了，也不说话，盯着我们看，眼神里似乎有点警惕。

我问：“小朋友，你爸爸在家么？”

小男孩脸色一变，扭头朝屋里喊：“妈，又有人来找我爸了。”

我一听心里奇怪，难道经常有人来找老赵不成？

这时候屋里出来个中年女人，显得憔悴不堪，上下打量过我和老孙，警惕地说：“你们是谁？找老赵什么事？”

看她神色有些不善，估计这里面的事情不简单，看来先不能告诉我们跟老赵什么关系，需要编个理由才好。

老孙见我没说话，抢着说：“我们上次……”

我忙拽了拽老孙衣角示意他别说实情，然后大声地说：“是这样的，我们以前和赵老兄合作过鱼市买卖，以前一直从他这里进正宗的水库天然活鱼，因为那活鱼的味道可比养殖的鱼鲜嫩不知道多少倍呢。但是这阵子不见赵老兄来送货了，所以这才特地打听来的，问问赵老兄怎么回事，顺便来看看他。”

老孙也明白了我什么意思，忙随声附和。

那女人听了我的话这才换了脸色，让我们进屋，吩咐那孩子去倒水给我们喝。

那女人说：“我是老赵的老婆，老赵一周前失踪了。”

我和老孙对视一眼，疑惑带关切地问：“怎么回事啊？”

老赵妻子说：“一周前有个人来找老赵，说有事情商量，老赵就和那人出去了，然后就没回来。”

老孙忙问：“那人叫什么，来找老赵什么事？”

老赵妻子说：“那人没说名字，只是在院子里站了一会儿，跟老赵说了几句话，老赵就拿了东西跟他出去了。”

我问道：“老赵拿了什么东西出去的？”

老赵妻子说：“他拿着一个破书包，还说是给孩子买的礼物，但是太破旧了，他就自己留着用了。”

我若有所思地问：“那他就什么也没跟你说，或者没留下什么东西么？”

老赵妻子说：“他走后，我在枕头底下发现了几块玉器。”

我一听玉器忙说：“能给我们看看么？”

老赵妻子见我们不像坏人，进里屋拿了两件玉器出来，我一看之下，那正是东汉古墓里的宝贝。这几件古玉器实属罕见，正是石亮带走的其中两块。

难道来找老赵的人是石亮？

老孙也投过来疑惑的目光，显然他也认得这两块玉。

我对老赵妻子说：“我对玉器有点研究，这两块玉价值不菲，而且是古物，千万要保存好，不能随便倒卖，否则会触犯法律。”

老赵妻子将信将疑地点点头。

我说：“现在上交珍惜文物，国家是给钱的，你要是有兴趣可以把这古物上交。”

我深知老赵的失踪跟石亮绝对有关系，石亮这人心计太深，始终给我的感觉是知人知面不知心。老赵一定是为石亮做了什么事情，难道那本《御术之术》，老赵在鱼肚子里偷了去就是为石亮偷的？但是我们是在鱼肚子里，石亮怎么会让老赵为自己偷书呢？

老孙问：“老赵失踪，那你们报警没有啊？”

老赵妻子说：“还没报警，也许过几天就回来了吧。”

我心知老赵凶多吉少了，一阵心酸说："那你们赶紧报警吧，这事情不能拖下去。"

老赵妻子突然流下眼泪点点头说："我明天就去村委会，让大队书记帮我们报警去。"

我说："那两块玉千万不要给人知道了，以后自己上交有关部门，换点奖励算了。"

老赵妻子看我们这么好心对她，心里自是感激不尽，非要留我们吃饭。我们说还要去其他几家打渔人家里去揽点生意，借口离开了。

临走老孙突然问老赵妻子："嫂子，赵大哥出门时候没跟你说过什么么？"

老赵妻子摇摇头。

我们看也没有其他线索转身要走，这时老赵的儿子扒在门边说："我爹临走时跟我说鱼肚子里有五个人。"

我和老孙听了忙抢着问："小朋友，你爹还对你说什么了？"

老赵儿子怯怯地说："我爹还说给我买的生日礼物坏掉了，只有腥腥的果子给我吃，还说以后不能打渔了，鱼能吃人，鱼肚子里有五个人。"

我感觉脑袋嗡嗡作响，思绪一下混乱起来。老孙跑过去蹲下来不停盘问孩什么，孩子一直在摇头。

我见再也问不出什么了，喊过老孙向她们母子两个告别而去。

出了老赵家，我和老孙一路无言，都在琢磨着这件让人费解的事情，老赵失踪让我们心情比较沉重。找了个农家院住下，直到吃完饭，我们才开口说话。

老孙说："老李，老赵的失踪看来和石亮有关系了。"

我说："老赵手里有石亮的古玉，而且老赵也说鱼肚子里有五个人，那完全可以说明石亮当时也在鱼肚子里。他一定是我进入九转太虚门后趁其他人不注意，等那鱼嘴重新张开的时候也进了九转太虚门了，大家都焦急地等着我们出来，估计谁也没注意到他到哪里去了，我说出来的时候见他浑身湿透，一副邋遢的样子呢。"

老孙点头说："可以这么推断，但是石亮为什么也跟着进来啊？"

我说："石亮和他的同伙我看纯粹是一伙盗墓贼，在大陆盗坟掘墓，搜罗奇珍异宝。他们天生有股嗅觉，哪里有宝贝就去哪里，也许他认为九转太虚门里有神秘的宝物，所以不顾一切地要进去一探究竟。"

老孙点头表示认同，然后又问道："那本《御术之术》怎么到了老赵的书包里？"

我说："我感觉老赵练成穿墙术是不大可能，除非老赵有道教和内功根基，否则他连书都看不懂怎么可能练成法术？"

老孙说：“那你的意思是练成了穿墙术的是石亮？”

我点头说：“肯定就是石亮。”

老孙说：“那石亮怎么练成的御术法术呢？你是说他用古玉贿赂了老赵，让老赵偷了书给他？其实石亮一直躲在森林里？”

我点头说：“只有这一种解释。”

老孙说：“那他是什么时候开始修炼的呢？从鱼肚子里出来后，他成天跟我们在一起，没时间修炼啊。”

我说：“石亮一定在鱼肚子里就开始练了。敢肯定的是这小子一定还修炼成了其他厉害的法术。”

一夜无话，转天我们就离开了猛鬼山，老孙偷偷把用报纸抱起来的两千元钱扔到了渔民老赵家的院子里。毕竟老赵失踪了，跟我们也有一定关系。

第 20 章 双阳之人难索命

我又一次投入到熟悉无比的工作当中后，才感觉这才是正常人的生活，人们总是喜欢刺激，羡慕冒险，但是当我这段时间以来经历了那一切离奇怪异、匪夷所思的事情后，我感觉，做个普通人是那么的幸福。

但是普通生活才过了一个月，老孙这小子就给我带了个胖子来。胖子老郭和老孙是初中同学，感情不错，以前一段时间失去了联系，前几天同学聚会，才又碰见。偶尔谈起老郭遇到的离奇的事情，老郭显然受到过不小的刺激，一个劲唠叨着自己被鬼缠身了。

为了稳定老郭的情绪，我对老郭说："不是所有人都有幸被鬼相中的，如果鬼真的想让你死，你早就死好几遍了，之所以你还没死，那就是你还没到死的时候。而现在你找到了我们，那你的死期恐怕要压后好几十年了，而那只鬼的死期马上就要到了。"

老郭半信半疑，跟我们讲起了他的遭遇。

老郭是一家外贸公司的商务人员，经常往来于各个客户之间洽谈业务。前段时间，有个在金茂大厦的客户吴经理，要他下午六点去拿一份合同，说明天要出差，所以想今天把合同签了。

老郭开车到了那家公司，此时已经快下午六点了，深秋的六点，天色已经黑了下来，秋分瑟瑟地吹来，老郭走到金茂大厦门口突然打了个冷战。

老郭坐电梯到了27楼，发现楼里其他公司都锁门下班了，唯独这家外贸公司还开着门，想来是有员工加班呢。

老郭进门后，前台的小姑娘热情地站起来跟他点头打招呼。

老郭说："我姓郭，找你们吴经理签合同来的。"

小姑娘让老郭进来。

老郭心说，这公司够黑的，其他人加班就算了，这么晚了，还留人家前台小姑娘不下班。

老郭正要往里走，去那个吴经理的办公室，从另一个屋子走出一个年轻人，对老郭说："你是郭经理吧？"

老郭点头。

那人说："这样的，我是吴经理的秘书小周，我们吴经理有事提前走了，让我在这里等您，跟您完成那份合同。"

老郭心说反正无所谓，合同只要有公司的章就行，这种合同签了好多次了。于是跟着那个小周进了办公室。小周拿出合同，老郭看了下，章已经盖好了，老郭把合同放包里说回去盖好章后会尽快返回这里一份。小周给老郭倒了杯水，两人聊了两句，老郭无意中问起怎么这么晚了，公司还有人上班。

小周说公司最近业务比较多，经常有人加班的。

老郭说："即使加班，也不至于要前台小姐陪着一起加班吧，晚上又不会来什么人，又不会用什么前台接待的。"

小周听了奇怪地看着老郭说："没有啊，我们前台都是按正点下班的，都是五点下班，从来没加过班啊。"

老郭奇怪地说："还说没有，刚才明明看见前台小姑娘在那里呢，还跟我打招呼呢。"

小周奇怪地说："不可能吧？"

老郭说："不信你去看下啊。"

说着两人拐到前台，令老郭吃惊的是那前台小姑娘已经没了踪影。

老郭拍着脑袋说："刚才绝对有个小姑娘在这里的啊，怎么一会儿工夫就走了？"

小周笑着说："郭经理眼花了吧？光惦记小姑娘了。"

老郭尴尬一笑，但是心里纳闷，也许那前台小姑娘刚才下班回家了也说不定，但是奇怪的是为什么小周一口咬定前台并没有人值班呢？

老郭和小周又闲聊了几句后提出要回去，小周送老郭到门口电梯处。忽然老郭看到从旁边的女厕所里走出个女人，正是刚才前台的那个小姑娘。

那小姑娘看到老郭后微笑地点点头，然后走到前台坐了下来，在电脑上噼里啪啦地打着字。

老郭扭头对小周说："你看，你看，这就是我说的小姑娘啊，你还说没人。"

小周看看前台，双眼空洞地说："哪有人啊？你见鬼了吧？"

老郭睁大眼睛，看着前台活生生的小姑娘，咕嘟咽了口唾沫，双腿有些打颤。

由于电梯就在门口，离前台不远，前台的小姑娘听见老郭说话，奇怪地抬起头说："郭先生，你在和谁说话呢啊？"

老郭听了只感到头皮发麻，看了一眼旁边的小周，小周正两眼空洞地看着电梯上的数字，仿佛没听见小姑娘的话一样。

老郭一时怔怔地说不出话来。前台的小姑娘看老郭不说话，自己又埋头工作起来。

这时小周说："郭经理，电梯到了，请上吧。"

老郭心里隐隐感觉有什么不对劲，想迅速逃离这里，忙要踏进电梯。

此时前台的小姑娘说："郭先生，那电梯是坏的，联系好修电梯的明天上午来修理，墙上有提示的，你看看。奇怪了，坏的电梯怎么又能动了呢？"

老郭慌忙中扫了一眼电梯旁边的墙上贴着的纸条，上面写着：电梯已坏，请乘坐另一部。

老郭这才想起，自己上来的时候，楼下的这电梯口确实立着一个提示牌呢。

老郭反应还算迅速，两步蹿到前台，指着电梯口的小周对前台小姑娘说："你认识小周么？就电梯旁边的那个？"

小姑娘脸上露出奇怪的表情说："郭先生，你别吓人啊，那里哪有人了？"

老郭冷汗趟了下来，颤抖着声音说："就那个穿一身黑西服的，戴眼镜，脸上有个黑痣的啊？"

小姑娘脸色完全变了，惊恐地抓住老郭的手，老郭感到小姑娘的手已经吓得冰凉了。

小姑娘声音打颤地说："你是说财务科的小周？他上个月跳楼自杀了！"

老郭听完差点没吓晕过去，紧靠着前台，不知如何是好。

电梯口的小周看着老郭，奇怪地说："郭经理，您这是怎么了啊？怎么跑到那里去了，您这跟谁说话呢，念念叨叨的？电梯到了，快上来啊。"

老郭神智已经有点崩溃了，别看老郭身体胖，但是胆子那是异常小的。他一动不动地对前台小姑娘说："快，快，小周叫我上电梯呢，我怎么办？"

前台小姑娘也害怕地说："我也不知道啊，这可怎么办啊？难道遇见鬼了？"

小周冲老郭喊道："郭经理，你到底怎么了？一个人嘀嘀咕咕的。"

说着向老郭走了过来，老郭吓得已经不知道如何是好了，连喊叫的力气都没有了。这时候前台的小姑娘一把拉起老郭转身就跑，老郭被她一拉之下，回过神来，跟着小姑娘撒腿就逃。

这大厦一共二十七层，沿着一段铁的楼梯能上到楼顶上去，老郭随着那小姑娘爬上了顶楼。此时楼顶没有灯光，只是远处大厦的灯光照得这里隐隐能看见点东西，但是昏暗异常。

老郭回头一看，后面小周跟着跑了过来，只见他脸色铁青，面无表情地紧紧跟在后面。老郭只吓得心都快蹦出来了。

前台小姑娘拉着老郭到了楼顶左侧边缘，那里有个通道，连着旁边的大楼。这金茂大厦本来就是两幢大楼相邻的，在十五楼的地方有个通道，连接两幢大厦。没想到在这楼顶上也有一个通道。通道那头灯火辉煌，想是那边还有没下班的公司。有很多人就不怕了，在这种遇到鬼的情形下，找到自己的同类是每个人最强烈的念头。

小姑娘跑上通道，一口气跑到通道中间，回头看老郭没有跟上，忙冲老郭招手，喊老郭快过去。老郭此时连吓带累浑身已然虚脱了，扭头看小周已经上了楼顶，忙挣扎着爬上连着那通道的楼梯，刚要踏上那通道，小周已经跑到了顶楼中央，见老郭要踏上通道，忙大声喊道："薛小琴，你自己寻死，还有脸来害人，你给我滚！"

老郭吃了一惊，停住脚步转过头，突然发现那通道和站在通道中央的小姑娘踪影皆无。

老郭已经站在顶楼的边缘，一只脚已经悬在了半空。一害怕，扑通一下掉回了顶楼，摔在地上起不来了。

小周跑过来，问老郭有没有事，老郭气喘吁吁脸色苍白，突然放声大哭说："他妈的吓死我了！太吓人了！"

小周这才说起那个薛小琴的事情，那薛小琴是公司的前台接待，和公司一名男员工谈恋爱，后来被那男的抛弃，想不开从刚才老郭站立的地方跳楼了。她现在估计是在给自己找替死鬼，自己好去托生。

老郭什么话也没说，只想离开这里，跟着小周回到二十七楼的电梯旁，等着电梯，再看那电梯口旁边，果然没有了那个"电梯已坏"的提示纸条了，刚才那字条难道是那女鬼变出来的？

老郭只想赶紧逃离这金茂大厦，而且以后绝不会再来了，即使有业务，公司爱派谁来派谁来，反正自己是不来了。

小周一个劲劝着老郭，让他回去喝点酒压压惊。

电梯到了二十七楼，门一打开，老郭都没顾得上跟小周打招呼，就一脚踏进了电梯。

就在此时从旁边楼梯走出两个修理工来，看见老郭要上电梯，忙喊道："哎，那胖子，你干什么？那电梯坏的，别进去，小心摔下去。"

老郭浑身一颤，连忙收脚，使劲睁眼一看，那电梯间里果然没有电梯，只看见里面有几根粗粗的钢丝，刚才一脚下去，肯定就从二十七楼掉下去了。望着脚下黑漆漆

深不见底的电梯间，老郭回头在看身边，哪里还有小周的身影。

这连续的两次刺激，老郭终于支持不住，眼前一黑，晕了过去。

老郭被两个修理电梯的送到医院，昏迷了整整两天才醒过来。浑身褪掉了一层皮，真是见鬼不死也要扒层皮。

金茂大厦的吴经理，亲自来医院看了老郭，他告诉老郭，他们公司上星期已经搬出了那二十七层，就是因为那里总是发生奇怪的事情。由于客户太多，而且和老郭的公司只有极少的业务往来，所以还没来得及通知到老郭公司呢。他说那天根本没有给老郭打过电话。

老郭问那到底是怎么回事，他还记得那个小周，还有前台小姑娘叫薛小琴。

吴经理叹了口气说："薛小琴和小周以前都是公司的员工，上个月电梯坏了，从二十七楼一直掉到一楼，两人正好在电梯里，当场毙命。他们骗了老郭来也许就是为了找替死鬼的。"

因为电梯里摔死了人，警察要取证，所以那坏电梯一直没修理，正好那天案子结束了，才请了修理电梯的过来，幸亏老郭赶得巧，否则没那两个电梯工人，老郭早就一命归西了。

老郭这才明白，给自己打电话的是那鬼装的，而公司里的一切都是那两只鬼制造的幻境。

但是为什么他们两个非要给自己打电话，骗自己过去，怎么不给别人打呢？这就不得而知了。还有本来在楼顶，自己踏上那本来不存在的通道就会掉下去摔死，为什么小周却把自己救下了呢？这个问题老郭也想不通。

同学聚会的时候，老郭跟大家提起自己遇到的这个事情，大家听了都感觉不可思议，毛骨悚然。老孙这才把老郭带过来，让他描述下当时的情景，好让我有个了解，然后去灭掉那两只鬼。

首先我分析，既然这两只鬼要设陷阱害老郭，那要么就是胡乱害人，要么就是要找替身，这样自己才能转世投胎，至于能不能转世投胎，我想这个恐怕连鬼自己都不知道，他们也许只是试一试。

而他们两个采取这种引诱的方式害人，而不是用更直接的手段来来害人，可以看出它们不是单纯的报复害人，而确实是在找替身。因为如果单纯害人性命的话，它们可以有很多方法，像以前的赤焰鬼、无影鬼等等，虽然各种类型的鬼拥有的本领不同，但是鬼要害人有的是方法。

但是这两个鬼采用引诱的手段害人，说明它们是在找替身，因为在中国传说里找替身的一个先决条件就是，所找的替身必须是自愿去死，没有受外力迫害，而是完完全全自己一步步去死才可以成为替身。

所以就出现了，小周按下电梯按钮，薛小琴制止了老郭上电梯，因为那是小周给老郭按下的，不属于老郭自愿的。而如果小周不去按那个破电梯的按钮，老郭很可能就按了好电梯的，那样它们就功亏一篑了。

而当薛小琴在楼顶招呼老郭踏上那根本不存在的通道时，被小周叫回来的原因，因为那样的话是属于薛小琴引诱老郭踏上那通道的，那样即使老郭摔死，它们也托生不了的。

两只鬼导演了这一切后，惊恐的老郭巴不得赶快离开这里，返回电梯口后，老郭慌乱中按下了坏电梯按钮，而小周并没有在旁边指挥。所以那时候老郭是属于自己寻死，那样它们就可顺利借助老郭的一缕阳气而托生了。

老郭和老孙听了我的分析倒抽一口凉气，心说这两只鬼真是狡猾到家了。

老孙开口说："老李，那为什么它们要找上老郭做替死鬼呢？而且它们是两只鬼，一个人不是只能替一只鬼么？"

我说，这就是问题关键所在了，也就是说老郭具备能让它们两个鬼一起托生的素质。

老郭说："老李，你是说我胖，所以一个能顶两个用么？"

我笑着说："不是这个意思，如果我没猜错的话，你八字属于至阳之人，能同时让两只甚至两只以上的鬼同时托生。"

老孙说："何以见得呢？"

我让老郭把生辰八字给我，我算了一下笑着说："从你的生辰八字来看，你属于双火之命，是比较罕见的类型。火从阳，而双火即至阳，这样的人如果被鬼遇到，可以挽救好些条鬼的命呢。"

老孙呵呵笑着，再看老郭的脸一阵青一阵红地说："老李，你的意思是，我这一辈子就要成了鬼追逐的对象了？"

我说："从某种意义上来说，是的，但是你放心，鬼是发现不了你的。之所以你会被那两只鬼盯上，是因为那家公司一定有你的资料和照片什么的。"

老郭说："确实那家公司和我们有业务来往，我是公司商务代表，我的身份证和照片资料什么的都在那家公司有备案的。"

老孙说："怪不得它们能找上你呢，看来它们还挺聪明的。"

我说："既然他们很聪明，那我们去捉鬼的时候就谨慎点好了。"

老孙说："老李，人见到鬼之后不是不死也要扒层皮么？怎么老郭没事呢？"

我说："因为他是至阳之人啊，鬼气侵入不得。"

老孙说："这样啊，我还以为他皮糙肉厚的原因呢。"

我们决定明天晚上就去那大厦捉鬼，因为鬼只有在太阳落山了才会出现，鬼有

鬼路，有它们的空间，而白天那个空间是不存在的，所以白天鬼根本也是不存在的。而据说人在死后一个月内不能托生，那就永远也不能托生了。而很多人死后，不是立刻就能变鬼，是需要一段时间才能变鬼的，所以有很多都是超过一个月时间才变成鬼的，那个时候也就过了托生的时机了，所以大部分鬼是没机会托生的。而只有那种极易变鬼的地方，能让人死后一个月之内变成鬼，那样鬼才能找人替死托生。

无疑那个金茂大厦就是那种至阴的地方，能让人死后短时间内变成鬼。而现在马上要到一个月了，我们如果不及早把那两只鬼灭掉的话，那它们托生不成，白白错过机会，会产生鬼怒，那样的话不知道多少无辜的人们要遭它们毒手了，所以我们才决定明天晚上就去捉鬼。

我问老郭愿不愿意一起去，老郭开始说什么也不想去。老孙在一旁嘀咕说：“你不去的话，那鬼一时走投无路说不定会去你家找你呢，反正他们认识你家。”

老郭听了这个吓得哆嗦了，才决定坚决紧随我们，寸步不离！

由于我已经学会了《御术之术》里的捉鬼之术，所以我现在可以直接用咒语把鬼打散，不必捉到后装到乾坤筒里，然后埋到消煞之地去了。现在只要我跟鬼面对面就能用咒语把它直接打散，打回它们该去的空间。而且只要能用符咒和阵法把鬼困在一个范围内，我就能用另一个咒语，将困在一处的鬼全部消灭。就像月隐道长，用咒语一下子把那个鬼镇里的各种鬼都灭掉一样。

捉鬼术对于御术派是小法术，这段时间研究了《御术之术》，内容分为内功武技、符咒阵法、咒语仙术三大卷。

内功就不必说了，是施展御术派武技和仙术的基础。

武技就是剑法、拳法和擒拿之术。

符咒就是道教的各类纸符，和除秽派的是一样，分为“驱、镇、封、分。”

阵法就是布阵捉鬼或降妖之用，跟除秽派的阵法基本相同。

咒语是和除秽派有所不同的，除秽派的咒语通过指诀共同起作用，分为一阴一阳二十四小时之内起作用的“驱、镇、封、分”和瞬间起作用的“开、收、罩、散”。

而御术派的捉鬼的咒语只有“分、开、罩、灭”四种，“分”是对付鬼上身，“开”是解开鬼的幻境，“罩”是防止鬼上身，“灭”是直接把鬼打散于无形。

仙术是御术派上乘法术，需要咒语配合使用，每一个仙术就有一个咒语，仙术有：乘风御剑、钻木穿墙、招禽御兽、移山拔城、呼风唤雨。

而我目前除了仙术有部分还未领会奥妙，其他的都已经修炼成了。而仙术里的乘风御剑、钻木穿墙已经修炼的差不多了，至于后面的招禽御兽、移山拔城、呼风唤雨还是没有摸清门路。

听月隐道长说，他也是只学会了前两种，而移山拔城和呼风唤雨也是一时没有成功。只是从“呼风唤雨”简化了两项法术出来，那就是“搬雾术”和“召唤颖城术”。

更高深的领会那需要更细腻的内力操控的功夫和更冒险的修炼方法的。月隐道长说练好内功后，只要背诵咒语就好了，说的很是轻巧，但是练好内功谈何容易？真正领会每项法术的真正含义谈何容易？

我自恃已经学会了《御术之术》里捉鬼用的“分、开、罩、灭”。尤其是“灭”这门咒语，那我就无所顾及了，见到鬼一念掐诀咒语，就会把它打回无形空间了。

于是转天下午，我们三个直奔金茂大厦而去。赶在天黑前进了大厦，看那出事的电梯已经修好了，我们坐电梯到了二十七楼。我在外面看了这座金茂大厦位于周围办公楼群里的豪华地段，但是显然这里的风水并不太好，不知道当初建设大厦的时候是否请了风水先生来看过。我说的风水不好并不是这里不聚财，只是有一点就是在这大厦死去的人，极易变成鬼。但是在这里好像也不容易会死人，所以这里以前没出过什么事。可是恰巧发生了电梯坠落事件，所以这里也第一次出现了鬼。

到了二十七楼，老郭一副紧张的样子，脸色发白，冷汗直冒。我和老孙相视一笑，看着老郭的样子，想起我们当初捉鬼时候的紧张模样了。

眼看天快黑了，我让老郭和老孙下去把“封”字符咒隐蔽地贴到大门口去，而我本想把出事的电梯贴上符咒，但是一想反正只要这两只鬼被封到这大厦里，无法外逃，即使它们不敢面对我，那我也可以用“灭”字咒，消灭它们，所以没必要费太多事。

天一黑，我打开天眼，用“分”字咒语要把那两只鬼逼出来。顿时只见那失事过的电梯上下起落，二十七楼的电梯门一开一合，里面的灯光忽明忽暗的。

老郭早吓得紧紧躲在我身后。现在那两只鬼肯定就在电梯里了。知道有人来捉他们所以迟迟不肯出来。我心想，即使你们不出来我就没办法灭了你们么？只要我一念咒语，你们就灰飞烟灭了。

我手掐指诀，嘴里刚要念那“灭”字咒语，突然二十七楼的电梯门大开，停止了开合。里面一阵狂风吹来，我们三人被那邪风吹得差点摔倒。我心里气愤又要念动咒语，突然看见老孙和老郭两人飞快地跑向通往顶楼的楼梯。

我暗叫不好，都是自己太托大了，自负已经学会御术派的灭鬼术，本想直接念咒就能灭了两只鬼，所以进来的时候忘记用“罩”字咒了，让鬼上了他们身了。

我道家内力深厚，尤其是修习了御术派的内功后，鬼是绝对无法上不了我的身了，但是他们两个就不一样了。

看着老郭和老孙两人爬上通往顶楼的楼梯，我惊出一身冷汗，那两只恶鬼难道要借助老郭和老孙逃走么？还是想被我消灭前害死两个人？虽然这楼被我的符咒封住，但是它们还是可以害人的，可以让老孙和老郭坠楼，它们自己往楼下跳会被我符咒的结界挡回来，但是老孙和老郭的身体可是回不来了的。

看来这两只恶鬼是要在临死时多害两条性命了啊。我现在也没办法用那“灭”字咒了。因为鬼上了人的身，用“灭”字咒，虽然可以灭掉鬼，但是却也可能让人无法恢复到原来，弄不好会变成植物人一样的。

都怪我太大意了，没用“罩”字咒。我心里一急，血往上涌，差点晕倒，当下丹田提气，舌尖顶上牙膛，一下蹿上楼梯，冲上楼顶。

老孙和老郭正往楼顶边缘跑去。我展开轻功蹿过去，想一把将他们拉回来，但是还是差了一步，在他们纵身跃下去的刹那，我心如死灰。

我都不知道该怎么补救了，事情来得太突然了，太快了，没有一点回旋的余地，本想那两个鬼能在楼顶跟我谈谈条件，没想到它们却选择直接跳楼。我眼睁睁看着他们两个跳了下去，第一个念头就是自己也不要活了。

人在重大紧急关头都会懵掉，但是也会发挥出最大的能量，此时无数咒语在我脑子里乱转，丹田里瞬间积聚了无穷的能量。不知怎么我突然大声喊出了《御术之术》的“仙术卷”里的“移山拔城”的咒语，手结指咒催动心法。

一瞬间眼前的景象把我惊呆了，金茂大厦旁边的金黄大厦突然拔地而起，一下子就并到了金茂大厦旁边，那金黄大厦比金茂大厦矮了半层楼的高度，这一下，老孙和老郭两人一下子摔到了金黄大厦的楼顶上。

再看金黄大厦只一瞬间又恢复到原位，就跟一切都没发生过一样。

我呆立当场，半天才醒过神来，抬眼看老郭描述过的薛小琴和小周两只鬼站在我面前，通过它们扭曲的脸和惊诧的神情可以看出，它们也被惊得不轻。

我恨恨地刚要念那“灭”字咒，两只鬼突然跪在我面前，薛小琴冷冰冰地说：“看您刚才的法术如此强大，我知道跟您斗也是万万斗不赢您的，我只求您帮我完成一件事情好么？我们都是惨死的鬼，您就原谅我们一次吧，帮我一次忙，我死而无憾了。”

我判断老孙和老郭应该无大碍，心情恢复平静说：“念你是惨死的份上，你说吧，只要是我能办到的，而且不是坏事，我答应你去做。”

薛小琴说：“我和我男朋友是同学，高中开始谈恋爱，一起在这个城市上大学，我毕业留在这里做了前台文员，他回老家山里做了乡村教师。因为种种原因，前段时间我提出了分手，后来彼此都没有了联系，我的死讯他恐怕现在还不知道，我只想让你去告诉他我的死讯，然后告诉他我一直都爱着他。”

说完她眼里滚动着泪光递过来一封信，我接过信见信封上面有他前男友的姓名和地址。我冲她点点头，意思是我答应了她的请求，然后毫不犹豫地掐指诀念“灭”字咒，看着他们两个鬼灰飞烟灭。

我急忙下楼，然后跑向对面的金黄大厦，那大厦早就锁门了，我用穿墙术进去，然后坐电梯上到顶楼，先用分字咒驱开他们身上的鬼气，然后把摔晕过去的老孙和捂着腿呻吟的胖子老郭弄到楼下，喊大厦值班人打开大门，送他们两个去了医院。

老孙醒来后第一句话说：“老李，轻敌是要送命的啊！”

老郭一直呆呆的，突然开口道：“老李，一切都结束了么？”

我点点头，老郭这才叹了口气。

我把老孙和老郭接回家里，老郭变得前所未有的兴奋，说从来没有这么刺激过，简直太爽了，让他有种再生的感觉。本来他只觉得我和老孙就是稍微会点捉鬼的小把戏而已，可没想到我竟然有那么大的法术，能把整幢大厦移来移去的。

老孙得意地说：“怎么样，长见识了吧？我们可都是道教正宗传人，传承了御术派、除秽派、垂丹派的神奇法术，那可不是盖的。”

老郭佩服得五体投地，非要拜我为师，在我给他讲完修炼法术有可能走火入魔而产生的种种后果后，老郭迅速打消了拜师的念头，但是恳求下次捉鬼一定带他去。

我自己也没想到在紧要关头竟然能修炼成“移山拔城”这个仙术。看来危急关头人的能量会猛增数倍。一直奇怪“移山拔城”到底是什么样的法术，没想到是这么的宏伟壮观。只是那移动只是在瞬间，而且移动是通过另一个空间来变化的，所以周围的一切事物都不会受到影响。

我打电话把我取得的这个大成就告诉了远在香港的月隐道长，道长听了非常高兴，直夸我太有天赋了，还说等学会了另两个法术，还有更高深的法术等着我去参透呢，那御术派的法术就从此有了继承人了。

月隐道长告诉我耿鸥天天吵吵着要回来找我们，上次那家公司对耿鸥很是满意，已经留下她工作了，薪水很高，但是耿鸥不喜欢那里，一个劲劝说道长回大陆定居，自己要在大陆找个工作。

月隐道长拗不过女儿，只说等过段时间，自己处理完香港这边的各项事务，然后安排回大陆养老。我听了心里还真是有点想念他们父女了。

第21章 百年修行为哪般

放下电话，整理包里东西的时候看见薛小琴的那封信，这才猛然记起答应薛小琴的事情。看那地址就是在临市的一个郊县，那里经济落后，基本都是山区，是有名的穷乡僻壤，穷山恶水。不过那里好像是驴友们爱去的地方，因为在那里都是未开发的巍峨大山和浩瀚林海。

答应的事情不能不办，决定周末去那里一趟，就当旅游了。

晚上招呼老孙、老郭、小路还有王凡大张过来，几个人给观月师叔过生日，抚炉道长被邀请去外地参加什么中医的学术会，所以来不了了。

自然还是老孙下厨，这次新增了两道他研制的新菜，一道是“飞剑穿鸽”，一道是“城托双鲍”，纪念我们在鱼肚子里御剑穿飞鸽和他与老郭被金皇大厦所救。席间师叔喝了不少酒，非常开心。

也难怪师叔自从被我和老孙从安定医院救出来，现在又找到了亲生女儿，还找到了师兄的后代，还和御术、垂丹派的道友相会，真是说不出的幸福。但是毕竟年纪大了，跟我们年轻人折腾了一会儿就犯困，一个人回屋睡觉去了。

小路问我：“孟非怎么还没回来啊？”

我说：“苗青青教主正加紧把黑巫教的巫术和蛊术传给她呢，可能再过一个月才能回来呢。”

王凡说：“小路啊，莫不是你对孟非妹妹有感觉？怎么这么关心呢？”

大张也说：“就是啊，有什么不好意思的，快说说是不是有那意思，我们几个也好给你撮合撮合啊。”

小路闹了个大红脸说：“你们这群人，就知道瞎起哄，我就是问问，你看你们那劲头。怎么看怎么跟一群流氓似的。”

老孙说："你就承认了吧，跟我们你还藏着掖着的。"

我说："就是的啊，有什么不好承认的啊，你看老孙喜欢苗青青，他老早就承认了。"

老孙一口酒差点没喷出来说："老李，可不行这么陷害人的啊，我告你诽谤。"

王凡说："老孙，我觉得老李说你对苗青青有好感是对人家青青的诽谤才对。"

众人笑了。

王凡和大张提议秋天到了，有时间郊游看红叶去，我们都表示赞同。六人凑了两拨斗地主，一直打到后半夜这才各回各家。

转眼周末，我让老孙还有老郭陪着去薛小琴男朋友的老家，那座山叫胡家山，她男朋友叫胡继术，他所在的小学是那地方方圆几十里唯一的一所山村小学，叫"胡家岭小学"。

一大早出发，两个多小时到了那边，进入胡家山山区后，我们辗转了一天的时间才找到胡家岭小学，向一名老师一打听才知道，胡继术这些天生病，在家休息呢。我问他住哪里，那老师说他家住离这里两公里的胡家庄。

于是我们继续向胡家山深处进发，在把老孙和胖子郭累得满头大汗，迈不动步，爬不动山后，我们终于到了胡家山腹地。但是此时天已经完全黑了下来，望着周围黑黢黢的大山，山风吹过密林的呜咽声和夜鸮一声声的啼叫声，是那么的让人汗毛直竖，毛骨悚然。茂密的山林围绕着一个几百户的小山村。

我们进了村子，发现每家的窗户也都亮着灯光，老孙慨叹政府就是好，这么偏僻的山村都给接上电了。

我们敲开一家村民的门打听胡继术的住处，得到指点后，我们直奔村子最边上的那座房子而去，村民告诉我们胡继术从小就没爹没娘，一直是自己单身居住。

我们敲开胡继术的门，里面出来一个瘦削的青年，尖尖的下巴，鼻子下的胡子很有特点地向两边微微翘起。他开门疑惑地问我们找谁，想来是他家极少来外人。

老孙喘着气说："可找着你了，为了你我们差点把命丢了，这深山林密的，吓也吓个半死了。"

我们说明来意后，胡继术把我们让进屋内，我并没说薛小琴死后变鬼的事情，只说她临死前交给了我们一封书信，让我们转交给他。

胡继术听说薛小琴不幸遇难，怔怔地半天无语，但是却没有太多的悲伤反应，我们只道他是被薛小琴甩了，所以才对薛小琴的死没有特别的悲痛。他接过薛小琴的书信，缓缓地打开，读信的眼神有些疑惑，可能是不知道薛小琴为什么给他写这封信。他一边看信，一边还不时用眼角余光瞥我们几眼。我感觉奇怪，不知道信里写着什么，后悔没听老孙的话，偷看一下那信的。

读完信后他对我们表示了感谢，拿出山上的栗子、枣的招待我们。我们奔波一天太累了，洗了脚就在他家的西屋睡了，准备明天一早就赶回去。

胡继术安排我们睡下后，回东屋睡觉去了，我和老孙、老郭在大土炕上闲扯了一会儿实在太乏了，听着外面呼呼的风声，不一会儿就睡着了。

由于我内功深厚的原因，视力听力包括感知度都比普通人强出不少。不知睡了多久，听见门外有细微的响动，我一下子醒过来，老郭和老孙打鼾的声音实在太大，但是我还是听见有人开门到了院子里，我不知道大半夜地胡继术出去干什么，难道是去厕所？山村的厕所都是在屋外的。

我扒开窗帘向外望去，借着满天繁星的微光，我看见胡继术并没有去厕所而是打开院门出去了。我奇怪地穿好衣服，轻轻打开门跟了出去。

我丹田提气展开八卦履的轻功跟着胡继术向后山走去，我这轻功已经火候颇深了，那胡继术万万不可能发现我。进了一片密林，密林里都是参天大树，有这些树木遮掩，我更是不会被发现了。树林里显得更加黑暗，我只有睁大眼睛看着胡继术从容不迫地走在我前面，可以说就跟早晨散步一样，想来他对这里是轻车熟路。

在胡继术看信的时候我就感觉有点不对劲，他竟然对薛小琴的死表现得有点冷淡，而且在他看信的时候不时用眼睛瞥向我们。那封信胡继术只看了两眼就看完了，如果薛小琴要对胡继术一吐相思的话，那信可显得太短了点。

我一分神突然失去了胡继术的踪影，我怀疑他发现了我，于是紧紧贴在一棵大树后一动不动，呆了半天，也没发现有动静，我展开身形快速在周围五十米的区域游走，但是胡继术却是踪迹皆无。

我心里突然一动，感觉事有蹊跷，忙迅速撤离，飞速赶回胡继术的家里，推开西屋的房门，打开电灯，果然老孙和老郭已经踪迹皆无。

我头一下子大了，怎么最近总是这么不小心，总是轻易就着了别人的道。我忙踹开胡继术的房门，打开灯，里面也没有胡继术的人，突然看见桌子上放着那封薛小琴给胡继术的信。我拿过信来打开一看，顿时冒出汗来。上面写着一行字：“送信人害我托生不成，灰飞烟灭，一定要请胡君帮我报仇！”

我捶胸顿足恨不得给自己扎几刀放放血，一切的不可思议，一切的疑点重重，我愣是没有过脑子想一想，现在不见了老孙、老郭的踪影，真不知道该如何是好，更没有任何的哪怕一点点线索。

正在我脑子空空如也，心里乱如麻的时候，院子里突然传来“啪”的一声响，我一个箭步蹿出屋去，院子里是一张包着石头的纸，看那纸上写着：“后山胡家大院。”

是谁扔的纸条？是胡继术么？胡家大院在哪里？老孙和老郭是不是在那里？反正

现在没有线索，这个纸条跟这一切绝对有关系，那就只好走一趟了。

我看了下表已经是深夜两点多了。我跃进一家亮着灯的村民的院子，敲开房门，那是几个赌鬼在赌钱，看到我的样子几个人吓了一跳。

我问他们胡家大院怎么走？几个人吃惊地看着我，其中一个说："兄弟，实话跟你说，那胡家大院白天都没人敢接近，你这深更半夜地我劝你还是不要去了。"

我问怎么回事。

那人说："那里闹鬼啊，这么多年，不知道多少本村和外村的人不小心进了那里就一直没出来。"

我掏出二百块钱扔到桌上说，这些钱拿去买烟抽，快告诉我怎么走。

那人奇怪地看着我说："你不怕鬼？我说的可都是真的！没骗你！"

我说："我什么都怕就是不怕鬼！"

说完又往桌子上扔了二百块钱。

那人看看桌子上的钱说："那你要是被鬼害死了，变成鬼，可别找我们哥几个麻烦啊。"

我不耐烦地说："快说吧。"

那人告诉我具体的路线，我听完一个箭步蹿出去，院门都不走，直接越过高大的围墙奔那胡家大院而去。

那胡家大院果然跟那村民说的一样很好找，离村子四五公里的地方，那是一座破败的古宅，听那村民说是清末当地大户胡老爷的宅子，后来宅子里一夜之间空空荡荡，人去楼空。曾有人试图住进去，但是却莫名失踪。本来这胡家大院是在胡家庄的村里的，但是这诡异的大院发生的诡异的事情，让村民们都搬离了这里，集体迁到现在的胡家庄。

我没有去推那扇掉尽红漆的大门，而是一提气跃上院里贴墙而生的一棵大树，观察着院子里的情况。这里虽然破败不堪，但是仍能看出往昔的辉煌，真搞不懂为什么在这穷山僻壤修这么气派的宅子。这古宅的面积着实不小，有好几进院子。我跃下大树，顺着长满杂草的石径向后院走去。

我早已经用"罩"字咒罩住全身，并且内力聚集全身，呈高度戒备状态，打开天眼随时寻找鬼的踪迹。

走进第一进的房子，我并没有感觉到有鬼气存在，接着穿过第一进房子走到里面的院子，再往里走进第二进房子，还是没有感到有鬼的存在，但是我能感觉到这里建筑的布置是按照某种阵法来的。

我脑子里回想着这里的一草一木，猛然惊觉这里布置的是个超大的八卦锁魂阵！但我注意到这阵法跟真正的八卦锁魂阵有所区别，仔细一琢磨，我猛然惊醒，这阵法

原来就是《御术之术》里的“八卦锁妖阵”，是用来锁住一切邪妖恶鬼的。

而且布阵的人充分利用天然的草木石头，让这阵法不容易被破坏，所以现在这阵法的法力还依然存在呢。看来这院子里曾经还真是有鬼，这八卦锁魂阵正是要锁住这里的鬼魂的，但是不知道为什么这里并没有半丝鬼气，也许鬼已经被收服然后消磨掉了。

当我走进第三进院子的时候，被眼前的景象吓了一跳，这第三个院子简直太大了。通常最后的院子就是宅子的后花园，但是这个后花园实在太壮观了，几乎扩展到整个后山。里面林木莽莽，野草丛生，亭台石径，光那池塘就大得不得了。

在这大院子里转了一圈，还是找不到一星半点人影或者鬼影，心里有些急躁，不知道老孙和老郭现在到底在哪里，到底怎么样了。就在我一筹莫展的时候，眼前一个白影飘过，我浑身真气凝聚，跟离弦的箭一样直追过去，那白影一闪在一座假山后不见了，我追过去，发现有个洞直通那个大假山里面。

我看那洞很是宽敞，但是犹豫着要不要进去，因为里面黑黑的看不到一点亮光。但一想到老孙和老郭可能就在这个假山里，心一横，展开八卦履追了进去，里面的通道虽然宽敞却是很黑，我只有慢下身形。

因为内力较强，耳聪目明，视力比一般人要好很多，所以能模模糊糊看见周围的情况，而且我感到，那白色的东西就在前面，我能闻到他身上散发出的特殊味道。拐了几个弯后，那通道变得笔直，直插下去，从石头的纹理上看，已经不是那假山了，倒像是个真实的山洞，难道这假山竟然连着胡家山后山的某个大山洞不成？

我管不了那么多，也顾不上危险，顺着这笔直的山洞追下去，大约追了一公里，前面隐隐有了光亮。我一提气一步蹿到光亮处，发现那里有扇木门，光亮从木门的缝隙透出来，隐隐跳动着。我紧贴着山洞壁，伸手轻轻推开那扇木门，里面一片灯火辉煌。

我丹田提着一口气，走了进去，全身戒备，里面是个能容纳一百来人的大山洞，非常壮观。我一眼就看见老孙和老郭坐在大木椅子上，眼神空洞，笔直地坐着，对我的到来丝毫没有反应，连看我都不看一眼，我猜他们早已被什么妖术控制了大脑。

再看正中硕大的木头椅子上坐着一个瘦削的老者，着一身大红拖地长袍，连着长袍的帽子遮住了他几乎整张脸。他旁边的椅子上坐着一位一身雪白长袍的年轻美貌女子，半边脸被白帽遮住，仍能看出她肤白胜雪，想是刚才引我进来的就是她。

山洞壁上插着一圈硕大的火把，火把嗞嗞地燃烧着。当中的地上铺着各种动物的皮毛做的地毯，周围围着一圈用天然粗壮的还长在地里的大树的根雕刻的大椅子，想不通这山洞里当初怎么会有大树。

再看山洞正当中是一个石头砌成的坑，里面燃烧着大块木头，火焰烧着上面用木头架子吊起来的黑黝黝的大铁锅，里面煮着不知道什么动物的骨头，让我感觉这里有点像电视里看到的山大王的巢穴。

见我进来，那红衣老者，伸出几近干枯的手一指老郭旁边的天然巨木椅子，示意我坐下。看着这诡异的一切，我自然小心百倍，但仗着我一身道家内功和武术还有捉鬼的法术，心里还是很有底的，自己也早已经用“罩”字咒封住全身，不怕他们控制我大脑。

我弄不明白他们的目的，所以只好坐到椅子上，看下一步他们的举动。

那红衣老者说：“小树，是不是这个人啊？”

这声音尖细高昂，直透人的心里，阴森恐怖，让人不寒而栗。

从那红衣老者高大椅子后闪出一个人来，正是那胡继术。原来红衣老者嘴里说的“小树”，原来是“小术”的意思。

胡继术说：“就是他，这些人齐了，您一定要替我出气啊。”

那红衣老者说：“放心吧，既然到了无法仙洞，任他法术高强也要给我乖乖听话。”

说着只见他红袍里的手抬起冲我一挥，我下意识地要一跃而起，可哪里知道坐着的巨木椅子突然迅速伸出无数枝桠，迅速爬满我全身，把我牢牢缚住，动弹不得。

我心里顿慌，这巨木椅子到底是什么东西？竟然还能长出枝桠来。那红衣老者又是谁？我明明没感到有鬼存在，怎么他竟然能施展法妖术？还有老孙和老郭怎么被控制了大脑呢？

一想到“妖术”二字，我心里一颤，一切恍然大悟，原来这红衣老者是“妖”非“鬼”，我说怎么察觉不出有鬼气呢。

现在危急时刻，越危险越是不能急躁，我停止挣扎，想看看他们到底要干什么。

胡继术奸笑着走到我面前，我惊恐地发现他的脸仿佛变形了，本来尖尖的下巴现在更尖了，而且那时候见到的他黑色的胡子，现在竟然变长许多，而且变成两撇黄胡子，说话的声音也变得尖细异常。

他站在我面前奸笑着说：“不错呀，为了朋友你还真敢赴险呢，看你手脚都不能动了还怎么用你那法术。你不是法术高强么？能害死小琴么？现在使给我看看啊，控制不了你的大脑，还可以控制你的身体，看你还怎么施展你的法术，哈哈。”

我问道：“你们到底是什么人？这到底是怎么回事？”

胡继术阴森地说：“说来呢也简单，薛小琴和我是一个村子里的，我们从小就是青梅竹马。后来大学毕业她非要留在城市里，而我只想回到这里，于是我和她也就分手了。但是我时刻关注着她，因为我这辈子只喜欢她一个女人，而估计这个世界上也只有她一个人会喜欢我。所以她的死对我整个人生都是一种打击，她死了我宁可也不

要活，让她托生不得的人，我一定要扒他的皮，抽他的筋！”

说到最后，他咬牙切齿，尖细的声音阴森恐怖，听起来让人寒透骨髓。我这才明白原来薛小琴看斗不过我，才在匆忙中写下了那简短的文字让我交给她男朋友，实则是让我来送死的。

我丹田暗暗提气，想用内力崩开那巨树的枝桠，但是那枝桠是树根一样的东西，又粗又有韧性，还会伸缩，让人无力可用，就算再大的力气要想挣开也是势比登天。

不知道他们会对我下什么毒手，我只好尽量拖延时间，无数次的惊险经历，锻炼了我临危不惧的心理素质，因此现在心里竟然没有多大的恐慌。

我对胡继术说：“城市条件那么好，你为什么非要放弃那么深爱的女朋友回到这个小山村呢？”

胡继术嘿嘿一笑说：“因为我必须回到这里来才可以。”

我疑惑地说：“既然我们被你擒了，何不让我们死的明白些。”

胡继术嘿嘿笑着，那红衣老者站起来，走到我面前，奇怪的是他走路竟然没有一点声音。

他缓缓开口说：“我来告诉你吧，我们并非人类。”

他人虽苍老，但是那声音却尖细妩媚异常，听得人浑身仿佛骨头都要酥了。我这才知道那红衣老者是个女的，只是长大的袍子和帽子遮住了她的整个身体。

此时她的帽子放到后面，露出一张白得没有任何血色的脸，整个脸生的妩媚异常，但是满是细细的皱纹。

见我吃惊不小，她缓缓开口说：“你一定早就猜出我们并非人类了，像你这样的道家人，这些年也来了几个，他们都在那里呆着呢。”

说完一指那口沸腾的黝黑的大铁锅。

我心里暗惊，看来早有捉鬼道士知道这里有问题，可惜都被他们给害死了，望着锅里那森森的白骨，原来里面还有人的骨头，心里不禁一阵恶心。

她接着说：“你进来的时候一定注意到了，这宅子里有个八卦锁妖阵，所以我们多少年来一直被困在这里，逃不出这个宅子，都是那该死的‘冷卓’老道，害我们永世出不去这里。这还不是最恼人的，可恨的是这个阵法恶毒之处就是每逢月圆之时，就会产生法力，我们就会浑身疼痛，犹如万把钢针在扎，折磨得我们痛不欲生，每月修炼的那点成果，都要被折磨得剩不下十分之一，所以我修炼了快三百年了，还没有修成正果。”

我心里明白，这冷卓道长就是御术派“遥知仙山路，冷月照清辉”里的“冷”字辈道长，也就是月隐道长的师叔辈。

我问道：“那胡继术难道也非人类么？”

红衣人说，“小术是我的儿子，是我和人类所生的，那人是省里来的地质队的，来这里找矿，误入这宅子，我就迷惑了他，后来就生下了小妙和小术。”

说着她一指那椅子上的白衣女子。我才知道那白衣美女和胡继术都是这红衣人的孩子。

她接着说：“小妙生下来和我们一样，但是小术生下来却是人形，这在我们家族史上是很少见的，所以他就不受这八卦锁妖阵的束缚，可以随便进出这里，于是我们等他大一点了就让他去胡家庄，让他去过人类的生活。只是虽然他是人形但是也有变化的时候，每月阴气最重之时他就会身体大变，五官也会变得跟我们一样。随着年龄的增长，他身体里的妖性也越来越大，过不了几天就会变化一次，每次变化都要躲在没人的地方，这就是他不能呆在城市里的原因。”

我问道：“那他们的父亲呢？就是那个地质人员？”

红衣人一指那口硕大的铁锅。

我只感到胃里一阵抽搐，马上要吐出来一样。

我稳定下情绪接着问：“那薛小琴知道他半人半妖么？”

胡继术接过话说：“她是唯一不嫌弃我是半人半妖的人，也从来没把秘密告诉过别人，而且从小她就照顾我，我是流浪儿，所以她从小就护着我，不让其他孩子欺负我，所以她就是我在人类里的唯一，也是全部。”

我点头说：“这下我明白你为什么非要给她报仇了，我明白人一旦变成鬼，不论生前是多好的人，变成鬼后受刺骨阴寒，都会变得狭隘暴戾自私，这也是大多数鬼都会害人的原因。而薛小琴恼我坏了她替死托生的大事，而她也知道你和妖的关系，知道你们的本事，所以才让你帮忙杀了我。”

胡继术点头称是。

我长出一口气终于理清了关系。我在拖延的过程中试图挣脱束缚，却徒劳无功。

那红衣人问道：“道家后生，现在你该知道我们是什么妖了吧？”

我说：“‘胡’与‘狐’同音，你们一定是狐妖！”

红衣人哈哈大笑说：“聪明，可惜你也马上就要成为我完成最后一级修炼的人了。”

我奇怪地问：“什么修炼？”

红衣狐妖说：“我今年已经三百零一岁了，已经修炼到妖的第九层了，再升一层我就可以超凡得道，脱了狐气，千年不死。要不是这八卦锁妖阵每月都消除我的修炼，我早就修行成功了。这修炼除了吸收日月精华还要吸收人的灵气，但是普通人的灵气不多，要找些有道行的人或成精的动物才会加速修炼速度，那些来捉我们的道士帮助我提高了很大的修为，而那些时不时进入这里的人虽然没什么灵气，但是也多少

有些作用。我看你功力一定不弱，喝了用你熬成的汤，估计我修炼完成就不成问题了。”

红衣妖狐说完咯咯地笑起来，笑声尖锐妩媚，妖气顿生，让人不寒而栗。

我突然悔恨自己为什么好好的日子不过，非要捉鬼捉妖的，虽然那么多危险都走过来了，但不一定每次都是幸运的，现在我被牢牢缚在这古怪的木墩上不能动，两手没办法掐指诀，也就没办法用法术，那就只能引颈待屠了。

看着老孙和老郭目中空洞，一动不动，心里不禁一阵叹息，难道三人今晚就此丧命？还是会有其他办法？我脑子飞快地转着，希望能想出什么办法来，也希望能多拖延一点时间。

但是那红衣妖狐冲我走了过来，脸上露着奸邪的笑容，那张脸在我眼里就是一张长满毛的狐狸的脸。

她干枯的手里不知何时多了一把雪亮的短剑，狞笑着说："如果你卸掉你的法术，那我就可以控制你的头脑，到时候你就什么感觉也没有了，我挖出你的心和肝，你不会感到任何疼痛的，如果你不那么做的话，那估计会很疼的，你可要咬紧牙关哦。"

我是绝对不能卸掉身上的罩字咒的，那样就彻底完蛋了。看她一步步走近，我脑子里一阵眩晕，冷汗顺着脸颊淌了下来，脑子里仍飞速地运转着。

当刀尖扎进我心脏的一刻，我脑子终于停止了运转，心说一切都完了，此时只感到头晕目眩，疼痛伴随着流淌下来的温热的鲜血，让我彻底绝望，歇斯底里地喊道："等一等，让他们两个看着我死！"

红衣妖狐嘿嘿笑着，一挥手，老孙老郭他们的椅子上也出现无数枝桠将他们结实地捆住。妖狐扭头双眼盯着老孙和老郭不动，想是在释放脑电波之类的控制人神经的东西。老孙和老郭立刻醒过来，见红衣妖狐拿短剑抵在我胸口，都叫喊起来。

老孙惊恐地说："老李，这他妈的红衣老婆子是谁啊？怎么她要杀你么？"

我说："老兄，我就是想见你最后一面啊，她可不是什么老婆子，这可是三百年的狐妖！"

老孙目瞪口呆说："狐妖？？怎么倒霉事都让我们赶上了啊？老李你倒是作法啊！"

我骂道："作法？没看见我被捆得结实么？手没法掐指诀，怎么作法？都是进来救你们才中了妖狐的陷阱的。你们也真是笨蛋，怎么就这么轻易让胡继术给捉了来的？亏你也是道教中人，一点本事也没有就会炼丹，要是会点法术，哪怕是武术也不至于轻易被人擒获啊，以后你小子给我好好练练本事。"

老孙哭着点头说："老李，我以后一定好好学习本事，都怪我太嫩了，着了妖狐的道。”

我沮丧地说：“还什么以后啊，没有以后了，下辈子吧。”

旁边的胖子老郭早就吓得冷汗直冒了，说话都结巴了，哭丧着对我说：“我说老李，跟它们商量下不行么？看看能不能做个什么交易的，只要不杀我们，咱什么都可以答应它们。”

老郭这句话提醒了我，我脑子里搜索着，有没有什么可以和它们交易的，我几乎是脱口而出，在那把钢刀就要扎进我心脏前说：“慢着，我有重要的话要说。”

红衣妖狐嘿嘿尖笑着说：“不要拖延时间，没用的。”

我说：“我们可以做个交易。”

红衣妖狐听见交易两字说：“什么交易？”

我说：“你放了我们，我们负责把这里的八卦锁妖阵给拆了，这八卦锁妖阵你也知道，普通人、不懂得阵法的人是无法拆除的，但是我是道教正宗传人，拆除这八卦锁妖阵对我来说就是小菜一碟。”

红衣妖狐阴恻恻笑着说：“我吃了你就能修炼成功，那个时候我就不是妖了，就成为山灵了，这八卦锁妖阵对我就失去意义了，我就可以不必每月都受它的折磨了，你说我可能会跟你做这个交易么？”

我听了垂头丧气地一言不发，只听见老孙在旁边大喊大叫的，眼睁睁看着那钢刀扎进我的胸口，鲜血沿着短剑流到妖狐手上，那满是皱纹的手竟然饥渴地吸干了那血，渐渐变得光滑细嫩。

清晰地感到那把锋利的刀顶入心脏的每一寸，绝望的我眼睛竟然离不开那把淌着鲜血的刀。

但之所以今天还能把这些事情记述下来，就是因为奇迹有时候会突然降临。

我突然感觉绑着我的那些枝桠树根一下缩了回去，霎那间我身体就恢复了自由，我身体一缩，那把钢刀抽离了胸口，与此同时我双手迅速结了个指诀，口中念起御剑术的口诀，霎时红衣妖狐手里的短剑剑头倒转，直奔妖狐咽喉割去。

我在情急中一上来就用御术剑取她首级，下了杀招，不给对方任何喘息的机会。

鬼虽然是种有形的东西，但没血没肉，消灭鬼就要靠咒语符咒，而妖是实实在在存在的生物，修炼后成为有妖法的动物，能幻化人形及各种形状，有血有肉。所以通常都说鬼是冷的而妖是热的。

要除掉妖，除了消灭它的妖法还要割下它的头颅才可以。以前我们除掉的黑山妖和白山妖，就是把它们的灵魂收进乾坤筒，然后还要割下它们的头颅，防止它们再次借日月精华，天地灵气而复苏。

那红衣妖狐也真是了得，反应异常迅速，它一下子由人形变化成本体，化成一只火红的狐狸，它由直立的人形变回四脚着地的狐形非常之快，加上我掐指诀念咒的短暂间隙，竟让它躲过了御剑削首。

只见那红毛狐狸，眼睛朝老孙和老郭一瞪，我知道那是要控制他们两个的大脑，以图先减少两个敌人。然后它一抖身上的红毛，顿时山洞内被一股黑雾弥漫，空气中一股难闻的狐臊味。而那白狐和胡继术已然不知道躲到哪里去了。这黑雾是狐狸体内散发出来的，不是妖术，所以我没法用咒语解除。

这连续变化的发生只是在极短的时间内，因为我没看清那红狐狸的脸，所以御剑术也没办法对它使用了。御剑术除非在知道对方生辰八字或者知道对方相貌的情况下才可以使用，刚才她是人形的时候和我面对面，化为红狐后我并没有看见她的脸。

但是我虽然没看清那红狐的样子，我可还记得胡继术的脸，那尖尖的下巴和两撇黄胡子，我过目不忘，而且他是属于人类的，不会变化成狐形，所以他没办法改变他的容貌。于是我手掐指诀念动咒语，黑暗中只听胡继术一声惨叫，接着听见人头落地的声音，继而整个山洞归于无声。因为那白狐一直用帽子遮住半边脸，而且现在说不定也已经变成了狐形，所以我的御剑术也没办法对付她。

我全身戒备，左脚踏乾位，右脚踏坎位，这是能迅速撤离原地的八卦履的站法。我知道虽然我看不见，但是那妖狐一定能看见我的行踪的。

我刚站好，就听见旁边窸窸窣窣的声音，老郭在我旁边喊道："老李，是我啊，我在这里。"

我一把拽住老郭，拉到身边，就在我把老郭拉到身边的时候，我的心也在一瞬间变得冰凉，我忘记了老郭刚才已经被妖狐控制了。果不其然，老郭一把抱住了我，我死命挣扎，但是老郭现在被妖狐控制，变得力大无比，我的挣扎简直就是徒劳。

突然间一阵阴风吹起，黑雾四散，红衣妖狐站在我面前气急败坏地怒视着我，我知道它对我杀了胡继术痛恨无比。

我看到那白狐的白袍已然掉落，整个脸露了出来，是个漂亮妩媚的年轻女子，尤其是那双眼睛，可以说是勾人心魄，她是妖狐和人类所生，虽然和胡继术不同，她的主要性质还是狐类，但是毕竟也有人的血统。

奇怪的是此时她的双臂垂在身旁，胳膊上血肉模糊。

那红衣狐妖恶狠狠地对白狐说："你为什么解开他们？"

白狐疼得眼里都是眼泪，咬得嘴唇出血，一句话不说。她双臂的伤肯定是红狐给弄的。

我这才明白，刚才缠住我的枝桠树根，是白狐给解开的，只是不知道为什么她会帮我。

红衣狐妖见白狐不说话，咬牙切齿地说："先结果了这几个，一会儿再跟你算账。”说着伸出手来，那分明是一支长满毛的狐狸的利爪，那爪子又长又尖，冲着我的咽喉直接扎了下来。

我被老郭死死抱住，不能动弹分毫，老孙站在妖狐旁边，目光呆滞，低头站立，也被妖狐控制了头脑，他连看我惨死的机会都没有了。

我不知道人在死亡面前为什么都会眼睛一闭，我现在才知道那是因为绝望，潜意识里不想看见将要发生的一切。

但是现在我眼睛并没闭上，那并不是因为我想看着自己是怎么死掉的，而是我现在目光死死落在老孙的身上，只见老孙迅速弯腰搬起角落里的一块石头，“哐”地砸向红衣妖狐的后脑，那妖狐脑浆迸裂，顿时瘫倒在地，与此同时老郭松开了抱住我的胳膊，瘫倒在地。

这让我想起了在姚倩的流星花园捉那无影鬼的时候遇到的类似的一幕，当时也是老孙突然转身给无影鬼贴了一道符咒。

只是不知道老孙这次怎么没受妖狐控制大脑，难道又吃了定心丸了？明明开始我进来的时候他是被妖狐控制住的啊。

老孙放下石头拍拍手，嘴里恨恨地嘟囔着：“自从上次在流星花园发生那事后，我就下定决心再不要被鬼控制我聪明的大脑了。”

我看着地上被石头砸得惨死的红衣妖狐，心说真是妖术再“牛叉”，也怕石头砸！

我说：“老孙，你什么时候吃的定心丸啊？”

老孙说：“就在刚被松绑的时候，我赶紧吞了一颗定心丸。”

提到松绑，我想起了那只白狐，只见它远远地站在一边，看着自己的亲弟弟和自己的亲生母亲的尸体，悲伤得眼泪直流。

我问她道：“你为什么要帮我们解开捆绑？”

白狐呆立半晌哽咽着说：“我想和你做那交易。”

我奇道：“什么交易？”

白狐说：“我想要自由，我再也不想被那八卦锁妖阵每月折磨得生不如死，痛不欲生呢。我母亲马上就可以修炼成山灵了，可是我还要等三百年呢，三百年，每月都经受那劫难一次，根本无法想象，根本不能忍受！”

这白狐声音极其妩媚，听得人心醉魂迷，怪不得人都管勾引男人的女人叫狐狸精呢。

现在明白了白狐为什么帮我们了，它是不想每月受那痛苦的折磨。幸好她想做这交易，否则没有它的帮助，我们三个早就成了那口大锅里的白骨了。

于是我说：“我可以给你自由，但是要把你的妖术废掉才可以，因为我不知道你

出去后是否会去害人，除去妖术后你就会变成一只普通的狐狸，你愿意么？”

白狐点点头说：“我愿意。”

我点点头，突然想起了什么问道：“你说这布置八卦锁妖阵的冷卓道长，怎么没把你们给灭掉呢？”

白狐说：“他布置完阵法进来捉我们的时候，被母亲骗到椅子上，被害了性命。”

我一听，顿时火往上升，想不到冷卓道长竟惨死妖狐之手。望着那口黑黝黝的大铁锅里的森森白骨，我实在不想再想下去了。

于是我手捏指诀，默念“分”字咒语，霎那间那白狐被消去妖法，变成一只白色的狐狸，卧在地上一动不动。

由于两条前腿都受了伤，老孙从腰包里拿出伤药给她敷上。这才发现老郭还在地上昏迷着呢，都把他给忘了。

老孙说：“老李，老郭不会还被控制大脑呢吧？”

我说：“不会的，妖狐都死掉了。”

老孙说：“那怎么不把他救醒啊？你看他那姿势肯定难受。”

我说：“谁让他刚才抱住我不放，差点害我丢了命的。”

老孙说：“晕啊，老李，他那不是被妖狐控制了么？你可真是的。”

我说：“那差点死掉的感觉极其恐怖，换成是你早尿裤子了。”

老孙说：“去你的吧，我可没那么脆弱，怎么说也是一路降妖捉鬼这么多次了。”

我呵呵笑着。

老孙说：“怎么救醒老郭啊？”

我朝老郭肥屁股用力踹了一脚，老郭腾地坐起来，眼睛茫然地望着我们，我和老孙哈哈大笑。

我们拿下石壁上的火把，看这山洞里面还有个洞口，进去一看里面都是一些干柴和一缸缸的液体，想是照明用的松油。我们要把其中一缸抬出来，这一抬缸，我胸口被短剑刺穿的位置隐隐作痛，刚才竟然忘了疼了，现在一用力才感觉痛苦难耐，那伤口实际很深，都快到心脏了。老孙忙给我伤口上好伤药。

我们把缸里的松油都倒在山洞里，然后把那一圈的怪异的巨树树根做成的椅子放火烧掉，在熊熊的火焰里能看到那巨树椅子痛苦地扭曲着，我们举着火把，把那只小白狐狸抱起来，离开了山洞。

此时天色已经微明，我们出了那宅院，因为白狐已经没了妖法，那八卦锁妖阵也就对它没了作用。回到胡继术的家里，把我们的行李收拾好，打扫干净我们留下的任何线索，然后趁着村子人们还没有起床，赶紧离开了那村子。

一路上，大家都一言不发，到了市里，我们回到家后，赶紧冲进卫生间洗了个澡，浑身都是狐狸的臊味，我胸口的伤在老孙炼制的神奇伤药下，恢复神速。

三人洗完澡后，坐在厅里的沙发上仍是懒得说一句话，回想昨夜的情形，是心惊胆战。

老郭叹口气说："你们这工作还真的很危险啊。"

老孙骂道："什么他妈的工作？这是无偿的，为人民服务！每次都玩命，我们这是招谁惹谁了？老李你说是不是？"

我嘘了口气说："谁让咱入了道教了呢？道教分'文道'和'武道'，既然我们入了武道，就有义务降妖伏魔，捉鬼除邪。"

老孙说："那也要在保证人身安全的情况下啊，这么每次都跟死神擦肩，谁受得了啊？再说我们这活儿也没人给报酬，现在都市场经济了，玩命还什么也得不到的活儿谁愿意干啊？"

我冲老孙不满道："没报酬？你那两颗大夜明珠是哪来的？"

老郭一听问道："夜明珠？什么夜明珠？"

老孙一听忙掩饰一番，最后说："唉，就冲这个，好像我们干的这工作也还值得啊，捉鬼除妖，匡扶正义。"

我瞪了老孙一眼，忽然闻见一股臊味袭来，我们刚洗过澡了啊，怎么还这么大臊味啊，猛然想起背包里的那只小白狐狸来。忙从包里把它抱出来，老孙的伤药有奇效，那小狐狸已经能走路了，它抬起小脑袋望着我们，那眼神跟山洞里的那个白袍美女的眼神真是一模一样。

老孙说："老李，这小狐狸我们怎么办？"

我说："当时应该在那森林里放生了。"

老孙说："这么小的狐狸，还受伤了，放生了估计也活不长的。"

我点头称是，不知道该怎么处置这小白狐。

老郭说："这还不好办么，交给动物园啊，那地方肯定收这东西。"

我一拍大腿说："对啊，就这么着了。"

转天一早我们就去了动物园联系相关事宜，最后办了手续，我们把小白狐带到了动物园，负责的饲养员一看这小白狐就啧啧称奇，说从来没见过这么水灵的白狐，而且那眼神好奇特，仿佛能看懂人心思一样。

我心里一动，心想这白狐可是狐妖的前身啊，它身上可能会残留着狐妖的特性，会不会以后吸收日月精华，天地灵气又变成妖狐了呢？不过好像应该不会的，那妖狐修炼必须要在极其特殊的地理位置，灵气涌现的地方才可以，而且自身体内要有先天

的妖性才好。现在的小白狐已经只是普通的狐狸了，也就是要遵循狐狸的生老病死的规律了，再不能修炼成狐妖了吧。

我们一再跟管理员嘱咐，要好好对待小白狐，并说会定期来探望它，让管理员有什么经费上的困难就找我们。安顿好白狐，看着它在笼子里静静地卧着，我们也就放心了，虽然它一天前还是狐妖，但似乎没有它，我们现在就命丧那山洞了。

三人离开动物园，走出狐狸舍的时候，我回头看了一眼那小白狐，发现小白狐裹着纱布的前腿搭在笼子上，眼巴巴地看着我们离去，那眼神让人看了，要忍不住被它迷惑。

我心想，说不定这小白狐以后还真能修炼成一只小狐狸精呢。

第二天上午，我把这几天发生的事情打电话跟月隐道长说了一下，月隐道长告诉我，他的师叔冷卓道长当初就是受邀去一处深山的宅子捉妖去的，那是一家大户人家的宅子，那宅子的主人是位胡姓美女，出生在胡家庄，只因长相太漂亮，传闻甚广，被朝廷的一位王爷选中当了小妾。后来没过一年，那王爷得了奇怪的病死掉了，那小妾就携着无数金银珠宝回到胡家庄建起了这大宅。没过一年时间，就传说那宅子附近经常有人失踪，曾有人在半夜时分亲眼看见有人在那宅子门口路过时，突然就不见了踪影。而且总有村里人见到在那宅子附近有东西对着月亮吐珠。

于是这个消息传了开来，冷卓道长知道这里一定有妖祟作怪，于是前去胡家庄捉妖，村民更是锣鼓喧天地欢迎道长捉妖。那家胡姓女主人躲在宅子里并不露面，只派下人出面说不允许乱闯她的宅邸。最后村民围住门口不走，她见拗不过众人，只得让道长进去捉妖。

冷卓道长在里面布置了八卦锁妖阵，并且在那里等了几个晚上也没等到有妖怪出现，后来道长跟村民说，估计那妖怪早就闻风逃窜了。

但是最后一个晚上过后，大家就再没见到过冷卓道长了，众人只道是道长见没有妖怪现身，就云游别处了，却没想到却是被妖狐所害，如此说来那胡姓美女就是我见到的那红衣妖狐了。

我听了月隐道长的一番叙述这才明白，那妖狐害了王爷，然后敛了大笔财富回到这个风水宝地建起宅院，为的就是修炼成灵，冷卓道长进去捉妖，于是被她给害死了。

我听了心下慨叹，沧桑岁月，在这世间某个角落，不知有多少离奇的事情发生过。

第22章 纵使长生又如何

第二天中午我正在公司吃午饭，公司定的盒饭真是不错，每次我都能吃两份，大张每次都吵吵着也要吃两份，但是他那笔杆样的身子，一份都能把他吃撑了。

正和大家吃饭逗闷子时，小白打来电话，说为了减肥好久没吃肉了，让我和老孙请她和小雨吃饭，要好好吃顿肉。我当即表示没问题，她们要去金丝楠吃烤肉，我定了下午六点去她们学校接她俩。

到了金丝楠烤肉，小白和小雨的一顿狂轰滥炸、风卷残云，把我和老孙都看呆了，她们也太能吃了，我和老孙两个大男人都吃不过他们。后来我和老孙喝了几瓶啤酒，已经微微有些醉意，再看她们两个还在一个劲要肉吃，看着她们腮帮子鼓鼓地还在一个劲往嘴里放肉的样子，老孙哈哈大笑，掏出手机把她们两个的吃相给拍了下来。

吃完东西，我怕她们两个撑得走不动了，哪知道到了外面，两人又被马路边的油炸臭豆腐吸引住了，又吃了好几块，把我们看得哭笑不得。

吃完后送她们回宿舍，我让老孙慢点，喝了酒了别出事，老孙一拍胸脯说，放心吧老李，这点酒算什么，这才哪到哪啊。我感觉酒意上涌，这几天可能太累了，精神又受那么大打击，所以感觉有点醉。

在小白和小雨叽叽喳喳声中睡着了，直到把她们两个送进学校，我才醒过来，老孙开车把我送回家，看看时间不太晚，老孙上网玩游戏，我点着烟，在沙发上躺着，有一搭没一搭地和老孙聊天。

一会儿老孙说小白和小雨上线了，说要把给她们两个照的那张照片给她两个发过去。他把内存卡卸下来用读卡器把照片传到网上。

突然老孙一声惊呼，从椅子上猛地站起来，把椅子都撞翻了。我正犯迷糊呢，被

他这一咋呼吓了一大跳，顿时清醒过来，问怎么回事。

老孙手指电脑脸色大变，都说不出话来了，我忙从沙发上起来到电脑前一看，那是一张小白和小雨刚才吃饭时候的照片，两人嘴里鼓鼓囊囊的都是食物，对着老孙的镜头做着怪表情，样子很糗。但是可怕的是在她们的脖子上都生长着另一个头颅，那头颅披头散发，脸色惨白，闭着眼睛，眼角淌着鲜血。

我一看吓了一跳，第一个念头就是她们被鬼上身了，但是奇怪的是当时我并没有感到鬼的存在，接触过这么多次鬼，又修习了《天道妙法》，对于鬼我应该比较敏感的啊，离着远了倒也罢了，离得近了，我一定能感觉到鬼的存在的。可是刚才和她们两个在一起的时候竟然一点感觉都没有，难道那并不是鬼，是老孙故意PS的？

我看了眼老孙，老孙忙说："老李，这真不是我故意弄的。"

看那画面我可以肯定那两个一定是个鬼无疑，而且就在她们的身体里！也就是说她们确实被鬼上身了，怪不得她们那么能吃呢。也许当时喝醉了酒没感觉到，但是这鬼不会是我喝醉了才进入小白的身体的，肯定之前就已经附身了，怎么我开始清醒的时候也没发现呢？难道这鬼的鬼气很淡？或者它已经吸收了小白小雨的阳气，遮掩住了它的鬼气？

不管怎么说，我敢肯定，那就是鬼，恶鬼！

我和老孙冲出门，开车直奔他们学校，在半路上我用手机给她们拨电话，奇怪的是都处于无法接通的状态。

我心想这下坏了，说不定她们两个现在都不在宿舍里。果然给她们宿舍打电话，宿舍的小米说她们两个根本没回来过。

刚才送她们回来的时候，明明看着她们走进校门的，怎么可能这么半天了还没回去呢？看看时间已经十点多了，为了不引起小米的恐慌，我跟她说小白和小雨说让我来接他们去孟非家玩，晚上不回来了，可能她们自己打车去了，小米这才放心。

我假装聊家常地问小米，这些天她们有没有去哪里玩，小米说昨天她们班几个人一起去了近郊的野松林玩了。

那野松林位于一片人迹罕至的山谷间，奇怪的是，那山谷周围各种树木混杂，但是惟独没有野松树，只有在那山谷的深处，终年晒不到多少阳光的地方，郁郁葱葱地长着一片松树。

我们在这个城市时间长了，知道那里的野松林很是古怪，曾有放羊人在那松林里转了三天才出来，出来后就已经呈半昏迷状态了，被人救起后说那松林里有古怪，说都是死人，恶鬼，白骨。

小白他们几个同学都是外地的，所以不知道那里的事情，见那里风景不错，这才结伴去那里玩。殊不知那里没被开发成旅游区还有一个原因，就是几个开发商请来的不同的风水先生都说那山谷风水不好阴气太重，开发以后恐有不可控制的诡异情况发生，所以一直才没有人去开发那里。

我猜小白小雨脖子上的另一个头颅一定跟这个地方有关系。于是我和老孙一商量，两人果断地带上一应捉鬼物品，开车奔赴野松林。

离着那山谷还有一段距离，我们把车停在公路边，徒步向山谷走去，我们吸取前几天的教训，我提前把罩字咒用在我们两个身上。

进入那山谷周边的密林地带，没有了灯光，眼前根本看不到东西，我把手电打开，一束光芒立刻穿透了夜空，但是视力范围也就是一点点。

老孙递过来一颗药丸，我问他："这又是什么药？什么时候炼制出来的？"

老孙说："夜明丸，上个月成功的啊。"

我知道他不会忽悠我，把那药丸吞了下去，几秒钟过后，这里漆黑一片的夜晚的野松林，在我眼里就如同白昼一般。

我冲老孙说："你他妈的可真是个人才。"

老孙说："就这两颗，炼制不易，材料不好找。"

我骂道："敢情你拿我做实验来了。"

当我们穿过周边的密林，看到山谷入口的时候，发现前面那片野松林边上有白影在动，我和老孙小心地跟了过去，才发现那缓慢移动的白影正是小白和小雨，此时正缓慢地往山谷口走去，我丹田提气一个箭步冲了过去，同时手里结好了"灭"字咒，只要有鬼出现的话就让它灰飞烟灭。

我奔到她们身后，伸手一拍她们两个的肩膀，她们突然转身，面目狰狞，獠牙利齿，十指的指甲暴长成钢锥一样，直奔我胸口刺来，我展开八卦履的功夫，连续几下踩位，堪堪躲过了她们两个的袭击。

我知道她们还在被鬼上身，这个时候是不能用"灭"字诀的，因为鬼还在她们身体里，用了这个咒语，会对人造成强烈的危害，再也恢复不到清醒状态了。

她们两个迅速赶上来无声无息地对我连下狠招，奇怪的是她们的一招一式竟然不是胡乱的比划，而是很有章法，绝对是一门杀伤性极强的武功。

我来不及想太多，脚下稳稳踏住八卦履，躲闪着她们闪电般的袭击，双手迅速捏了个指诀，大喊一声"分"。

立刻两个鬼影从她们身体里被拔了出来，小白和小雨噗通倒地，獠牙和指甲迅速缩了回去，恢复原状，但是人躺在地上昏迷不醒。

只见那两个鬼，一身灰袍，全身除了头，都藏在袍子里，披头散发，獠牙利齿，面目狰狞。见我法术高强，脸上露出极其害怕的神情，但是旋即又恢复狰狞面目。只是奇怪的是我还是没有感到有鬼气。

其中一个紧紧盯着我阴恻恻地说："看来你是个捉鬼道士了，你的法术很是强大，不过下面如果你想要用什么咒语让我们死的话，那就要看你功力如何了。"

另一个也阴阴地说："不过即使你有那功夫，我劝你不要使出来，因为如果你用出来的话，我们消失了，你这两个朋友也就永远清醒不过来了，怪只怪她们两个多事，把我们大家都给叫醒了。"

我听了一惊道："我可以不费吹灰之力让你们灰飞烟灭，至于你们说的鬼话，我是不会相信的，我捉鬼也不少了，你们骗不了我。"

那两个鬼狰狞着说："那就试试看，到底谁厉害。"

说着它们一抖袍子，立刻一股阴风拂面吹来，我知道那是它们要上我身呢，可惜立刻被我的咒语挡了回去。

它们更是狂怒，一张口，一股黑烟呈一条笔直的线直射过来，我知道这是毒烟，被喷到可是不好医治，厉害的立刻全身腐烂致死。

我抓起地上的小白小雨，双脚跃起，向旁边急闪，老孙看见这毒烟，扭头就跑。距离二鬼有一定距离我们才停住，我放下小白和小雨。

那二鬼咯咯地笑着说："小子就这本事还敢和我们斗？想当初多少道士都死在我们手里了。何况这个年代没有多少法术高手了，除非你会御术派法术，否则要想跟我们斗就是痴人说梦。"

这两个东西竟然知道御术派，我一笑说："恭喜你们答对了，在下正是御术派的唯一传人，你们中大奖了。"

二鬼脸色一变，旋即狞笑道："什么是大奖？我们可不是被吓大的。"

说着一挥袍子，顿时乌云四合，两鬼抬头喷出毒雾，毒雾立刻和低空的乌云混在一起，弥漫了头顶的天空，我知道如果这要是落下毒雨来，我们可是无处可逃了。

要是在以前，我可以用符咒来封住它们的鬼术，但是以这两鬼的本事，是我遇到的最厉害的。以前遇到的赤焰鬼用鬼上身和魔火害人，无影鬼用控制动物和幻境害人，宿舍女鬼只能鬼上身害人，厉害的是东汉五鬼，有抵抗符咒法力的本事。看现在这两只鬼能瞬间弄风结云，本事不小，说不定也有抵御咒语的能力。

幸亏我学会《御术之术》里的"灭"字诀，否则今天说不定会吃亏，弄不好会命断野松林呢。当下我也不能再拖延了，一会儿这毒雨下来，那一切可就完了。

我手捏指诀，催动心法，念动"灭"字诀，顿时那两只鬼不相信地瞪着眼睛看着自己的身体迅速飞散消失，嘴里怪叫着"御术之术"。

天上的乌云毒雾一下子消散，我抹抹额头的汗，这才缓过劲来，下次见到鬼，不论是厉害的还是不厉害的，都不能托大了，要赶紧念咒消灭才好。

老孙也是吓得不轻，咽了口唾沫说："老李，吓死我了，这两鬼还真有两下子啊。”

我点头，这才食指中指并拢在小白额头，口中念动“分”字咒，好把她们身上的鬼气拔出来。但是奇怪的是，她们两个额头依然黑气弥漫，丝毫没有缓解的迹象，又试了两次依然如故。我这才想起两鬼刚才说的，如果灭了它们，小白小雨两个就永远醒不过来了。

我心里一凉，心想难道除了鬼气，她们两个身上还有其他东西不成？会不会是中了什么毒了？

我让老孙赶紧给她们服用九转克毒丹，虽然状况有所好转，但她们依然印堂发黑，昏迷不醒。我抓起小白的胳膊，发现毒气已经蔓延到肘部了，一旦毒气侵遍全身，人是必死无疑！

虽然冷风飕飕，但我汗已经滴了下来，如果九转克毒丹都不管用，实在没有什么能救她们两个的了，这毒可比巫妖的毒还厉害，那毒气起码七天才要人命，可是现在这毒一时三刻就会侵遍她们全身的。我大脑飞速运转，就是想不出办法来，一时不知道该如何是好，老孙知道事态的严重，急的一拳打在树上。

我突然脑子里回忆起刚才两个鬼说的话，说都怪小白和小雨多事，把他们大家都给叫醒了。既然是“大家”，那就应该不止它们两只鬼，说不定还有其他的鬼，那找到其他的鬼，应该就可以找到解毒的方法的，这二鬼带小白和小雨来野松林，那就是说它们的老窝就在野松林里。

我把我的分析跟老孙说了一下，老孙当即一跃而起说：“那还不快走！”

我们背起小白和小雨，直向野松林深处走去。因为服用了夜明丸，所以虽然野松林里树木密集，但是我们还是能快速前进。

我一边走一边用读鬼之术寻找鬼的踪迹，发现这野松林里果然是阴气沉沉，而阴气最重的地方就是在西北角上，也就是山谷最里面。

我们加快步伐，幸亏这山谷不算很深，走了不到半个小时，就接近了山谷深处。我示意老孙停下，老孙已经累得喘气都困难了。我想不能带着人事不省得小白小雨去捉鬼，就只能把她们放在外面，但是又怕有野兽来侵袭，那驱兽丹老孙还是没能再一次炼制出来，我想起包里的冷月宝剑，再凶猛的动物见了那宝剑也要逃的远远的。于是我把小白和小雨放在草地上，然后在她们周围布置好驱鬼阵法，又把冷月宝剑放在她们身侧，让老孙给她们服了颗九转克毒丹，但愿能推延毒气蔓延的速度。

安排好后，我和老孙走向那山谷最深处，那里的松树又粗又高，形状怪异，而且月光照不到这里，光线也比其他地方暗了许多，因这里处于深山内部，人迹罕至，所以周围的一切保存得都相当完好。除了粗壮怪异的松树外，谷底并没有其他的东西，只有一个小山包坐落在山谷中央，把这山谷分成两截，另一面朝阳的一截很短，不像

这一面阴森恐怖，且诡秘异常，连附近的村民都不敢进来。

我在周围用“封”字符，把这里圈住，防止鬼跑掉，而且这样的话，即使在我看不到鬼的情况下，我仍然可以把“封”字符咒控制区域里的任何鬼用“灭”字咒一下消灭。但是目前我还不能那么做，因为要找到解药才可以，把这里的鬼都整死了，就没有解药了。

我在周围转了一圈，还是没发现鬼的藏身之所，也没发现有鬼气弥漫，我想用唤鬼术，但是没有确切位置，唤鬼术无法发挥作用。

看着小白和小雨渐渐上行的毒气，我心急如焚，一拳捶在旁边的松树上，猛然间只听松树嘎吱吱作响，从当中分开两半，里面露出个高大的石碑。

我一阵骇然，又一阵惊喜，知道这是个机关，于是赶紧寻找触发机关的方法。我记得《天道妙法》上有各种机关的记载，眼前这个机关名曰“树中碑”，机关应该就在这石碑上面。但是我和老孙围着石碑转来转去，用手拍，用力推都不能触动机关。

我们看了下石碑上刻的字，虽然吃了夜明丸，但是这里比其他地方更黑，石碑上的字又不大，还是不容易看清。老孙拿出强力手电，照着石碑看那些字，上面刻着碑的年代，但是并没有写是给谁立的碑，更没有指示，坟墓在哪里。

我沮丧地抬起头，感觉希望渺茫了，但是一抬头眼前的景象让我惊喜万分，只见老孙的手电光竟然透过了墓碑，投影到对面的小山包上，那山包的石壁上清晰地出现了一道门。

我急忙跑过去，那门是如此的清晰，上面还有奇怪的花纹，门环门钉一应俱全。我招手让老孙过来看，老孙一跑过来，手电光移开，结果石壁上的门一下消失了。我赶忙过去，搬了块石头把手电固定在上面，让它能够照射墓碑，那门再一次出现在石壁上。我们两个来到石壁前，真为这大门的精巧感到吃惊。但是假如这个是机关所在，那这也仅仅在石壁上投射了个门的影子，到底入口在哪里，还是没有指示。

老孙看那门实在逼真，禁不住伸手拍了一下，哪里知道那石壁上的门竟然应声而开，往里面看，是一条向下的甬道。

我心说这可真是古怪，没想到这投影出来的门就是真正的大门的所在，然而我们却不敢贸然进去。我让老孙回头把手电筒拿开，影子门在石壁上消失后，我用手再拍那石壁，分明就是冷冰冰的石壁。

我们来不及试探这是否有什么不对劲，我让老孙把手电重新固定好，又重新映射出大门来，两人推开大门，走了进去，感觉这里很是闷热，湿度很大。我们打开另一把手电沿着长长的甬道往下走了大约四五层楼的高度，前面出现了一个石门。

我感觉石门里面就该出现什么了，于是全神戒备，慢慢推开那扇石门，眼前的场景把我们看得心惊胆战：满地的白骨，一具具人的骨架横七竖八地躺倒在有二百平米大的洞穴内，到处散落着枪支兵器，从尸骨倒地姿势来看，这里曾发生过一场大战，看着就让人触目惊心。

我们趟过这堆白骨来到对面的另一扇石门面前，推开门，就见到了三个灰袍加身的鬼，和刚才外面的鬼一样面目可憎，长发披肩，獠牙利齿，在手电照射下，阴森恐怖。

它们围坐在一个长条桌子跟前，桌子上是一个小青铜鼎，它们似乎在等待着什么，见我们这样从容地进来，很是吃惊。

它们一定感觉出我两个并非普通人，其中一个缓缓地对我们说："我的两个同伴一定被你们消灭了吧？"

我点头。

它接着说："看出来你们一定有特殊的本事。我们都是鬼没错，你们想灭掉我们也没错，我想你们一定也有本事杀了我们，但是在杀我们之前，我想告诉你一个故事，关于我们的故事，听完我们的故事，你们再决定杀不杀我们，如何？"

我心想小白和小雨在外面生死未卜，急等解药呢，怎么可能在这里听他们讲故事呢。

于是我说："我们来这里的目的并不是要消灭你们，而是你的人让我的朋友中了特别的毒，现在她们马上要丢了性命，我现在恐怕没时间听你们说什么故事了。"

那鬼听了说："那好，你去带你的朋友来这里，我保证给她们解毒。"

我看着那鬼说："如果你们敢耍什么花招，我立刻会灭了你们，你的同伴一招之间就被我消灭了，你们好自为之。"

那鬼一愣说："一招就被你消灭了？难道你是御术派道人？"

我点头。

那鬼说："真是难得啊，竟然让我们遇见御术派道人了。你们放心，我们并不会残害无辜，只是宿命安排我们去完成我们的使命而已，这个一会儿再说，我先救你们的人。"

我看那鬼不像欺骗我，于是在这个厅里布了个八卦锁魂阵，防止它们跑掉，然后和老孙两人出去把小白、小雨背了进来。

那鬼打开石桌子上的那个青铜小鼎，从里面拿出一个绿油油的丹丸，在小白和小雨的额头转了两圈，果然两人的毒气缓缓流入绿色球体中，两人立刻醒了过来。我和老孙都羡慕地盯着那个丹丸，心想那一定是非凡的宝物。

简单地告诉小白、小雨发生的事情后，她们两人吃惊不小，很害怕地看着面前的三只鬼，进来前我已经在她们两个身上用了"罩"字咒，但是她们两人仍然浑身轻轻打颤。

那鬼开始讲述它们的故事，如果我听着不合理，或它们有什么伎俩，那我就会毫不犹豫的用“灭”字咒消灭它们，对于鬼没有什么好客气的，因为再善良的人，变成鬼后也会变得自私残忍，害人心强。

那讲故事的鬼在这三只鬼里是个年龄最大的，它悠悠地跟我们讲起这里的一切。我们四个席地而坐，小心地听它讲述，我看老孙和小白、小雨都在认真地听，心想经历过这么多厉鬼恶鬼的，大家好像对鬼都有点免疫了，竟然开始听鬼讲故事了，看来人的胆子确实是练出来的。

从前在民国的时候，他们现在居住的地方还只是一个人口比较多的镇子，这鬼的祖先们在这里祖祖辈辈过着平静的生活，而他们家族在这镇子里是极少的一部分，也是唯一的异姓。

他们姓墨，不知道是什么时候迁到这镇里来的，在这里生活了好几辈，但是事情就出在他们这代人身上。突然有一天闯进一大队官兵，把他们墨家人全部捆上带走，在路上就杀死了好几个试图反抗的，看来这些官兵是来灭口的，不得不反抗了，于是十几口集体暴动，把这队官兵全部杀死。

之所以这个族的人能在被捆绑的情况下杀死手持武器的大队官兵，只因他们身有异能，那就是能“灵魂出窍，附体杀人”。就是自己的灵魂出窍后，附着在别人的身体上，控制对方的一切行动。

杀了官兵，自己人也死伤好些，剩下的人回到镇里收拾东西逃进了这山谷中，山谷中的野松林里的这座坟墓和树中碑，就是他们这一族人修建的。

官府派来大批官兵，遍寻他们，结果都是无功而返，但是后来官兵请来个著名的法师，算出他们就在野松林里，但是就是找不到他们的藏身之处。

那法师也着实了得，竟然算出他们就躲藏在这山体中，只是不知道怎么进入，后来他们也找到了那块树种的墓碑，但是还是无法得知入口在哪里。

那法师又请来了他的师傅，这才知道这树中碑的开法，他们用灯笼照射墓碑，在石壁上映出大门，进入山洞。

藏在坟墓中的十几人和进来的官兵展开战斗，幸亏这里入口小，官兵们没法一起涌进来，而且，负责搜索他们的官兵人数并不多，所以到最后，他们用“灵魂出窍，附体杀人”和他们族里传下来的功夫杀死了所有官兵，而自己也只剩下了最后五人。

那个法师的师傅更是厉害，他趁墨家人都灵魂出窍的时候，在他们的原身上用了咒语，让他们的灵魂再也回不到原身上去，那法师的师傅临死前诅咒他们说，这符咒永远也不会破掉，他们终将跟游魂野鬼一样，再也做不成人了。

因为人的灵魂出窍，那灵魂就跟鬼一样，四处飘荡，因为失去身体的庇护，所以对外界的一切感觉就会异常敏感，遇冷则如冰冻，遇热则如火烤。

我们听完这墨家人的悲惨遭遇都不禁恻然。

老孙忍不住问："那这些官兵为什么要逮捕你们啊？"

那魂道："就是因为我们能酿制剧毒，而且会'灵魂出窍，附体杀人'之法。"

我这才明白外面的两个鬼和这里的三只鬼，其实并不是鬼，而是灵魂出窍的魂魄，而他们的毒气不是尸毒而是自己秘制的剧毒。但是既然他们并不是鬼，那怎么我的咒语同样对他们管用呢？也许魂魄和鬼的基本存在形式是一样的吧。

我说："那我明白了，就是说他们要捉到你们，供他们打仗所用，或者暗杀所用？"

那魂点头说："只是一部分正确。我们这个族的祖先本来是修炼真身的法师，遇得高人指点习得高深法术。但是也因此我们遭受诸多术人的攻击，族人只剩下几十人，被迫迁到这里。本来以为躲过了劫难，再没人能知道我们的身份，但是却哪里知道还是被仇人发现，惨遭灭门。"

我问道："那为什么你们一直呆在古墓里这么多年?"

那魂说："我们族的灵魂出窍的法术就是瞬间从自己身体钻进别人身体，一旦过长时间暴露在人体外面，就会有极大的无法忍受的痛苦。而我的族人一开始修习的时候总会出现灵魂出窍无法附身或者返回的情况，这是很正常的现象，但是会有剧烈的痛苦，所以我们原身被毁，就必须有个恒温且温度和人体差不多的地方，以避免极大的痛苦，一直呆在这古墓里就是这个原因。"

我点头说："那官府就是为了你们会灵魂出窍的法术，想要让你们附身杀人。要用你们的法术杀人那就要接近要杀的人，否则距离太远你们的灵魂暴露在外就要受极大痛苦。还有如果能接近要杀的人，随便用枪就好了，或者用其他凶器也可以，不必费那么大力气非要找你们，学习你们的法术吧？"

那魂沉吟了一下说："我见你们善用道教法术，而且并不是坏人，我就跟你们实说了吧，我们的法术并不一定非要杀人使用，附在另一个人的身体里，就可以控制他去做任何我们想做的事情。还有那一群群的法师和官兵找我们还有一个重要原因，那就是因为这个丹丸。"

说着指了指那个青铜鼎。老孙一听"丹丸"两个字，立刻伸过脖子去看。

那魂接着说："这丹叫'长生如意丹'，长生就是指服了此丹，可以长生不死，虽然夸张了点，但是对延长寿命却是作用极大。这丹本来有两颗，我族一位前辈服了此丹，也就是刚才提到的我族的法术的第一人，他服用此丹后活了三百多岁。那'如意'二字是指这丹有很多功用，治病疗伤解毒续命。这两颗丹是我们先人杀死几个修炼的妖，夺了它们的内丹又跟各种稀有药材和宝石混合炼制而成。既然是奇珍异宝，那必然就会成为杀身之祸，害得我族几辈人到处奔波，躲躲藏藏。"

我说："那现代社会了，时代变了，不会有人追杀你们了，你们怎么还要绑架我的朋友呢？你们想要她们做什么？"

那魂道："我们这个洞深处地下，本来这里温度恒定，我们可以在这里生活，但是我们的原身被用了符咒，现在也早已经腐烂，我们无法回到原身，但是这些年这里的温度也不是很稳定了，可能跟外面环境变化有关，我们随时都有被痛苦折磨的危险。热一点如同火烤，冷一点如坠冰窖，任谁也无法承受。

所以我们一直再等待有人能进来这里，我们可以附身出去，但是这里人迹罕至，而且这机关很是玄妙，一般人也进不到这里来，我们重见天日就是妄想了。前些年有人进来过，但是他是用火把照明，这里温度一下子提高了，我们受不了，那人看到满地的白骨吓跑了，那人来的突然，跑的也快，我们没来得及附他的身。

前一天你的朋友碰巧进来这里，其中的两个就被我们附体了，商量着让她们两个再招呼三个人过来我们就都可以出去了，然后到了外面我们就可以找更合适的人选来做我们的替身了。"

我看了眼小白和小雨，问她们怎么到这里来的，小白说那天出来游玩，天晚后她和小雨没和大家一起回去，而是来到了野松林深处，虽然是白天但是这里很黑，小白不小心绊倒撞到了树上，结果松树劈开，里面就有了石碑，他们就用手电看那上面的字，结果就发现了映射在石壁上的门，她们好奇去抚摸那门上的花纹，结果一推门就开了，她们就抱着探险的心情进来了。

我问那魂道："你的两个族人出去为什么没找到合适的替身来呢？"

那魂说："要带人来这里可不是那么容易的，一个魂魄只能上一个人的身，控制一个人，要再找三个人来，就相当于要把这三人绑架来，不是那么容易成功的。可能今天他们两个并没有找到替身回来，结果被你们给灭掉了。"

我问："那他们两个出去后怎么不去附身到别人身上，非要附在两个小姑娘身上呢？那身材也不合适啊。"

那魂说："如果附到别人身上，我们怕她们两个会走漏风声的，到时候这里被挖开，温度大升，我们就都完蛋了。"

我这才想起，为什么小白、小雨那么能吃东西，原来是被两个魂魄附身了，人间的东西那么好吃，想来他们已经好久没吃到了。而且我一点鬼气也感觉不到，原来他们并不是鬼而是魂魄。鬼和魂魄虽然表面差不多，但是并不是一种东西，这也是我和小白、小雨在一起事后没感觉出鬼气的原因。

我问："那刚才他们两个魂魄离开我朋友的身体的时候，并没有痛苦啊？"

那魂道："那是因为当时它们刚离开人体不久。"

我点头，问道："你们竟然知道御术派法术？而且很怕的样了？"

那魂道："御术派虽然人数非常少，但是确是法术最高强的道士，我们很早便知。而且我们是魂非鬼，别的派的捉鬼术对我们不管用，只有御术派的法术能让我们灰飞烟灭，所以我们对御术派了解比较深刻。"

我点头。

老孙问我："那现在怎么办？"

我看了一眼那三个魂魄。

那魂说："要是你们能给我们找来新鲜的尸体，我们也能附身，而且尸体里面没了灵魂，我们附体更容易一些，也不算害人。"

我说："现在都实行火化了，哪里找新鲜尸体去啊？除非在偏远农村，还有用土葬的，但是我们也没办法弄来啊，那不成了盗尸了么？"

那三个魂魄均唉声叹气，恐怕就要这样永远在黑暗中度过了，或者等有人开发这里后，遭到破坏的石洞墓地温度变化，他们会在极度痛苦中烟消云散。

我们四人看着可怜兮兮的他们，想到它们还要整天在这暗无天日的地方生活，无奈地摇摇头。

我看手电暗淡下去，快没电了，说："我们该回去了，但是请你们放心我们绝对不会把你们的事情说出去的。"

那魂说："你们就这么走了？"

我说；"是啊，怎么了？"

那魂说："你们知道了'长生如意丹'的用处，竟然不想得到么？你们法术高强，可以杀死我们然后拿走这丹啊。"

我轻笑说："那是你们的东西，跟我们无关。"

那魂一愣说："如果我把这丹给你，你能帮我们找到宿主么？"

我说："这丹对我来说没有用，我也不想活那么长时间。但是也没有地方给你们找新鲜尸体去，而且那样做好像对死者家属来说不公平。"

他们见我们无意如此，只能眼睁睁看着我们离开。就在我们转身的一刻，突然两团白影闪电般蹿了进来，只一晃就抱起了桌子上的青铜鼎，然后迅速掉头逃窜。

这一系列变故虽然来得太突然，但就在那两团白影进来的瞬间，我已经浑身下意识地内力充盈，脚下踏好了八卦履，那两个白影要蹿出去的一瞬间，我一把抓住那后面的一个白影，一下甩到石壁上，然后脚踏八卦履直追另一个白影，但是追到洞口，已经不见了它的踪影。那青铜鼎及里面的长生如意丹被它抢了去。

我回到洞里才发现，那被我甩到石壁上摔死的是一只浑身白色皮毛光滑油亮的黄鼠狼。白毛的黄鼠狼很是少见。

那三个魂魄惊呼道："是黄大仙！"

小雨惊魂未定问："什么是黄大仙？"

老孙说："就是成了精的黄鼠狼。"

那魂惊骇之下气愤地说："一定是这长生如意丹丹气太重，早被它们发现了，只是无法进得洞来，今天你们进来正好让它们看见，所以才趁机跟了进来。"

我点头认同说："那怎么办？"

那魂沉思了一下说："它得到了此丹一定是去修炼成人形的，必定会吞到肚子里。这黄大仙是极其阴险狡诈的动物，它们要是修得人形，那必定会到处为非作歹，害人无数的。"

我忙说："那刚才跑的那个怎么才能抓到啊？"

那魂说："它一定会在月圆之夜在灵气聚集的地方吞丹修炼，那样才可修炼成功。所以必须要找到那个地方才能阻止它，夺回如意丹。"

老孙说："那它知道我们会到处找它，肯定跑到很远的地方去了，到哪里去找啊？"

那魂说："不会的，它会迫不及待地要修炼成人，而且会找你们报仇的，我刚看这死掉的是一只公的，刚才跑的那只估计就是它的妻子，它们行动都是出双入对的。黄大仙记仇，那只母的一定不会放过你们的。"

我说："就因为我摔死了它的同伴？"

那魂点头说："你摔死它夫君还不够么？所以你们要在附近找到那个藏风纳气的地方，明晚就是农历十五，月圆之夜，它极有可能在那个时候吞丹修炼。"

我们转念一想毕竟这长生如意丹丢失跟我们有直接关系，而且那黄大仙修炼成了会找我们报仇的，以后会不断找机会伤害我们或者是我们身边的人，它们行踪诡秘，防不胜防，所以还是赶紧除掉它为好。

我说："明晚月圆夜，我们会来这里找另一只黄鼠狼的下落的。今天我们就先回去了。"那魂道："这长生如意丹是我们祖传的宝贝，也是我们活下去的希望，拜托你们了。"

我说："你们放心，我们一定会竭尽全力找回那丹的，毕竟这丹被抢去我们也有责任，敢问几位大名啊？"

那魂道："我们的名字长时间没人叫了，我在这里年龄最大，就叫我墨老大好了。"

我们出了山洞，开车回家，商量对策，小白、小雨不敢回宿舍住，就安排她们到我家里暂住，等捉到了黄大仙再说。我们商量了一下，明天就去那附近看看哪里是藏风纳气的风水宝地。

第23章 最是狡诈黄大仙

第二天我们请了假，我和老孙、小白、小雨四人驾车到那野松林附近查看，怕黄大仙去找小白、小雨，只好将她两个带在身边。我用风水术分析了一下哪里是藏风纳气的风水宝地，但是让人意外的是在这个山谷之中竟有多处这种地方，只是不知道那黄大仙将会在哪里修炼。

这下我们犯难了，不知怎么办才好，现在黄大仙还是动物之身，如果修炼成人了那我们就更不认识它了，完全无法提防的。而且防一时不能防一世，那黄大仙肯定会为它的丈夫报仇的，它们天生就是那种有仇必报的性格。

小白忽然说："有个办法不知道可不可以行得通？"

我们投去希望的目光，小白说："既然黄鼠狼报仇心切，那就说明它对它的同伴很有感情，尤其那死掉的一只是它的丈夫，那我们就把它丈夫的尸体拿出了，然后在这附近公然虐待一番，不信引不出它来。"

我一拍大腿说："好办法啊！"

老孙怔怔地看着小白说："女人，果然心狠！"

我又一次进去那古墓把那黄大仙的尸体拎出来，然后倒挂在附近的一棵树上，我们躲在附近仔细观察。一会儿工夫就见眼前白影一闪，我早已经气贯全身，箭一样冲了上去，那白影直奔东南逃窜，我直追过去，几下赶上去一脚把它踢翻在地，过去一看却原来是只野兔。我脑袋"嗡"的一下，意识到上当了，急忙返回去，老孙哭丧着脸说那黄鼠狼的尸体已经被它的黄鼠狼老婆给抢走了。

我心说都说黄鼠狼狡猾，果然不一样，幸亏我提前用了"罩"字咒，不然刚才我不在，老孙他们三个肯定被这黄大仙给迷惑控制了，那样就危险了。

所以必须要找到它杀死，不然以后会有无穷的麻烦。我们只好圈定了几个灵气聚

集的地方，晚上月亮升起来的时候逐个去查看，但是都一无所获，那黄大仙说不定跑到别的地方修炼去了，我们只好无功而返。

接下来为了防止发生意外，我让小白和小雨请了长假，然后呆在我家里，我在家里用“驱”字符布阵，防止黄大仙搞偷袭，平时出门，必须由我在大家身边才行，没事时候在家里呆着，少出门。

就这么过了一周，有天我下班回来进小区的时候，觉得后面有人跟着我，我假装把车钥匙掉地上，捡钥匙的时候回头看了一眼，发现后面个妙龄女郎，一身白裙，皮肤白嫩，瓜子脸，一双妩媚的眼睛，给人的感觉她八成就是那黄大仙，难道它已经借助长生如意丹修炼成了人形？

我故意让她认识我了我的住处，估计它晚上就会采取报复行动了，我让小白、小雨都放松，该干什么干什么，以免让那奸诈的黄大仙看出来。

我先在周围布好符咒，然后等待黄大仙的到来。天一擦黑，有人敲门，我准备好冷月宝剑，如果是黄大仙，我就会毫不犹豫地斩下它的头颅。但是开门的却是小区保安，他说有人给我送了一包东西，我问是什么人，他说是个女的，还挺漂亮的。

我一猜就是那黄大仙，于是小心地拆开包裹一看，却是老孙的手链，那手链老孙基本上天天带着的，我心里一凉，难道老孙遭暗算了？

我忙给老孙打手机，但是手机关机，打他家电话，没人接。我当下让小白和小雨在房间等我不要出去，然后开车直奔老孙家里。等我到了老孙家，敲开门，发现老孙好端端站在我面前。

我说：“老孙你怎么关机了？”

老孙说：“今天下班遇到个女的，说钱包丢了，借我手机给家里打电话，我就借给她了，回到家想打电话的时候才发现手机电池让人给抠下来了，这电池是内置的我也没发现，你说还有人这么骗人的，那块电池也值不了多少钱呀。”

我气不打一处来说：“那你家电话怎么没人接啊？”

老孙说：“别提了，刚才有人一个劲打骚扰电话，我气得把电话线拔掉了。”

我脑门冒出汗来，明白这一切都是那黄大仙设计的，它设计这一切主要目的是除掉我，因为是我摔死了它同伴。

老孙着急地问我怎么了，我把情况告诉他，两人快速往我家赶去，但愿小白和小雨听我的话不要出屋。

当我们赶到家里时，小白和小雨果然不在，看桌子上有个纸条写着：半个小时后野松林见！

来不及多想当即和老孙驾车赶往野松林，等到了那里的时候，发现小白和小雨被横着吊在树上，下面的地上插着无数削尖的木棍，绳子的另一头此时正握在那个白天跟踪我的妙龄女郎的手里，同时她也握着小白和小雨的性命。老孙也对我说就是这个女人借他手机用的。

我对那女人说：“你想要什么？”

那女人咯咯笑着说：“要你的命！”

我说：“你把她们放了，其他的我都答应你。”

那女人说：“现在你自己杀死自己，我就放了她们。”

我说：“我死了，没人能拦得住你了，叫我怎么相信你？”

那女人说：“你放心，虽然我是妖你们是人，但是我们妖可比你们人讲信用多了，我说得到一定会做到。”

我咬牙说：“好！我答应你的要求。”

说着手在背后捏了个指诀，脚踏八卦履，丹田提气，然后念动咒语，身体像离弦的箭一样蹿了出去，冷月宝剑瞬间砍下那女人的头颅，而我也在小白和小雨往下掉的时候接住了她们两个。这些都是我计算好时间的，没有足够的把握我是不会拿小白和小雨性命开玩笑的。

也就在这电光火石的工夫，小白和小雨还有那女人突然变成了三截木头，我心里咯噔一下，心说这次又上当了，刚才的一切都是幻境，是那黄大仙搞出来的，只怪救人心切，关心则乱，竟然没有看破这幻术。

这时传来一声女人的叫声：“要活命的，到墓中来，如果再骗我，我一定会杀了她两个。要是你敢用飞剑功夫杀我，我保证你们再也见不到她们了。”

看来黄大仙对我的法术真是了解，做到了知己知彼呀。我记住了那女人的相貌，因为她是妖，所以我可以不用面对面就能用御剑术杀了她，如果是人的话必须面对面或者知道真实的生辰八字才可以的。

再说此时那黄大仙有可能变化成别的模样了，那在不知道她相貌的情况下，我的飞剑也奈何不得她。

我和老孙急忙奔向那野松林深处，用上次的方法进了墓中，那三个魂魄见我们回来很是纳闷，问我怎么回事。

此时墓门打开，那黄大仙幻成的女人走了进来，后面跟着小白和小雨，显然已经被她控制了大脑，每人手里握着一把匕首，要是黄大仙要她们死的话，她们会立刻把匕首刺进自己的胸膛。

墨家老大冷冷开口对那黄大仙说：“你抢走了我们的丹，还敢来这里送死？”

黄大仙说：“你们要杀我的话，那我就只好杀了这两个女子，那样的话老李肯定不答应，那他就会用法术杀了你们三个。”

墨老大看着我。

我说："请三位不要轻举妄动，我朋友在她手上呢。"

墨老大说："我们可以瞬间上她的身，控制住她，让她害不了人。"

我说："这黄大仙诡计多端，我们已经被她骗了多次了，现在面前这个说不定也不是她的真身呢。"

黄大仙开口对墨老大说："现在机会来了，你们不好好把握么？"

墨老大说："什么机会？"

黄大仙说："你们一直要附身于人，好重见天日啊，现在有四个人在你们面前呢，你们不动心么？在这里生活了这么久，要是我早就寂寞地自杀了。现在我可以用这两个女孩的性命要挟老李让他不能用法术，那样你们就可以上他的身了。"

墨老大眼珠一转，看看另外两个，那两人明显眼睛里流露出生的渴望。墨老大也是一言不发，想来他们觉得这主意不错。

他们都是杀人不眨眼的魂魄，而且快一个世纪的黑暗生活，这下有机会重见天日，他们能不心动么？但是他们还是非常忌惮我的《御术之术》。

黄大仙对我喊道："老李，我让你赶紧解除你的咒语，让他们上了你的身，到时候我就放了她们两个。"

我和老孙对视一眼，老孙眼睛里流露出愤怒和无奈，我又看了眼神志不清的小白和小雨，我捏了个指诀解除了我和老孙身上的"罩"字咒。

立刻，我和老孙都被附了身，第一次被附身，虽然不是被鬼附身，是被魂附身，但是感觉一个躯壳被两个灵魂占据实在是一种恐惧的感觉。

只听我自己笑着说："哈哈，好久没有这种感觉了，终于可以重见天日了！"

老孙也在旁边说："是啊，天不灭我们墨家人啊，我们终于等来这机会了。"

那黄大仙说："我虽然拿了你们的丹，但是帮助你们脱离这里，总算还清你们的人情了，是不是？"

我自己开口说："那好吧，就算我们两平了，那现在要怎么做呢？"

黄大仙说，现在你们可以出去找个新的身体，然后把老李交给我来处置就好了。

我自己开口说："那两个女孩呢?"

黄大仙说："我答应过老李放了她们，那我肯定就会放了她们的，但是估计她们两个看到眼前这一切，一辈子都会在无边的恐惧中度过了。"

接着另一个魂魄进了小白的身体，几个人离开了古墓。我现在感觉身体不受自己支配的滋味，实在是让人极度恐慌。

出了野松林，月光如昼，一行人在黄大仙的带领下来到一个树林里，那里竟然停着一辆轿车，打开车门，里面是三个昏睡的男人。黄大仙说这三个人是它白天用法术从市区弄来的，是要给墨老大三人准备的，给他们送的一份大礼。

黄大仙指挥老孙把我手脚捆住，又指挥小白把老孙手脚捆住，然后让墨老大三人附到汽车里那三人的身上。

然后她阴森地说："墨兄，自从你被关在墓中，我就和你为伴了，我们可是老邻居了，我的目的就是要得到那长生如意丹，而你们就是想重见天日，现在你在我的帮助下实现愿望了，我也实现我的愿望了，那我们就此别过。"

墨老大看看我，对黄大仙点点头，和其他两人迈步走了。

黄大仙看看墨老大三人走远，又看看被绳子绑住的我和老孙，还有神志不清的小白、小雨，咯咯笑着。

老孙破口大骂："你这不得好死的妖精，你早晚要遭报应的！"

那黄大仙笑得更欢。

渐渐地那黄大仙脸色变得僵硬，笑声也变了味道，突然就倒在地上不动了。我低头一看，那哪里是什么黄大仙，只是一只昏过去的野猫。

这时又一阵笑声传来，从远处大树背后走出一个妙龄女郎，顶多十五六岁的年纪，虽然长得异常漂亮，但是掩饰不住一脸的奸邪之气，一身大红的衣服，在黑夜里看得人异常恐怖。

老孙颤声问："你是谁？"

那妙龄女郎银铃般笑着说："我才是要杀你们的人啊。"

老孙说："你才是黄大仙？"

那女郎妩媚地笑着说："是的是的，就是的呀。"

老孙说："那刚才的是谁？"

那女郎说："那是我找的假扮我的野猫啊。"

老孙说："为什么要找只野猫假扮你呢？"

女郎说："我只有要挟住了她们两个女孩，才能要挟住你们，但是老李有法术在身，而且诡计多端，我只能让墨老大他们上你们的身，控制住你们，然后把你们绑住，这样他就不能双手捏指诀，高深法术就使不出来了。之所以找个野猫假扮自己，那是因为我对墨老大放心不下，怕他恼我抢他仙丹而上了我身，夺回仙丹，所以还是找个假扮我的比较好。现在看来，那墨老大的要求就是能重新做人就行。咯咯咯咯。"

老孙怒道："你还有脸说我们诡计多端，你这黄鼠狼的心计比我们多一百倍，你让门卫送我的手链给老李，引他去我家，然后掳走小白、小雨，又用木头假扮小白、小雨要我们上当，试探我们的本事，见单独对付不了我们就又去找墨老大帮忙，而且还对墨老大不放心，找个野猫假扮你，你真是他妈的太无耻了！"

那女郎哈哈大笑着说："我们鼬族祖传如此，我也没办法，不然怎么能在这尔虞

我诈的世界生存呢。今天对不起了，你们必须成为牺牲品了。”

老孙说：“你说过要放过小白、小雨的。”

女郎说：“放心，我会放了她们的，但是你们两个，尤其是老李法术高强，我必须除掉。为了给我夫君报仇，也为了永除后患！”

说着她缓缓向我们走来，脸上带着妩媚的笑容，但手里却握着把寒气逼人的短钢刀，挥刀向老孙脖子砍去，我惊呼一声，无奈手脚被捆，内力高强也挣不脱黄大仙的绳子。

眼看女郎的刀就要砍到老孙的脖子，突然那刀硬生生停在了半空，老孙瞪大眼睛看着这一幕，突然吓得晕了过去。

女郎过来给我解开绳子，然后又解开老孙的绳子，我掐老孙人中，把老孙弄醒，小白和小雨此时也都清醒了过来。

老孙脸上写满恐惧和不解，结巴地问：“老李，这他妈的是怎么回事啊？”

只听女郎喊道：“墨老大，你怎么出尔反尔，又上了我的身？”

又听女郎说道：“黄大仙，你偷我仙丹，还要杀人，我不除掉你才怪！”

女郎说：“我帮你找到宿主，你们不感激我，还要杀我，良心何在？”

女郎又说：“你是妖，我是人，斩妖除魔是我们的祖训，何况是偷我祖传宝贝，害人性命的恶妖！”

说着，只见那女郎一阵挣扎，自己的手握着钢刀慢慢举起，想是她身体里两股力量互相较劲，钢刀到了脖子处，就是砍不下去。

老孙一步跨上去，抢过钢刀，手起刀落，砍掉了那女郎的脑袋。

小白和小雨惊呼：“老孙，你杀人了！”

老孙被这黄大仙诡计害得惨了，怒火中烧，看墨老大杀不了她，这才过去一刀结果了她的性命，但是毕竟那是人形，老孙砍完人，这才害怕起来，手一抖，钢刀落地。

再一看地上躺着一只雪白皮毛的黄鼠狼，脑袋掉落一旁。众人看着这一切，无不感觉阴森恐怖，诡异异常。

我对老孙说：“借你的身体给墨老大一用。”

墨老大从黄大仙身体上了老孙的身体，过去从那黄鼠狼身体里掏出那颗长生如意丹。双手沾满黄鼠狼的鲜血，估计老孙看着自己双手血腥，肯定恶心得不行。

一行人回到古墓，其他两人已经在古墓之中了，墨老大从老孙身体里出来，指着地上的三个人对我说：“麻烦你把这三个人抬到他们的车上去吧。”

我感激地说：“多谢墨老大，忍着奇痛从古墓赶到那里帮我们杀了黄大仙。”

墨老大说：“不这样，会被狡猾的黄大仙发现的，为了除妖，我只能这么选择了，刚才以魂魄之身出去古墓，痛苦得差点就顶不住了，犹如万箭穿心、烈火焚身，差一点就回不来了，再晚一点，我就会被石洞外的温度弄得灰飞烟灭了，那种疼痛无法形容，再也不要有第二次了。”

我说：“那这古墓中，我也没感觉温度和外面有太大差异啊，怎么外面的温度会让你们那么惧怕痛苦呢？”

墨老大说：“看似没多大区别，但是这墓中的构造和岩石结构都和外面不一样，温度湿度都有差别的，重要的是这长生如意丹能保证这里的温度恒定不变。”

我点头，再次道谢。老孙忍不住问：“刚才的都是你们计划好的么？”

我笑着说：“那黄大仙如此狡猾，不会把她的真身置于对她有危险的人的面前的，所以我猜那进洞来的女人是假的，真的一定在附近操控呢。所以我暗示墨老大不要贸然上身，不然会惊动那黄大仙，就再也捉不到她了。然后我们互相演戏，直到黄大仙真身出来，墨老大才一下制住她。”

老孙说：“妈呀，你们敢情心里都清楚，我这不知道内情的，差点给吓死。下次通知一声好不好。”

小白也说：“是啊，这次比宿舍女鬼那次还可怕，长期跟你们在一起，估计以后我就没什么可怕的了。”

小雨说：“人啊，总要在磨练中成长的，事情有多可怕，人胆子就有多大。”

我笑着对墨老大说：“再次感谢你们，我相信你们会有机会出去的。”

墨老大说：“刚才我们已经出去转了一圈了，算是重见天日了，感觉也没什么特别的，何况我们这样还能永远不死呢，要是做回了人，那人死了我们最多变成鬼，变不成鬼，那就在这地球上消失了。”

我们一再告谢，出了古墓，把那昏睡的三人抬上他们的汽车，然后发动汽车回到公路上，然后坐上自己的车回到家中，四人都没工夫洗澡就横七竖八躺在床上沙发上睡着了。

这段时间遇到这么多可怕的事情，频率又高，次次都差些送命，凶险无比，让我经常不自觉地想，人家生来都是平平安安快快乐乐过一辈子的，我他妈怎么就经常要到处去拼命啊！

后来又一想，谁让自己学了道家的法术呢，所谓本领有多大，责任就有多大，也只能用这种比较崇高的道理来安慰自己了。

这些天又耽误了好多工作，幸亏王凡和大张知道我忙，所以能给我兜着，否则真不知道我是该辞职还是被辞了。

这两次遇到的狐妖和黄大仙，让我感觉这个世界是那么的不安全，没想到除了鬼还会有妖存在地球上，而且就在我们身边。这让我感觉心里有点闷闷的，整天提不起精神来，为这个社会，为不知道有鬼和妖潜伏在身边的人们担心。

第24章 邪术赢得美人心

这么郁闷了一段时间，突然接到月隐道长的电话，说他要带耿鸥回大陆了，要我给他在天津看看房子，想买套房子。我心里非常高兴，一扫最近的阴霾。

一是因为能和他们相聚，还有就是感觉有月隐道长在身边，自己心里就踏实多了，感觉再多的鬼和妖也不怕了。

去机场接了月隐道长和耿鸥到家的那天，我早就招呼好了人，外出归来的抚炉道长、师叔、老孙、王凡、大张、小路、小白、小雨都来了。胖子老郭外地出差，不能来。我们一群人定了个西北风味的饭店包间，一群人热闹非凡。

耿鸥见到我就缠着我给她讲最近发生的事情，还问我有没有想她，问得我一阵脸红，这丫头太直接了吧。我说晚上再给她讲，她要求要我单独讲给她听，我看她兴奋的样子，笑着说没问题。

月隐道长此次回来，就准备在这里生活了，香港那边的事物交给他妻弟管理，而耿鸥的那家外企公司正好在天津设有办事处，耿鸥就申请来这里上班，简直再好不过了。

师叔还有抚炉真人和月隐道长仿佛有说不完的话，大多数都围绕着过去的日子，说着自己过去的奔波生活。看来年轻时候的艰难和坎坷是最容易给人留下深刻的印象，尤其是通过自己的努力能得到自己想要的生活，他们更会珍惜往昔的岁月，因为那岁月是他们成功的道路，撒着他们辛勤的汗水甚至血泪。

而我和老孙、王凡、大张谈论着国际大事，国家新闻什么的，耿鸥和小白、小雨年纪相仿不知道她们嘀嘀咕咕说着什么，时不时冲我们这里看上两眼，还时不时哈哈大笑，弄得我们心里直发毛。

吃过晚饭回到孟非家活动，她家面积大，住处多，正好大家可以好好聊聊天。

月隐道长问我修习御术道法进展如何，我说："乘风御剑、钻木穿墙、招禽御兽、移山拔城、呼风唤雨，我已经学会了前两个，而那移山拔城我无意中用了一次，但是再用就没反应了好像。"

月隐道长让我仔细讲了下使用移山拔城的过程，我详尽地给他讲了一遍，月隐道长说："移山拔城能移动事物的位置，如果使用纯熟的话，可以维持法术较长时间不变。相传一位'知'字辈道长在深山里捉妖的过程中，为了防止妖跑掉，愣是把妖藏身的那座山头移到沙漠整整三天三夜，才逼得妖出山被俘。那是先辈们的厉害之处，要想达到那种境界恐怕还要努力修炼。"

我点头称是，把最近的练习心得对月隐道长一一说了，困惑的地方也得到了月隐道长的指点，道长也是对这些高深法术没完全学会，只是跟我讲了他的体会。

我说："天太晚了，您一天劳累也该睡了。"

月隐道长说："哪里累啊，我还要和抚炉道长还有观月道长好好叙叙呢，你忙你的去吧。"

话没说完，耿鸥就过来拽着我给她讲捉鬼捉妖的事情，说小白和小雨已经简单地告诉她了，她们说还有很多惊险的情节，要我好好给她讲讲。

我说："上次在那条鱼的肚子里遇到的事情，还不够惊险啊，你还要多惊险？"

我看着旁边嘻嘻哈哈的小白和小雨，故意板着脸说："两个小丫头，赶紧回学校去，明天不上课了？"

两人吐吐舌头，揪着老孙送她们回学校，王凡和大张也告辞回家了，我只好耐心地给耿鸥讲这段时间发生的种种事情，讲到精彩处更是眉飞色舞，唾沫横飞。讲完后看看耿鸥出神地看着我，心说她肯定被我的故事给深深吸引了。

哪里知道耿鸥痴痴地张嘴说："老李哥，你白话的时候，简直太帅了！"

我听完一口水差点喷出来。

就这样大家团聚在一起，开开心心地过了一周时间，月隐道长竟然要和抚炉真人还有师叔报名一个老年旅游团出去旅游，让我很是担心他们三人的身体，三个加起来二百三十多岁了，还要出门旅游?

本来想深入浅出地劝阻一番的，但是看三人兴致很是高昂，而且他们从小习武健身，练就了结实的身体，我们也就放心让他们去了。

耿鸥的公司也要她开始上班了，而我每天下班后都要去接她下班，她不愿意住孟非家里，说一个人害怕，非要住到我那里，我想反正有地方住，就答应了。

老孙每天晚上都来给我们做饭吃，吃得耿鸥每天揉着肚子直喊撑死了，体重快超过有史以来的最高记录了，我取笑她说不要那么卖力吃，小心以后胖得嫁不出去。

耿鸥说："我吃来吃去还不到一百斤呢，这才哪到哪啊。"

我说："那你要吃到嘛程度啊？"

耿鸥说："吃到涨停。"

上班还没三天，耿鸥就回来跟我说，她们单位有个男的追求她，我说这一点都不奇怪啊，你这么漂亮活泼温柔大方的女孩子，肯定到哪里都很抢手啊。

耿鸥说："是到哪里都很抢手，就是好像有人怕烫手。"

我说："谁怕烫手？"

耿鸥说："不怕烫手，怎么不来抢我呢？"

我知道这小丫头说的是我，就说："现在都什么年代了，不流行抢婚了。"

耿鸥说："那流行什么也要让我有个准备啊。"

我说："不管流行什么，到时候就知道了。"

耿鸥不高兴地说："那万一时间长了，我被人抢走了呢？"

我说："那就是缘分不够呗。"

耿鸥气得狠狠瞪了我一眼，把旁边的老孙笑得前仰后合的。

每天回家，耿鸥都跟我念叨那个男同事如何对她穷追不舍，各种手段都用上了，说她每天都快不堪骚扰了，说如果他再这么骚扰下去就跟上司报告。

老孙说去教训那小子一顿，耿鸥只说没必要那样，还是算了吧。

转天去接耿鸥的时候她说已经报告给上司了，上司警告了那男的，那男的果然现在不敢再骚扰他了，我也就放下心来。

但是突然有一天耿鸥说那男的又开始追她，但是这次耿鸥看起来并没有烦恼的样子，反而好像很欣然接受的样子。

再过几天耿鸥开始说那男的其实如何如何不错，说自己准备赴他的约会了。我开始还以为这小丫头故意气我，好让我对她表白什么的呢，可到后来耿鸥说和那男的出去听音乐会了，那男的还亲了她，她也没反对，相反还一副痴情的样子。

我心里琢磨着有点不对劲，怎么看怎么觉得耿鸥和以前有点不一样，于是跟老孙商量了一下，然后偷偷跟踪耿鸥见到那男的，又跟踪那男的得知了他家的住址。趁他上班时候我用穿墙术进了他家，一番搜索让你我大吃一惊，他的抽屉里竟然有符咒！

抽屉里除了符咒还有一块写着名字的跟灵牌一样的红色牌牌，上面写着"耿鸥"两个字。那牌牌下面压着一张画着符咒的纸条，上面写着一些诸如让耿鸥喜欢上自己的言语。

再看旁边还有几个牌牌，上面刻着名字，底下也压着不同的纸条，写着各种各样的要求。诸如得到上司青睐，得到科长位置等等。

我翻过牌牌看背面，背面赫然画着一只长着红冠子的巨蛇。看那蛇凶猛的样子，让人浑身直起鸡皮疙瘩。

我心里感觉事情很是不普通，同时也感觉还有很多巫术妖术经过世间沧桑，斗转星移竟然还没有失传。眼前的巫术难道又是下降头之类的东西？这个和张文山的草人术应该是同一类法术，而他用这妖法做的勾当应该和张文山的目的一样。

也就是说耿鸥已经被这妖术给迷惑了心智！

一波未平，一波又起！

我急忙出来和老孙开车直奔耿鸥公司，见耿鸥正和那男的开心地谈着什么，我过去要带耿鸥离开，想回家给她解开那个妖术。但是耿鸥说晚上有约会，说什么也不愿意回去。而且被我逼得急了，她在公司里情绪激动声音大了点，引得公司办公区的人直往我们这边看。我见没法说服她，就偷偷手结指诀，念动咒语，对着耿鸥喊了一声“分”，但是明显无济于事。耿鸥看我对他施法，更是激动地说她不是被什么控制了，说她就是喜欢那个男人，不要我管她的事情。

无奈之下我和老孙狠狠地瞪了一眼那男的，出了公司，但是却想不出如何让她清醒过来，或许破坏了那牌牌能让耿鸥清醒？

我让老孙在这里等我，盯住耿鸥和那男的。然后自己回到那男人家里，把那木牌和下面的纸条销毁。然后给老孙打电话让他上去看看耿鸥有没有变化。

一会儿老孙回电说耿鸥还是处在被控制中，我才明白这妖术只要控制了人的大脑，就跟做妖法的法器没有关系了。

于是我回到耿鸥公司门口，让老孙回家取了定心丸，把它溶在矿泉水里，然后打电话给耿鸥说我想就刚才的事情跟她道歉，让她下楼一趟。

耿鸥下楼来我们到对面的咖啡厅坐了一会儿，耿鸥说并不怪我，说我这样是关心她，为她好。

我知道耿鸥只是在喜欢那男人一件事情上被控制了，其他地方还是和平时一样的。等耿鸥喝了我放了定心丸的水也还是没有效果后，我真的不知道该怎么办了。看着耿鸥走回公司的背影，我心里想看来只有对付那小子了。

老孙在一旁说：“老李，有个方法估计能行，就是不知道行不行得通。”

我问：“什么方法？除了对那小子下手，其他方法我们都试过了。”

老孙说：“你的咒语不管用，我的定心丸也不管用，可能不适合他这种妖法，对付不了这妖法，但是有个东西是用妖的内丹炼制的，肯定能对付妖法。”

我脱口而出：长生如意丹！

我们急忙开车奔赴野松林，到古墓里跟墨老大说明情况，要借那宝贝一用。

旁边的墨家人说：“老大，我们离开这宝贝久了这墓里的的气候一变化我们可就生不如死了，万一他们不还回来？”

墨老大看看我缓缓说：“只离开一会儿没多大问题，而且我相信他！救人要紧！”

我万分感动拿了长生如意丹，风驰电掣地回到耿鸥公司楼下，正好赶上公司下班，我和老孙在路边车里等着，一会儿就见耿鸥挽着那男人的胳膊说说笑笑走了出来，看那亲密的样子让我心里有种说不出的滋味。

我和老孙走过去拦住他们。那男人说：“你们两个怎么回事？再骚扰耿鸥，我就报警了！”

老孙说：“耿鸥是我们的朋友，跟我们住一起，你算哪根葱，倒来跟我们指手画脚。”

耿鸥生气地对我说：“老李哥，你再这样我不得不怀疑你的用心了，我会考虑是否我们还适合做好朋友。”

我二话没说，拿出长生如意丹在耿鸥面门一晃，耿鸥就跟中了箭一样，一下子又跟刚从梦中醒来一样，怔怔地看着我说：“老李哥，我刚才怎么好像做了个梦啊？”

这才发现她身边的男人，忙把手从他胳膊里抽出来，跑到我身边拽着我胳膊说：“老李哥，这是怎么回事啊，我怎么会和他那样啊？”

我说：“你被妖法控制了。”

那男的见我们破了他的妖法，恨恨地看了一眼我手里的长生如意丹，转身走了。我赶上去拦住他问：“你的妖法跟谁学的？”

那男的说：“我不明白你在说什么。”

我拿出从他家带出来的牌牌，那男的看了一眼，转身疯狂逃窜，旁边就是地铁站，我快步追过去，但是正好一班地铁要开走，那男的冲过收费口上了地铁，而我差一步没赶上，被管理人员请了出来。

我忙上到地面，想到报警，但是估计警察对这些东西不会感兴趣，而且估计也不会相信这种事情，更没有证据证明他做了什么坏事，而且也没有用来定他罪的法律条款。

先回去再说，估计他也就是用着妖术迷惑人的心智，然后使人做出错误判断，以便自己能达到什么目的，不会跟张文山的草人术一样，能置人于死地。但愿如此吧，我心里想。

我让老孙送耿鸥回家，我去野松林把长生如意丹还给墨老大去，怕时间长了，墓里的空气温湿度变化会给他们带来痛苦。

但这次我懒得用机关打开大门，而是用穿墙术直接穿过石壁进到古墓里，墨老大他们三个着实吃了一惊，没想到我会用这么厉害的法术。

看着他们惊奇的样子，我笑着说：“这只是一般的道术，厉害的你们还没见到呢。”

墨老二羡慕地朝墨老大说："大哥，你看这才是真正的法术啊，是多少修仙人的梦想，今天我们算是开眼了。"

墨老大也激动地说："我们墨家第一代祖先死前没来得及把更多的法术传授下来，所以我们家族的人穷其一生都在想法设法学习高深的道术，可惜无缘得道。不过让我们在这种情况下真正见识了道家法术，我们也算是不虚此生了。"

我看三人如此激动忙起身告辞，怕一会儿三人让我展示更多的法术，我可还要回去照顾耿鸥呢，那小丫头现在心里一定悲愤且痛苦。

回到家安抚了下耿鸥，耿鸥哭得一塌糊涂，后悔得要死，我说那不是你的错，你是被那小子用妖法迷惑了心智了，幸亏没出什么大事，否则损失就大了。

耿鸥哭着说已经出大事了。我一惊忙问出什么大事了。

耿鸥哭着就是不说，老孙在一旁喃喃道："难道你跟他已经那个了？"

耿鸥哭着点头。

我一拳砸在桌子上，气得火往上撞，后悔自己没早发现耿鸥的反常情况并加以制止。

耿鸥哭着说："不是我主动的，都是他趁我不注意干的。"

我听了有点奇怪，问道："趁你不注意？什么意思？他干什么了？"

耿鸥说："他和我接吻了。"

老孙忙问："你刚才说的大事就是和他接吻了？"

耿鸥哭着点头，我和老孙短暂沉默后，哈哈大笑。我差点没笑喷，老孙差点从椅子上掉下去。但看耿鸥哭得实在可怜，脸上挂着泪水惊愕地看着我们，我们这才憋住笑，两人跑到阳台又哈哈大笑。

不管怎么说，出现这种情况，妖法现世，我们就要管！何况已经欺负到我们头上了。于是我关照老孙这些天一定要定时服用定心丸，虽然定心丸不能解开那妖法，但是还是可以防止妖法侵入自己的。然后我决定晚上去那男的家里看一下，先捉住他，然后审问他，一定要查个水落石出。

我让老孙照顾耿鸥，自己开车去那男的住处，用穿墙术悄悄进了他家卫生间，然后进入他卧室，那屋里没有人，我又去了厅里，惊奇地发现那些写着人名的牌牌都不见了。我又满屋子搜寻了一下，发现到处都很凌乱不堪，我猜他一定是收拾东西逃跑了。这下我更确信他一定干了很多不堪的勾当。

我赶紧回到住处，向耿鸥了解那人的情况，耿鸥说那男的叫戚腾龙，二十七岁，外地人，大学毕业后应聘来公司，其他情况不是很了解。

我想这戚腾龙既然被我们发现了，那肯定是怕我们找他报仇或者怕我们报警才出逃的。我们破坏了他的好事，他也许会报复我们，我们一直用定心丸才会没事，否则恐怕现在都已经被他控制了。

那这么说来他一定会想先解决掉我们然后再回来天津，那他逃走前一定会跟公司请假。转天一早耿鸥打电话给公司，公司说戚腾龙一大早就打电话请假了，说是有事回老家了。

我脑子一转，心说这戚腾龙肯定不会这么善罢甘休的，一是他深深喜欢耿鸥，不会轻易放弃，再一个是他在这家著名外企不择手段取得的地位和成绩还有舒适生活，他也不会轻易舍弃的，而且我猜他肯定还有其他更隐蔽的原因。他现在一定是回老家想办法了，但凡能迷惑人心智的法术基本都可以归为妖法之列，只有一些妖才会因为它们先天和人类的差异，根据自身的特点来修炼此类法术，所以戚腾龙的妖法从根源上来说是得自妖类，然后一代代继承下来的。

也许他还会有更厉害更邪性的妖法也说不定呢。他还会卷土重来！所以在他对付我们之前一定要找到他，然后问出妖法来历并加以控制才好，绝对不能坐以待毙。

看来虽然都已经二十一世纪了，但是好像还有很多妖鬼法术的，有些是我们根本想象不到的，所以坐以待毙就是等死。

我和老孙商量了一下，老孙同意去找到戚腾龙然查个究竟，然后废掉他的妖术。我们让耿鸥去公司找戚腾龙的资料，我和老孙分别跟公司请了假，收拾东西准备出发。

耿鸥通过关系，从人事部那里拿到了戚腾龙的身份证复印件，还有家里的联系电话等详细资料，感谢国家办那个第二代身份证，上面的籍贯地址写的太清楚了，都能涉及到门牌号，就是有点泄露居民信息太多了。

戚腾龙的老家在贵州一个叫黔顺的地方，我们本不想带耿鸥去，但是耿鸥一再坚持要去，她天生是喜欢冒险的女孩子，而且我们也担心那戚腾龙也许并没回老家，而是躲在城市的某一个角落窥探着我们，那我们走了就是置耿鸥于危险境地了，于是只好带上她一起去，反正以我现在的本事，保护她是没问题的。

但是我的想法真的正确么?

我们坐飞机到贵阳然后倒火车又租了辆汽车才到了那里。本来以为那里是一片穷乡僻壤的山区村庄，却哪里知道那里是个漂亮的村子，建的都是漂亮的二层或三层小楼，青石板铺街，面积虽然不大，但是周围风景极其优美，背山临水，风水极佳。

真跟人们说的一样，贵州好玩的地方很多就是没开发，也正是没开发过，所以才纯自然，才与众不同。通过观察，发现这里没有人工修建的各种旅游设施的痕迹，我们断定这里还没被着手开发，但仍有很多背着大背包的各地驴友慕名而来，所以这古镇里的饭店和旅店很多。

天色已晚，我们找了个看着比较干净的旅店住下，然后跟店老板打听戚腾龙，老

板说戚腾龙昨天刚回来，他亲眼看见的。这老板属于爱说的类型，把戚腾龙家里情况给我们介绍得一清二楚。说戚腾龙的爷爷性格孤僻，本来不在村里住，是住在镇子后面的深山里的，后来解放了，政府出于安全和关怀百姓疾苦等原因，把他爷爷和其年迈的老娘从深山里接出来，可是他爷爷一开始说什么也不愿意搬出来，后来拗不过多方压力没办法才搬进了村里。

搬进村里后，他只住在离后山比较近的地方，不愿意与人交往。后来文革过后，这小子奇怪地把乡长的千金给娶到了手，那可是乡里的一枝花啊，无数小伙子打主意呢，没想到被他神不知鬼不觉地搞到手了。

后来他又很快被选为村长，而且给自己在后山脚下盖起了三层的楼房，还利用职权控制了后山一处稀有金属矿，开发后赚了大钱，发了横财，村里每家每户都有人在那矿上上班，收入也非常可观，也算是他为乡亲做了件好事。

为了回报村里，他就出面由村里出钱盖起了现在这个漂亮的镇子。他老后，就由自己的儿子，也就是戚腾龙的父亲接了班。虽然家里很有钱，但是戚腾龙不愿意在这偏僻的山里生活，于是大学毕业后在城里找了个不错的工作，很少回家来，这次不知道为什么突然回来。

我想戚腾龙的爷爷也一定是利用妖术把乡长女儿弄到手的，然后又使用妖术升了村长，找到矿藏的，那说明戚腾龙的妖法确是祖传的，只不知这妖法是得自什么妖的。

既然知道了戚腾龙确实回到家了，那我们就一定要查个水落石出。事不宜迟，我们商定晚上行动。

第25章 白蛇吐珠侍丹奴

过了午夜我和老孙按照饭店老板的指示来到村子的最后面，大山脚下的那所大院子。那是村里面积最大的一所宅院，高大的院墙，里面是修建着气派的三层楼，紧闭的镶满铜钉的大门让人有种威严的感觉。

我让老孙藏在门口那棵大树后面，这里的街灯离很远才有一盏，而且很是昏黄，所以适合隐藏。

我用一块黑纱巾蒙住口鼻，用穿墙术进了院子，然后蹿上院中的大树，观察了一下见只有二楼的一个房间还亮着灯。一般老人睡得早，那这亮灯的说不定就是戚腾龙的房间了。我打听了，戚腾龙是家里的独生子，爷爷奶奶也早去世了，家里除了父母就没有别人了。

我悄悄地沿着走廊的楼梯上到二楼，发现房门并没有关，窗帘还掀开一道缝隙，我透过缝隙往里看了下，并没有人，于是我轻轻推开门，走了进去，发现厅里空无一人。扭头看到旁边还有个房间，门是虚掩着的，里面隐隐透出灯光，于是我悄悄走过去，透过门缝往里张望，忽听得脑后风起，心道不好，气随心动丹田气瞬间提起，一个箭步闪电一样跳开，一个棒球棍“哐”的一声砸在门上。

我一看正是戚腾龙，手持棒球棍继续向我猛砸，我又一闪，躲过一击，那棍子打在桌子上，发出巨响，院子里的狗狂吠起来。我一看不好，必须要尽快制服戚腾龙把他带走，现在已经跟他正面接触了，这次捉不住他就不好办了，而且若是他报警的话，我们会有麻烦，那就更没机会捉住他了。

于是我施展道家擒拿手的功夫，向他扑去，哪知那小子似乎也练过些功夫，直到我使出第五式擒拿手才将他制服，他这才破口大叫起来。

我刚想堵住他的嘴，听见外面有人喊道：“是谁？赶紧出来，不然我开枪了！”

说着冲进来一个中年男人，手里提着猎枪，我没等他看见我的样子，放开戚腾龙蹿到里屋，然后从那里穿墙出去。

我蹿出院子，拉起躲在树后的老孙回到旅馆，这才告诉老孙怎么回事。老孙说那他们肯定报警或者提高警惕了，要想抓住戚腾龙就困难了，要找出他家是否有妖孽存在也更不容易了。

我跟老孙拍胸脯保证，凭我的功夫要想做些神不知鬼不觉的事情还是比较容易的。

想起要跟耿鸥说说刚才的情况，她住我们隔壁房间，我们去敲耿鸥的门，但是却没有动静，半天不见回音，我心里掠过一丝不安，看看左右没人，这小旅馆也没摄像头之类的，于是用穿墙术进去，发现屋里竟空无一人！

发现桌子上有张纸条，写着：耿鸥在我这里，想要人的，就到后山山神庙来。

落款赫然竟是：戚腾龙！

我脑袋“嗡”的一下，火往上撞，一掌拍在桌子上。一定是我们刚出门，戚腾龙就来这里用妖术绑走了耿鸥，然后又回到家里跟我演了一场捉贼的戏。但我们来这里找他的事情他怎么会知道呢？

我脑筋一转，下楼去把那店主揪了出来，一顿吓唬，才知道是他跟戚腾龙说的。敢情这个村子对戚家是敬畏有加的，是戚家让这里的村民富裕起来，而且戚家有种“本事”，谁不服他，就要发生意外。所以这里的人都对戚家百依百顺，更有如这店主一样的阿谀奉承之辈，讨其欢心。所以我们一打听戚腾龙的情况，这店主转头就给戚家打了电话。

我和老孙准备了一番，在店主的指引下直奔山神庙而去，并警告店主我们都是穷凶极恶的人，如果敢泄露出半句我们的行踪，他这店就别开了，也别想在此地呆着了。老孙装得尤其像，一副奸邪的嘴脸，让人感觉高深莫测的，吓得那店主连声称是。

到了山神庙我们放眼望去，周围古木参天，夜枭低鸣，一派萧索之象。从这庙的破败程度来看，这里已经好久没人来了。我推开半掩的庙门，跨进院里，里面已然杂草丛生，中间是条石板路，石板路左边有棵颇有些年纪的参天大树，叫不上是什么品种来。树下有眼井，井口垒了一圈青石。

石板路右边是个石槽，很像是喂马或牛吃草用的东西，石板路尽头是几级台阶，台阶下面是烧香用的香炉，上了台阶推开庙门，里面供奉着不知那路神仙，神像斑驳，尘土满布，一盏孤灯光芒微弱，几近枯干。但是始终没见戚腾龙和耿鸥的踪影。

正在奇怪的时候，听见侧面有响动，原来这大殿左右都有耳房，我迅速和老孙靠着墙摸到耳房门口，放眼望去，一条铁棍当空砸下，我不退反进，欺到那人身前，用肩膀扛住他上臂，然后用小擒拿一下制住他，那人哎哟叫出声来，正是戚腾龙。我刚要逼问他耿鸥下落，忽听身后风声袭来，感觉脖子上寒毛直竖，定是锋利无比的利器。

我一惊忙松开戚腾龙胳膊，头向下探，双腿用力蹬地猛地扭身往旁一闪，堪堪躲过了一击，然后迅速跳到墙角，才看清那袭击我的人身穿一件黑色斗篷，盖住全身，斗篷的帽子却是大红色的，盖住他整个头颅，收缩在斗篷里的手握着一把明晃晃的细细的长剑。看着那全身都隐藏在斗篷里的人，不知为何，我浑身不禁涌起一丝寒意，直透骨髓。

借着一灯如豆，那人持剑奔我而来，手里剑准确无误地直取我咽喉。来不及多想，我左躲右闪，那人剑术虽然不错，但是终究我的道家真功夫不是吹出来的，虽然是徒手，但是我仗着八卦履和擒拿手几招下来就控制了局面，最后一个翻腕别臂，拿住那人胳膊，哪里知道，那人的胳膊仿佛没有骨头一般，被我别在后面竟然能滑溜地从我手中抽出。

然后我又有几招制住他，但是都被这人的特殊本领给一一化解了。我想今天遇到难缠的了，于是凝神屏气，使出最厉害的招数，那人明显斗不过我，显得有些慌乱，我趁他慌乱时候，用一招霸王卸甲夺下他的长剑，他见长剑被夺下，扭头就走，顺着墙根朝窗户奔去，我把手里长剑朝他掷去，扎住他长袍一角，钉在木窗上。

他冲出窗外，长袍被宝剑扯下一块。我拔出那把剑，看了一眼剑上的衣服一角，上面竟然布满了细细的鱼鳞一样的东西。

我扭头看躲在一旁的戚腾龙，戚腾龙见他帮手被打跑，刚想逃窜，我一下蹿到他面前，两手在他肩头一抓卸下他两条胳膊，我要给他点颜色看看，好让他赶紧交出耿鸥。还没等我逼问，就听见院里有人喊："把我儿子放了，否则杀了这女娃！"

我把戚腾龙交给老孙，一个箭步冲到院里，只见戚腾龙的父亲，手持短刀架在耿鸥脖子上，耿鸥眼睛直勾勾的，显然被妖法控制了。

老孙押着戚腾龙走出来喊道："我们来做交换，你放了耿鸥，我放了你儿子。"

戚腾龙父亲喊道："你先放人。"

老孙一把抓在戚腾龙上臂关节处，疼得他哎哟一声惨叫。戚腾龙的父亲心疼儿子，忙答应交换。等耿鸥已进入我的控制范围，我立刻展开八卦履直取戚老头和戚腾龙，心说跟他们这种人也没必要讲什么道义，捉住他们就能逼出妖法的秘密，先把耿鸥唤醒再说。

就在我身形接近他们父子二人身旁的时候，忽然从旁边涌起一阵腥风，还伴随着轰隆隆的声音，我和老孙扭头看去，直吓得魂飞魄散。

只见从那大树下的古井里钻出一条通体雪白的巨蟒，头顶长着一个血红的冠子。

那巨蟒身体已经比那参天的古树还要高了，但还有半截身体没从古井里出来呢。

老孙有点哆嗦说："老李，这是什么玩意？这蛇也太大了，还长红冠子，怎么会有这种东西？我可听说长冠子的蛇都是成精的啊。"

我镇静地说："这是蛇妖，刚才跟我打斗的那人估计就是这东西变的，它还没能完全修炼成人形呢，所以用斗篷罩住全身，现在它用真身出现，估计还有厉害的招数，不知道它会什么妖法。"

虽然不知道这蛇妖擅长什么妖法，但是估计戚腾龙那强力的控制人脑的妖术就是来自这巨蛇的妖法。

我们光顾着抬头惊讶地看着这巨蛇品头论足了，那巨蛇一张口顿时喷出漫天的蓝色水雾，那水雾在空中飘散，星星点点，煞是漂亮，但是我却感觉刺骨的寒冷，那蓝雾渐渐坠落下来，当坠落到井边那棵大树的叶子上的时候，那树枝树叶登时被那蓝雾腐蚀枯干，整个大树从上到下开始一点点萎缩。

不知道这蛇妖用的什么妖法，那巨树就这么被腐蚀掉了，我扭头看已经跑到远处的戚腾龙父子不知道何时已经披上了跟刚才那黑袍人一样的衣服，看来那布满鳞片的衣服可以抵挡这奇怪的蓝雾。或许那衣服就是这巨蛇褪下的皮做成的也说不定。

这蓝雾要是落下来，我们可就被腐蚀融化了，必须赶在蓝雾落下前逃走或者抢了那件衣服披上，我冲过去抢那衣服，但是那蛇妖突然低下头向我俯冲过来，吐出跟棒球棍一般的鲜红的舌头，向我一口吞来。我慌忙躲闪，那蛇虽然巨大，但是异常灵活，居高临下，不停张着大嘴要吞了我的样子。我仗着轻功厉害，那蛇妖一时半会还奈何我不得。

突然那蛇妖一口蓝雾朝我喷过来，我下意识地双手结咒，喊了一声"封"，顿时漫天的蓝雾消散无踪，看来我的法术能对付这蛇妖的喷雾术。

我刚要用其他法术，那巨蛇突然一下子迅速缩进古井内，我回头一看老孙躺在地上已经不省人事了，想是他吸进了点毒雾的雾气，再看耿鸥又被戚老头和戚腾龙趁老孙晕倒给劫持了。

戚腾龙的胳膊被他老爸接好，他牙咬切齿地对我说："去给我做一件事，如果做不来，我就杀了耿鸥！不对，是先奸后杀！"

我要冲上去夺回耿鸥，戚老头一刀割在耿鸥胳膊上，鲜血一下子流了出来，我只有停步，看着浑然不觉疼痛痴痴呆呆的耿鸥心里一阵痛楚，咬牙说："要我做什么？"

戚腾龙说："我知道你解不开耿鸥身上的法术，除非你有那颗丹，你去把那丹取来，然后你就可以救耿鸥，救了耿鸥你把那颗丹给我，你走你的，我走我的，我们以后谁也不认识谁。"

我说："你要丹干什么？"

戚腾龙说："耿鸥身上的术是蛇太岁下的，我也解不开的，蛇太岁还没有完全修炼成人形，至少还需要一百多年呢，要是有你那丹的话，就立刻可以修炼成功。"

我这才明白他们的目的，他一开始就想抓住我，然后逼迫我去取那长生如意丹，但是看我手段厉害，就用耿鸥威胁我。而我们来这里找戚腾龙正好中了他的圈套，属于送上门的。

我越想越生气，但是没办法，只好同意这个交易，戚腾龙限我三天内取回如意丹，如果没取回来就要对耿鸥不客气。

我恨恨地说："戚腾龙，你也知道我的本事，如果你敢动耿鸥一根汗毛，我敢保证，你一家的小命我都能手到擒来，实话告诉你我的手段还不止这些。"

戚腾龙脸色微变，显然他明白我的厉害，说："你放心，我们做这个交易，也是蛇太岁的意思，我是为蛇太岁服务的，因为蛇太岁帮了我们祖孙三代，我们的一切金钱和权利都是蛇太岁帮我们弄来的。所以你也别见怪，我这是在报恩，希望你理解，你取来了丹，我立刻把耿鸥交给你，绝不动她一根寒毛。"

我"哼"了一声，扶起晕倒的老孙，走出山神庙的院子，出门那一刻，我催动咒语，手里那柄蛇太岁的细条宝剑一下飞出在戚腾龙和他老爸面前绕了一圈一下钉在那颗古树上，连根没入，吓得他们父子两个呆立当场。

要不是耿鸥在他们手里，我就先用这御剑术取了那蛇太岁的蛇脑袋，再杀了戚腾龙父子，但是现在耿鸥在他们手上，而且被施了我没法破解的妖法，我们上次试过用"分"字咒语和定心丸均不管用，而且这次耿鸥完全失去意识，比上次还要厉害，不知这戚家还有他妈的什么别的厉害妖法用在耿鸥身上，如果我杀了他们，万一解不开那就坏了，所以我只有听他们的话尽快回去找墨老大借那长生如意丹。

我给老孙服下一颗九转克毒丹，把他弄醒，然后到宾馆取了车，开上车直奔贵阳市，到了那里已经天亮了，我们定了最早一班飞机飞回天津，然后马不停蹄直奔郊外的野松林，到了谷底深处墨老大的古墓。

但眼前的景象把我们惊呆了。

那古墓的石壁被炸开，碎石到处都是，我和老孙慌忙进去，只见里面的尸骨全部被爆炸引起的大火烧没了，四壁都被熏黑了。

到了墨老大的大厅里，这里虽然没有被烧到，但是里面已经什么都没有了，只剩下那条石桌，而那青铜鼎和里面的长生如意丹已经不翼而飞。

无疑一定有人炸开山洞然后闯了进来，为的就是那长生如意丹！这爆炸让墨老大三人的魂魄直接接触了爆炸产生的灼热空气，让他们瞬间化为乌有，那长生如意丹自然落入对方手里。

老孙震惊地看着这里的一切说："老李，这他妈是谁干的，太狠毒了！"

我心里一阵心痛，可惜墨老大他们三人被害得永远消失了，我连最后一面也没见到，墨老大还救过我们的命，我们还没来得及报答呢。

但是怎么会有人知道古墓的地点的？这古墓目前只有我身边的几个人知道啊，但他们是不会做出这种事情来的，而且也没地方弄炸药去啊。

那是谁干的呢？很显然干这事的人是有着专业技术的。现在情况变得复杂起来，我们必须在三天内查出谁做的这事情，然后夺回长生如意丹，再去黔顺救耿鸥，否则耿鸥性命堪忧。

但是要找回那宝丹难度太大了，一点线索都没留下，那耿鸥岂不是就……

想到这里，再加上墨老大三人被害，我急火攻心，眼前一黑，向后便倒。

我醒来的时候已经在自己家里了，老孙正拿着勺子喂我药，我第一句话就是："过去多少时间了？"

老孙说："刚到家，我把清心丸捣碎给你服了，你立刻就醒了。"

我没说话脑子里飞速地转着，想究竟是谁找到墨老大的古墓，然后炸了那里抢走了长生如意丹？我决定从头开始查，我们只有三天时间，即使现在知道谁抢了丹药，要追回来也不是容易的事情，如果抢丹的人已经离开了天津，那就更麻烦了。如果过了三天不能交出长生如意丹，那耿鸥性命真的就有危险了，戚腾龙父子长期与妖为伍，天性泯灭，什么事情都干得出来。

我和老孙分析起来，首先耿鸥知道这个事情，但是戚腾龙没有直接去野松林而是要挟我去拿长生如意丹，这说明耿鸥并没有跟他提起过古墓的事情。

于是我挨个给知道墨老大住处的师叔、月隐道长、小白、小雨打电话。小白、小雨说从来没跟别人提起过，因为我以前跟他们说过我们做过的事情一定要保密，一是怕引起恐慌，二是里面涉及到人命，说出去会惹麻烦。

月隐道长说他也没跟外人提起，我们所接触的东西跟现实社会就跟两个世界一样，差距太大，是不会被主流所接受和接纳的。所以跟局外人提了不但不会被相信反而会惹出麻烦来，月隐道长以前就遇到过这样的麻烦，所以他确实不会随便跟外人提起的。

我并没有把耿鸥被挟持的事情告诉他，怕他知道了担心，身体受不了。

我又给师叔打电话，师叔说只跟孟非打电话提起过这个事情，我忙给孟非打电话，孟非接到我电话很是高兴，但是我没时间跟她寒暄了，直接问她跟谁提起过长生如意丹，孟非一愣，但是没问我为什么问这个问题，而是告诉我她跟石亮说起过这个事情。

我问她都跟石亮说了什么，孟非说她告诉石亮野松林在什么地方了。我让孟非不要跟任何人提起刚才的谈话，孟非是聪明的女孩子，她一定知道发生比较严重的事情，所以一口答应着。

挂了电话，我这才仔细地琢磨了石亮这个人，他上次从台湾来大陆就偷了师叔的清辉宝剑，然后去东汉五鬼的古墓盗宝，而且还带了两个“专业”盗墓人士过去，说明他对古墓里的宝藏什么的很感兴趣，甚至可能不止一次干这勾当了。

我们从古墓救出他后，他很感激我们而且编了个借口掩盖他去古墓的目的。后来因为他是观海师叔的儿子，也就没多想，相信了他的话。

更让人不可思议的是他竟然悄悄钻进九转太虚门，进了鱼肚子里，还贿赂渔民老赵偷了那本《御术之术》，然后自己修炼，还练成了上面的一些高深法术。

种种迹象表明，石亮是个盗墓贼！文物贩子！心狠手辣之辈！

我想起来他给我们留过他台湾家里和公司的电话，我忙拨通他公司电话，电话里说他前几天出差到大陆去了。我顿时确定他就是盗丹的人！

于是我再次给孟非打电话，但是孟非说石亮并没有说要来大陆，我心说孟非这丫头一定是爱上石亮了，而石亮估计是要利用孟非得到更多有价值的信息，因为他知道我们捉鬼降妖的人接触妖鬼最多，而妖和鬼一般都看护或拥有各类奇珍异宝。

我跟老孙商量了一下，但愿石亮还在天津，我记得上次石亮来天津住的那家酒店，那是家高档酒店，也是天津为数不多的五星级酒店，我估计这次他还会住在那里。但是酒店保护客人隐私，是不会给我们查入住明细的。

突然想起小白、小雨那个黑客朋友，给小白打电话，说明情况，小白答应马上给我回复。一会儿工夫小白回电话说他那黑客同学很快就会进入那酒店的系统，说一会儿告诉我信息。她问我查这个干什么，我说事关重大，以后再跟她说，她听我声音焦急，也就没往下问什么。

过了半个小时，小白来电话说石亮确实在两天前入住了那家酒店，住1818房间，现在还没退房，但是订房信息上显示房间是订到明天的。

我和老孙一阵高兴，立刻开车去了那家五星级的酒店，考虑到如果直接用穿墙术很可能会被酒店里的摄像头拍下来，所以我们也定了个18层的房间，要求和1818房间同一排并且尽量挨着。所幸1816房间还没有入住，就在1818房间的隔壁，我们毫不犹豫赶紧办理了入住手续。

进了1816房间，我观察了下房间的布局，明白了卫生间的位置，然后我到房间外面电梯旁给服务员打电话，说1818房间需要一条浴巾，让给送一条来。

我回到自己房间，一会儿就听见服务员敲隔壁门的声音，但是半天也没动静，我知道石亮现在不在房间，所以等服务员走后。我立刻从我房间穿墙而过到了1818房间。

找了半天也没发现箱子之类的东西，莫不成石亮把丹带出去了？那么重要的东西他不会总随身携带吧？又仔细检查了一下衣柜，发现柜子里有保险箱，是锁着的。一般酒店房间的保险箱都是开着的，客人用的时候自己设置密码锁住。我猜里面一定有重要的东西，八成就是长生如意丹。

穿墙术并不是只能穿墙，一般的物质都能随心穿过，我念动咒语，把我的手慢慢伸到保险箱里面，里面有个旅行箱，我把手又伸到旅行箱里面，触手的是个金属样的东西，我一摸之下这不是那青铜鼎还能是什么？

我接着摸索，旁边还有个木头盒子，用手摸进去，正是那触手温润光滑的长生如意丹！我握住如意丹，念动咒语慢慢地把丹掏了出来。

正在此时听见开门的声音，急忙把丹装进口袋，关好柜门，赶紧穿墙回到1816房间。

老孙见我拿到了丹，非常高兴，收拾东西要离开，我小声说："稍等一会儿，我看看石亮这小子到底要干什么。"于是我等了五分钟，让他有个去卫生间方便的时间。然后找准隔壁卫生间的位置穿墙过去进入卫生间，就听见石亮和另一个人的谈话。谈话内容正是要脱手这个长生如意丹。

另一个人说已经联系了三个卖家，出价都在千万元以上，石亮非常满意。那人又跟石亮说好像这个丹还有特殊的用处，石亮问是什么，那人说人服了这个丹可以延寿至少三倍。石亮吃了一惊，显然他开始并不知道这丹的真正功用，如果他知道这丹能延寿三倍，他有可能就不会卖了。

果不其然，石亮表示再好好考虑一下，毕竟如果这个丹有这个功用，那一千多万可就太少了。

我没心思听他谈话了，也没时间教训他，一会儿他发现丹丢了就只剩哭的份了。于是我穿墙回来，和老孙赶紧撤退，开车直奔机场，赶最近一班飞机飞抵贵阳，然后又马不停蹄开着租来的车赶到黔顺。

到达后天色已经黄昏，我们换了一家旅馆住下，然后用电话联系了戚腾龙，说长生如意丹在我们手里。戚腾龙让我们午夜十二点还到那破败的山神庙会面。

现在看看时间才九点多，还有三个小时左右时间，我和老孙商量着这次无论如何也要把耿鸥救回来，即使失去长生如意丹也在所不惜，否则耿鸥有个闪失无法跟月隐道长交代，我心里也会一生不安。

我们提前半个小时出发，包里带了冷月宝剑，希望到时候能派上用场。我和老孙都服了两颗定心丸，那蛇妖的妖术厉害，怕一颗还是会被它妖法控制了心智，又在两人身上用了"罩"字咒语，确保万无一失。

翻过一座小山包就见到那山神庙了，我们刚想走过去，突然前面有脚步声，我和老孙忙躲到树后，借着柔柔的月光远远地看见白雾缭绕的树林间四个黑衣人抬着一个滑竿走来，滑竿上坐着一个白发老太太，怀里抱着拂尘，她脸上却是光滑得很，嘴唇涂得猩红，这大半夜地五个诡异的人一声不响地在树林里穿行，真是叫不出的恐怖。

五人飘飘悠悠地进了山神庙，我和老孙跟了过去，躲在外面向里张望。

只见那老太太已经下了滑竿，从怀里掏出个绿竹筒来，那绿竹筒和乾坤筒形状竟然有些相似，只是比乾坤筒长了好多。

她拔开筒盖儿，口冲下向地上倒。里面慢慢掉出一条白色的小蛇，头上一点鲜红的冠子。那小白蛇掉到地上后，僵在那里一动不动。

老太太用拂尘在小蛇身上一扫，手掐指诀嘴里念动咒语，那小蛇顿时开始扭动起来，一会儿工夫便开始在地上迅速游动。老太太在周围撒了一些粉末状的东西，围成一圈，那小白蛇不论怎么游动，就是爬不出这个圈（这好像和苗青青捉十六脚百毒虫一样），然后那圈子越缩越小，逼得那小白蛇在地上直立起来，头上的红冠子鲜红如欲滴血一般，然后突然张口一股红雾喷了出来，那雾气只喷到地面几尺高度，那四名轿夫和老太太忙躲开一旁，显然那红雾是碰不得的东西。

那小白蛇的红雾喷完后，一粒精光爆射的珠子从它嘴里吐了出来，我知道那正是小白蛇的内丹。老太太一抄手，那内丹被她抓到手里放到了一个小的绿竹筒里。我仔细看那绿竹筒，正是我们道教的乾坤筒。上面雕刻的符咒和我的乾坤筒一模一样，难道这老太太竟是除秽派的人不成？

那内丹被老太太收走后，那小白蛇趴在地上不停地抽搐着，显然是耗尽了精力。老太太给旁边的轿夫使了个颜色，一名轿夫用树枝把小白蛇挑起来，扔到了那口井里。

五人这才离开。

我和老孙纳闷，这里怎么这么多长红冠子的白蛇啊？

两人正对刚才的情景迷惑不解的时候，突然眼前如水波荡漾，眼前的景物有了很大变化，刚才是绿树成荫的夏天，现在变成了树枝光秃秃的冬季。而那老太太也变得更老了，这次只有两个轿夫，依然抬着滑竿。

老太太到了井口，在井口周围贴上几枚符咒，然后向井里撒了点粉末进去，一会儿工夫，突然听见一声嘶叫，一条白蛇冲天而起，正是我们见过的那条红冠白蛇。

老太太念动咒语，那白蛇被咒语所迫，整个身体几乎都脱离了古井，但是却无法逃出古井。

那蛇痛苦下张开大口向天吐出红色的雾气，那雾气迅速弥漫。老太太念动咒语，瞬间漫天的红雾烟消云散。

那白蛇吐尽红雾后，又吐出一枚精光爆射的内丹，但是丹不大，和它这等体型的

红冠白蛇的身份明显不符。那白蛇筋疲力尽掉进井内。老太太接住掉落的内丹，放到乾坤筒里，和两名轿夫扬长而去。

我一下明白了这老太太抓住这红冠白蛇就是想要它的内丹，这内丹对妖类来说那就是引擎一样的东西，一切妖法都要有这内丹的支撑。

人类得到这种妖类的内丹，如果做药，可以延年益寿。如果自行加以炼制可以达到各种不同效果。

刚才的一切表明，那个老太太是捉到蛇妖然后逼迫它修炼内丹，再夺走内丹作为修炼之用。

也就是趁白蛇小的时候，就捉住了它，然后不等内丹练成就抢走。如果遇到一只修炼有成的红冠蛇妖，那老太太要想制服它可不是简单的事情，即使法术再强，也是要费一番功夫的。

这也正是老太太不等内丹练强大就赶紧取走的原因，虽然内丹不熟效果达不到最强，但这是最保险的方法。

而且我观察这老太太只是会些许除秽派的功夫，和一些稀奇古怪的法术，还称不上是道教高手。

但是突然想起这眼前的画面究竟是怎么出现的呢？刚才的两个画面显然不是同一时间发生的，那白蛇由小变大是需要至少几年时间的。而且显然刚才眼前的一切都是已经发生过的事情，那这一切是怎么回事呢？

难道我们被人控制了大脑，才产生了这幻觉，但是我和老孙都吃了定心丸，而且还用了“罩”字咒，没理由会被控制大脑啊。

紧接着第三幅画面出现在眼前，画面上没有了老太太，却是一个中年人和一个小孩子，做着和老太太一样的事情，那小孩子虽然小，但是我一眼就认出那正是戚腾龙的老爹。因为除了长得像外，那脸上有个明显的黑痣。

那老太太一定和这戚家有密切的关系，或者是他们的祖辈也说不定。还没等多想，眼前的景象突然消失，一切恢复平静，远远看见戚腾龙父子和耿鸥走了过来。

我想刚才的一切一定是谁想给我们看的东西，说不定是想让我们明白什么。戚家父子一过来这景象就消失了，说明给我们安排这部景象的东西就在附近。

我转念一想，莫非是那白蛇？来不及多想，我和老孙看看周围没有危险，这才现身。

戚腾龙看见我们，握着耿鸥的胳膊狞笑说：“果然准时呢，如意丹拿到了么？”

我说：“你要这如意丹究竟干什么？”

戚腾龙说：“不是告诉你给蛇仙的贡品么？它吃了这如意丹才会让我得到更多我想得到的。”

我知道戚腾龙是在骗我，那白蛇其实就是他们得到内丹的工具，他要这长生如意丹肯定是自己服用，好享受延长百年的寿命。这如意丹是墨家祖辈费尽力气从几乎成灵的妖身上得到的好几个内丹混合炼制而成的，那威力可非同小可。

通过刚才眼前的幻象来看，那白蛇妖一直遭受戚家祖辈的迫害，成为他们取得内丹的工具，肯定恨极了戚家，只是被符咒牵制，不得不服从他们而已，那么现在如果我进攻戚家父子，那这蛇妖肯定是不会帮他们的。

而那控制耿鸥的妖术其实不是蛇妖的，而就是戚家父子的。

我现在手里有长生如意丹，那只要我抢回耿鸥就能用这丹把她身上的妖术给解除了。

分析完当前形势之后，我假装拿出九转如意丹交给戚腾龙，戚腾龙伸手去接的瞬间，我突然反手扣住他脉门，他被我拿住登时松手，我趁机把耿鸥拉了过来。

这一下变故太快，还没等他们反应过来，我已经把耿鸥拉到跟前。戚腾龙的父亲手结指咒，是要念动咒语控制耿鸥做出危险的伤害自己的事情来，或者就是摧毁她的心智，让她永远迷糊下去。

我一看来不及用如意丹给她慢慢解开妖法了，千钧一发之际，我把长生如意丹整个塞到耿鸥嘴里，然后一拍她后背，丹落入耿鸥肚子。

这丹着实神奇，耿鸥散乱的眼光立刻恢复了清澈。看见我在身边，“哇”地哭了出来，哭着说：“老李哥，我好害怕啊，我陷进黑暗好长时间，里面好多魔鬼。”

我说：“别怕，现在我给你报仇！”

我把耿鸥交给老孙，施展八卦履和小擒拿手，以迅雷不及掩耳之势制住秦腾龙父子，他们控制人神智的妖法虽然厉害，但是武功和我比就是天上地下了。

我把他们两个胳膊卸掉，重重扔在地上，二人疼得哇哇怪叫。就在此时，旁边井里一阵翻腾，那条白蛇从井里钻出来，见戚家父子倒在地上，立刻张开血盆大口冲他二人俯冲下来，一口吞了戚腾龙的父亲，然后又扭头朝戚腾龙咬来，看来这白蛇对戚家父子是恨之入骨了。

就在它要吞了戚腾龙的时候，突然传来一声尖利的叫声，刺耳异常。

白蛇听见这一声啸叫，呆了一下，立刻全部缩回了井内，看来它很惧怕这啸叫的人。

我顺着声音看去，来的正是那天和我打斗的人，依旧穿着一件宽大的袍子，遮住全身，整个头部都罩在头篷里，一点也看不见面孔。

开始我以为那是白蛇的人形，但是后来见那白蛇并没有内丹，所以不可能成为人形，才知道那是另有其人，但这人究竟是谁?

不容我多想，那人一闪身就到了我近前，然后挺剑便刺，手里又是一柄那日和我

打斗时候的细长宝剑。

我凭借道家纯正功夫渐渐处于上风，那人开始漏洞百出，我一脚踢得他撞到井边的大树上。

我过去用擒拿手扣住他脉门，然后伸手要揭开他罩住整个头部的斗篷。

突然听见老孙和耿鸥的惊呼声，我暗叫不妙，背后一阵阴风袭来，本能向旁跃开，但是为时已晚，我感觉身上被冰凉黏稠的东西缠绕住，丝毫动弹不得，抬头看，正是那白蛇迅速缠住我的身体，舌头吐着猩红的信子，近在眼前，一定是白蛇受这黑衣人控制了。

那黑衣人站起来，声音尖利，阴恻恻地说："想不到我还有这一招吧？这里就是你的葬身之地！"

说着欺身到老孙和耿鸥旁边瞬间制伏了老孙和耿鸥，又给戚腾龙接上胳膊，惊恐未退的戚腾龙过来，用绳子把二人捆了起来。

我心道不妙，现在三人都被绑住，我的法术也没法施展了，早知道上来就用飞剑术取了他头颅就好了，但可惜看不见他的脸，也没办法用御剑术。

耿鸥在一旁朝戚腾龙破口大骂着。戚腾龙向那黑袍人跪下，说："祖奶奶，是我办事不利，又惊动您出来，我父亲他被白蛇给吞了。"

原来这黑袍人是个女的，是戚腾龙的祖奶奶！那就是说她年纪是非常大了。我突然想起刚才看到的取内丹的老太太，难道眼前的黑袍人就是那老太太不成？因为她服用了内丹，所以才会活到现在？那为什么她总是用黑袍的斗篷遮住脸呢？

那黑袍人阴恻恻地说："这小子功夫厉害，你们是对付不了的，没想到现代人里竟还有这等人才，没想到道教一派还能有如此传人。"

她又扭头冲我说："你师傅是谁？是什么门派？"

我心道这老太婆难道也是道教中人不成，怪不得感觉她的功夫有点眼熟呢。

我说道："我师傅除秽派观山道长。"

老太婆说："是观字辈的，那可是比我小两辈。"

我一惊，这老太婆竟然是除秽派"游"字辈的？那她少说也有二百多岁了。

我说："那你是'游'字辈？"

老太婆哈哈大笑说，我和除秽御术还有垂丹不属于一派。我们早就分离出来单成一派，叫'修仙派'，我的道号'丹奴'。几乎没几个人知道还有我们这一派。我们主要做的就是寻找妖，然后得到妖的内丹修炼成仙，以求千年不死，比起垂丹派千辛万苦练成的那些破丹药，妖类的内丹才是最好的东西。"

我说："那你为什么要害人呢？"

丹奴老太说："我的法术得自道教，最厉害的就是摄心术，不单能控制人的大脑，还能控制任何动物的大脑。而且能通过道教器具控制远在千里之外的人或动物的大脑行为意志。”

我想在天津戚腾龙的住处发现的那些写着人名的牌牌就是这法术的器具了。

丹奴老太接着说：“这法术在我潜心修习下，更是厉害许多，唯一能和我这法术相比的恐怕就只有御术派的‘招禽御兽’的法术了。不过御术派的法术近乎仙术了，非常之博大精深。‘招禽御兽’的法术主要是针对世间各种动物的，甚至可以和动物交流思想，达到心意相通。我的法术只能控制动物按照我的意志来做事，并不能和它们达到心灵相通的地步。但是我的法术可以控制人的大脑，而御术派的招禽御兽对人不起作用。不是因为御术派的人做不到，而是因为御术派认为操纵人的法术都是妖法。”

我心想招禽御兽这法术如果只能召唤飞禽野兽，那它也就不配御术派的高深道法了，召唤百兽只是这法术浅显的层次。

我说：“你有这法术，可以夺取妖类的内丹修炼达到自己的目的，但是也不能随便害人啊。”

丹奴老太说：“我们并没有害人啊，我们只是让这些人做一些决定，改变他们的一些想法和看法而已。”

我说：“那你们用这法术达到自己不可告人的目的，不是一样卑鄙么？”

丹奴老太阴阴一笑说：“人不为己，天诛地灭，我们利用法术达到一些小目的，升个小官，发点小财，有什么不可以呢？比起那些贪官污吏、杀人越货之辈，我们干净多了。”

我说：“既然你们无意害人，那你还不把我放了，你的目的达到了，赶紧放开我们。”

丹奴老太咬牙说：“我们不做伤天害理的事情，并不代表我们在遇到威胁的时候不会去伤人，你们知道我们的秘密太多了，一旦这事情被外人所知，我们就没办法生活下去了。而且你杀了我的孙子，所以你们必须得死！”

我听了冷汗直冒，刚才她还口口声声说自己不害人呢，现在又说要杀我们，真是难以琢磨的死老太婆。

那老太婆把手里的长剑递到戚腾龙手里，冲他点点头，戚腾龙会意，提着宝剑怒气冲冲向我走来，他是要杀我无疑，因为我破坏了他太多的好事，还害他父亲被白蛇吞了，恐怕早就恨我入骨了。

我脑子急转，身上却被白蛇缠住动不了分毫。突然想起刚才来的时候看到的几幕画面，我想那一定是被控制了多年的白蛇故意要让我们知道的，它是想摆脱丹奴老太，就是说它并不是老太婆忠心的奴仆。

我想这白蛇少说也有几百岁了，且如果有内丹的话，它早就已经成为拥有一种甚至几种妖法的蛇妖了，只是内丹不断被老太婆夺走，即使如此，我想它也应该听得懂人类的语言的。

我想也许白蛇是一个突破口，于是我大声喊道："白蛇兄，你松开我，我有本事除掉这两个人，到时候我还你自由之身。"

我连续喊了两遍，那白蛇开始一动不动，继而果然开始慢慢放松。我心里窃喜，马上就会把胳膊解放出来了，那样我就可以结指咒，用御剑术取了她两个的首级。

丹奴老太婆显然发现了白蛇要松开我的举动，只见她手结指咒，念念有词，突然间白蛇狂乱地扭动身体，发出恐怖的嗞嗞声，本要松开我的身体，却一下子把我缠绕得更紧了，几乎要把我勒得喘不过气来。

幸亏我丹田暗提一口气在，否则早就骨断筋折了。看来这老妖婆使用法术控制了白蛇的意志。

戚腾龙快步走到我面前举剑就要朝我脖子砍下来，我眼睛一闭，体会到了什么是引颈待屠。

奇迹总是在最紧急的时刻出现，否则就算不上是奇迹了，即使闭上眼睛，但还是感觉眼前寒光一闪，感觉身上的白蛇迅速松开我的身体。

我眼睛还没张开，身体本能地反应一下闪在一旁，张开眼睛就看见漫天红雾飘洒，一股腥气扑鼻，不是那白蛇吐出的毒雾，而是它的鲜血。一颗偌大的蛇头掉落在地，井旁的古树上赫然插着把闪闪发光的宝剑，正是清辉宝剑。

清辉宝剑在家里面，怎么会出现在这里呢？这御剑术除了我只有月隐道长能用啊，可是他并不知道这里的情况啊，而且更没见过这白蛇的样子，怎么会在这时候用御剑术杀掉白蛇呢？

不容我多想，戚腾龙已经从我背后又一剑朝我刺来，我反踢出一脚将他蹬了出去，没成想正好落到耿鸥旁边，他一跃而起一把捉住耿鸥把剑架在她脖子上，冲我喊道："再动我就杀了她。"

我心里怒火中烧，这可恶的家伙一而再再而三地用耿鸥要挟我，真够可耻。我一步一步朝他走去，戚腾龙显然也是急红了眼，见我武功高强，对我害怕异常，竟然为了吓唬住我一剑把耿鸥脖子割开一道伤口，鲜血一下子流了出来，疼得耿鸥大叫。

我怒从心头起，下意识地手结指咒，念动咒语，古树上刺着的清辉宝剑飞过来，一下割掉戚腾龙的人头。

耿鸥眼睁睁看着他的人头落地，鲜血喷涌，吓得晕倒在地。

丹奴老妖婆见我杀了他目前唯一的后代，怪叫一声冲了过来，我恼她心狠手辣，坏事做尽，拿起清辉宝剑，化开她的一击，然后一连串进攻，鲜血迸溅，她早被我刺中咽喉，一下倒在地上。可怕的事情发生了，那只掉落在旁边的白蛇的蛇头，眼睛突然圆睁，蛇头一跃而起，张开口咬住了丹奴老太的双腿，一口一口把她吞了进去，当吞到她肩膀的时候，白蛇终于气绝而亡，一动不动了。再看丹奴老太的头在蛇口这边，而双腿又从蛇的另一端伸出来，情景血腥恐怖。

不管怎么说白蛇亲口吞了丹奴老太，也算是为自己报了仇。

我过去用清辉宝剑挑开罩在她头上的帽子，一张皮包骨头的脸呈现眼前，眼前的二百多岁的道教女弟子丹奴老太，竟然是这幅吓人的模样，怪不得她要用斗篷遮住全身呢。要是让我变成这样，我可没勇气活下去。看来还是她炼丹不精，光延长寿命了，容貌却没保存住。

我这才过去把耿鸥和老孙绳子解开，老孙半天一句话没说，直到我把他绳子解开才说道："老李，我们他妈的究竟怎么了？命中犯了什么诅咒了，怎么总是要死要活的啊？"

我苦笑着说："你没发觉一切都是从小路那小子鬼上身那次引起的么？要怪你怪他去。"

老孙摇头一副无可奈何的样子，帮我把耿鸥抬到山神庙外的大树下放好，然后老孙给她脖子上的伤口敷上伤药。我掐耿鸥人中，一会儿耿鸥就醒了过来，看见我"哇"的一声大哭起来。

我想此地不宜久留，先离开这里再说，于是带老孙到山神庙里把地上的石头都扔进古井里。那白蛇体型巨大，给它弄回井里，着实费劲，想来那古井一定很深而且里面一定很开阔，否则可装不下这大白蛇。白蛇肚子已胀起，因为戚腾龙父亲整个人还在白蛇肚子里呢。

仔细检查没有遗留任何东西，处理好地上的血迹，我们这才离开，估计这深山里的山神庙本来就人迹罕至，他们的尸体不会被发现就已经腐烂在井里了。

我们回到旅馆退房，没休息片刻，马上由老孙开车，直奔贵阳市。

一路上我都在想为什么我每次都在千钧一发时被人救了呢？就不能自己痛快地消灭妖怪么？就是缺少经验啊。现在单位招人都要求经验，也有一定的道理。过去道教的高人都是历经无数危险才成为一代宗师的。

还有月隐道长怎么用御剑术救了我呢？他对我们的事情一无所知啊？真是让我百思不得其解，我们的手机早就没电了。耿鸥在车上昏沉沉地睡着了，这两天估计都把她吓坏了。

退了租来的汽车，我们打车直奔机场，赶上夜里十二点的一班飞北京的航班。等过了安检等飞机的时候，我还和老孙讨论那清辉宝剑怎么会飞来杀了白蛇的。如果是月隐道长用的，那他怎么知道我们在这里？又怎么知道白蛇的模样？他不是在外面旅

游么？但如果不是月隐道长，那又是谁呢？怎么会用御剑术呢？

我们心想反正一会儿就到家了，到时候再打电话给月隐道长吧，现在先平安回去是最重要的。看耿鸥又昏昏沉沉靠着我睡着了，真是心疼这丫头，刚大老远地从香港过来，就遇到这么危险的事情。

下了飞机，打车回天津，到家开门正看见月隐道长和师叔还有抚炉道长。月隐道长上来第一句话就问我们："是否帮上了忙？"

我知道那飞剑果然是月隐道长使的，忙问他怎么会知道那白蛇。

月隐道长拿出手机，里面有一条彩信，赫然正是那条冲天而起的白蛇，而这条彩信正是耿鸥发的，她一定是趁自己被松开的时候把那白蛇照下照片发给了月隐道长，而月隐道长一看这白蛇就知道是蛇妖，猜测我们肯定遇到危险，这才用飞剑术砍下了白蛇的脑袋。

我感觉我老李真是命大，人不认命不行啊！

朝耿鸥望去，耿鸥不知道何时又昏昏睡着了，我感觉有点不对劲，她这一会儿醒一会儿睡的，睡得时间太长了，没有这么睡的啊，按说早该恢复过来了。

抚炉道长也看着不对劲，忙过去给耿鸥搭脉，抬头对我说："她这脉相超凡，已经非人类该有的脉象了，是否服用过什么东西？"

我突然想起，当时为了帮耿鸥恢复意识，我把长生如意丹给她吞了下去。忙把这情况告诉了抚炉道长。

道长说："这就是了，这丹的来历我不明了，但是绝非凡品，如果对于修炼之人，这丹可以起到延年益寿的作用，但对于没有深厚内力根基的人来说，却会适得其反，产生其他副作用，耿鸥昏昏欲睡，恐怕就是这丹所致。"

老孙对抚炉真人说："师公，这长生如意丹可厉害了，人服用了，可以活到几百岁呢。"

抚炉道长和月隐道长还有师叔听了都吃了一惊，实在想不到现代世间还能有这么厉害的丹。

我简单地跟他们说了这些天我们的所有遭遇，三位道教前辈听了也是一阵阵的惊奇和惊心，没想到当今社会竟然还有如此多匪夷所思的事情。

我问道："那现在怎么办？耿鸥可不能这么一直昏昏迷迷下去啊。"

抚炉道长说："其实也简单，只要把那丹吐出来就可以了。"

我看了眼老孙说："有什么办法能让人呕吐么？"

老孙说："这简单，我去弄几味药来，熬一小碗汤，保证她喝了什么都吐出来了。"

片刻功夫，汤做好了，给耿鸥喂了下去，耿鸥喝了老孙的汤，没半分钟就呕吐开了，一会儿就什么都吐出来了，包括那长生如意丹。说也奇怪，片刻之间耿鸥就恢复了活力，迷糊劲过去后就开始叽叽喳喳地跟月隐道长说这几天的经历，我和老孙都插不进嘴去。

三位道长完全了解我们的经历后，更是诧异，想不到世间还有这样控制蛇妖，来获取内丹修炼的。

月隐道长说："那丹奴老太，确实是道教中人，但是她的师父却脱离了御术、垂丹、除秽三派，自行去炼丹修仙了。她们和垂丹一派虽然都是炼丹，但是目的却不相同。垂丹一派除了修炼自身，更多的是治病救人。而她们这一派很少去研究炼丹之术，多数是取来各种动物的内丹，加以炼制，为己所用。我只听说这一派的鼻祖道号'游峰'，据传说他是唯一一个收了自己老婆为徒的道人，那这个丹奴道长就是他的老婆无疑，而丹奴老太必定继承了他丈夫夺取动物内丹的法术，不断从各种有灵性的动物身上窃取内丹，最终能活到几百岁，你们说她的样子跟骷髅没什么两样，这样看来，她用内丹修炼的功夫还不到家，真正长生内丹能使人活到几百岁，而且让人容光焕发，绝不会跟骷髅一般。这落尘道长以催心术见长，只要知道对方的真实姓名生辰八字，就能控制人的心智。"

我问道："那游峰道长怎么没能活到现在呢？他法术比丹奴老太还要高深啊？"

月隐道长呵呵笑着说："生老病死可以被内丹修炼所改变，但是各种意外的事故可不是人类说了算的。"

老孙点点头说，游老道一定是被雷劈死的，修习这么邪性的法术。

众人大笑。

老孙又问："那我们怎么会看到几十年前发生的丹奴老太逼迫白蛇吐丹的景象呢？"

月隐道长说："听说过蛇妖会喷吐海市蜃楼么？"

老孙诧异道："就是说白蛇喷吐出了海市蜃楼，而映射出来过去的时光？"

月隐道长点头说："你们服用了定心丸，还用了'罩'字咒，蛇妖控制不了你们大脑让你们产生幻觉，所以它是制造了特殊的海市蜃楼。这也是蛇妖独具的妖术。"

我们这才明白竟是如此！那白蛇妖虽然不断被取走内丹，但是究竟也修炼了些妖术，比如开始喷红雾，后来喷蓝雾，还有能喷吐海市蜃楼出来。

第26章 云鸟兽飞九重天

中午一行人在附近饭馆吃了饭，然后中午师叔和抚炉道长午睡，老孙回家一趟，耿鸥这两天也够累的，也回房休息了。我把月隐道长拉到另一个屋子里，跟他说了石亮的事情。

月隐道长听了也是异常疑惑。这石亮怎么看着像个到处搜刮文物的盗墓贼啊。上次在东汉古墓没有得手，这次又听孟非说起这长生如意丹就又不惜从台湾过来，竟然还动用炸药炸了墨家的古墓，盗走了如意丹，而且他偷入九转太虚门，还可能学会了御术法术。

月隐道长提醒我不要把石亮的事情跟师叔说起，否则他老人家肯定会去质问石亮的，而且会很伤心。

我点头答应。

转天去上班，中午师叔给我打电话来，说石亮从台湾专程来看他老人家了，让我晚上招呼大家来家里聚一下，另外孟非明天也要回来了。

我猜石亮一定是丢了长生如意丹，所以借口特意看望师叔，趁机打探如意丹的下落，或者想跟我们打听有没有什么关于更多宝物的线索。

转天石亮来到师叔家，我和老孙假装不知道地问他什么时候来的，住在什么宾馆，其实他住什么宾馆的哪号房间，房间里的摆设什么的，我们都一清二楚。

我们把他当贵宾招待，老孙私下里总是愤愤不平，怪石亮用残忍的手段葬送了墨老大三人的性命，夺走了如意丹，而且渔民老赵估计也被他杀害了。

我劝他反正如意丹在我们手里，就不要跟他计较了，等过几天他回台湾了，以后就少跟他来往或不跟他来往就是了，至于墨老大三人，着实可惜了。看在师叔的面子上也只得作罢。

孟非回来后，老孙一个劲问她苗青青的情况，孟非笑着说："老孙啊，你是不是惦记上我师傅了？一天到晚青青青青的。"

老孙说："我只是关心一下她，毕竟一起战斗过的伙伴，关心一下不行啊。"

我笑着说："我看没那么简单，苗青青那么美貌，又温柔贤惠，还是教主，你如果不动心，那才有问题呢。"

老孙反问我道："那这么说，你对青青有那个意思了？"

我一愣说："我没有。"

老孙说："这么说，你也是有问题了。"

耿鸥说："老孙哥，老李哥的目标不是青青姐。"

老孙说："那是谁啊?"

耿鸥看看我，没说话。

孟非笑着说："还用说么？老孙你脑子真笨啊，当然是耿鸥妹妹了。"

老孙嘿嘿笑着说："就是要曝光你们这对假正经的。口口声声取笑我，你们还不是一样。"

他又转头对孟非说："还有你，小非，你心里惦记着石亮，我早就看出来了，许你们卿卿我我，就不许我惦记谁了。"

他这一说孟非脸"腾"一下红了，石亮也是很不自在地嘿嘿笑着。

我这两天一直琢磨着该如何告诉师叔关于石亮在黑松林抢夺长生如意丹的事情，又怕师叔这么耿直的人接受不了。不说吧，没准师叔哪天跟石亮又提起这长生如意丹在我们手里，那石亮就会知道是我们拿了如意丹了，又会用尽手段偷回去。

当我犹豫是否跟师叔说这事的时候，事情发生了，没想到师叔还是告诉了石亮长生如意丹在我们手里。

该来的终究要来的。

那天我下班回家，拿钥匙开门，进房间的时候感觉屋子里的东西似乎被人翻动过，我这人放东西很有规律，所以能一眼看出我的东西被人动过，我不知道进来的人是否还在屋子里，于是假装没事一样，吹着口哨，进了洗手间。

我在洗手间里侧耳在门上，仔细听着外面的动静，果然一会儿工夫屋里一阵窸窸窣窣的声音，我猛地拉开门，只见石亮手里抱着我装长生如意丹的盒子，正悄悄朝门口走去。

我们都是一愣，我离门口近，一个箭步蹿到门口堵住他的去路，没想到他反倒朝屋里跑去，我赶紧追过去，怕他从窗户跑掉。接下来的事情让我确信了我们的猜测。只见石亮朝着墙壁一下撞去，穿墙而过，上次在我家看见的会用穿墙术的小偷确实是石亮，那也就是说渔民老赵确实是被石亮所害了。但是还有一件事情不可思议，这

《御术之术》上的功夫异常难练，石亮的道家功底很差，得到《御术之术》也不可能练成里面的法术的。怎么他竟然会练成了穿墙术？

我立刻也穿墙而出，一路追着石亮，我知道如果让他跑了，他就再也不会回来了。石亮一路狂奔，我在后面一路狂追，引得路人纷纷侧目。

幸好那石亮内力看来还是差一些，所以没过一分钟我就追到他身后了，一把朝他衣领抓去。

石亮听得背后风声向旁一跳，转身跟我斗在一起，摆出一副拼命的架势，看来这小子还是低估了我，以他的修为至少在武功上跟我还不是一个档次。因为是在街上，谁都不敢轻易使用法术，怕引起恐慌，招来警察就不好办了。

没过几招，我就占了上风，由于怕夜长梦多，所以我上来就尽用平生所学，出手都是厉害的招式。石亮虽说也会些功夫，但是看来都还停留在入门级水平。因为功夫不像法术，没有长期的锤炼是不会短时间内进步的，他哪里能抵挡我的擒拿手还有脚下神鬼莫测的八卦履。

没过几招我就扭住他胳膊，一掌击在他后心上，登时把他击晕，然后我把他架住，跟搀扶酒鬼一样把他“搀”回家里。

从他身上搜出如意丹，今后可不敢大意了。然后将石亮用绳子绑在椅子上，打电话叫老孙把师叔和月隐道长接过来。

我想给石亮来个三堂会审什么的，看看这小子究竟是何许人也，干的什么买卖。

等候师叔到来，我去洗了个澡，结果出来发现不见了石亮，绳子绑在椅子上，顿时气得两眼冒火。我早该料到他也会法术，逃脱对他来说并不难，直接卸掉他胳膊就好了。

突然想起什么，赶忙去看，果然长生如意丹已经不见了，一定是又被石亮给偷走了，我气得一巴掌拍在桌子上，可怜的桌子立刻被我拍掉一角。我发誓一定捉回他，找回如意丹。

师叔等人过来后，我把情况跟大家一说，大家也都是非常气愤，说一定要捉住他，尤其师叔，一个劲地唉声叹气，毕竟自己师兄的儿子堕落到如此不堪，真是让他心痛不已。大家也都发表一番对他的憎恶之情，并检讨自己看人不准。

耿鸥说：“我们光在这里捶胸顿足也不管用啊，想想到底该怎么找到他。”

月隐道长说：“他一定知道我们会到处找他，肯定逃出天津了，出天津有很多方法，飞机火车汽车都可以，而且还可以打车，我们恐怕找不到他了。”

观月师叔叹了口气说：“这不孝子，观海师兄怎么生出这么个孽畜，茫茫人海怎么可能找到他呢？”

老孙沉思半天，突然开口说：“也许他还没有离开天津，但是一定不会住宾馆了，宾馆是要登记身份证的，他知道我们会查到，所以一定是躲到什么地方了。但只要他没离开天津，我就有办法找到他。”

我们忙靠拢过来，期待得等着他说下文。

老孙说：“我的‘犬嗅丸’还一直没用过呢，不知道效果如何？”

耿鸥问：“什么是‘犬嗅丸’？有什么用？”

老孙说：“顾名思义啊，吃了这个丸，嗅觉就跟狗一样灵啊。”

大家愕然，但是结果确是出乎大家意料，那犬嗅丸真不是盖的。

我和老孙各服了一粒，约莫十分钟后，我能嗅出房间里各种味道，都是以前不曾闻见过的，而且仔细闻，能闻见离这里一公里的肯德基奥尔良烤翅的味道。

我抓起石亮脱落在椅子上的绳子，嗅了嗅上面的味道，然后仔细辨别，果然能分辨出空气里有他的气味。

我让大家在家里等，然后和老孙一路追了出去。我们开车，一路嗅着这味道追踪，转弯抹角出了城区，来到郊县一片因为污染严重而准备拆除的旧工业区，那里全都是废弃的厂房什么的，不明白石亮来这里做什么。

远远看见一辆出租车开进了这片区域，我和老孙弃车下来，以防被石亮发现，然后两人在废弃的厂房街道穿梭，紧跟那辆出租车，出租车在这都是废弃材料的路上开不快，最终因路上堆满了东西实在开不进去了，石亮才从车上下来。待出租车走后看四下没人，这才向更深处走去，为了更接近他，好一招制敌，我暂时没对他动手。

石亮走进一间废弃的厂房，我让老孙在厂房背面墙根下等我，然后我丹田提气，一纵身跳上围墙，上了厂房屋顶。厂房屋顶是平顶的，上面有好几个天窗，我扒着天窗往里看，清楚地看到里面并不止石亮一个人，还有十来个一身黑西服的人。我猜测石亮是要把这宝贝卖给这群人。

果然听见里面一个打头地问石亮：“东西带来了么？”

石亮举起手里的箱子拍了拍表示东西在箱子里。

那打头地说：“老板让我们来交易这货，但是不知道该怎么验货啊，这东西可没个谱啊。”

石亮哼了一声说：“你老板没派个明白人来么？”

那打头的被石亮侮辱了这一句，很想发作一下，但是可能他老板有交代，只得隐忍，手一摆，后面出来个老头，颇有点仙风道骨的样子，一看就知道是这方面的专家或行家什么的。

石亮打开箱子，顿时里面的长生如意丹在暗淡的厂房里幽幽地冒着夺目诱人的光

芒，众人无不发出由衷的惊呼，不用那老者检验了，这东西定是真货无疑。

以往看珍珠啊翡翠啊或者名贵的石头什么的，不是行家可看不出什么门道来，很容易被人给骗了，但是这宝贝，不用什么行家里手，只要见过这宝贝的人，心里自然升起一种被人夺了三魂七魄的感觉，这宝贝不是真的才怪。

那打头的黑衣人愣了片刻，变得对石亮异常恭敬起来，忙挥手让身后的人拿过来个大皮箱子，箱子打开里面都是美元。

打头的黑衣人说："石先生，刚才有些误会了，这是您要求的一千万美金，您验一下。"

石亮轻笑一声说："不用验了，就是它了。"

打头人说："石先生，不瞒您说，我认为这次是我做过的最值的买卖。"

石亮问："为什么?"

打头的说："您想啊，这才一箱子美金就能买一百多年的阳寿，这对我们老板来说难道不值么？"

石亮哈哈大笑说："谁说我要把这丹卖给你们了？"

打头人听了一惊说到："石先生，你这话什么意思？咱明人不做暗事，这可是谈好的生意，您可不能反悔啊。您要是觉得这箱美金不够，我们现在请示老板，看是否能多加点。"

石亮说："美金够是够了。"

打头人奇怪问："那您刚才说不卖给我们……"

石亮说："还不明白么？亏你还混江湖的。"

打头人略一思索小心地问道："莫非你是想要钱不给货，黑吃黑？"

石亮哈哈笑着点点头。

打头人冷哼一声，一摆手，他身后的黑衣人都掏出了手枪，对准石亮。

打头人恢复了长期耀武扬威的嘴脸说："既然这样，那今天也别交易了，你的东西就是我的，我的钱还是我的，你不仁我们也不是好惹的。我给老板省了这一大箱美金，倒也是桩好买卖。"

石亮冷笑一声，只一瞬间就欺身到箱子旁，拎起钱箱子。他一手拎着钱一手拎着长生如意丹，就这么一纵身已经来到了大门旁，再一纵身就已经没了踪影。

我是此中高手，他这轻功跟我比差了一大截，在我眼里这动作并不快，但在普通人眼里，这一系列动作就只一眨眼的功夫，果然等那群人反应过来追出去，石亮早就没了踪影。

此时我已经紧紧尾随在石亮身后了，并迅速靠近他。石亮发现有人跟踪他，急忙回头，见是我，急忙加快脚步，但是他轻功跟我差了一截，我丹田发力一下追近了他。

石亮气急败坏，翻上旁边的围墙，跳上一座彩钢板屋顶的厂房，我跟着上了房顶。

石亮站住对我说："你一定要逼我？"

我说："是你自己逼自己，我只想拿回属于我的东西。"

石亮说："这东西是墓中鬼的，怎么能说是你的？"

我说："不提墨老大我还不生气，你活活害死了他们，还想把如意丹据为己有，我放不过你。"

石亮说："好好好，那就不要怪我一点不念同门的面子了。"

我冷笑说："我看你有什么本事。"

此时那群黑衣人也追到了，遥遥地呼喊着手里拿着枪跑了过来。

石亮放下两个箱子，双手迅速结了个指诀，口中念咒，顿时一阵强风凭空刮起，我只感觉腾空而起，四周黑压压一片。再看脚下的彩钢板屋顶已然掀起，竟然跟魔毯一样托着我和石亮在空中飞呢。

这是什么法术？怎么石亮竟然如此厉害？

石亮大声对我喊道："没想到吧？没见过如此厉害的法术吧？"

我大声喊道："这是什么法术？"

石亮大声说："招禽御兽！"

我心里一惊，心说这就是《御术之术》里的那招"招禽御兽"？可是并没有什么鸟啊兽啊的出来啊？

石亮对我喊道："是不是奇怪啊？说明你的想象力太不丰富了。你来看。"

说着他用手一指我脚下。

我向下望去，只见黑压压的一大朵厚重的乌云正托着我们站立的屋顶向上飞呢，而那朵乌云，形状正是一只巨大的飞鸟，两侧翅膀竟然还一上一下地扇动呢。

我看得已经是目瞪口呆了，这就是腾云驾雾啊，太厉害了。"招禽御兽"原来如此，并不只局限于常说的招来鸟兽供自己驱使。

石亮一指地面喊道："这就是云鸟兽！你再来看，再让你开开眼。"

我低头望向地面，虽然此时四周很暗了，但是依然能看得比较清楚，地面上一只由四周散落的砖头瓦块木板材料等乱七八糟的东西组成的巨大的麒麟状野兽正张开它的大口，口里面漆黑一片。那十几个黑衣人，被这大口完全吞进了肚子里，然后那巨兽昂首怪叫一声，突然倒下，各种材料散落一地，而那十几个黑衣人则踪迹皆无，什么都没有剩下，就这么凭空消失了。

我彻底被震惊，问石亮那群人去哪里了，石亮哈哈大笑说："去了另一个世界，

也就是另一个空间了。”

我怒道：“你竟然如此残害无辜。”

石亮说：“你以为他们是什么好东西，除了好事，什么事他们都做。”

我说：“不说他们了，反正我必须夺回长生如意丹。”

石亮冷笑道：“看来你还不清楚自己现在的处境，我要你的命只是一念之间，如果你乖乖地放弃，我念在同门的份上，放你一次，我们以后各走各的。如果你执迷不悟，非要跟我过不去，那我只好痛下杀手了。”

我冲他喊道：“石亮，你别他妈的说大话不腰疼，今天老子非要拿回长生如意丹，如果你不给，老子连你一块收拾。”

石亮大怒，只见他一挥手，我只感到脚下的屋顶突然翻了过来，把我一下翻了下去，我只看见石亮已经站在装如意丹和美金的那两个箱子上，那巨大的云鸟兽托着两个箱子和石亮在空中盘旋，我则被那巨鸟掀翻，正随着屋顶往下疾坠。

此时我离地面已经很高了，这下如果掉下去，非得粉身碎骨不可了，千钧一发经历多了，头脑也就临危冷静多了，我脑中盘旋来盘旋去，不知怎么的想起了那个法术。

我飞坠的瞬间手迅速掐指诀并念动咒语，不知道下面会发生什么，只感觉丹田里的内力在这时候突然增大了不知多少倍，像洪水猛兽一样冲撞，急着要随法术施展出来。

我突然感觉双脚踩在了坚实的地上面，待我睁开眼睛，竟然是站在了天津市北部的盘山顶部的一个凉亭里。

刚才的法术我用了那招“移山拔城”。想不到竟然在瞬间，这盘山从城北跑到城西来，把我接下来后，竟又在瞬间回到原位，一点没影响这山上的那些游客包括一切，看他们的神态不像刚才有什么发生的样子，这说明他们对这座山的移动丝毫没有感觉。或者说这移山拔城太快了，或许根本它根本就是在异空间来回移动的，时间上根本不会影响现在时间里的人和物。

这就是法术最大的魅力，这“移山拔城”也简直太厉害了。

上次在大厦顶救老孙的那次是旁边的另一座高楼移了过来接住了老孙，但是这次是整座山移动过来接住我，而且是无声无息的，是这法术打通了时空或者从另一个空间移动。

我正要下山，突然手机响了，是老孙。我接了电话，老孙都快哭了说：“老李啊，我看你从半空掉了下来，然后瞬间好像一片巨大阴影移了过来又瞬间消失了，你也跟着没了，还以为你牺牲了呢，你在哪里啊？这都他妈的怎么回事啊？那石亮被那巨大的飞鸟给带走了，还有那十几个黑衣人都被一只巨兽给吞了，吞了后那巨兽就瘫到地上，变成了一堆废铜烂铁和破砖烂瓦，但是那十几个人却踪迹皆无了。吓死我了，这是什么法术啊，老李？”

我说：“说来话长了，等我回去跟你慢慢说，你赶紧开车回家，我一会儿打车回去了。”

我还没把移山拔城的法术琢磨透彻，运用到极致，所以不会操作这座大山再把我送回去，而且用这种高深法术很耗精气，我已经汗流浃背了。下山后打了个车，直接回市区，我并没有直接回家，而是在家附近的一个澡堂子洗了个澡，泡在池子里我闭上眼，脑子里都是刚才差点送命的片段。

又让我想起了石亮，想不到他偷了《御术之术》，竟然把法术练得如此高深了，学这些东西可不容易，除非天赋极高，否则极易走火入魔，难道石亮是天赋异禀的不世出的绝顶人才？

我胡思乱想理不出个头绪，因为刚才一番折腾，有点困倦，洗好后找了个房间倒头睡了下去，一觉醒来已经晚上七点多了，忙穿上衣服出来，拿出手机一看竟有二十几个未接来电。都是老孙的，估计这家伙等急了。

我这才急忙回家，老孙还有月隐道长师叔还有耿鸥急得团团转了。看师叔那落寞的神色，我猜老孙已经告诉了师叔石亮害死墨老大等人还有偷了长生如意丹的事情了。

我说我今天受的刺激太大，脑子乱得很，一切都出乎意料的。

月隐道长说：“我们都听小孙说了，那石亮怎的竟有如此法力啊？”

我说：“我也奇怪呢，但是我敢肯定，他这些法术都是从那《御术之术》上学来的。”

师叔说：“那不会啊，学会这么高深的法术，少说也要有几年的功夫啊，而且要天赋异禀才行。那石亮即使自身条件合适，但是这么短时间内学会这么高深的法术，而且运用如此纯熟，也太不可思议了。”

我说：“我也纳闷呢，实在想不通，或许他就是那种不世出的人才吧。”

老孙说：“莫非他得了异物相助？”

耿鸥说：“老孙哥，什么是异物啊？”

老孙说：“就是丹药什么的，能催生功力的。”

我点头说：“嗯，你还别说，还真有这种可能，我看这石亮一直在收集这种东西呢。他既然和人合伙盗墓什么的，那估计除了珠宝之外，主要还有就是寻这些灵丹妙药呢。”

月隐道长说：“说的也有道理，这能增加功力，让人短时间内功力达到几年修为的宝物确实有，而且在很多古墓中都发现过，不过那是在过去，现在这些有名的古墓

都被盗得差不多了，很难找见了。”

耿鸥说：“不管怎么回事，反正石亮法力这么强，我们现在最好想想怎么找到他才好啊。”

老孙说：“他现在法术那么高强，找到他了该怎么对付他？怎么夺回长生如意丹啊？”

大家陷入沉思。师叔一个劲长吁短叹，恨除秽派怎么出了这么个败类。

这时候门铃响，耿鸥去开门，却原来是孟非，孟非见屋内气愤沉闷，询问怎么回事。我们互相看了看。没人吱声。

老孙借口累了，回去休息了，月隐道长和耿鸥也要回去他们最近刚装修完的别墅，说是回去好好想想怎么办。

耿鸥对我说：“老李哥，明天周六不上班，去我家玩吧，我给你做好吃的，刚学会的，保证你喜欢。”

我说：“好啊，只要不太难吃就成。”

师叔站起来对孟非说：“小非，我们也回去吧，小李今天累了，要早点休息。”

看着师叔和孟非离开，我倒在床上，琢磨着该如何对付石亮，石亮真的已经今非昔比了。

转天一早，我还没起床，门铃响起，我喊着等一下，忙穿好衣服，来不及洗漱开开门，见是孟非。孟非情绪低落，眼睛红红肿肿的，一看就是哭过，我猜一定是师叔昨晚告诉她石亮的事情了，孟非一直是喜欢石亮的，而且估计早就想嫁给石亮了，论起辈分她们还正好是师兄妹。可是没想到石亮竟然是那样的人，这深深刺激了孟非，不哭才怪。我没说话，让孟非进屋坐下，然后给孟非倒了杯水，坐在她对面静静等她开口。

过了一会儿孟非说：“老李，我知道石亮的事情了，我也不多说什么了，我现在是伤心透了，为什么我遇到的男人都是很差劲呢？刘国栋是个自私自利的小人，这石亮比他好不到哪里去，是不是我看人很不准啊？”

我说：“不是你看人不准，而是现在的人都会伪装自己。”

孟非半天开口道：“老李，你想出对付石亮的方法了吗？”

我叹口气说：“还没有呢，别说想出对付他的方法，就是找到他的方法我都没想出来呢，估计他这时候早就回台湾了，或者早就出国了，手里有那么多美金，估计够他花好一阵子呢。”

孟非悠悠地说：“我有个能找到他的方法，而且让他乖乖地来求我们。”

我忙问是什么方法。

孟非说：“这个方法还要我师父苗青青来做才行，我功力不够。”

听了孟非这个话，我猛然想起了那让人毛骨悚然的黑巫教蛊术。难不成孟非想要苗青青给石亮下将头，施蛊术不成?

我把疑惑的目光投向孟非，孟非冲我坚定地点点头。

我说："真有那么厉害的蛊术么？真的会让石亮自动现身么？"

孟非说："我师父的蛊术高深莫测，那石亮一定会来找我们的。"

我说："那蛊术可不比巫术，巫术解开来就没事了。这蛊术给人下了，好像要对身体有很大伤害呢。"

孟非说："我知道，但是只有这个方法能行了。"

我看看孟非说："你舍得？"

孟非说："老李，没有什么舍不得的，以前我舍得刘国栋，今天我就舍得石亮，但是，为什么我遇到的男人都是这样的？"

说完，孟非嘤嘤地哭了起来。

我叹了口气，也为孟非感到惋惜和难过。

第27章 噬心虫儿空心蛊

没过几天，苗青青飞到天津，老孙当仁不让，打扮一番，梳了个苍蝇落上去都要打滑的头型，兴高采烈地去机场接苗青青，还不允许我们任何人跟着去。

我们都笑老孙花痴了，就都留家里准备午饭。中午前老孙回来了，殷勤招待苗青青，一会儿端茶倒水，一会儿嘘寒问暖的，看得大家直乐。老孙看厨房里菜都洗好了，就又一头扎进厨房做饭，告诉苗青青等他做好吃的。

苗青青这才腾出工夫和大家说话，跟月隐道长和师叔寒暄后，拉着孟非进了里屋，想是要问明白孟非的意思。

因为怕师叔和月隐道长不同意给石亮下蛊，所以孟非一再嘱咐我不要跟两位老人说。我也着实恼石亮害死了墨老大三人，而且上次还差点要了我的性命，所以我答应孟非偷偷地办这事情。

吃完饭后，送走了月隐道长和师叔，我和耿鸥、孟非、苗青青还有老孙五人找了个咖啡馆商量此事。

老孙问："青青，你想用什么蛊术对付石亮？"

我和孟非差点笑喷，说："老孙，你不能别这么恶心人么？"

老孙说："谁恶心了，我叫声'青青'就恶心了？"

苗青青只是抿嘴偷笑。

我说："老孙，人都说大龄青年谈起恋爱来，比那些少男少女可恶心多了。我看你现在就是恶心人不偿命了。"

老孙说："你懂什么，恋爱要的就是这感觉的。不腻腻乎乎的怎么算是恋爱？"

耿鸥说："呦，老孙哥，好像青青姐还没答应做你女朋友呢，怎么就恋爱恋爱的了？"

这话把老孙弄个大红脸，吭吭哧哧地很是没面子。

苗青青笑着说："其实老孙人挺好的，心细又会关心人。"

孟非不禁问道："师父，你的意思是，你已经接受老孙了？"

这一问，大家把目光都集中到苗青青那里，老孙更是眼睛一眨不眨，追回面子就看苗青青一句话了。

苗青青说："是啊，我感觉老孙挺不错的，做饭又那么好吃，不过要看以后表现啊。"

只见老孙眼睛冒光，高兴得什么似的，从来没见过他这种表情。大家说笑一阵后，我开始问苗青青准备用什么蛊术来迫使石亮自己回来现身。

苗青青说："能迫使对方做某些事情的蛊术，绝对不是小术，小的蛊术达不到那种效果的，就像当年我师父吴芳给方明骏下的蛊就让他几十年痛不欲生，拼了老命也要找到解药一样。"

我偷眼看看孟非，只见她低垂着头，眼里没有丝毫的退却，看来孟非还真是个不被感情所左右的女子。

耿鸥好奇地问："青青姐，那你准备用什么蛊术啊？"

苗青青说："那要看我们手里有没有石亮的物品了。"

孟非二话没说拿出了石亮的几根头发，大家看见石亮的头发就明白了孟非跟石亮关系已经不一般了，而孟非现在坚持给石亮下蛊，那是何等的艰难抉择啊。

苗青青说："我会给石亮下一个'空心蛊'。"

"空心蛊？"大家都不约而同叫了起来。

苗青青点头说："对，就是空心蛊。因为我们想要从他手里把那长生如意丹夺回来，而他的法术现在又如此强大，甚至有些可怕，那么想要从他手里夺丹不是那么容易，即使用别的蛊迫使他回来，他依然可能用法术对付我们，而这空心蛊就是让他渐渐地忘掉那些法术，无法施展，而且会随着施蛊者的召唤回到我们身边。"

我们听了不住点头，蛊术果然是非常邪的术。

孟非问："那这蛊的害处是什么？"

看来孟非还是有点舍不得，有些担心石亮。

苗青青说："对人的危害就是他可能再也想不起以前的事情了。"

耿鸥说："哇，那他岂不是变成傻子了？"

苗青青说："如果不这样的话，他真的跟我们拼起命来，那说不定我们就要有人付出生命的代价。上次他差点要了老李的命呢。"

大家一阵沉默。

最后孟非说："师父，就这么办了，石亮那样的人渣该有此报应。"

众人默默无语，此事就这么定了下来。

因为施蛊术用的药材和器材等东西不能随身带着上飞机，所以苗青青用快递寄过来，估计要三四天时间。这几天我们几个就在一起尽情地玩。没想到老孙的能力还真不小，短短时间竟然就能逛大街的时候拉着苗青青的手了。而且私下里还瞒着苗青青让孟非喊他师叔，真是够厚脸皮的。

三天后，苗青青的各种器材药材都运到，苗青青准备一番然后就在我家摆起了蛊阵。只见苗青青把一些药材放在罐子里用力捣碎，然后把一些粉末倒进罐子里，用力搅拌，搅拌均匀后，放到火上煮，边煮边加入一些药材，那底下的火可是用特殊材料来燃烧的。

最后等里面开锅后，苗青青拿出一个竹筒，小心翼翼地打开盖子，放出一条奇怪的虫，那虫叫“噬心虫”，属于几乎灭绝的一种虫，此虫阴毒至极，进入动物体内，能准确地爬到心脏部位，一点点吃光心脏，奇怪的是，只有等到它把动物的心脏全部吃干净了，那动物才会死掉。而这虫只吃心脏，其他地方一概不碰。

苗青青把石亮的头发放到罐子里去，然后把那条噬心虫也扔到了罐子里，顿时罐子里传来尖锐恐怖的叫声，虽然不大，但是听起来异常刺耳，阴森恐怖。

一会儿罐子里的东西熬成了浆糊一样的东西，此时把火撤掉，待里面冷却了，把那里面的一团黑色的浆糊弄出来，捏成个人形，然后在背面刻上生辰八字，前面刻上石亮的姓名。苗青青掐诀念咒，一番施法，看来这个空心蛊是蛊术和巫术的混合之术。

整个过程进行了一个多小时才算完毕。

老孙突然说：“石亮的生辰八字也许是假的吧？他这么狡猾怎么会告诉孟非自己真的生辰八字呢？也许连他的名字都是假的呢。”

苗青青笑说：“不真实也没事，只要我知道他的长相就行了，刻上生辰八字和姓名只是为了保险点。”

耿鸥问：“石亮什么时候能被召回来？”

苗青青说：“三天后他会被掏空心，然后就会从他呆的地方往这里出发了。离得近的话坐飞机用不了一天时间。”

三天后，一天上午，我正在公司上班，孟非来电话让我去她家别墅那里一趟，说石亮来了。

我听完都没来得及请假，开车直奔孟非家，孟非和刘国栋的别墅早就被解封了。到了孟非家，见苗青青、孟非、老孙都在。

而石亮站在客厅里，一动不动，此时的石亮果然目光呆滞，手里抱着个精致的密码箱，那长生如意丹就在里面无疑，看来他还没把这宝贝脱手。

苗青青把一包药粉倒在一个铁盘里，然后点燃放到石亮鼻子下面，石亮一闻之下，浑身一阵哆嗦，我们只听见他喉咙里从心脏部位传来一阵撕心裂肺的叫声，然后从他鼻子里嘴里冒出一股绿色的烟雾，然后就萎靡地倒在地上。

苗青青那点燃的药粉一定是把蛊毒从石亮身上给拔了出来。

老孙过去拿起那精致的密码箱子，密码箱并没有上锁，一按上边的按钮密码箱一下弹开，往里面看却是空空如也，干净得要命！

老孙看看我，我看看苗青青。

苗青青说："我这蛊毒可以随意控制他的意志，绝无可能不把我们要的东西带来的啊。要么就是这仙丹已经被他转手他人了。"

我点点头表示同意，老孙很是不甘心，他这见钱没命的主儿，何况是无价的仙丹。

老孙问："青青，你确定这蛊术没什么错的地方么？"

苗青青说："虽然我是第一次使用这蛊术，但是保证绝对不会用错的，否则石亮怎么自己过来了呢？"

老孙点头气愤地说："那这仙丹肯定已经被石亮卖掉了。"

老孙话音刚落，就听一个声音说："分析的基本正确，但是没完全对。"

我们听了这声音吃了一惊，这分明是躺在地上的石亮发出的。

只见石亮从地上站起来，笑嘻嘻地看着我们说："诸位，久违了，找我还用这么麻烦干什么，给我打个电话就OK了。"

苗青青最是震惊，问道："石亮，这蛊术对你怎么不管用么？"

苗青青说过，中过空心蛊术的人，即使消除了蛊毒，也无论如何想不起以前的事情了，但是眼前的石亮显然没有忘记我们几个。

石亮笑道："不是你的蛊术不管用，你这蛊术确实厉害，我要是不来让你把蛊毒给我拔出来，我这辈子还真是不放心呢。"

苗青青说："那既然你中了蛊毒，怎么会还记得我们？"

石亮说："难道天下会用蛊的就你一个不成？"

老孙说："你是说有人给你解了这蛊术？"

石亮说："不得不佩服苗教主啊，这蛊术恐怕当今无人能破解了，但是虽然不能破解，控制一下还是可以的，让我免遭记忆力丧失的厄运，我这不是过来让苗教主给我解了蛊术了么？"

众人听了无不咬牙切齿，这狡猾的家伙。

孟非更是狠狠地盯着石亮，石亮虽然坏，但是对孟非还是有感情的。

他对孟非说："小非，事情到了这个地步，也是我不情愿的，我无非就是想发点财，这没有什么错啊，但是他们非阻挡我发财，坏我的财路。”

老孙喝道：“在东汉古墓里是我们把你救出来的，这长生如意丹也本来属于我们的，你发财我们不管，但是你滥杀无辜、巧取豪夺的盗窃行为我们不能坐视不管。”

石亮阴阴地说道：“那好吧，既然说不通，那就鱼死网破吧，为了你们以后不再骚扰我，今天非杀了你们几个不可。”

孟非听完浑身一颤说：“连我你也要一起杀掉么？”

石亮叹了口气说：“人为财死，鸟为食亡；人不为己，天诛地灭。”

我说：“石亮，你也太自信了吧，想杀我们，你杀得了么？”

石亮说：“老李，我知道你功夫了得，但这拼斗可不是比拳脚，比的可是法术，我的法术上次你也见识过，更厉害的你还没见识到呢。”

我也疑惑石亮的法术如此突飞猛进究竟是怎么回事，于是问道：“你的法术怎么现在如此高深？”

石亮说：“反正今天过后你们就不存在了，告诉你也无妨。在水库的鱼肚子里那么长时间，我可没闲着，拿你的《御术之术》一直在练呢，你不知道吧？鱼肚子里练上一个小时跟在外面练习一个月的效果一样呢。”

我恍然大悟，怪不得我能在鱼肚子里那么短时间内学会了御剑术，而石亮也练成了如此高深的法术呢，原来除了天赋资质的问题，更主要的是那鱼肚子里时间空间异常的问题。

石亮说：“好了，别说废话了，孟非你还是离开这里吧，我还是不忍杀你的。”

孟非说：“石亮，今天死也要把你捉住，你伤天害理，人人得而诛之。”

石亮叹口气说：“好，那我就成全你们吧。今天不跟你们废话了，直接让你们永远消失在这个世界上吧。”

我相信石亮能用出我们想不到的法术来，而我的法术只有御剑术能伤害他。虽然石亮没学会御剑术，但是他一定也修炼过御剑术，所以御剑术的法术对他不会起作用的。

不等他念咒结指咒，我一个箭步蹿上去，想拿住石亮。但是石亮看我过来，急忙向旁边一闪，手结指咒，口中念念有词。

孟非家的客厅虽然大，但是作为战场似乎小了点，还没等我们反应过来，只见一阵阴风吹过，我不禁浑身一哆嗦，这风似乎和人间的风不一样，倒像是来自阴间的风。

顿时风力加强，厅里狂风大作，已然一片漆黑，早没了石亮的踪迹，我喊老孙招呼大家靠在一起以防石亮偷袭。我们摸到门边，想打开门出去，离开这古怪的屋子，这屋子不知道被石亮用了什么法术。

当我用力打开门的时候，眼前的景象把我惊呆了。外面竟然是一片一望无际的田野，绿草蓝天，甚至天上还有飞鸟掠过。我们惊奇万分不敢踏出门去，怕其中有诈，退回屋里后关上门，屋内漆黑一片，我拉着大家向窗户摸去，把窗户打开，向外一望，外面是汹涌澎湃的大海，还下着暴雨，刮着狂风，那狂风真能把人吹上天去，可是一旦关上窗户，海上的狂风风声一点也听不到了。

我猜这是石亮的新法术，外面的狂风暴雨和鸟语花香一定都是我们的幻觉，这幻觉如此逼真，我竟然不能解开，实在有点高深并且可怕。

屋内黑到伸手不见五指了，上次也是在这个别墅里，刘国栋召唤来巫妖对付我们，这次还是这个厅里，石亮又用法术要置我们于死地。这别墅真是个凶宅。

突然苗青青喊道："不好，这房间有毒！"

旁边噗通一声响，只听老孙喊："孟非，孟非，不好，孟非晕过去了！"

我也感到头昏眼花，这空气里果然有毒，现在必须离开这里。老孙抱起孟非，我拉着苗青青奔窗户而去。

老孙喊道："老李，窗户外是大海，我们去门外吧。"

我喊道："石亮不会给我们鸟语花香的地方呆的，窗户外虽然是狂风海啸，未必不安全。再说了，既然是这奇怪的法术，不管外面是什么，总归都不会是什么好地方，所以选哪个也无所谓了，总比在这里被毒死强。"

我们打开窗户跳了出去，面对波涛汹涌的大海，我们跳下去的刹那都闭上了眼睛。

第28章 呼风唤雨醉沉迷

等睁开眼睛的时候，我们并没有掉到海里，而是躺在一个海中孤岛的沙滩上，大海也恢复了平静，温柔的海浪拍打着沙滩，完全看不出它怒吼时的样子。

我忙推醒老孙和苗青青，苗青青的随身解毒的药品幸好还缠在她的腰间，她用药给孟非服下。孟非一会儿就醒了过来。

大家一片茫然，谁也不愿多说一句话，休息了片刻，我向孤岛深处走去，想看看这里究竟是什么地方。那里是一片密密的树林，长着不知道是什么品种的树，枝桠密布，枝繁叶茂，我们在树林的边上找了个大石板坐下。太阳高照，我们身上的衣服一会儿便被晒干了，此时已经是口渴难耐。

我沿着树林的外围转了一圈，发现靠近树林边上有个沼泽，上面一层浅浅的是淡水。于是我们互相搀扶着过去，对着那淡水喝了个够。

一会儿，孟非身体可以动了，看来并无大碍，苗青青的解药也真是药力强大。

老孙迷茫地说："老李，我们这是在哪儿？怎么到了这么漂亮的地方了？这地方可真美啊，难道刚才的别墅的窗户和门都已经变成时光隧道了？那石亮的这法术是什么意思？难道是让我们永远回不去以前的世界了？"

苗青青说："想不到御术派的法术竟然厉害到这种程度。不知道这法术当初发明出来是干什么用的，是为了对付人还是对付鬼啊？"

我说："是对付敌人的。"

大家冥思苦想，但也是想不出究竟怎么回事。此时天色将晚，我抬眼望去，夕阳把大海映得通红。海浪一下下拍打着沙滩，身后的树林被海风吹得沙沙作响，感觉真是像在梦中一样。我隐隐感觉这场景好像似曾相识。看太阳要落山休息了，我们商量要找个住的地方，晚上不知道这里冷不冷，可惜我的宝剑没带来，否则能咔嚓咔嚓的砍几棵树，然后搭个棚子，几个人可以先凑乎着住一晚，省得晚上被风吹着。

老孙说："老李，你没带宝剑来么？"

我摇头。

老孙说："你看湖边有树的，你内力那么强，可以拍断几棵树啊，我们搭个棚子。"

我想也对，但是从来没有用内力砍过树，所以先试验一下吧。于是我走到一棵不太粗的树前，丹田用力，双手一下横着拍向树干，只听咔嚓一声，树应声而折。老孙和苗青青都情不自禁鼓起掌来，我也很是得意我的内功。就在这时，匪夷所思的事情发生了。

我们四人都听见一个声音怒吼着嚷道："你们几个，干什么的？在这里砍树，胆子也太大了。"

我和老孙苗青青，孟非环顾四周，却哪里有什么人影。这时那声音又响起："说你们呢，傻愣着干啥？你们干什么的？跟我走一趟，这你们得赔钱。"

当再次环顾四周却一无所有的时候，我们四个彻底慌了。这究竟怎么回事？谁在说话？

孟非奇怪地说："这声音是我们小区的保安小王。"

听了孟非的话，我猛然意识到这是个迷局，我们眼睛看到的是在一座孤岛上，但实际上我们只是从孟非的别墅窗户跳到了院子里。

而我砍断大树，毁坏了东西，保安闻声而来，质问我们要赔偿呢。我二话不说，招呼惊呆的其他几人，拼命地朝树林深处跑去，身后传来保安大声的喝问声，但是只一会儿工夫保安的声音停止了，我们终于摆脱了他们。

大家都问我究竟怎么回事，我把刚才我的猜测和他们说了，大家都被这结论给惊呆了，孟非说确实那人的声音就是他小区保安的，河南保安小王是她老家过来的，她经常和小老乡聊天，所以认得他的声音。

老孙问："这下可怎么办？我们眼睛都出毛病了？"

我说："我们进入幻境里了，眼里也只有幻境里的东西，要想走出幻境，只能破解了这法术。"

老孙说："那该怎么破解呢？老李，你那《御术之术》里有没有破解这法术的方法啊？"

我说："至少截止到现在我还没想起来有呢。"

大家长吁短叹，我们现在一定是躲在了别墅区某个角落里，保安一时找不到我们，我们眼睛看不到实际的世界，也不能到处跑动。

当务之急是尽快从这幻境里出去，这法术可真厉害，能让人在清醒的时候依然陷

入其中。石亮从一个只是对道家法术略微懂得一些的人，在那奇怪的鱼肚子里凭借时间的差异竟然练成如此高深的法术，只不知这法术是哪一招。

《御术之术》里分为三大部分，分别是内功武技、符咒阵法、咒语仙术。而这咒语法术就只有乘风御剑、钻木穿墙、招禽御兽、移山拔城、呼风唤雨这四种。乘风御剑、钻木穿墙，我早已掌握，很是熟悉。 移山拔城，我也学会了，并使用过两次，一次在电梯闹鬼的大厦里救了老孙的性命，一次在和石亮的打斗中救了我自己的性命。

招禽御兽这招在旧工业区和石亮打斗的时候，石亮使用过，可以随意把身边的东西变成野兽和飞禽的形状，并且加以使用，威力无穷。曾亲眼看见那用旧工厂的废旧材料组成的野兽把那伙黑社会的人一口吞进肚子里，连骨头都没剩下。还看见那天空的乌云被召唤变成巨大的飞鸟托着屋顶飞来飞去。

那以上四种法术我都见识过，也都知道它们的真正含义，唯独这第五种呼风唤雨未曾见过，那现在我们中的法术，估计只能是最后这一种，那就是呼风唤雨了。但是这呼风唤雨怎么会是让人陷入幻境之中呢？

我把自己的分析跟老孙、苗青青、孟非说了一下，他们都对我的分析表示赞同，虽然还不知道这法术的名字和它的作用有什么联系，但是至少我们知道了我们要摆脱何种法术的束缚。

我突然想起什么，问老孙说："老孙，你眼前的幻境是不是一个孤岛上的美丽海滩，还有茂密的树林？

老孙摇摇头说："不是啊，我们现在不是在草原上么？无边无际的草原，我们在草原一个淡水湖的旁边，湖边长着很多树木，很是美丽。"

我心里窃喜，似乎明白了这法术的奥妙。我又问苗青青和孟非。

苗青青说她的幻境是在小时候的苗寨的深山野林里，那里到处是野花，还有漫山遍野颜色各异的草药。而孟非的幻境却是在月亮圆圆的夜晚走在灯火昏暗的无人的校园小路上。

我似乎明白了这招呼风唤雨的真正含义。它能唤出人们内心深处的想法、幻想。

比如我最喜欢在这样的海中小岛生活，享受海滩和阳光，还有岛上的椰林，还有海鸟栖息的地方。

而老孙喜欢粗犷的草原，苗青青最怀念小时候的苗寨，而孟非没上过大学，所以她最幻想夜晚走在大学校园从教室回宿舍的路灯昏暗的小路上。

这法术似乎还很有人情味的，能让人实现自己的幻想，这是个好事才对啊。不知道这个法术如何对付敌人的。难道是让我们永远生活在幻境中，一辈子不得脱身？又难道是我们身处幻境，完全不晓得现实中的环境，会随时遭遇不测，比如飞驰的汽车？那我们可要小心了，在没想出怎么脱离这法术控制前，不能随便走动。

我又转念一想，不对啊，石亮是不会这么就把我们扔下不管的，既然我们都已经在各自的幻境里了，周围的一切景物包括人，我们都看不见，那么这时候来个小孩子手里拿把刀都能把我们性命结果了。想到这里我心里一凉，有种奇怪的感觉，感觉身边有双眼睛正在死死地盯着我们看，那双眼睛下面是一丝讥笑的面容。

我突然想到，难怪我们在什么也看不到的情况下，轻易就摆脱了保安的追赶呢，原来是暗中有人帮忙把保安给“拦住”了。

这人不是石亮还会是谁？我现在清晰地感觉到石亮就在我们身边，说不定他什么时候就会痛下杀手，把我们四个都给结果了。我偷偷咬破自己的舌尖，想用痛苦来破解这法术，可是一点用不管，我眼前依旧是在那漂亮的海中小岛。

我突然想起什么，把老孙叫过来，然后在他耳边轻声说：“把那天你炼制的犬嗅丸给我来一粒。”

老孙有个好处，就是什么东西都喜欢带在身边，他那钥匙串里连小时候住平房那会儿的门钥匙都还留着呢，钥匙串大得跟一大串葡萄似的。所以他是那种出门恨不得把家都放口袋里的人。果然老孙从随身的小包包里拿出个小瓶子，从里面倒出一粒药丸给我，我扔进嘴里咽了下去。

没过几分钟，我就闻见了各种正常情况下闻不到的气息，还有别墅群外面市场里的各种味道。很显然这些气息在荒岛上是没有的。

我们凭着这犬嗅丸追踪过石亮，知道石亮的气味。我仔细分辨着，猛然间，石亮的气息异常清楚，他就在我们身边。我使了个眼色给老孙，老孙从我要犬嗅丸开始就知道我的意思了，毕竟配合了这么多年，而且一起出生入死那么多次了，我们互相的一举一动，彼此都能立刻明白，他立刻知道危险就在身边。

我心里盘算着该如何脱身，孟非的家的这片别墅区是建在稍微靠近郊外一点的地方，这里树林湖泊一应俱全，别墅群面积很大，每栋别墅相隔都很遥远，当中隔着树木和绿地，而且里面也还有好多房子没住人，所以在这别墅区的深处还真是很难见到人影。那么石亮在这里结果了我们，绝对没人会发现。

而且这次他必须结果了我们，否则这法术终究会在未来几天或者几周后自动解开，那时候我们必定会用更厉害的手段来找到他报仇，到时候他就不一定有把握能应付我们了，尤其是苗青青的巫蛊术，更是邪恶歹毒，他根本应付不来。

所以他今天一定会杀了我们！

我盘算着该如何脱身，要想脱身，我必须也要学会这个法术呼风唤雨，这法术既然能呼唤出人心里的憧憬，那也能唤出人心里的真实世界，把想象换回去。我且不管石亮究竟在我们旁边干什么，我让老孙他们三人背靠背，随时准备迎接敌人，我则坐在地上，默念咒语，运转浑身的内力，依照呼风唤雨的内力走向来练习，希望在短时

间内练成这法术。

当我刚运行了一遍内力的时候，就被人一脚踢在下巴上，顿时翻到在地，只听见石亮的声音传来："老李，想不到你这么快就参透了这法术的奥妙，还想短时间内练成这法术，破解它。看来你还真是个天才，所以我也不准备看你们的热闹了，现在就结果了你们吧，我飞机票都订完了，还要转机回台湾呢。"

孟非冲着石亮发出声音的方向破口大骂："石亮，你这个畜生，你为了钱财不惜草菅人命，你一定没有好报。"

石亮笑道："孟非，人为财死，鸟为食亡，我这样做没有什么错的，怪就怪你们非要把我逼上这条路。"

老孙此时突然冲着石亮说话的方向扑了过去，但是却重重地摔在地上，头还撞到了树上，顿时血流不止。而石亮早就轻巧地闪开了。我们看不见他，他却对我们的一举一动了如指掌，尽收眼底。

这时候苗青青突然开口说："石亮，你就这么认为我们如此好对付么？"

石亮哼了一声说："若在平时，你们各有本事，现在只能任我摆布了。"

老孙冲我喊道："老李，你快用御剑术啊，杀了他。"

石亮笑着说："我这法术最厉害之处就是，你们在自己的幻想的世界里，不管用什么法术，都只能对付幻境里的人，除了物理攻击，你们根本伤不到我，而物理攻击你们又看不到我，真的是没办法的事情，我真的替你们着急啊，哈哈哈。"

苗青青说："石亮，你难道就那么低估了我黑巫蛊术下毒的能力么？"

石亮嘿嘿一笑说："苗教主，刚才我已经观察你半天了，也早已经把你随身携带的锦囊给没收了。而且你会巫术，也有别人会啊，你的空心蛊不就对我不管用么？你是黑人家是白，你用蛊术会有人帮我解开的。"

苗青青脸色一变，一摸腰间，那装着巫蛊药材的药囊果然没有了。而且听石亮说什么另有巫术高手，而且说什么黑什么白的，难道那高手是白巫教的不成？苗青青气得脸色发白，咬牙切齿。

石亮奸笑着说："好了，我也不想看着你们这么痛苦，还是早点让你们到天堂里享受人生吧。"

老孙突然大喊一声："我们朝不同方向跑！"说着抬腿就蹿了出去。但只在瞬间，老孙大腿汩汩的冒着鲜血摔到地上。

石亮冷冷地说："我的轻功虽然没练到家，但是对付你们几个瞎子还是绰绰有余的，别给我耍花样。"

我开口说："那你准备怎么让我们死？"

石亮哼了一声说："不流血最好，我这里有剧毒，但是你们服下去绝对没有痛苦，在奇妙舒服的感觉里死去，算是对得起你们了。”

说着把药丸挨个丢到我们手里，每人一颗。

石亮依旧冷冷地说：“吃下去！别逼我割下你们的脑袋，那样会很惨，你们也不希望那样。如果你们反抗，等把你们几个结果了，我还要去结果了那几个老家伙。”

我们听了都恨得咬牙切齿，这石亮还真是个畜生，竟敢用师叔他们的性命威胁我们。

孟非哭道：“好你个石亮，但愿我死后能变成鬼，我不会放过你的。”

说着眼睛一闭，就要吞了那毒药。

我大喊一声：“且慢。”

接着身体像离弦的箭蹿了出去。

记得《天道妙法》轻功篇的八卦履里面有一段话写道：若临大敌目不能见，当用“跗骨之蛆”。

我当时并未理解此种含义，只觉得是被敌人害了双眼，可以用这轻功逃跑。但是现在我才知道其中含义，不必害你双眼，敌人也能让你目不能见！

但是这段记载后面写道：“用于危难，内息流蹿，轻则散功，重则死残。”

我大致读过这跗骨之蛆的内息运用方法，发现和正统八卦履竟然大相径庭，使用内力方法简直不合常理，如果用了，内息紊乱，确实能致残致死。当时我没敢试着修炼，现在把我逼到这个地步，说不得只能试一试了，虽然还不知道这跗骨之蛆的威力。

我凭借犬嗅丸的药力及听石亮说话的方向，丹田提气，按着跗骨之蛆的内力运行方法，扑了过去。

如果石亮是个普通人，或者我眼睛能看见对方的变化，我肯定能百发百中，但是石亮也有轻功的根基，而且学了御术派的轻功，虽然没我这么精纯，但是毕竟也略有小成。他此时正逼我们吃药丸，怕我们反扑正处在高度戒备状态。

所以可以想象，我这一扑果然没中！

石亮在我即将抓住他胳膊的瞬间，迅速地移开，我一扑不中，石亮一定不会再给我机会了，他会用残酷手段杀了我。我不知道他是否练会了乘风御剑，但是我现在心里想真希望他用御剑术杀了我，省得痛苦。

本来御剑术对付普通人没问题，但是对于也会使用御剑术的人就不会起到作用了。因为会用御剑术的人都会在天会穴藏了一丝真气，御剑术的宝剑过来是无法接近这股真气的范围的。

但是目前我在幻境里，天会穴的那丝真气只能在幻境里管用。那石亮如果会御剑术的话就可以用御剑之术杀了我，反正不管用什么方法，我都将必死无疑！

最后的一击失效后，我身在空中，就等着身体落地后引颈待屠了。可是没想到的是，我的内息突然暴涨，迅速布满全身，进入到根本不该进入的经脉，按照匪夷所思的方位运行着，而我竟然身不由已地做出了奇怪的动作，靠近石亮的左胳膊完全扭曲探向石亮，手指搭上石亮手臂后迅速攀附而上，缠住他胳膊，并一下把我的身体拉向石亮，一旦身体靠近了石亮，全身立刻就牢牢锁住了他。

石亮也确实是高手，在这刹那间仍然作出反应，身体向后疾撤，全身鼓动内力把我弹开，我只左手仍牢牢搭在他胳膊上。突然我左臂感觉一阵疼痛，估计是石亮用匕首戳到我的胳膊上，他是想让我松开手。可他不知道现在松不松手已经不受我的控制了。

我的左臂紧紧攀住石亮胳膊，内力一下集中到我左臂，把我整个身体又迅速拽了过去，迅速缠住石亮，我能感觉到我现在在石亮背后，左臂缠住他左臂，右臂缠住他右臂，并向后紧拉，我的一条腿在地上支撑，另一条腿也紧紧缠住他的一条腿。估计此时老孙他们三个看见的是我一个人手脚扭曲的恐怖挣扎的场面，他们一定吃惊不小，因为要坐实这种动作，我浑身的关节都会反方向扭曲，浑身骨头都会为了能锁住敌人而折断。

石亮全身不能动，更不能双手结指诀，用不了任何法术，挣不脱，急得破口大骂。仅仅在这电光火石的间刻，我能感觉全身内力业已损失殆尽，我拼尽全身力气用脑门撞向石亮后脑，石亮立刻昏了过去，委顿在地，但是我的身体还紧紧攀住他的身体，眼前幻境消失，恢复了现实中的环境。施术人昏迷，法术自然破了。

老孙、苗青青、孟非三人见到我和石亮奇怪的姿势倒在地上，慌忙过来把我费力的从石亮身上掰开。

我只感觉浑身力气殆尽，身上数处剧痛，孟非惊恐地大喊，老李，你的鼻子和耳朵有血流出来了！

老孙忙倒了一粒丹丸给我送下，我有气无力地说：“老孙，赶快把石亮绑起来，千万不要让他结指咒。”

老孙忙解下皮带把石亮两手倒背在手腕处结结实实捆了起来。然后狠狠地踢了石亮两脚，石亮一点反应都没有，他被我结结实实撞击了后脑，当时我内力可是充斥全身的，被我这一撞估计他已经深度昏迷了。

“现在怎么办？”苗青青说：“一会儿遇到有人经过就说不清了，地上绑着个昏倒的人。”

“赶紧把他抬到孟非家，到时候再合计该怎么办。”老孙建议着。

于是老孙就过去扛石亮，苗青青和孟非准备来抬我。只听一阵笑声传来，这笑声声音极尖，充满狡猾奸诈的味道。我们抬头看去，只见一个身着长衫的中年人，年纪在五十多岁，尖嘴猴腮，相貌猥琐，脖子上戴着粗粗的黄金项链，手腕也戴着粗粗的黄金的手链，左手无名指和中指各戴一个镶钻的大黄金戒指。那人后面跟着五六个一身黑西装的人，都戴着墨镜，标准黑社会的装束。

老孙一脸羡慕，小声对苗青青说："青青，你看，谁说大陆没黑社会，看这帮人，比港台电影那帮黑社会酷多了。"

苗青青扑哧一笑，继而一脸疑惑和严肃，因为她跟我一样明白，这群人一定属于来者不善型的。

我突然认出那其中一个黑西装男人，竟然就是那天在城郊旧厂房和石亮交易长生如意丹的那个打头人，再看他身后，依稀就是那天其中的几个人，他们不是被石亮的那招招禽御兽给吞了么，怎么却在这里出现了？

我想抬手指向那人，问个究竟，但是奈何手抬都抬不起来。整条手臂剧痛，我猜这双臂的骨头不知已经折断几节了呢。我想开口说话，也才发现发出的声音连我自己听着都费劲。

那为首的长衫人尖声尖气地对我说："想不到今天我还能看见道教法术和轻功，现在会功夫的道士可是越来越少了，这么高深可不是轻易能见的。但道教的武功像你这么使用，那不是把自己往残废里整么？要是我，打死我也不会用的。不明白道家人创造这么脑残的法术干吗，哪有我们玄门的轻松又威力。你们道教干的就是费力不讨好的生意，我们玄门做的就是轻松又捞钱的生意，哈哈哈。"

他的声音尖细阴森，让人有点不寒而栗，鸡皮疙瘩都钻出来了。

"你到底是谁？你们想干什么？光天化日的。"老孙一指那长衫人说道。

我瘫倒地上无法动弹也无法出声说话，老孙自然要站出来，他可不能在苗青青面前丢了面子。

那长衫人说："我们当然是带石亮这小子回去喽，这小王八蛋想吃白食，天下可没有这么便宜的事情，我们老板想要如意丹，那就是非要得到不可。"

老孙一听是跟我么争宝贝的，可急眼了，跨上一步挡在石亮身前说："你们休想，那长生如意丹的真正主人在这里，石亮可没资格跟你们谈生意，要谈跟我们谈好了。"

长衫人嘿嘿一笑说："哎哟，还有人跟我们争呢，这宝贝可是谁也不属于的，要说有主儿，那也是那坟头里的墨家人的，后来石亮抢了来，那就该属于石亮的，反正是跟你们已经没半毛钱关系了。"

苗青青开口说："石亮挖坟掘墓强抢来的宝贝，怎么就是属于他的？还有天理么？"

长衫人讥笑着说："漂亮妞啊，你这么说可是没道理了，即使这不属于石亮，那

墨家人也没说把这宝贝送给你们几个啊？既然这宝贝谁都不属于，那就谁有本事谁就据为已有喽。”

孟非也踏上一步站在老孙旁边说：“那今天你们谁也别想带石亮走。”

长衫人嘿嘿一笑，用带着大戒指的手朝旁边人挥了一下，那打头人立刻掏出手枪对准我们。我心里着急，怕老孙和孟非一冲动酿出什么血案来，要是我没这样，还可以跟这些人拼个高低，可是我现在想张口说话都发不出声音，头脑已经渐渐昏沉了。

苗青青下意识地摸摸腰间，她那装着巫蛊术工具材料的袋子早不见了，只好过去拉开老孙和孟非，眼睁睁看着那几个黑衣人抬起石亮。

长衫人笑着说：“各位，我们就此别过了，要不是地上这位兄弟把石亮抓住，我们要抓石亮还真是不容易呢。”

那打头的黑衣人跟长衫人嘀咕了一声，然后用下巴朝我点了点，那意思是该把我怎么办。

长衫人嘿嘿笑着说：“这小兄弟道家功夫不错，人也善良，不会搞东搞西的，你放心好了。以后大家都是朋友，在这个圈子里混，总有打头碰脸的时候，说不定以后还会互相帮忙呢。即使他们要跟我们抢宝贝，那也没那么容易，我们玄门中人可也不是吃素的。再说了，看这小兄弟的伤势，能不能站起来都未知呢，哈哈哈。”

说完，这长衫人和几个黑衣人带着石亮扬长而去，我则从里到外疼痛难支，眼前一黑，晕了过去。

第 29 章 再无丹田催仙术

不知过了多久，迷迷糊糊地看见大家焦急的脸，感觉有东西一个劲要把我从老李的躯壳里拉出去。我用内功拼命护体，奈何丹田空空如也，气若游丝。躺在医院病房洁白的床单上，身上插满管子，周围围着一群白衣天使，拿着各种刀具，往我身上招呼，一群鬼魅贴在屋顶，或者在无影灯上冲我呲牙狞笑。

当我醒来的时候已经是两个月后，双手十指全部折断，两臂五处折断骨裂，两腿六处骨折，脊椎颈椎均有多处骨折，多处内脏受挤压肿胀腹水炎症。

三个月后身体各处才恢复知觉，也仰仗配合老孙的内外伤药。但是经脉受损，内力尽失，虽然经抢救终能活命，但也是天大的造化，还有老孙的道家伤药起到至关重要的作用。医生说我这情况能活着本身就是个奇迹，问我怎么会伤成这样，老孙只说是被两辆卡车错车时挤了一下，这解释被医生勉强接受，否则会上报警方，说我是斗殴被打的，打架斗殴入院医院要通知警方的。

四个月后我拄拐能走了，老孙、苗青青、孟非轮流在医院陪我，小白、小雨也经常抽空来看我。耿鸥更是每天都来陪我，直到确定我能动了，也不会有特大的后遗症了，耿鸥才不哭了，不然每次来都偷偷落泪，弄得我心烦意乱。

我还一个劲问老孙我是否被毁容了，老孙笑骂我命都快没了，还惦记容貌。我说要是毁容了我好提前联系整容的地方，给我找几本杂志我参考下里面的靓男。

老孙无奈地说："你要是毁容了还好点，说不定毁漂亮了。放心吧，耿鸥没对你失去信心，还惦记着你呢。"

我说："耿鸥太小，跟我不合适。那你跟苗青青怎么样了？"

老孙嘻嘻一笑说："一切正常，稳步发展。"

我"呸"了一声说："什么时候结婚？有日子了么？"

老孙一脸严肃说："有志青年当以行侠仗义除妖伏魔为己任，哪能光顾儿女私情？那不是我老孙的英雄本色。"

我听完默默无语，按了下病床呼叫器，护士进来问什么事，我说，护士，我想吐。护士说，怎么不舒服了么？我说，被人给恶心了一下。

接近四个月的治疗终于被接回了家，身体的外伤已经差不多好了，就是内伤还需要将养，不能剧烈运动。老孙自然下厨给我做好吃的接风，满满一大桌，其实在医院我也没少让老孙给我做好菜送来，甚至我还口口声声以要破坏老孙和苗青青的好事为要挟让老孙给我带酒喝，所以在住院的后期我基本肉照吃酒照喝。

师叔和月隐道长还有抚炉道长对我失去内功的事实都表示万般无奈，意思是我这么个学道法的好苗子，就这么毁了。我说不一定毁了，我还可以从头再练。

月隐道长摇摇头说："你经脉损坏严重，内力已经无法正常游走全身，内力不通则不聚，不聚则无法汇集丹田而运行。"

我听说我内力没了，倒有种解脱感，吃了口菜说道："那就算了吧，反正我要那玩意也没用。我又不去跟人家舞刀动枪的，要那内力武功干吗用。"

耿鸥说："就是啊，老李哥等你好了，连那写捉鬼的法术都忘掉吧，不要总去捉鬼捉妖的了，多危险呢。"

老孙在一旁说："呦呦，心疼了么？耿鸥妹子，你不是很喜欢捉鬼的刺激危险么？那么多次吵着要跟我们去捉鬼呢，怎么现在一口一个危险不要的，是不是心疼你老李哥了？"

耿鸥有父亲在身边不好意思反驳老孙，气得两腮一鼓一鼓的。

我咳嗽了一下对苗青青说："苗教主，那我有机会给你说一下老孙这个人的缺点什么的吧，省得你们真结婚了，有什么事情没及时发现，后悔了，再分开，我们做朋友的也有责任。"

老孙听完慌忙端起酒杯对耿鸥说："鸥妹，你上次说你想吃泡椒碟鱼头，我改天就给你做好不好？这些天你照顾老李实在辛苦，我敬你一杯，你是我见过的最勤劳善良的美女了。"

耿鸥扑哧一笑，举起酒杯跟老孙一饮而尽，老孙狠狠瞪了我一眼。我跟苗青青、孟非哈哈大笑。

我问老孙："石亮找到没有，有没什么消息？"

老孙说："我和月隐师叔四处打听了，可是我们不认识什么人，没有那么多信息来源，也没打听出什么消息来。"

我点头说："是啊，我们黑白两道都不认识人，怎么找？"

耿鸥说："老孙哥的狗嗅丸不是能追踪气味么？用那个不成么？"

众人大笑，老孙说："鸥妹子，我那是犬嗅丸不是狗嗅丸。追踪倒是能，但都过这么长时间了，上哪找石亮的味道去。"

我对月隐道长说："那长衫人说他是玄门的，不知道这玄门究竟是个什么教。"

月隐道长说："我也是年轻的时候听说过这个玄门，只知道这玄门的东西多是掩人耳目，蔽人视听，惑人心智的，还有一些养鬼术，养鬼为己所用，其它就知之甚少了，也从来没接触过玄门中人。"

抚炉道长说，"我当年四处游历，颇有些见闻，虽没接触过玄门一派，但也知道这玄门并非正宗道教，做的也不是捉鬼除妖，锄强扶弱的侠义之举。多受雇于官宦大户，为他们做些歪门邪道的事情，以求积敛财富。"

我对石亮竟然想对我们下杀手感到耿耿于怀，而且我现在内力尽失也都是拜他所赐。虽然嘴上说没了内功无所谓，但是从有到没有之间的落差，不是任何人能轻易接受的。

大家看我心情郁闷也都非常明了我心里的苦闷和身体的创伤，所以不再提这个话题。饭毕，月隐道长和师叔还有抚炉道长去里屋下棋去了。

耿鸥转移话题说："老李哥，你现在身体不能剧烈运动，所以我陪你去听音乐会或者听相声、看电影去吧。现在正上映《木乃伊3》呢，我们去看看埃及道教法术多厉害吧。"

我听了哈哈笑着说："埃及也有道家法术么？你这孩子可真能瞎掰。"

耿鸥不高兴地说："以后不许说我是小孩子，我是大人好不好？"

我说："好好，哪天我们大家一起去看，不过我这行动还是不方便，大家要把我照顾好了，我可不想走大街上摔一跤起不来，多寒碜啊。"

孟非笑嘻嘻地说："老李，人家耿鸥是想单独跟你去看，你怎么扯上我们大家了啊。人家耿鸥对你多好啊，老李你可有福气了。"

我假装没听见，说："老孙，奥运会我都没怎么看，医院里不让我看电视，我也没法上网，赶紧打开电视，我要看看节目，还有啊你赶紧给我说说赛况。"

苗青青拉孟非去洗碗，耿鸥在一边听老孙给我讲赛事，一边无聊地看着电视，我想这小丫头可是对我真的动感情了，可是我总感觉年龄相差太大。

晚上小路、小白、小雨、大张、王凡还有同事们都来我家，三位老人见我们年轻人在一起，说不跟我们一起吃晚饭了，说让我们一起热闹热闹，他们三个出去茶楼喝茶了。

晚上一群人热闹非凡，吃完饭又说说笑笑好久才散，小白、小雨见苗青青和老孙在一起，也不好意思再让老孙送他们回学校了。这任务就交给大张了，乐得大张笑得嘴都合不拢。

孟非和苗青青回去孟非位于市区的那个房子，耿鸥话里话外想留下来照顾我，被我好说歹说劝走跟孟非他们去了。

只剩小路、老孙了。小路看着我跟个废人一样动作迟缓生硬的，忍不住一声叹气。

我说：“小路，怎么唉声叹气的？”

小路说：“我看你这样难受啊。”

老孙说：“小路，人老李都没怎么，看把你给难过的，这不给人添堵么？”

小路一脸无辜连忙摆手说：“老孙，别胡说八道，我是说要不是当初我的鬼上身，老李也不会去学什么道家法术，也不会经常出生入死的，更不会现在身受重伤的。”

老孙点颗烟，扔给小路一颗说：“算你小子还有点良心，不光老李一个出生入死，基本上都是由我陪着呢。”

我哈哈一笑说：“是啊，没老孙，不知道死了几次了呢。”

我又对小路说：“小路你别自责，这都是机缘巧合，没你那次鬼上身，我怎么能学会那么多东西，帮助了那么多人呢？而且我现在也没什么的，只不过没了内功，不能用《御术之术》里的高深法术了。反正这些东西以前也不是我的，后来练成了，反倒给自己带来那么多麻烦，现在没了，可以回到以前普通人的生活了。”

小路嘿嘿一笑说：“也是，焉知非福呢。”

小路呆了会儿也回去了，老孙要陪我，怕我出什么事，所以睡另一个屋子里。午夜我一人躺床上睡不着，点颗烟，望着窗外的月光。树影婆娑映在窗户上，心里陡然升起一阵失落，丹田里空空如也，抽屉里冷月宝剑静静地躺着，我再也不能让它腾空而起了，还有那钻木穿墙、移山拔城的玄妙，我再也体会不到了！一时竟有万念俱灰的感觉。

我告诫自己，一切都告一段落了，接受现实，回归现实，我，还是原来的我！

破阵子

静夜冷月满窗，轻烟徐徐惶惶。街外蝉鸣风拂柳，吹不散薄雾茫茫，无奈人凄凉。

御剑乘风风冷，移山拔城城轻。再无丹田催仙术，纵使英雄愁断肠，不觉泪两行。

第一部完